Herzklopfen unterm Mistelzweig

Die Autorin

Lori Wilde ist eine Bestsellerautorin aus den USA, wo sie bereits mit zahlreichen Preisen, u. a. dem »Romantic Times Reviewers' Choice Award«, dem »Booksellers Best« und »The National Readers' Choice« ausgezeichnet wurde. Sie lebt mit ihrem Mann und einer Schar von Haustieren in Weatherford, Texas.

Lori Wilde

Herzklopfen unterm Mistelzweig

Roman

Aus dem Amerikanischen von
Marie Henriksen

Weltbild

Die amerikanische Originalausgabe erschien 2016 unter dem Titel
A WEDDING FOR CHRISTMAS bei Avon Books, USA

Besuchen Sie uns im Internet
www.weltbild.de

Werner-von-Siemens-Straße 1, 86159 Augsburg
Dieses Werk wurde vermittelt durch die Literarische Agentur
Thomas Schlück GmbH, 30161 Hannover
Übersetzung: Marie Henriksen
Projektleitung & Redaktion: usb bücherbüro, Friedberg/Bay
Umschlaggestaltung: Johannes Frick, Neusäß
Umschlagmotiv: © Johannes Frick unter Verwendung von Motiven von
Getty Images (© Kevin Fleming/Corbis/VCG), Shutterstock
(© Trotz Olga, © Ozerina Anna, © penguinpie) und iStockphoto
(© vnlit, © Oksana_Gracheva, © BanksPhotos, © Münz)
Satz: Datagroup int. SRL, Timisoara
Druck und Bindung: GGP Media GmbH, Pößneck
Printed in the EU
ISBN 978-3-96377-300-6

2022 2021 2020 2019
Die letzte Jahreszahl gibt die aktuelle Ausgabe an.

Widmung

Dieses Buch widme ich Tomibeth Brooks, der ersten, die mit mir beim Yoga Freundschaft schloss. Deine Freundlichkeit hat mich berührt, und ich danke dir von ganzem Herzen dafür. Du hast eine wunderschöne Seele. Leuchte weiter!

1

Los Angeles, 23. Dezember, 19 Uhr

Katie Cheek warf einen Blick auf ihr Spiegelbild im Fenster, als sie zum Eingang des Kunstmuseums ging. Das Museum war in einem alten Lagerhaus eingerichtet, mitten in Los Angeles, ein sehr trendiger Ort. Beinahe wäre sie auf ihren 15-Zentimeter-Plateauabsätzen gestolpert.

Wow!

Sie blieb stehen, starrte mit offenem Mund ihr Spiegelbild an. Du lieber Himmel, was war das denn?

Sie war ein Vamp!

Sie sah richtig heiß aus in diesem hautengen roten Designerkleid, das sie aus dem Schrank von Gabi Preston geborgt hatte. Mit Gabi hatte sie über die Weihnachtsfeiertage die Wohnung getauscht. Ja, sie hatte tatsächlich ihre kleine Bude in dem schläfrigen Städtchen Twilight in Texas gegen ein Sommerhaus in Malibu Beach getauscht, wohl wissend, dass sie bestimmt das bessere Ende erwischt hatte.

Von der anderen Straßenseite her pfiff ihr ein Mann nach, ziemlich lange und laut. »Hey, Mommy, dich hätte ich wohl gern als Weihnachtsgeschenk.«

Katie wurde rot und senkte den Kopf, um ihr Lächeln zu verbergen. Sie gefiel sich in dem neuen Aufzug und in der Freiheit weit weg von ihrer kleinen, engen Heimatstadt.

Deshalb war sie hier. Um neue Möglichkeiten auszuprobieren. Und dazu gehörte selbstverständlich auch Sex.

Seit der Highschoolzeit hatte sie sich deutlich verändert. Sie hatte ihre Augen lasern lassen, um die dicke Brille loszuwerden, hatte ihren schlimmen Überbiss mit Hilfe einer Zahnspange korrigiert und ihre naturkrausen Haare geglättet. Aber dass man ihr nachpfiff oder etwas nachrief – daran würde sie sich nie gewöhnen.

Krauskopf hatten die anderen sie genannt, Vierauge, Giraffenhals, Bohnenstange. In der Öffentlichkeit hatte sie darüber gelacht und so getan, als kümmerten sie diese Bezeichnungen nicht, aber zu Hause hatte sie ihrer Mutter immer wieder etwas vorgeheult.

Mom hatte ihr einen Keks gegeben, sie auf die Stirn geküsst und gesagt: »Du wirst nicht immer das hässliche Entlein sein, Liebelein. Eines Tages wirst du dich in einen schönen Schwan verwandeln, arte nur ab.«

Die Frau im Spiegel nahm das Kinn hoch und warf sich einen triumphierenden Blick zu. Heute, zumal in diesem teuren Kleid, konnte sie wirklich niemand ein hässliches Entlein nennen.

Die Leute strömten zum Eingang, alle auf dem Weg über den roten Teppich zu einem Charity-Event. Blinkende Lichter, zwei riesige Weihnachtsbäume mit jeder Menge Kugeln rechts und links der Tür. Drinnen spielte eine Band »All I Want for Christmas Is You«. Kalte klimatisierte Luft drang mit der Musik auf die Straße. Es war ein komisches Gefühl, Weihnachten bei diesen Temperaturen zu feiern, umgeben von fremden Menschen.

Aber genau deshalb war sie ja hier. Um der Enge ihrer Heimatstadt zu entfliehen, der übertriebenen Feierstimmung, gerade zu Weihnachten. Gabi hatte Katie ausdrücklich gebeten, ihre Einladung zu dem Charity-Ball zu nutzen und den Abend zu genießen. Und da war sie also.

Aber es fiel ihr schwer, sich in dieser Umgebung von Goldschmuck, Rolex-Uhren, Manolo Blahniks und Rodeo-Drive-Kleidung zu entspannen. So viel Reichtum, Opulenz und Prominenz – Hollywood eben. Ihr Selbstbewusstsein ließ allmählich nach, am liebsten wäre sie weggelaufen.

Die war eine Außenseiterin. Sie gehörte nicht dazu. *Los jetzt, Schwan, du kannst das.* Sie nahm die Schultern zurück und trat auf, als wäre sie die Hauptattraktion des Abends.

Und sie wurde bemerkt. Köpfe drehten sich zu ihr um, Augen starrten, und ein paar Männer murmelten: »Wer ist denn die Frau in dem roten Kleid?«

Ich bin das, dachte sie. *Ich.* Eine arbeitslose Kleinstadtpflanze, die zu Hause von allen bemitleidet wird, weil ihr Verlobter tragisch ums Leben gekommen ist.

Aber hier in LA hatte sie sich in den letzten drei Wochen verwandelt. Keine hoffnungsvolle Braut mehr, die urplötzlich zur Witwe mutiert war. Sie war frei.

Sie spürte, wie das schlechte Gewissen an ihren Eingeweiden fraß. Warum fühlte es sich nach Untreue an, den Traum loszulassen? Weil sie wieder angefangen hatte zu leben? Was konnte daran so falsch sein?

Der Bootsunfall, bei dem Matt ums Leben gekommen war, lag jetzt etwas mehr als ein Jahr zurück. Und ihre Gefühle waren zwar noch ziemlich wackelig, aber zu Zeiten erinnerte sie sich kaum noch daran, wie er ausgesehen hatte. Oder daran, was für eine Frau sie gewesen war.

Auch deshalb war sie über die Weihnachtsferien aus Twilight geflohen. Der Wohnungstausch verschaffte ihr die

Möglichkeit, herauszufinden, wer sie war – ohne Mann, ohne Job, ohne eine Gemeinschaft im Rücken.

In drei Monaten würde sie siebenundzwanzig. Höchste Zeit, ihren Platz in der Welt zu finden. Die Naivität loszuwerden. Wenn sie im vergangenen Jahr etwas gelernt hatte, dann dies. Romantische Fantasien waren Quatsch, und sie würde keine Sekunde mehr mit Wünschen und Bedauern verschwenden. Sie würde jeden Tag ausleben.

Das Mädchen von nebenan dreht voll auf.

Ziemlich voll jedenfalls.

Drinnen erspähte sie einen Schauspieler, für den sie als Kind geschwärmt hatte. Er erinnerte sie an den ersten echten Mann, in den sie verknallt gewesen war.

Ryder Southerland.

Herrje. Noch so eine Erinnerung, die sie lieber loswerden wollte.

Der Schauspieler sah inzwischen ziemlich abgelebt aus. Wie es wohl Ryder ging? Sie hatte ihn seit zwölf Jahren nicht mehr gesehen. Wie er wohl heute aussah?

Vergiss Ryder. Alte Geschichten, so alt, dass sie wahrscheinlich schon Rheuma hatte. Konzentrier dich auf heute Abend und genieß es. Misch dich unter die Leute, trau dich zu tanzen. Sie schaute in den Saal voller Menschen, und ein Schwall von Angst überkam sie.

Vielleicht doch erst mal was trinken. Auf direkten Weg an die Bar. Aber echt!

Doch bevor sie diesen Plan in die Tat umsetzen konnte, vibrierte ihr Handy in der Tasche. Am liebsten hätte sie es ignoriert, aber was, wenn Gabi sich in der fremden Stadt so kurz vor Weihnachten einsam fühlte und ein bisschen Zuspruch brauchte? Twilight mit seinem ununterbrochenen Weihnachtsjubel konnte ein bisschen schwer verdaulich sein, wenn man nicht gerade in super-glücklicher Stimmung war.

Sie ging einen Schritt aus dem Menschenstrom hinaus, zog das Telefon aus der Handtasche und schaute aufs Display. Nein, das war nicht Gabi, sondern ihre Schwägerin Emma, die mit Katies Bruder Sam verheiratet war.

»Hallo Em«, sagte sie, verdrückte sich in eine Ecke und legte die freie Hand auf ihr Ohr, um den Lärm auszublenden.

»Tante Katie?«

Also nicht Emma, sondern die vierjährige Tochter Lauren, Katies Nichte.

»Hallo, mein Schatz.« Katie lächelte. Lauren liebte Telefone und rief ständig jemanden an. »Weiß deine Mommy, dass du ihr Handy hast?«

»Sie ist im Badezimmer. Ich wollte Fruit Ninja spielen, aber dann hab ich deine Nummer gesehen und mir gedacht, ich ruf dich mal an.« Lauren klang sehr zufrieden mit sich.

»Das ist aber nett von dir.«

»Wo bist du?«

»In Kalifornien.«

»Wo da?«

»Nicht weit vom Meer.«

»Oh.« Lauren schwieg einen Moment. »Das ist weit weg.«

»Genau.«

»Kommst du denn nicht nach Hause zur Weihnachtsparty bei Pop-Pop und Nanny?«

»Nein, leider nicht«, sagte Katie. »Aber ich komme ein bisschen später heim, und dann sehen wir uns.«

»Aber … aber das ist nicht dasselbe.« Lauren klang furchtbar erwachsen, als sie das sagte.

»Ich weiß. Aber dafür bringe ich dir ein Geschenk mit.«

»Aus Kalifornien?«

»Aus Kalifornien.«

»Ich vermisse dich.« Jetzt klang Lauren Stimme traurig. »Du bist schon so lange weg, und keine spielt so schön Teeparty mit mir wie du.«

Katies Herz tat einen Sprung. Als sie abgereist war, um drei Wochen Urlaub zu machen, hatte sie an ihre Nichte überhaupt nicht gedacht. »Wir spielen wieder Teeparty, wenn ich nach Hause komme. Das verspreche ich dir.«

»Okay. Bye.« Lauren beendete das Gespräch. Katie stand leicht verwirrt da. Ihr Körper war in LA, ihr Geist und ihre Seele waren gerade nach Twilight entschwunden.

Sie steckte das Telefon wieder ein und sah sich um. Was hatte sie noch mal tun wollen?

Ah, genau, sie hatte sich einen Drink holen wollen, um ihre Nerven zu beruhigen. Sie schlängelte sich durch die Menge und an den Ausstellungsstücken vorbei, suchte nach einer Kasse mit kurzer Warteschlange und fand eine. Sie stellte sich in die Reihe und atmete tief durch, um das schlechte Gewissen zu besänftigen, das in ihr aufgekommen war, weil sie Lauren zu Weihnachten versetzte.

»Wollen Sie was trinken?«

Vor ihr stand ein blonder Mann mit Sonnenbrille, modisch zerrissenen Jeans und einem frisch gebügelten beigefarbenen Hemd, an dem vier Knöpfe offen standen, sodass man eine haarige Brust sehen konnte. Er wirkte unglaublich direkt mit seinem strahlenden Lächeln. Aber er war absolut nicht ihr Typ.

»Nein, danke«, erwiderte sie in der Hoffnung, ihn zu entmutigen.

Aber er verstand den Hinweis offenbar nicht, sondern kam noch näher. »Ich tu ihnen auch keine K.O.-Tropfen rein, versprochen.«

Auf diese Idee war sie gar nicht gekommen. In Twilight waren K.O.-Tropfen nicht besonders üblich. Aber sein Blick und seine aggressive Körpersprache sagten ihr, dass sie dort, wo er herkam, durchaus üblich waren.

Die Band spielte jetzt »Rockin' Around the Christmas Tree«. Einige Leute tanzten um die Ausstellungsstücke.

Katie klebte sich ein starres Lächeln ins Gesicht und versuchte, ebenso locker wie entschlossen zu klingen. »Ich weiß das Angebot zu schätzen, aber ich bezahle meine Drinks lieber selbst.«

»Schlampe.«

»Wie bitte?« Sie war so verblüfft, dass sie dachte, sie hätte sich vielleicht verhört.

»Du hast mich sehr gut verstanden. Kommst hier rein in diesem Nuttenkleid und mit deinen Fick-mich-Absätzen und lehnst einen Drink von mir ab. Eingebildete Schlampe.« Er kochte vor Zorn.

Fassungslos angesichts dieser Attacke stand Katie mit offenem Mund da, während ihr Gehirn versuchte zu verarbeiten, was gerade geschah.

Das Schockierende daran war, dass niemand ihr zu Hilfe kam. Wenn das hier in Twilight passiert wäre, hätten sich ein Dutzend galante Cowboys den Typen vorgenommen.

Wo sind eigentlich die Ritter in der glänzenden Rüstung, wenn man mal einen von ihnen braucht?

Katie drehte sich auf dem Absatz um und eilte durch die Menge davon. Vielleicht hatte ja niemand etwas gesagt, weil sie wirklich zu gewagt gekleidet war. Glaubten die Leute, sie wäre bewusst auf Anmache aus?

Nein.

Das redete ihr nur die alte Unsicherheit ihrer Kindheit ein. Jede Menge Frauen hier trugen figurbetonte Kleider und hohe Absätze. Doch es verstörte sie, dass gerade die Art, wie sie sich an diesem Abend angezogen hatte, um ihre eigene Macht zu spüren, den Typen zu einem so hässlichen Benehmen veranlasst hatte.

Sie ging an eine andere Bar, ließ sich ein Glas Wein geben und trank es halb leer, um ihre Nerven zu beruhigen. Aber es funktionierte nicht.

Sie schämte sich. Sie schämte sich in Grund und Boden. Sie gestattete es diesem grausamen Mann, ihr ein Gefühl der Scham einzupflanzen.

In ihrem Inneren hörte sie die Stimme des Trauerberaters, den sie nach Matts Tod aufgesucht hatte. Dr. Finley war ein freundlicher Mann mit einer sehr sachlichen Lebenseinstellung gewesen.

Der Typ ist ein narzisstischer, fieser Soziopath. Lass dir von ihm nichts einreden.

Schwierig. Für heute reichte es ihr mit glitzernden Charity-Galas. Das Problem war nur, dass sie in diesem Labyrinth gar nicht mehr genau wusste, wo sie sich befand. Sie stellte das halb geleerte Weinglas auf das Tablett eines vorbeigehenden Kellners und schob sich durch die Menge.

Wo war der Ausgang?

Als sie um eine Ecke bog, warf sie einen Blick über die Schulter, um sicherzugehen, dass das Scheusal ihr nicht folgte. Im selben Moment rannte sie in eine junge Frau hinein, die einen kleinen Teller mit Essen in der Hand hielt.

»Uh!«, rief die Frau. Sie hatte Lippen wie Angelina Jolie, offenbar dank einer zu großen Menge Filler, und einen furchtbar dünnen Hals, sodass sie aussah wie ein Dauerlutscher am Stiel. Die Frau konnte ihren Teller nicht mehr festhalten und verteilte das Essen auf Katies Kleid. Der Teller fiel zu Boden, ging aber zum Glück nicht zu Bruch. Etwas Matschiges, Grünes – Katie rechnete ernsthaft mit Guacamole – rutschte ihr in den Ausschnitt und in den BH.

Gott, was für ein Durcheinander. Sie konnte nur hoffen, dass Gabis Kleid noch zu retten wäre.

Die Angelina-Darstellerin schaute sie wütend an. »Ich erwarte eine Entschuldigung.«

Katie hob die Hände. »Tut mir leid, tut mir leid. Ich hätte besser aufpassen müssen, wohin ich laufe.«

»Allerdings«, erwiderte die Frau, jetzt schon wieder in sanfterem Ton.

Der kalte grüne Matsch zwischen Katies Brüsten fing an zu brennen. Heftig. Katie starrte in ihren Ausschnitt und sah, wie sich roter Ausschlag dort ausbreitete.

»Was ist das denn?«, fragte sie entsetzt.

»Ach du liebes bisschen«, gab die Lollipop-Angelina zurück. »Sieht ja furchtbar aus. Sind Sie allergisch auf Wasabi?«

Katie hatte keine Ahnung, aber sie spürte, wie ihre Brüste allmählich in Flammen aufgingen. Sie musste das Zeug abwaschen. Sofort! »Toilette?«

»Die Treppe hinauf.« Die junge Frau zeigte auf eine Metalltreppe zum nächsten Stockwerk.

»Danke.« Katie flog, vom Schmerz getrieben, die Treppe hinauf, um Erlösung zu finden. Währenddessen fächelte sie ihrem Ausschnitt mit einer Hand Luft zu. Aber als sie oben ankam, war der Zutritt mit einer roten Samtkordel versperrt. Ein Schild verkündete: »Private Party«.

»Achtung, Fahndung: Achtet auf eine heiße Blondine in einem roten Kleid.«

Bodyguard Ryder Southerland verkniff sich ein Augenrollen und murmelte in das kleine Mikrofon an seinem Revers: »Ich weiß, was eine Fahndung ist, Messer, und ich brauche nicht jedes Mal eine Meldung, wenn du wieder eine gut aussehende Frau erspäht hast.«

»Nein, echt, es geht um was anderes. Obwohl sie echt heiß ist. Die Frau ist Ketchums Stalkerin.«

Les Ketchum, der Rodeo-Star, der jetzt mit seinen Countrysongs die Charts stürmte. Der Mann, den Ryder beschützen sollte. Vor zwei Wochen hatte Les Ärger mit einem Schätzchen bekommen, das nicht verstand, was »Hasta la vista, baby« bedeutete.

Ryder erstarrte und drückte die Hand an das Bluetooth-Gerät in seinem Ohr, durch das er Messers Stimme hörte. »Bist du sicher?«

»Ziemlich sicher.«

»Wo?« Ryder beugte sich über das Geländer und scannte die Menge im Erdgeschoss des Museums.

Man hätte doch erwarten sollen, dass eine heiße Blondine in einem roten Kleid leicht zu erkennen war. Aber bei einer

Weihnachtsparty voller Promis trugen nun mal viele Frauen Rot. Und das sonnige LA war bekannt dafür, viele falsche Blondinen hervorzubringen.

»Siehst du Ketchum?«, fragte Messer.

»Ja.« Ryder warf einen Blick auf seinen Auftraggeber, der gerade unter einem Mistelzweig eine vollbusige Rothaarige küsste. Sie war bekannt für ihre Auftritte in Werbefilmchen für Kosmetik. »Sieht deine Blondine im roten Kleid so aus, als wäre sie bewaffnet?«

»Wenn, dann müsste die Waffe in ihrer Handtasche sein. Das Kleid wirkt eher, als wäre es auf die Haut gesprüht. Da drunter kann sie nichts verstecken.«

»Siehst du sie noch?«

»Negativ. Sie ist in der Menge verschwunden.«

»Dann hör auf zu quatschen und sieh zu, dass du sie wiederfindest.«

»Das versuche ich ja, aber gerade hat hier eine besoffene Sitcom-Darstellerin das Oberteil ausgezogen, hier stehen jede Menge Typen im Weg.«

Diesmal rollte Ryder mit den Augen.

Banal. Dieser Job war so was von banal. Er beschützte verwöhnte Promis vor übereifrigen Fans, die meinten, es würde sich lohnen, ihnen näher zu kommen. Aber nach vier Jahren in Afghanistan und einem höchst unerfreulichen Anfall von Posttraumatischem Belastungssyndrom waren Ryder die Banalitäten eigentlich ganz recht.

Und der Job in der Security-Firma seines früheren Unteroffiziers in LA war deutlich besser, als wenn er nach Twilight heimgekrochen wäre, wo ihn die Kleinstadt-Spießer schon vor Jahren abgestempelt hatten.

Es war einfach nur erbärmlich.

Er war neunundzwanzig Jahre alt, hoch dekorierter ehemaliger Militärpolizist, und trotzdem wurde er die Verletzungen seiner Kindheit nicht los, die Beleidigungen, die die anderen ihm nachgerufen hatten. Böser Junge, Punk, Unruhestifter, Verbrecher, Dieb.

Ach ja, schöne Jugendzeit.

Nur eine Familie in der ganzen Stadt war ihm wichtig gewesen: die Cheeks. Die Familie, die ihn aufgenommen hatte, als sein Vater ihn rausschmiss und niemand mehr mit ihm zu tun haben wollte. Und die zwei besten Mitglieder der Cheek-Familie waren sein bester Freund Joe und dessen kleine Schwester Katie. Mit Joe hatte er nicht mehr gesprochen, seit sein Freund im vergangenen Sommer nach Twilight zurückgegangen war, um die Weihnachtsbaumplantage seines kränkelnden Großvaters zu übernehmen. Gesehen hatten sie sich das letzte Mal vor zwei Jahren, als Ryder bei Joe hereingeplatzt war, frisch von der Army und noch vollkommen durch den Wind. Damals hatte Joe in Florida gelebt.

Und Katie?

In seiner Erinnerung war Katie immer noch die schlaksige Fünfzehnjährige, die sich in seine Arme gestürzt und ihn geküsst hatte. Das war das letzte Mal gewesen, dass er sie gesehen hatte, aber er fragte sich schon, wie sie wohl heute aussah.

Hör auf mit dem Blödsinn, Southerland, Katie ist nur eine hübsche Erinnerung.

Er beugte sich wieder über das Geländer, um besser sehen zu können, und beobachtete die Metalltreppe, die zu den

Ausstellungsräumen im ersten Stock führte. Die Party war jetzt in vollem Gange. Die Band spielte Weihnachtssongs, die Leute tanzten, obwohl es so eng war, tranken, aßen Canapees, die von Kellnern im Smoking serviert wurden.

Eine bunt zusammengewürfelte Menge. Junge und Alte, trendy und traditionell, schick angezogen und bewusst lässig, ungefähr gleich viele Männer und Frauen. Die meisten sicher wohlhabend, einige reich. Komisch, wie viel Geld ausgegeben wurde, um Mittel für die Armen aufzubringen. Warum gaben diese Leute ihr Geld nicht einfach ein paar Obdachlosen?

Er beobachtete die drei Ausgänge in seinem Blickfeld. An jedem stand einer von der Museums-Security. Dann entdeckte er Messer in einem Stau unweit des Haupteingangs.

Er zählte die attraktiven Blondinen in roten Kleidern. Eins, zwei, sieben, zwölf ... Und eine von ihnen sollte Ketchums Stalkerin sein?

Er warf einen besorgten Blick zu Ketchum zurück. Der Promi und seine Erwählte saßen auf einem Sofa in der Nähe der Toiletten, knutschten fummelten wie wild. Hier im ersten Stock waren nur die VIP-Sponsoren zugelassen, und Ryder kontrollierte den Zugang.

Aus dem Augenwinkel bemerkte er eine Bewegung auf der Treppe. Eine Blondine. Rotes Kleid. Sehr in Eile.

In Eile? Die Frau rannte, als wäre die Hölle hinter ihr her.

Sofort spannte Ryder sich an und tastete nach dem Taser an seiner Hüfte. Er wollte das Teil nicht benutzen, ebenso wenig wie die Pistole in seinem Schulterhalfter. Diskretion war ein wichtiger Teil seines Jobs. Diplomatie ebenfalls.

Außerdem war das da eine Frau. Er war groß und kräftig, sie ziemlich klein. Eigentlich müsste es reichen, sie abzublocken und notfalls in den Schwitzkasten zu nehmen. Notfalls hieß, wenn sie unvernünftig war.

Er wollte kein Chaos.

Mit zwei langen Schritten war er bei ihr, und für den Bruchteil einer Sekunde dachte er, dass alle, die sie beide sahen, meinen mussten, sie seien Liebende, die sich gleich in die Arme fallen würden.

Doch sie machte keine Anstalten, langsamer zu werden. Ihr Blick war fest auf die Stelle gerichtet, wo Ketchum und die Rothaarige saßen. Es musste tatsächlich die Stalkerin sein, eine Frau randvoll mit Wut, Eifersucht und Adrenalin. Und wer konnte schon wissen, womit sonst noch.

Sein Instinkt, geschärft durch unzählige Patrouillenfahrten in der Wüste, übernahm die Kontrolle. Er reagierte ohne Zögern, zwischen zwei Atemzügen. Er packte sie am Arm, warf sie auf den Rücken, ließ sich auf sie fallen und hielt sie an vier Punkten blockiert auf dem Boden fest.

»Zurücktreten«, brüllte Messer. Ryder spürte mehr als dass er sah, wie sein Kollege Leute die Treppe hinunterschickte. »Hier gibt es nichts zu sehen. Gehen Sie bitte nach unten und genießen Sie die Party.«

Ryders Hände hielten ihre Handgelenke, seine Füße in Cowboystiefeln ihre Knöchel. Die Frau keuchte.

Er auch. Weil er auf einmal begriff, dass sie auf keinen Fall Ketchums Stalkerin sein konnte. Und dass er sie kannte.

Er schaute hinunter in ihr Gesicht. Ein vertrautes Gesicht, auch wenn es sich in den letzten zwölf Jahren ziemlich stark verändert hatte.

Katie Cheek.

Was zum Teufel ...

Ihm war, als hätte ihm jemand die Luft herausgelassen.

Ihr Gesicht war weicher, schmaler und hübscher geworden. Die Brille war weg, ebenso die Zahnspange, und statt der wilden krausen Mähne mit der Spülwasserfarbe hatte sie jetzt glatte, üppige, strahlend blonde Haare.

Ja, sie hatte sich sehr verändert. Aber er hätte sie überall wiedererkannt.

Katie Cheek. Auf jeden Fall.

Die kleine Schwester seines besten Schulfreundes. Erwachsen und mit Kurven an den gefährlichsten Stellen.

2

Gute Güte, was für ein Felsklotz von einem Mann war das denn, der da auf ihr drauflag? Harte Muskeln, Sehnen und ein eher struppiger Sexappeal. Der Erste, der ihr das Herz gebrochen hatte.

Ryder Southerland.

Katie hielt verblüfft die Luft an und dachte über ihre Top Five nach. *Dinge, die mein Herz schneller schlagen lassen.*

Junge Katzen
Hübsche Schachteln
Salzkaramell
Weihnachten
Ryder Southerland

Genau. Und jetzt war sie einfach so in ihre Vergangenheit hineingerannt. Ihr wurde schwindelig, als sie an das letzte Mal dachte, wo sie zusammen auf dem Boden gelegen hatten. Damals hatte sie allerdings oben gelegen.

Sie war fünfzehn gewesen und noch ungeküsst. Wer hätte denn auch so ein knochiges Mauerblümchen mit knubbeligen Knien, Brille, Zahnspange und krausen Haaren geküsst?

Außerdem standen Jungs wie Ryder nicht auf Mädchen wie sie.

Ihre Eltern hatten Ryder bei sich aufgenommen, nachdem sein Dad ihn rausgeschmissen hatte. Warum, das sagte er niemandem. Aber er wohnte eine ganze Weile bei ihrem großen Bruder Joe in der umgebauten Garage. Zahllose Stunden hatte sie mit Tagträumen zugebracht, in denen Ryder die Hauptrolle spielte, und sich romantische Ideen ausgemalt, von denen sie genau wusste, dass sie niemals Wirklichkeit würden.

Wilde sexuelle Phantasien, die sie total verwirrten und die sie zu idiotischen Dingen verleiteten. Sie hatte sogar ihr Kopfkissen geküsst und sich vorgestellt, es wäre Ryder.

An einem strahlend schönen, brütend heißen Julitag hatte sie an ihrem Fenster gestanden und zugesehen, wie Joe und Ryder im Obstgarten ihrer Eltern saftige Pflaumen ernteten. Ryder hatte sein verschwitztes T-Shirt lässig ausgezogen, sodass sie seine muskulöse Brust sehen konnte. Ihre Teenager-Phantasie kochte hoch. Und so hatte sie sich auf ihr Bett geworfen und voller Enthusiasmus ihr Kissen geküsst.

»Was machst du denn da, Miss Priss?«, hatte Ryder von der Tür aus gefragt.

Miss Priss.

Mit diesem Spitznamen hatte er sie geärgert, weil sie immer so brav und ordentlich war.

Du lieber Himmel, wieso war er denn hier?

Katie war herumgefahren und hatte gesehen, dass er mit einer Schulter am Türrahmen lehnte, die Arme entspannt an den Seiten, nur in Cowboystiefeln und einer ausgebleichten Jeans.

Dieser fantastische nackte männliche Brustkorb in ihrem Zimmer hatte Katies Phantasie noch mehr angeheizt.

»Nichts!« Katie sprang auf und warf ihr Kopfkissen weg. Du lieber Himmel, hatte er sie gesehen? Hatte sie seinen Namen gemurmelt, während sie das Kissen streichelte und sich vorstellte, es hätte seine dichten, gewellten Haare? »Gar nichts. Was willst du?«

Sie keuchte. Ehrlich, sie keuchte.!

Er verzog den Mundwinkel zu einem wölfischen Grinsen. »Joe schickt mich.«

»Was willst du?« Sie wusste, dass sie zickig klang, aber wenn sie damit aufhörte, würde sie sich vor ihm auf den Boden werfen und seine Cowboystiefel küssen.

Jetzt grinste er übers ganze Gesicht. »Weißt du, wo eure Mum ihre zusätzlichen Körbe hingetan hat?«

»Keine Ahnung«, erwiderte sie und spürte, wie sie bis zum Haaransatz errötete.

Er legte den Kopf schief und sah sie forschend an. »Hast du gerade dein Kopfkissen geküsst?«

»Neeein! Neinneinnein! Ich habe bloß ...« Sie machte eine halbherzige Geste, das Gesicht feuerrot, das Herz im Schnellzugtempo.

»Ja?« Konnte er tatsächlich noch breiter grinsen?

Lieber Gott, bitte lass mich auf der Stelle sterben. Egal wie. Blitzschlag, Heuschreckenplage, Flutwelle, egal. Nur bitte hilf mir, dass das hier aufhört.

»Bloß?«, half er ihr auf die Sprünge.

»Äh ...« Eingefroren. Ihr Verstand war eingefroren. Wie bei einem Reh, das von den Frontscheinwerfern eines Autos gelähmt auf der Straße steht. Nein, noch schlimmer.

Ryder legte den Kopf zur anderen Seite, betrachtete sie eingehend, den Schalk in den Augen. »Ich hätte schwören können, du hast deine Lippen gegen das Kissen gedrückt.

»Ach was, ich doch nicht. Das bildest du dir ein.«

»Weißt du«, sagte er, und erst jetzt fiel ihr auf, dass er eine reife rote Pflaume in der Hand hielt. »So ein Kissen ist nicht ideal zum Üben.«

Sie starrte ihn an wie hypnotisiert. »Nein.«

»Zu weich und nachgiebig. Du brauchst etwas, was sich anfühlt wie echte Lippen.«

»Woher willst du das wissen?«

»Weil ich schon ziemlich viel geküsst habe.« Er senkte die Lider und warf ihr einen Schlafzimmerblick zu, bei dem ihr die Knie weich wurden.

Wow. Ihr Herz flatterte, als hätte sie einen durchgedrehten Schmetterling in der Brust. Sie konnte den Blick nicht von seinem Mund abwenden.

»Was meinst du denn, was ich nehmen sollte?«, fragte sie. Erst danach wurde ihr klar, dass sie jetzt die Knutscherei mit ihrem Kissen zugegeben hatte.

»Etwas Festeres, Fleischigeres. Zum Beispiel ...« Er hielt die Pflaume hoch. »So was.«

»Ja?«, flüsterte sie atemlos.

Sie starrte ihn immer noch ins Gesicht, hauptsächlich, damit sie den Blick nicht auf seine Brust senkte. Pubertätshormone galoppierten durch ihr Gehirn und schickten alle möglichen verrückten Sinneswahrnehmungen los.

»Ja, die wäre perfekt für den Zweck.« Ryders moosgrüne Augen funkelten wie Smaragde in einem Laser. »Fest und saftig, genau wie deine Lippen.«

Ihre Lippen?

Innerlich keuchte sie wieder auf und hielt sich nur mühsam davon ab, ihren Mund mit den Fingern zu berühren. Redete er tatsächlich über ihre höchstpersönlichen Lippen? Oder meinte er Lippen mehr so im Allgemeinen?

»Okay«, flüsterte sie. Ihre Stimme klang wie warmer Nebel. Sie hätte zu so ziemlich allem Okay gesagt, was von ihm kam.

»Hast du für jemand Bestimmten geübt?«

Für dich, du Idiot.

»Nein«, schwindelte sie. »Nur so ganz allgemein. Ich denke, es ist sicher gut, wenn man das kann, zumal ich ja jetzt zur Highschool gehe.«

Er nickte, als wäre das absolut vernünftig, kniff aber die Augen zusammen. »Kein Typ aus dem zweiten Jahr, der Biologie belegt hat und dir auf die Nerven geht?«

Der Typ, den sie meinte, hatte Chemie belegt.

Sie schüttelte heftig den Kopf, voller Sorge, dass er sie durchschauen würde. Egal. Ein cooler Typ wie Ryder würde sich ohnehin keine Gedanken über sie machen. Wenn sie nicht Joes kleine Schwester wäre, würde er wahrscheinlich nicht mal mit ihr reden.

»Katie?«

»Äh, ja?«

»Hörst du mir zu?«, fragte er.

Aber sicher. Wenn jetzt tatsächlich der Blitz eingeschlagen hätte, wäre sie wahrscheinlich geröstet worden, weil sie auf nichts anderes achtete als auf ihn.

Er galt als böser Bube, das wusste sie. Sie hatte Gerüchte gehört, von Mädchen, die er geküsst hatte. Und von anderen Dingen. Aber der Ryder, den sie kannte, war ganz anders. Bei ihnen zu Hause war er immer freundlich, rücksichtsvoll, hilfsbereit ...

Bis jetzt.

Jetzt lernte sie seine andere Seite kennen. Die Seite, die

die Schule schwänzte, Lehrer ärgerte und sich mit irgendeinem Mädchen in die Büsche hinter der Schule schlug.

Wie oft hatte sie sich schon gewünscht, eins dieser Mädchen zu sein!

»Schaust du zu?«

»Ja.« Sie atmete heftig ein und aus.

»Du musst die Lippen weich machen. So.« Er führte es ihr vor, öffnete leicht den Mund, nahm die Zähne auseinander und ließ sie einen Blick auf seine rosa Zunge erhaschen.

Sie spürte Hitze zwischen ihren Beinen, genau in ihrer Mitte. Sie war so fasziniert, dass sie sich kaum bewegen konnte, nicht einmal schlucken. Ein Teil von ihr wollte ihm sagen, er solle aus ihrem Zimmer verschwinden, aber sie brachte die Kiefer nicht auseinander.

Außerdem gab es da noch den anderen Teil von ihr, der sich keine Sekunde länger mit Kissen oder Obst beschäftigen wollte, sondern sich in seine Arme stürzen und ihn wie wild küssen. Aber sie war doch noch ein Kind, und er war der beste Freund ihres großen Bruders und sah sie an, als wäre sie unglaublich witzig.

Lässig hob er die Pflaume zum Mund.

Gute Güte! Katies Lippen vibrierten. Er wartete einen Moment, bis sie kaum noch Luft bekam, ließ sie wie erstarrt am ausgestreckten Arm verhungern.

Und nach einer halben Ewigkeit drückte er seine Lippen auf die glatte rote Haut. Katie hatte das Gefühl, als würde sich sämtliches Blut in ihrem Körper auf ihr Becken konzentrieren. In ihrem Inneren zog sich etwas zusammen. So etwas hatte sie noch nie gespürt. Es war wundervoll und machte ihr gleichzeitig eine Heidenangst.

Was hätte sie nicht dafür gegeben, dieses Stück Obst zu sein!

»Die besten Küsse sind sanft und weich«, dozierte er. »Eine schnelle, leichte Berührung, und dann gleich wieder loslassen.«

»Verstehe.« Ihre Kehle war wie zugeschnürt; sie bekam immer noch kaum Luft. »Und danach?«

»Wonach?« Er schaute sie unter halb geschlossenen Lidern hervor an. Noch nie war ihr aufgefallen, wie dicht seine Wimpern waren.

Katie schluckte. »Ich meine, nach diesem ersten Kuss.«

»Gute Frage.« In seinen tollen grünen Augen schimmerte Humor auf. Die Pflaume in seiner Hand war ganz nass geworden. »Kommt drauf an. Reden wir von einem zweiten Kuss, der direkt auf den ersten folgt? Oder reden wir von einem zweiten Kuss bei einer anderen Gelegenheit?«

»Gibt es da einen Unterschied?«

»O ja!« Seine Stimme klang tief und kehlig.

Katie schauderte.

»Ist dir kalt?«, fragte er.

»Ja«, schwindelte sie. Dabei brannte sie lichterloh.

Er ging zu ihrem Schrank.

Katie stand da, die Augen weit aufgerissen, den Mund offen; angespannt und aufgeregt fragte sie sich, was um alles in der Welt er vorhatte. Ihre Knie machten nicht mehr mit, sie musste sich auf die Bettkante setzen.

Er machte den Schrank auf, schaute hinein und lachte.

»Was ist denn?«

»Ich wusste schon, dass du ein ordentliches Mädchen bist, aber das hier …« Er deutete auf das Innere des Schranks.

Peinlich berührt zog sie die Knie an die Brust, umarmte sie, legte die Wange darauf und schaute weg. Sie wusste, was er da sah. Lauter Sachen mit Etiketten, gebügelt, nach Farben sortiert, ordentlich zusammengefaltet oder auf Holzbügel gehängt, immer mit einem Zentimeter Abstand. Sie hatte das mit dem Lineal abgemessen. Wenn sie Ordnung hielt, hatte sie das Gefühl, auch die Kontrolle zu behalten, und als jüngstes Mitglied einer Familie mit sechs lauten Kindern hatte sie oft das Gefühl, die Kontrolle zu verlieren.

»Ein bisschen zwanghaft, oder?« Er lachte leise.

So freundlich die Kritik auch klang, sie tat ihr weh, und sie schämte sich bis auf die Knochen. Seine Meinung von ihr war ihr wichtig, sie wollte nicht, dass er sie blöd fand.

»Na ja, mir gefällt das.« Er nickte. »Nach all den Jahren mit meiner Messie-Stiefmutter kommt dieser Schrank meiner Vorstellung vom Paradies ziemlich nahe.«

Sie hob den Kopf, fühlte, wie heiß ihr Gesicht war, aber seine Worte wärmten ihr das Herz. Ihr Schrank ein Paradies. Er nahm ihren rosa Lieblingspullover heraus, ging damit auf sie zu und legte ihn ihr um die Schultern. Dabei berührten seine Finger ganz leicht ihre Haut.

Ihr Magen rebellierte, sie vergaß schon wieder zu atmen. Heilige Scheiße!

»Besser so?«, fragte er und tätschelte ihr sanft die Schulter.

Ihre Stimme versagte, sie konnte nicht sprechen, wenn er so nah bei ihr stand und sie auch noch berührte. Noch nie hatte er sie so berührt. Natürlich hatten sie sich schon mal abgeklatscht, oder er hatte sie unter dem Tisch unabsichtlich mit dem Fuß angestoßen. Aber so nah ... und allein ...

Katie fiel auf, dass sie noch nie mit ihm allein in einem Zimmer gewesen war. Es fühlte sich absolut falsch an, und ihr Herz schlug so heftig, dass sie das Blut in den Ohren rauschen hörte.

Sein Geruch, halb Schweiß, halb Sonnenschein, halb Pfefferminz von seinem Kaugummi. Ob er wohl auch nach Pfefferminz schmeckte?

Er trat zurück, sah ein wenig verstört und vollkommen fehl am Platze aus. Immer noch hielt er die Pflaume in der Hand.

Sie räusperte sich, versuchte das Schwindelgefühl loszuwerden.

Er warf die Pflaume in die Luft und fing sie wieder auf.

»Was ist jetzt mit dem zweiten Kuss?«, fragte sie nach.

Er berührte die Mitte seiner Oberlippe mit der Zungenspitze. »Wenn der zweite Kuss gleich auf den ersten folgt, machst du den Mund ein kleines bisschen weiter auf und lehnst dich näher heran.«

»Zeig mal«, sagte sie.

Er wand sich. Ein Stich der Angst durchfuhr sie. War ihm das unangenehm?

»Oh.« Er blinzelte. »Du meinst, an der Pflaume?«

»Ja, natürlich«, stotterte sie, als ihr klar wurde, dass er für einen Moment gedacht hatte, sie meinte, er solle es ihr direkt zeigen Sie schnaufte, um ihre Worte zu betonen und um das Herzrasen zu beruhigen. »Du glaubst doch wohl nicht, ich will, dass du mich küsst, oder?« Sie lachte, um ihm zu zeigen, wie albern der Gedanke war, aber es klang ziemlich nervös, wie ein Zeichentrickschurke, der meint, er könnte alle Welt täuschen.

»Äh … nein, natürlich nicht.« Er sah irgendwie erleichtert aus.

Jetzt rebellierte ihr Magen wirklich. Er wollte sie also nicht küssen. Sie war ein hässliches Entlein, und er war der bestaussehende Junge in der ganzen Highschool. Sie wurde noch roter. Wie kam sie bloß aus diesem Gespräch raus?

»Ich weiß echt nicht, wo Mum die Obstkörbe aufbewahrt«, sagte sie. »Aber ich kann gehen und nachsehen.«

»Und deinen Kuss-Unterricht schwänzen?«

»Du …« Sie fuchtelte mit den Händen. »Das ist doch albern.«

»Nicht alberner, als wenn du dein Kissen küsst.«

»Sage ich doch. Ein albernes Thema.«

»Das sagst du jetzt. Aber wenn du irgendwann mal jemanden küssen willst, in den du verknallt bist? Dann wirst du dir wünschen, du hättest besser aufgepasst.«

Wenn er wüsste! Sobald Ryder in der Nähe war, passte sie auf nichts anderes mehr auf. Sie hatte nur Augen und Ohren für ihn.

»Also gut.« Sie nickte, ganz die brave Schülerin. »Ich höre zu. Was muss ich noch wissen?«

»Leichten Druck ausüben und saugen.«

»Saugen?«, flüsterte sie so leise, dass sie nicht sicher sein konnte, ob er sie überhaupt gehört hatte.

»Nur ein bisschen. Vielleicht so, wie du saugst, wenn du einen dicken Milchshake durch einen zu dünnen Trinkhalm kriegen willst. Stell es dir eher wie ein Einatmen vor. Schau mal, so.« Er legte seine Lippen wieder an die Pflaume, diese reife, pralle Frucht.

Ein warmes, kitzelndes Gefühl begann in ihrem Magen und sank dann immer tiefer, während sie ihn beobachtete. Sie verstand dieses Gefühl nicht so ganz, aber es stieg von ihren Füßen wieder hoch und verbreitete sich wie Donner in ihrem Rückgrat.

Und dann passierte etwas Wildes und Verrücktes.

Oder besser gesagt, sie wurde wild und verrückt.

Angetrieben von den neuen Gefühlen in ihr, stürzte sie sich auf ihn.

Ryder war so verblüfft, dass er das Gleichgewicht verlor. Die Pflaume flog ihm aus der Hand und klatschte gegen die Wand, und er ging mit lautem Krachen zu Boden, sodass sie auf ihm zu liegen kam.

Dann überfiel sie ihn wie ein wildes Raubtier. Heftig, lüstern und schnell. Kuss, Kuss, Kuss.

Eine Maschinengewehrsalve von Küssen.

Auf die Wangen.

Die Nase.

Die Stirn.

Das Kinn.

Auf den Mund. Mitten auf den Mund.

Man konnte es Ryder nicht verdenken, dass er erschrocken aufsprang, sie von sich runterwarf und so schnell er konnte hinausrannte, ohne sich noch einmal umzublicken. Am nächsten Tag zog er aus der Garage ihres Bruders aus und ging zur Army. So sehr wollte er weg von ihr.

Rot glühende Peinlichkeit brannte in ihr, und sie spürte den Wasabi in ihrem Dekolletee wieder, als sie in ihren Erwachsenenkörper zurückkehrte.

»Katie?«, fragte Ryder.

Sie blinzelte.

Die besorgte Stimme, die sie da hörte, kam nicht aus der Vergangenheit. Sie befanden sich nicht in ihrem Zimmer bei den Eltern, sondern in LA, bei einem albernen Weihnachts-Charity-Event in einem Museum.

Aber er lag immer noch auf ihr und hielt sie fest. Und du lieber Himmel, er hatte eine Erektion. Eine ziemlich große und ziemlich harte.

Ryder sah ihr in die Augen, und sie starrte zurück und wusste, dass er wusste, dass sie es wusste. Aber er sah nicht im Mindesten verlegen aus. Gut, dass sie rot genug für sie beide war.

»Katie Cheek, bist du das wirklich?« Er klang sehr ungläubig.

»Ja«, flüsterte sie, glücklich, dass seine Erektion nachließ.

»Du lieber Himmel, Frau, was ist denn mit deinem Dekolletee passiert? Du siehst aus, als hätte man dich durch Klebstoff gezogen und dann in kochendes Wasser getunkt.

»Ach das.« Sie legte ihre Hand über die zarte Haut, die mit grüner Pampe beschmiert war. »Das ist der Grund, warum ich zur Toilette wollte, als du über mich hergefallen bist. Warum bist du übrigens über mich hergefallen?«

Ein muskulöser Fünfundzwanzigjähriger im engen schwarzen T-Shirt, der aussah wie ein Stuntman, beugte sich über Ryders Schulter und starrte sie an. »Das ist nicht die Stalkerin.«

»Sag bloß, Messer.« Ryder rollte von ihr herunter. Die plötzliche Leichtigkeit fühlte sich an, als würde sie schweben.

»Ihr habt gedacht, ich sei eine Stalkerin?«

»Mein Fehler«, bemerkte der Typ namens Messer.

»Alles in Ordnung?« Ryder streckte eine Hand aus, um ihr hochzuhelfen.

Sie starrte die große Hand an, unfähig, sie zu berühren. Sie hatte Angst vor dem Feuer, dass diese Hand in ihr entzünden könnte.

Er wartete nicht auf ihre Entscheidung, nahm ihre Hand und zog sie hoch. Machohaftes Alphamännchen, elendiges. Er hatte sich in den letzten zwölf Jahren nicht sehr verändert, abgesehen davon, dass er noch kühner, dreister, bestimmender und direkter geworden war.

Und dass er noch besser aussah.

Damit hätte sie rechnen müssen.

»Wir müssen dafür sorgen, dass du das Zeug von der Haut bekommst«, erklärte er, immer noch ihre Hand in seiner. »Messer, pass du auf Ketchum auf. Ruf Davis an, er soll mich ablösen. Ich bringe Miss …« Er schaute Katie an und hob ihre linke Hand. »Kein Ring, also immer noch Miss?«

»Ja«, erwiderte sie, zu verblüfft, um etwas anderes zu sagen.

Ryder wandte sich wieder dem Stuntman zu. »Ich bringe Miss Cheek sicher nach Hause, und vorher sorge ich dafür, dass ihr Wasabi-Problem gelöst wird.«

»Kennst du sie?«, fragte Messer.

Statt einer Antwort schnippte Ryder mit den Fingern. »Ketchum. Pass auf ihn auf. Du weißt doch, eine Stalkerin ist hinter ihm her.«

»Kommst du zurück, bevor deine Schicht um ist?«, fragte Messer und zog sein Handy aus der Tasche, vermutlich, um Ryders Ablösung anzurufen.

»Nein.« Ryder sah Katie lange und fragend an. Sie zitterte

am ganzen Leib. Was hatte dieser Blick zu bedeuten? »Für heute ist hier Schluss. Komm mit«, sagte er zu ihr und zog sie zur Tür der Damentoilette.

Dort angekommen, öffnete er die Tür mit einem Fußtritt. »Jemand da drin? Bitte sofort raus, Security.«

Keine Antwort, auch nicht aus den Kabinen.

»Sieht so aus, als wäre die Luft rein.« Er schob sie hinein, lehnte sich dann noch einmal halb zur Tür hinaus und brüllte Messer zu: »Alle raus hier außer Ketchum und seiner Entourage. Und die Treppe hier rauf absperren.«

»Jawoll, Diktator«, brüllte Messer zurück.

»Na dann«, sagte Ryder und wandte sich wieder Katie zu. »Dann wollen wir dich mal sauber machen, Schätzchen.«

Schätzchen.

Die Fünfzehnjährige in ihr schmolz dahin bei diesem Wort, während die fast Siebenundzwanzigjährige störrisch reagierte. »Nein«, sagte sie.

»Nein?« Er klang amüsiert.

»Das darfst du nicht.«

»Was darf ich nicht?« Er schob sie zum Waschbecken, drehte das kalte Wasser auf und griff nach einem Papierhandtuch.

»Mich Schätzchen nennen. Wir haben uns seit zwölf Jahren nicht mehr gesehen. Ich bin nicht dein Schätzchen, war es nie und werde es nie sein.«

»Oh.« Er grinste, als wäre er beim Fischen und hätte gerade ein besonderes Prachtexemplar am Haken.

»Oh?« Sie stemmte die Hände in die Hüften. Das Brennen in ihrem Dekolletee hatte einem Gefühl der Taubheit Platz gemacht. »Was soll das denn heißen?«

»Du bist mutiger geworden. Und stacheliger.«

»Tja, so ändern sich die Zeiten.«

»Gefällt mir.« Er zwinkerte ihr zu. »Und jetzt halt still.«

»Messer hat recht, du bist ein Diktator.«

»Schätzchen, ich will dir doch nur helfen.«

»Brauchst du nicht«, sagte sie und schnappte sich das Papierhandtuch. Nicht, dass sie etwas dagegen gehabt hätte, wenn er mit kühlendem Wasser ihre gereizte Haut berührt hätte. Aber das war ja gerade das Problem.

»Unabhängig auch noch. Ich muss schon sagen, Miss Priss, dein neues Ich gefällt mir sehr.«

»Das ist nicht neu. Ich bin nur inzwischen erwachsen geworden.«

»Ja.« Seine Augen leuchteten anerkennend, während er ihr zusah, wie sie den grünen Meerrettich aus ihrem Ausschnitt wischte. »Ja, das stimmt.«

Das grobe Papier kratzte auf der wunden Haut, so sehr, dass Katie zischend die Luft einzog. Sie beugte sich über das Waschbecken, spritzte sich kaltes Wasser auf Brust und Hals. Ah, viel besser. Als sie sich aufrichtete, um ein zweites Papierhandtuch zu nehmen, hielt Ryder es ihr schon hin.

»Danke«, sagte sie widerwillig.

»Bitte.« Sein Schurkengrinsen war einfach nicht wegzubekommen.

Vorsichtig tupfte sie ihre Haut trocken, doch als sie fertig war, fing sie Ryders Blick auf und merkte, dass ihr Kleid nass geworden war. Ihre Brustwarzen waren durch den feuchten Stoff mehr als deutlich zu sehen.

Verdammt.

»Erinnerst du dich noch an den Tag, als du mich geküsst hast?«, fragte er.

Zweimal verdammt.

Wie könnte sie diesen Tag jemals vergessen? Es war einer der entscheidendsten Momente in ihrem Leben gewesen. Am nächsten Tag war Ryder zur Army gegangen, so weit wie möglich weg von ihr.

»Nein«, erwiderte sie.

»Na, sicher erinnerst du dich. Es war …«

»Du hast mich zurückgestoßen.«

»Natürlich habe ich dich zurückgestoßen, in drei Teufels Namen. Du warst fünfzehn, das war dein erster Kuss, du warst die kleine Schwester meines besten Freundes, und ich wohnte bei deinen Eltern. Was hätte ich denn wohl sonst tun sollen, Frau?«

Frau. Warum klang dieses eine Wort so sexy, wenn er es aussprach?

»Es war einer der schlimmsten Momente in meinem Leben«, sagte sie. »Ich habe mich hässlich und dumm gefühlt und entsetzlich geschämt.«

Er fuhr sich mit allen zehn Fingern durch die Haare und atmete auf aufgeblasenen Backen aus. »Du hattest überhaupt keinen Grund, dich zu schämen.«

Sie kicherte nervös und wagte nicht, ihm in die Augen zu sehen. »Ich war fünfzehn, wer weiß schon, was ich mir dabei gedacht habe? Ich hatte wohl die alberne romantisch Vorstellung, du würdest mich wiederküssen, mich in die Arme nehmen, zu deinem weißen Pferd tragen und mit mir in den Sonnenuntergang galoppieren.«

»Das alles hätte ich auch sehr gern getan. Und noch mehr.« Sein Blick fuhr über ihren Körper. »Noch sehr viel mehr. Aber du warst nun mal die kleine Schwester meines besten Freundes. Und bist es noch, wenn man es genau nimmt.«

»Jetzt hör aber auf, Ryder«, sagte sie, weil ihr gesamter Körper glühte wie ein Weihnachtsbaum. »Geh mir aus dem Weg, und ich mache, dass ich nach Hause komme.«

»So kannst du nicht nach Hause. Du brauchst eine Salbe gegen die Verbrennung.«

»Dann halte ich bei einem Drugstore. Denn stell dir mal vor, ich kann so was. Ich bin schon groß.«

Ein störrischer Ausdruck trat auf sein Gesicht. Sie erinnerte sich daran, dass sein Sternzeichen der Stier war. Stur wie eine Wand. »Ich fahre dich nach Hause, keine Diskussion. Das hier ist nicht unbedingt ein sicherer Stadtteil.«

Im Grunde genommen war sie ganz erleichtert über sein Angebot. Die High Heels taten ihr weh, das nasse Kleid lenkte jedermanns Aufmerksamkeit auf ihre Brustwarzen, und sie wollte ja nicht rumjammern, aber dieses Brennen von dem Wasabi war wirklich unangenehm. Wie konnte man so was essen? Außerdem hatte sie ein halbes Glas Wein getrunken, und seitdem war nicht so viel Zeit vergangen, dass sie sich schon wieder hinters Steuer setzen konnte.

»Wo wohnst du?«, fragte er.

»Malibu.«

Er schüttelte den Kopf. »Das ist zu weit. Meine Wohnung liegt nur ein paar Häuserblöcke entfernt in der Innenstadt. Ich habe Salbe und Benadryl im Haus. Damit kann ich dich versorgen, und du kannst auf meiner Couch schlafen.«

»Ich will aber nicht am Morgen des Heiligabend bei dir aufwachen.«

»Ach so.« Er blinzelte ein wenig dümmlich. »Ich bin ein Idiot. Du hast natürlich einen anderen.«

Nein. Nein. Hatte sie nicht. Aber das würde sie ihm nicht sagen.

»Hast du den Freund noch?«, fragte er.

»Welchen Freund?«

Er zuckte mit den Schultern. »Keine Ahnung. Joe hat irgendwann mal erzählt, dass du einen Freund hast und mit ihm in einer Jurte wohnst. Was nicht sehr typisch für dich klang.«

»Das war mein Verlobter«, sagte sie. »Matt war mein Verlobter. Er ist letztes Jahr ums Leben gekommen.«

»Scheiße, Katie, das wusste ich nicht. Tut mir leid.«

»Ist ja nicht deine Schuld.«

Er wand sich. »Aber ich finde es blöd, dass ich das nicht wusste. Dann hätte ich dir eine Beileidskarte schicken können.«

»Warum denn? Wir hatten doch gar keinen Kontakt mehr.«

»Nein«, sagte er. »Aber mich kümmert, was mit dir los ist.«

Die letzten Worte drückten ihr die Luft aus der Lunge, erwärmten ihr Blut und ließen ihr Herz schneller schlagen. Es kümmerte Ryder, was mit ihr los war?

Er will nur höflich sein. Interpretier da nicht zu viel rein.

Ryder schnippte mit den Fingern. »Ah, warte mal einen Moment. Es ist doch Weihnachten, warum bist du nicht zu Hause in Twilight?«

Sie winkte ab. »Das ist eine lange, langweilige Geschichte. Die Kurzfassung lautet: Ich brauchte Abstand von den ganzen übertriebenen Weihnachtsfeierlichkeiten und habe mit einer Freundin die Wohnung getauscht.«

»Wie in dem Film mit Cameron Diaz?«

»Genau.«

»Einfach mal tauschen. Gute Idee für einen Neustart. Du kannst mir auf dem Weg zu mir mehr darüber erzählen.«

Und bevor ihr ein guter Grund einfiel, die Einladung abzulehnen, nahm er auch schon ihre Hand.

Heiliger Nikolaus! Ryder Southerland hielt Händchen mit ihr! Es fühlte sich so gut an, dass sie keinen Widerstand leistete.

Er führte sie die Treppe hinunter zu einem Seitenausgang, wo eine große schwarze Harley stand.

»Die Harley hast du also noch«, kommentierte sie, entzog ihm ihre Hand und versteckte den Arm außerhalb seiner Reichweite.

»Das einzige Fahrzeug, das ich je hatte.« Er drückte stolz die Brust raus und fuhr mit der Hand über die glänzenden Chromverkleidungen.

»Natürlich«, sagte sie. »Was soll ein einsamer Wolf denn sonst fahren? Aber ich mache da nicht mit. In diesem Kleid kann ich nicht auf dieser Harley mitfahren. Wir können zu deiner Wohnung fahren, damit ich medizinisch behandelt werde, aber dann nehmen wir meinen BMW.«

»Mein, mein, mein. Eine Wohnung in Malibu, ein BMW. Miss Priss hat sich ganz schön rausgemacht.« Er klang sarkastisch und amüsiert zugleich.

»Es ist weder meine Wohnung noch mein Auto«, erinnerte sie ihn.

»Spielt doch keine Rolle. Es ist das Leben, das du im Moment führst.«

Keine Ahnung ,was er damit meinte. Sie zog den Autoschlüssel aus der Handtasche und ließ ihn an ihrem Zeigefinger baumeln. »Auf geht's.«

»Na gut«, sagte er und schnappte sich den Schlüssel. »Dann eben dein Auto. Aber ich fahre.«

3

Es fing ganz unschuldig an.

Okay, das können wir wohl streichen, glaubt ja doch keiner.

Die Wahrheit?

Von dem Moment an, als sie Ryders Wohnung in der Innenstadt von Los Angeles betraten, wusste Katie, dass sie ihm nicht würde widerstehen können, wenn er einen Schritt auf sie zu machte. Doch klar war auch, dass sie den ersten Schritt nicht tun würde. Beim letzten Mal war es nicht besonders gut ausgegangen.

Die sexuelle Spannung zwischen ihnen war mit Händen zu greifen. Jedes Mal, wenn er sie ansah, spürte sie ein Vibrieren und Kribbeln in allen Zellen ihres Körpers. Verdammt noch mal, sie wollte ihn!

Um sich abzulenken, sah sie sich in der Wohnung um. Moderne, maskuline Einrichtung, viel Edelstahl, Silber und Chrom. Keine Bilder an den Wänden, keine Kissen auf der Couch. Nicht mal ein Fernseher. Minimalistisch wie eine Klosterzelle.

Das hätte ihr eigentlich gefallen müssen, es wirkte ordentlich, effizient, sachlich. Aber es war ihr zu leer, zu kalt und distanziert. Zu unberührbar.

Konnte es sein, dass Ryders Leben auch so war?

Ein stechender Kummer durchfuhr sie, aber die Empfindung verebbte, als er ihre Hand nahm und sie in sein Schlafzimmer zog, und wurde durch eine Mischung aus Furcht und Aufregung ersetzt. Ihr galoppierender Puls löschte die Traurigkeit aus.

An der Schlafzimmertür blieb sie stocksteif stehen.

»Es ist nur ein Schlafzimmer, Katie«, sagte er. »Wir müssen da durch, um ins Bad zu kommen, wo ich meinen Erste-Hilfe-Kasten habe. Ich werde nicht über dich herfallen, falls es das ist, was du befürchtest.«

»Nein, das befürchte ich nicht.

»Wäre es dir angenehmer, im Wohnzimmer zu warten?« Er ließ ihre Hand los.

»Das ist es nicht.«

»Sondern?« Er legte den Kopf schräg und betrachtete sie eingehend.

Ob er wohl erstaunt wäre, wenn er wüsste, dass das nette Mädchen, dem er den Spitznamen Miss Priss gegeben hatte, sich einen heißen Ritt wünschte? Sie konnte es ja selbst kaum glauben, aber je länger sie ihn ansah, desto mehr dachte sie: O ja! Es musste ja niemand außer ihnen beiden davon erfahren. Das hier war die einzigartige Chance auf Sex mit ihrem Traummann.

War sie nicht genau aus diesem Grund in seine Wohnung gekommen?

Warum stellte sie sich dann so an?

Warum? Weil ihre Phantasie das eine war und die Realität etwas ganz anderes. Denn wie würde es sich anfühlen, wenn die Realität mit der Phantasie nicht mithalten konnte? Dann wäre ein perfekter Tagtraum für immer ruiniert.

Versuch es. Geh das Risiko ein. Tu es.

Sie hatte sich immer an die Regeln gehalten, war ein braves Mädchen gewesen. Außer an dem Tag, als sie sich auf ihn gestürzt hatte. Das war ganz und gar untypisch gewesen. Und es hatte ihre späteren Beziehungen zu Männern geprägt. Nach seiner Flucht hatte sie nie wieder den ersten Schritt getan.

»Setz dich dahin.« Er nickte zu dem üppig gepolsterten Ledersessel gegenüber seinem großen Bett. »Oder auch nicht, mach es, wie du willst.«

Er verschwand im Badezimmer, sie schlurfte zu dem Sessel und ließ sich in die Polster sinken.

Das Zimmer roch nach ihm. Männlich, kräftig, mit einem Hauch von Sandelholz.

Sie sah sich um. Auch hier herrschte peinlichste Sauberkeit, auch dies ein minimalistisches Zimmer. Ein Bett, ein Sessel, eine Kommode. Ein Wecker, ein Schreibtisch mit Laptop und Satellitenradio. Das war's.

Das Bett müsste mal richtig durchgewühlt werden. Oh, ich würde dieses Bett mit ihm dermaßen zerwühlen!

Da die Stille sie nervös machte, beugte sie sich vor und schaltete das Radio ein. »Santa Claus is Coming to Town«, rieselte aus dem Lautsprecher.

Ryder kam zurück ins Zimmer, After-Sun-Lotion in der einen Hand, einen Einweghandschuh in der anderen. Ein elektrischer Schauer durchfuhr sie, aufregend und erotisch.

Er kniete sich vor sie hin, schraubte die Flasche mit der Lotion auf, gab ein bisschen davon auf die Hand im Handschuh und beugte sich vor, um die Lotion sanft auf ihre zarte Haut aufzutragen.

Die Berührung erschütterte sie geradezu.

»Wie sieht es aus?«, fragte sie, um nicht darüber nachzudenken.

»Wie ein Sonnenbrand. Ich hätte nicht gedacht, dass Wasabi diese Wirkung hat.«

»Könnte eine allergische Reaktion sein«, erwiderte sie. »Ich bin allergisch gegen Meerrettich.«

»Und warum isst du dann Wasabi?«

»Tue ich ja gar nicht.« Sie winkte ab. »Das ist eine lange Geschichte.«

»Ich bleib ja hier.« Seine heisere Stimme bereitete ihr eine Gänsehaut.

War das eine Einladung? Sie betrachtete den Wirbel ganz oben auf seinem Kopf, während er sich über ihre Brüste beugte, und fragte sich, wie ein zufällig vorbeikommender Fremder die Szene interpretiert hätte. Oder eine Fremde, eine Hausangestellte beispielsweise.

»Du hast keine Haushaltshilfe, oder?«

»Doch, aber ich bin ziemlich sicher, dass Carmen hier nicht unangekündigt abends um neun auftauchen würde. Schon gar nicht am Tag vor Heiligabend.«

»Könnte ja sein. Sie ist sehr gewissenhaft, deine Wohnung ist geradezu unheimlich sauber.«

»Aber so gewissenhaft ist sie nicht.«

»Woher wusstest du, dass ich gedacht habe, jemand könnte reinkommen und uns sehen?«

»Weil ich dich kenne. Du machst dir viel zu viele Sorgen darüber, was andere Leute denken.«

»Das war vor zwölf Jahren. Wie ich heute bin, weißt du gar nicht. Vielleicht habe ich mich ja verändert, vielleicht bin ich ganz anders geworden.«

Er setzte sich auf die Fersen und betrachtete sie mit einem Amüsement, das sie sehr irritierend fand. »Tatsächlich?«, fragte er. »Bist du tatsächlich ein ganz anderer Mensch geworden?«

»Nein«, murmelte sie. »Ich mache mir immer noch viel zu viele Sorgen darüber, was andere Leute denken.«

»Warum bist du allein zu der Party heute Abend gegangen? Das ist ganz schön mutig für ein Mädchen, dass sich solche Gedanken macht.« Lässig schraubte er die Flasche wieder zu und zog mit einer raschen, geübten Bewegung den Handschuh aus.

»Noch eine lange Geschichte. Reden wir nicht mehr darüber, nehmen wir einfach an, dass es Schicksal war.«

»Das gefällt mir.« Seine Augen funkelten.

Sie atmete schnell ein, sodass ihre Brust gegen seine Hand stieß. Er sah ihr in die Augen. Sie erwiderte den Blick.

Knall, Zisch, Knister.

Funken sprühten durchs Zimmer.

Nichts von dem, was sie fühlte, war sauber, einfach, organisiert oder auch nur ordentlich. Sie fühlte sich unordentlich, wild und außer Kontrolle. Ein einziges Hormonchaos, dass sie vorwärtsschob.

Chaos. Gute Güte.

»Es ist lange her, dass ich etwas gesehen habe, was so gut aussieht wie du«, sagte er.

»Trotz der Verletzung?« Sie zeigte auf ihre gerötete Brust, die jetzt auch noch von der Lotion glänzte.

»Ich war in der Army, Verletzungen machen mich an.«

»Das würde allerdings einiges erklären.« Ihre Körpertemperatur erreichte Werte, die sie sonst nur von Fieberschüben bei einer Grippe kannte.

»Katie«, krächzte er.

»Ryder.« Sie atmete seinen Namen seufzend aus.

Ihre Blicke verschmolzen miteinander. Er befeuchtete seine Lippen, und auch sie wurde feucht. An den verschiedensten Stellen.

Er breitete die Arme aus, und sie ließ sich hineinfallen, einfach so aus dem Sessel, sodass sie ebenfalls auf dem Boden kniete. Sie schlang ihre Arme um seinen Hals, zog seinen Kopf herunter und drückte ihre Lippen auf seine.

Erschrocken über ihre eigene Impulsivität, zog sie sich zurück. War sie zu weit gegangen?

Er nahm seinen Mund nicht von ihrem, aber sie spürte, wie er sich anspannte und zumindest innerlich den Rückzug antrat. Fing er jetzt an, darüber nachzudenken, was sie hier anstellten?

»Was ist?«, flüsterte sie. »Ist was nicht in Ordnung?«

»Ach was«, erwiderte er. »Ich versuche nur herauszukriegen, ob ich tot bin oder träume.«

»Keins von beiden«, hauchte sie.

»Das hatte ich befürchtet.«

»Ich glaube dir kein Wort. Du fürchtest dich nämlich vor gar nichts, Ryder Southerland.«

»Da irrst du dich aber gewaltig. Vor dir habe ich eine Heidenangst, Miss Priss.«

»Vor mir? Was gibt es denn da zu fürchten?«

»Dass ich dich so verdammt sehr will.«

»Das lässt sich regeln«, sagte sie und küsste ihn wieder.

Er schnaubte leise und zog sie dicht an sich. »Bist du sicher?«

»Absolut.«

»Es gibt kein Zurück.«

»Kein Zurück.« Sie biss ihn in die Unterlippe, nicht fest, aber doch fest genug, dass er wusste, sie meinte es ernst.

Er stöhnte auf, dass das Geräusch in seiner Brust vibrierte, ein urtümlicher, dunkler Klang aus lauter Begehren. Raubtierartig. Sie leuchtete innerlich geradezu auf, als sie das hörte.

»Mehr«, sagte er.

Da musste er sie nicht zwei Mal bitten. Sie öffnete den Mund, küsste ihn intensiver, setzte die Zunge ein, drückte sich an ihn, bewegte ihr Becken an seiner Erektion und hörte ihn wieder stöhnen.

Jetzt konnte Weihnachten kommen.

Seine Hände fuhren an ihrer Taille entlang, umfassten ihren Hintern und zogen sie noch dichter an ihn heran, bis wirklich kein Haar mehr zwischen ihre Körper passte.

Sie konnte seine Wildheit spüren. Der böse Bube von Twilight, Texas ...

Aber etwas war neu. Diese innere Kraft war neu, diese kontrollierte Kraft, die er entweder bei der Army gelernt hatte oder die sich einfach auf dem Weg zum Erwachsenwerden entwickelt hatte. So viel Erfahrung und Reife. Sie konnte es förmlich schmecken.

Er gab sich wirklich Mühe, seine Leidenschaft im Zaum zu halten. Sie wusste, das fiel ihm nicht leicht. Tat er es für sie? Weil sie etwas Besonderes war? Oder weil er in ihr immer noch die kleine Miss Priss sah, diese süße, unschuldige Ding?

Ach herrje.

Glaubte er denn, sie hätte im Kloster gelebt? Sie war fast siebenundzwanzig, und auch wenn sie nicht mit vielen Typen geschlafen hatte, war sie doch nicht gänzlich unerfahren. Sollte sie tatsächlich mit ihm ins Bett gehen, wäre er Nummer vier. Für eine Frau ihres Alters war das eine eher bescheidene Ausbeute.

Vielleicht war sie ja wirklich noch süß und unschuldig. Aber dem konnte man abhelfen, und zwar, indem sie sich endlich einmal nicht ganz so süß und unschuldig benahm. Sie hatte ein Recht auf Sex wie jede andere Frau. Was war falsch daran, mal so richtig Spaß haben zu wollen?

Katie eroberte seinen Mund wieder. Jetzt war sie wild und chaotisch, ausgehungert nach Sex. Sie verschlang ihn, schmeckte und saugte und leckte.

Bitte, zieh mich aus. Wirf mich aufs Bett. Nimm mich hart und lange, bis ich nur noch wimmern und stöhnen kann.

Er ließ ihr die Initiative, hielt sie nur fest an sich gedrückt, ohne sich zu bewegen. Sie wusste, dass er sie auch wollte. Er überließ die Zügel nicht so leicht einem anderen. Aber jetzt überließ er sich ganz und gar ihr.

Verdammt noch mal, sie war doch nicht aus Porzellan! Zum Teufel mit der Selbstkontrolle! Sie würde ihn schon zu einer Reaktion verleiten, auf die eine oder andere Weise.

Sie zog ihm die Jacke aus und warf sie durchs Zimmer. Er stöhnte und schaute auf sie herunter, als wäre er in einen Wirbelsturm geraten.

Gut. Sie wollte ihn gern ein bisschen schockieren.

Sie zog ihm das Hemd aus der Jeans, fuhr mit den Händen darunter, über seinen festen Bauch, spürte die Hitze seiner Haut.

Heiß.

Verdammt.

Das hässliche Entlein vor zwölf Jahren hätte niemals seine Aufmerksamkeit geweckt. Trotzdem hatte sie ihre neue Unterschrift »Mrs Katie Southerland« im Tagebuch geübt. Damals war er schlank und schlaksig gewesen, mit schmalen Hüften und langen Beinen.

Lange Beine hatte er immer noch, aber es war nichts Schlaksiges mehr an ihm. Ein richtiger, fertiger Mann. Jeder Muskel in seinem Körper fest und groß, ohne übertrieben aufgeblasen zu sein. Kein Gramm Fett.

Sie drückte ihre Fingerspitzen hinein und genoss das Gefühl.

Er zog zischend den Atem ein, als hätte er sich verbrannt, und schwankte.

Als nächste widmete sie ihre Aufmerksamkeit seinem Gürtel, selbst überrascht, wie mühelos sie ihn aufbekam.

Zwei große, kräftige Hände legten sich auf ihre Schultern. »Katie«, sagte er heiser. »Kannst du dir vorstellen, was du mit mir machst?«

Sie hob das Kinn. »Glaube ich schon. Oder hast du eine Waffe in der Hosentasche?«

Er stöhnte wieder, zog sie in die Arme und drückte seine Stirn an ihre. Sie starrten einander in die Augen, bis sie schielten und kicherten.

»Was machen wir hier?«, fragte er flüsternd.

»Ich hoffe, wir haben gleich Sex«, antwortete sie.

»Ich spreche von den Folgen.«

»Die einzige Folge, über die ich mir im Moment Gedanken mache, ist heißer Sex.«

»Aber ich will dir nicht wehtun, Katie.«

»Meinst du körperlich oder seelisch? Körperlich bin ich viel stärker, als ich aussehe. Wenn es Spaß macht, kümmern mich ein paar blaue Flecken nicht. Und seelisch – mach dir keine Gedanken. Ich bin nicht mehr die Mitleid erregende Fünfzehnjährige, die unsterblich verknallt in dich war.«

»Du warst nicht Mitleid erregend. Du warst süß.«

Süß.

Er sah immer noch den linkischen Teenager in ihr, so sehr sie sich auch wünschte, als heißer Feger auf ihn zu wirken. Sie würde es ihm gründlich zeigen müssen.

Katie küsste ihn wieder, so heftig und feurig, wie sie konnte. »Schmeckt das süß?«

»Katie«, sagte er ruhig und ernst. »Ich habe einer Frau wie dir nichts zu bieten.«

»Ich will nicht, dass du mir etwas bietest. Ich denke nur an heute Nacht, und ehrlich gesagt, finde ich es ein bisschen egozentrisch von dir, anzunehmen, dass ich mehr will als das.«

Er schüttelte den Kopf, seine Augen unergründlich. Samthandschuhe. Er fasste sie mit Samthandschuhen an, und das gefiel ihr gar nicht.

»Aber hey!« Sie entwand sich ihm, immer noch auf den Knien, und zeigte auf die Tür. »Das hier ist ein freies Land, du kannst immer noch Nein sagen. Ich kann auch gehen. Sicher findet sich da draußen irgendwer, der bereit ist, die Nacht mit mir zu verbringen.«

»Nur über meine Leiche«, grollte er.

»Dann los!« Sie konnte sich kaum noch zurückhalten. Es war, als würde das Begehren aus jeder ihrer Sommersprossen dringen.

»Sex willst du?«, fragte er, sein Ton so dunkel wie seine Augen.

»Ja!« Die Wildheit in seinem Gesicht gefiel ihr. Offenbar war er doch noch nicht ganz so zahm. »Nimm mich!«

»Das willst du?« Er stand auf, nahm sie bei der Hand, zog sie hoch. Dann umspannte er ihre Taille mit beiden Händen, hob sie hoch und warf sie auf die Matratze.

»Ja.« Sie lachte nervös. »Ja.«

Er zögerte immer noch. Begehren und Ehre kämpfen in seinem Blick.

»Komm und krieg mich«, sagte sie. Es war, als hätte sie einem wütenden Stier mit einem roten Tuch zugewinkt.

Er schnaubte, sprang aufs Bett, ohne jeden Rest von Selbstkontrolle. In diesem Moment war er genau das, was sie sich wünschte: wild, wunderbar und ein ganz klein wenig gefährlich.

Sein Mund machte sich über ihren her, er küsste sie lange, tief und voller Begeisterung. So als hätte er ein Leben lang darauf gewartet, sie zu verschlingen.

Und sie war voll dabei.

Dann plötzlich zog er sich zurück und nahm ihr alles wieder weg.

»Was ist?«, wimmerte sie.

»Glaubst du, du kommst wirklich damit klar?« Er fragte, als glaubte er nicht, dass sie der Herausforderung gewachsen war.

Was für eine Gemeinheit!

Für ihren nächsten Satz benutzte sie Wörter, bei denen die Fünfzehnjährige, die sie einmal gewesen war, in Ohnmacht gefallen wäre. Der Satz war kurz und fing mit F an.

Überraschung leuchtete in seinen Augen auf.

»Was ist? Hast du gedacht, solche Wörter kenne ich nicht? Ich bin mit vier Brüdern aufgewachsen! Ich bin mit dir und Joe aufgewachsen, gute Güte noch mal!«

»Gute Güte.« Eine Augenbraue hochgezogen, ein großes Fragezeichen im Gesicht. »Das klingt wieder nach der alten Miss Priss.«

»Die bin ich schon seit Jahren nicht mehr.«

»Aber wer bist du dann?«

Sie knirschte mit den Zähnen. »Das ist gemein, Souterland. Ich bin keine Jungfrau mehr. Ich war verlobt, und schon vor Matt hatte ich mit dem einen oder anderen Mann zu tun. Ich habe Sex gehabt. Dachtest du, ich hocke zu Hause und vertrockne, bloß weil du weggelaufen bist, nachdem ich dich geküsst hatte?«

»Nein.« Er ließ den Kopf hängen.

»Ich mag Sex«, fuhr sie fort. »Sehr sogar. Und ich hatte jetzt ein Jahr Pause, also bitte, entschuldige, wenn ich einfach gern Sex mit einem gut aussehenden Mann hätte.« Als sie fertig war, atmete sie schwer.

Er auch.

Aber er sagte kein Wort. Er kniete im Vierfüßerstand auf der Matratze, hing über ihr, dunkel und still und geheimnisvoll.

Katie hob ihr Kinn noch einen Tick mehr an. »Falls es dir nicht aufgefallen sein sollte, Ryder, ich bin eine erwachsene Frau und bestimme selbst über meine Sexualität. Wir sind keine Kinder mehr, die im Haus meiner Eltern wohnen. Sieh mich an. So wie ich heute bin. Hier und jetzt.«

Seine Augen glitzerten im Halbdunkel.

Sie wusste nicht genau, was mit ihr geschah, aber sie wusste, dass sie nicht auf ein Podest gestellt werden wollte.

Sie wünschte sich einen Mann, der ihr die Kontrolle überließ, wenn sie das wollte, und selbst die Führung übernahm, wenn ihr das gefiel. Einen Mann, der ihre Grenzen respektierte, aber keine Angst vor ihr hatte. Einen wilden, erdigen Mann. Einen sinnlichen Mann, der etwas davon verstand, im Augenblick zu leben.

Einen Mann wie Ryder Southerland. Den hatte sie sich immer schon gewünscht.

»Also«, sagte sie fordernd. »Machst du mit oder nicht?«

Stille. Er sagte kein Wort, rührte sich keinen Millimeter.

»Ich bin nicht mehr das süße kleine Mädchen von früher. Im Grunde genommen war ich das nie. Ich mag schmutzige Wörter im Bett, und manchmal bin ich ziemlich laut. Und ich will dich.«

Er sagte immer noch nichts.

Hatte sie ihn so sehr schockiert? Tatsächlich war sie selbst etwas schockiert über ihre Direktheit.

»Ich bin ein Mensch. Ich habe Bedürfnisse«, murmelte sie mehr zu sich selbst als zu ihm. »Ich darf sagen, was ich will. Genau wie du mich zurückweisen darfst, wenn du das willst.« Ihr Herz galoppierte, das Blut rauschte in ihren Adern wie hundert Pferdehufe. »Hörst du mich?«

Er war ein Tiger im Dschungel, der sie anstarrte und überlegte, ob sie es wert war, gefressen zu werden, oder nicht.

Katie unterdrückte den Schauder, der ihr über den Rücken lief, aber er sah ihn trotzdem. Er wusste es ganz genau.

»Ich will dich, Ryder«, flüsterte sie. »Nimm mich jetzt, bevor ich explodiere. Nimm mich, oder ich verlasse auf der Stelle deine Wohnung.«

4

Diese Frau hatte keine Ahnung, wie viel Selbstdisziplin es ihn kostete, ihr nicht die Kleider vom Leib zu reißen und ohne jede Vorwarnung seinen Körper in ihrem zu versenken. Doch genau das wollte Ryder nicht tun.

Zum Teufel, er war auch nur ein Mann, und sie war eine schöne Frau, die ihn anflehte, Liebe mit ihr zu machen.

Durchgeknallt. Verrückt. Sie machte ihn absolut verrückt.

Aber wie sollte er vergessen, dass sie die kleine Schwester seines besten Freundes war? Ein braves Mädchen, das zu einer tollen Frau herangewachsen war. Nett und freundlich und reizend, und er wollte sie nicht verderben. Um nichts in der Welt.

Er wusste, dass sie als Teenager in ihn verknallt gewesen war, und er wurde das Gefühl nicht los, dass sie versuchte, eine ihrer Mädchenphantasien auszuleben, indem sie mit ihm ins Bett ging.

Wenn er schlau war, würde er jetzt aufstehen und machen, dass er sie aus dieser Wohnung brachte.

Aber offenbar war er alles andere als schlau, denn als sie ihm ihre sexy Beine um die Taille legte, gab er nach und küsste sie.

Und das war's. Der Geschmack ihrer Lippen, der blumige Duft ihres Parfums, ihr leises Wimmern – er konnte nicht mehr.

Sie wollte ihn. Hatte sie gesagt.

Und er wollte sie. Viel mehr, als er zugeben mochte.

Er zog sich noch einmal zurück. »Bist du sicher?«

Sie stöhnte auf. »Wie viel Mal denn noch? Ich bin alleinstehend und über einundzwanzig. Ich bin eine Frau mit gewissen Bedürfnissen. Du bist ein Mann mit gewissen Bedürfnissen. Und wenn wir es nicht wollen, muss niemand hiervon erfahren.«

»Was in LA passiert, bleibt in LA?«

»Genau.«

Er zögerte immer noch.

»Hör auf, mich als das kleine Mädchen von früher zu sehen. Das bin ich nicht mehr. Du hast mich in eine Schachtel gesteckt und ein hübsches Schleifchen drumgebunden.«

»Ich dachte, so magst du das. Nett und ordentlich.«

»Hör auf, mich mit Etiketten einzuschränken.«

Tat er das? Na gut, erwischt. Er hatte seine Vergangenheit in Schachteln gepackt, und Katie gehörte dazu. Die Schachteln hatte er dann in seinen Hinterkopf geschoben. Er wusste doch genau, wie es sich anfühlte, wenn man jemandem ein Etikett aufdrückte. Es war ihm ständig selbst passiert, er war beurteilt und verurteilt worden, als Punk und Unruhestifter.

Und nachdem die Etiketten so gut klebten, hatte er sich geradezu verpflichtet gefühlt, sich entsprechend zu verhalten. Dumm. Er war ein dummer Junge gewesen.

Und jetzt bist du immer noch nicht viel schlauer, Southerland.

Mit ihren kräftigen Beinen zog sie ihn zu sich heran, umschlang ihn und schnupperte an seinem Hals.

Ja, zum Teufel, sie war nicht die einzige, die hier Jugendphantasien auslebte. Er hatte immer an der schlaksigen Jugendlichen vorbeigesehen und gewusst, was für eine Frau sie werden würde. Aber jetzt lag diese Frau in seinen Armen, und das fühlte sich ganz und gar anders an.

Sie war nicht nur der Inbegriff des Mädchens von nebenan – gesund, schlau, großzügig, verlässlich –, sie war mutig und ehrlich und hatte mehr Sex als irgendeine Frau, die er jemals kennengelernt hatte.

Jetzt übertreibst du aber.

Und er hatte viele Frauen kennengelernt. Trotzdem konnte er sich nicht erinnern, jemals so heiß gewesen zu sein. Er betrachtete sie durch halb geschlossene Lider. Nein, im Leben nicht. Er war zu allen bereit.

»Was ist jetzt?«, sagte sie fast ein wenig grob. »Wird das noch was, oder nicht?«

Er lächelte. Okay, wenn sie unbedingt wollte, würde er sich nicht weigern.

»Das ist ja wie Zähneziehen bei dir!« Sie atmete tief durch und machte sich über seine Hemdknöpfe her. »Dann wollen wir dich mal ausziehen.«

Er lachte. Ihre Begeisterung war wirklich ansteckend. Zum Teufel, es machte ihm Spaß!

Ihre heißen Hände fuhren über seinen Bauch, und die Berührung fühlte sich so toll an, dass er einen Moment die Augen schließen musste, um sich zu sammeln.

»Alles in Ordnung?«

»Absolut.« Er stöhnte leise, öffnete die Augen wieder und zog ihr blitzschnell das Kleid an, während sie ihn ebenso rasch aus dem Hemd befreite. Sie trog rote Wäsche, passend zum Kleid.

Unglaublich, wie ordentlich sie war.

Gnade!

Sein Mund wurde trocken, und er merkte, dass er sie anstarrte, aber irgendwie konnte er nicht aufhören. Toll. Sie war einfach toll.

»Dann wäre jetzt der BH dran«, sagte er.

»Genau.« Sie kicherte. »Lass die Mädels frei.«

Sobald die »Mädels« draußen waren, hielt Ryder sie mit beiden Händen fest. Sie füllten seine Handflächen aus, mehr als das. Kaum zu glauben, dass das magere Mädchen von früher eine solche Üppigkeit entwickelt hatte. Ihr Bauch war flach und glatt, ihre Schenkel fest.

Perfekt. Sie war einfach absolut, vollkommen perfekt.

Keine andere Frau, mit der er je zusammen gewesen war, konnte ihr auch nur im Geringsten das Wasser reichen. Sie übertraf seine wildesten Erwartungen. Es war, als hätte er sein ganzes Leben lang darauf gewartet, mit ihr zusammen zu sein.

Tja, vielleicht war es ja tatsächlich so.

Er hatte Twilight nicht zuletzt ihretwegen verlassen. Weil er verbotene Gefühle für sie hegte. Sie war für ihn wie eine kleine Schwester gewesen, und als er anfing, unartige Dinge zu denken, in denen sie eine Rolle spielte, wusste er, er konnte nicht bleiben.

Die Gefühle waren immer noch da. Nicht nur das, sie waren stärker als jemals zuvor. Sie überwältigten ihn.

Unglaublich. Er war heute wie immer zur Arbeit gegangen, nichts Außergewöhnliches, und eine Sekunde später hatte sich alles verändert und er lebte seine wildesten Träume aus.

Er. Und Katie Cheek. Zusammen im Bett.

Toll.

Er küsste sie. Überall. Mund, Kinn, Wange, Stirn. Er machte ein Festessen daraus. Ohrläppchen, Hals, Brüste. Diese wunderschönen Brüste. Er berührte sie. Liebkoste sie, massierte, knetete. Glatte Haut. Zarte Haut. Er schmeckte sie. Salzig, süß, heiß, feucht.

Sie ließ ihre Hände, ihre Lippen und die Zunge fast andächtig über seinen Körper fahren und erforschte ihn so, wie er sie erforschte. Ohne Hemmungen und ohne Zurückhaltung.

Und als sie ihre samtige Hand um seine Erektion schloss, war es, als wäre er vor eine Betonmauer gerannt.

Es war kein Traum. Er war wirklich hier, in Katies Armen, machte Liebe mit ihr. Er rührte in der Suppe, die er vor vielen Jahren aufgesetzt hatte, als er ihr mit Hilfe einer Pflaume das Küssen beigebracht hatte.

Ob sie wohl wusste, wie lange er schon scharf auf sie war?

Sanft schob er sie von sich herunter und stand kurz auf, um seine Schuhe und die Hose auszuziehen. Sie drehte sich auf den Bauch, das Kinn auf die Hände gestützt, den hübschen Hintern in der Luft, und beobachtete ihn mit einem Funkeln in den wunderbaren braunen Augen.

Zu gern hätte er jetzt ein Foto von ihr gemacht. Eine Erinnerung an diesen unglaublichen Moment.

Als er seine Boxershorts abstreifte, atmete sie hörbar ein. Er sah ihr in die Augen, sah ihr Lächeln, als sie flüsterte: »Beeindruckend.«

Am liebsten hätte er gelacht. Er wusste, er war eher Durchschnitt, nichts Außergewöhnliches. Aber es gefiel ihm, dass er ihr gefiel. Ihre Zustimmung machte alles noch heißer.

»Komm mal her«, sagte sie und lockte ihn mit einem Zeigefinger näher.

Zack, lag er schon wieder in ihren Armen, die Beine ineinander verschlungen, und sie küssten sich heiß und intensiv. Ihre tollen Brüste rieben sich aufreizend an seiner Brust. Unglaublich.

Und als sie ihre Lippen gegen seine steinharte Erektion drückte …

»Katie.« Er setzte sich auf, ihr Name nur ein kurzes Aufkeuchen in der Dunkelheit.

Lachend schob sie ihn zurück aufs Bett und machte weiter. Sie küsste ihn, leckte ihn und machte unglaubliche Dinge mit ihrer Zunge. Ihre langen blonden Haare kitzelten ihn, sodass er fast durchdrehte.

Sie war so schön! Das Gefühl ihres weichen Mundes, der Anblick ihres nackten Körpers, ihr himmlisches Gesicht und das unartige Zwinkern, wenn sie lange genug innehielt, um aufzublicken und ihm in die Augen zu sehen.

Es fühlte sich gut an.

Erschreckend gut.

Aber zum Teufel, er wollte, dass es ihr gut ging, nicht nur ihm. »Ich will das nicht«, krächzte er in dem verzweifelten Versuch, den Bann zu brechen, solange ihm noch ein letzter Rest Willenskraft blieb.

Jetzt lag Verwirrung in ihrem Blick. »Hab ich was falsch gemacht?«

»Ach was, Süße. Du bist perfekt. Aber ich will dir in die Augen sehen.«

Er griff ihr unter die Achseln und zog sie hoch an seine Brust.

Sie trug immer noch diesen roten Slip, der auf ihrer sahneweißen Haut so dramatisch wirkte. Er hakte einen Finger unter den Bund und zog ihr den Slip langsam über die Hüften bis zu den Fußknöcheln. Den Rest erledigte sie mit einer anmutigen Fußbewegung.

Ryder legte sie auf den Rücken und kniete sich zwischen ihre gespreizten Beine. Er atmete ihren weiblichen Duft ein, berührte sie sanft. Sie reagierte sofort, keuchte leise auf. Er lachte.

»Ach du«, seufzte sie. »Du.«

»Ich«, krächzte er stolz und berührte sie wieder, drückte fester auf ihre empfindlichste Stelle. »Ich.«

Sie stöhnte leise.

Sie war so empfänglich, so bereit!

»Ich hab ein Kondom in meiner Handtasche«, flüsterte sie.

»Keine Sorge, ich hab eins im Geldbeutel.« Er tastete nach seiner Hose, holte die kleine Folienverpackung aus seinem Geldbeutel und kam zurück zum Bett.

Sie lehnte sich über seine Schulter und küsste seinen Oberarm, als er das Kondom anlegte. »Mach schnell«, sagte sie und schaffte es, dabei sowohl reizend als auch heiß zu klingen. »Ich will dich in mir spüren.«

Sobald er fertig war, schubste sie ihn auf den Rücken und kletterte auf ihn, bereit, sich auf ihn herabzusenken.

Er hielt sie an der Taille fest, sodass sie über ihm schwebte, ließ sie warten.

»Hey!«, protestierte sie und sah ihm in die Augen.

»Wenn du das tust, gibt es kein Zurück, das weißt du.«

»Ja, natürlich weiß ich das.« Sie kicherte. »Darum geht's

doch hier die ganze Zeit. Welchen Teil von ›Ich will dich‹ hast du nicht verstanden?«

»Ich wollte nur sichergehen.«

»Muss ich dich erst noch anflehen?«

Er lächelte, ließ ihre Taille aber nicht los, sondern senkte sie langsam herab. Er konnte die Hitze spüren, und dann, du lieber Himmel, ihre weiche, feuchte Wärme, als sie ihn umgab.

Ihre Blicke verhakten sich ineinander.

Er fühlte sich wie der Held des besten Liebesfilms aller Zeiten. Von diesem Augenblick hatte er so oft geträumt, aber die Phantasie war nichts gegen die Wirklichkeit.

Er ließ sie los, legte die Hände an ihr Gesicht und zog sie langsam zu sich herunter, um ihr noch einen Kuss zu stehlen. Sie schaukelte ein wenig und bewegte ihr Becken, um ihn noch tiefer in sich aufzunehmen.

Ryder stöhnte in ihren Mund, rau und voller Verlangen.

Sie ließ seinen Blick immer noch nicht los, schaukelte langsam vor und zurück, glitt nach oben und wieder nach unten. Das Gefühl war so intensiv, dass ihm die Luft wegblieb, seine Brustmuskeln verkrampften sich, er schwebte, ohne sich darum zu kümmern, dass er nicht atmen konnte.

»Ryder«, flüsterte sie. »Atmen!«

Er keuchte auf, und mit der nächsten Bewegung nahm er den Rhythmus auf. Sie schaukelten und atmeten im perfekten Timing, als wären sie ein Körper. Sie umschloss ihn in einem seidigen Kokon.

Es gab nicht mehr ihn und sie, sondern nur noch ihre Einheit. Sie waren zusammen, ineinander verschmolzen.

Wir, dachte er. *Wir.*

Es war eine unfassbare Vereinigung. Ja, er hatte davon geträumt, mit Katie Cheek zu schlafen, wenn sie irgendwann erwachsen war, aber seine Träume waren absolut nicht mit dem zu vergleichen, was hier zwischen ihnen passierte. Nicht annähernd!

Er hielt sie wieder fest, drehte sie beide zusammen um und drang noch tiefer in ihren süßen, üppigen Körper ein.

»Das ist ... du bist ... wunderbar.« Das letzte Wort hauchte sie nur noch.

Ryder war so überwältigt, dass er nicht sprechen konnte. Er war vollkommen auf die Empfindungen konzentriert, die durch seinen Körper schossen. Unablässig fuhr er mit den Händen über ihre seidige Haut, verschränkte seine Finger in ihrem seid blonden Haar.

Sie wurde ganz still.

Hatte er etwas falsch gemacht? Er öffnete die Augen, sah sie an. Sie hatte die Augen geschlossen und ein friedliches Lächeln im Gesicht. »Alles in Ordnung?«

»Wunderbar.«

»Du hast aufgehört, dich zu bewegen. Hab ich dir wehgetan?«

Sie öffnete ein Auge und sah ihn an. »Ich wollte noch nicht kommen.«

»Aber du bist nah davor.«

»Sehr nah. Aber ich will den Moment noch etwas genießen.«

Er spürte, wie er in ihr pulsierte und wie sein Schwanz noch härter wurde, auch wenn das gar nicht möglich schien. Der Drang, jetzt zu kommen, war kaum noch zu besänftigen.

Langsam bewegte sie sich wieder, schob ihre Hüften ihm entgegen. Er schloss die Augen und gab sich alle Mühe, es langsam und entspannt anzugehen.

Sinnlos.

Eine unbezähmbare Kraft drängte ihn, härter, schneller, heftiger. Er hörte das Rauschen in seinen Ohren. Das Zimmer löste sich auf, selbst das Bett war verschwunden. Nur noch sie beide existierten. So etwas hatte er noch nie erlebt. Es fühlte sich an, als wäre sein Schädel aufgeplatzt und seine Seele würde auf einer Welle der Ekstase surfen.

Liebe mit Katie war aufregender als Fallschirmspringen. Gefährlicher als die Fahrt mit einem Lamborghini bei Höchstgeschwindigkeit. Erschütternder als Rafting in den Stromschnellen. Sein Herz schlug wie eine Schamanentrommel, urtümlich und elementar.

Sein Mund gehörte ihr. Ihr Mund gehörte ihm. Ihre Hände, seine Hände. Auf Gesichtern und Wangen, Schultern und Schenkeln, Pobacken und Rücken, Füßen und Knien. Küsse und Liebkosungen überall.

Sie waren ein Kreis aus Gliedmaßen und Lippen, ohne Anfang und Ende. Sie fing an, wo er endete und umgekehrt.

Er hörte ein Stöhnen, dachte, es wäre Katie, begriff dann aber, dass er es war. Jetzt war der letzte Fetzen Kontrolle weg.

»Mehr«, flüsterte sie heftig. »Mehr, Ryder. Gib mir mehr, bitte, bitte!«

Er stöhnte. Laut. Konnte sich nicht mehr zurückhalten, und weil sie ihn so sehr bat, bewegte er sich schneller und vertiefte den Rhythmus. Er löste sich auf. Es gab kein Zurück mehr.

»Katie!« Er rief ihren Namen. »Kate. Ich ... ich ...«

Sie explodierte, keuchend, schnaufend, drückte ihn mit den Muskeln in ihrem Inneren, rief seinen Namen mit einem langen, lauten Seufzer.

Ihr Höhepunkt durchlief ihn, eine große Welle der Freude.

Es war das größte, erstaunlichste, was ihm je passiert war.

Sie hielt sich an seiner Schulter fest, klammerte sich an ihn, als wäre er ein Rettungsboot in einem riesigen, aufgewühlten Meer, und weinte Tränen atemlosen Vergnügens.

Er fühlte sich so stolz. Er war es, der sie so weit gebracht hatte.

Ein Grinsen ließ sein Gesicht aufleuchten, schnell gefolgt von der donnernden Hitze seines raketengleichen Höhepunkts. Seine Brustmuskeln verkrampften sich wieder und drückten ihm die Luft aus den Lungen. Das Blut sackte aus seinem Gehirn weg, sodass er sich schwindelig und watteweich fühlte.

Schön.

Sie war so verdammt schön.

Er schwebte vor Euphorie, hielt Katie fest in seinen Armen, vergrub seine Nase an ihrem Hals, roch ihren Duft, der sich mit seinem vermischte. Besoffen. Er war wie besoffen von ihr.

Er schaute ihr in die Augen, und sie lächelte zu ihm rauf, süß und selig. Jetzt war sie wieder das nette Mädchen von nebenan. Und obwohl er ein erwachsener Mann war, fühlte er sich tief drinnen immer noch wie der böse Junge.

Er wollte sie nicht kaputt machen.

Zum Teufel noch mal, wie sollte er mit der ganzen Sache umgehen?

Keine Panik.

Sie lächelte, und er lächelte auch und fühlte sich frisch, sauber und neu. Doch genau das machte ihm Angst. Er wollte mehr von diesem Gefühl. Mehr von ihr. Es war überwältigend. Verrückt.

Er rollte herunter, lag neben ihr auf dem Rücken und starrte an die Decke, während er versuchte, wieder Luft zu bekommen und klar zu denken.

»Wow!« Katie atmete hörbar aus. »Das war ... du warst ... wir waren ...«

»Dynamit?«

»Atomar.«

»Nuklear.«

»Thermonuklear.«

»Radioaktiv.«

»Okay, mehr fällt mir nicht ein.« Sie beugte sich über ihn, hauchte ihm ein paar Küsse auf die Brust und spielte träge mit seiner Brustwarze.

»Mir fällt zu dir auch nichts mehr ein.« Ryder biss sich auf die Lippe, überrascht, wie glücklich er klang. Dabei fürchtete er die ganze Zeit, zu viel zu sagen, einen Gedanken zum Ausdruck zu bringen, den er noch gar nicht genau kannte.

»Ehrlich?« Sie lachte. »Das glaube ich dir nicht.«

»Du unterschätzt dich, Frau. Das war der beste Sex meines Lebens.«

Sie wurde ein bisschen rot und öffnete den Mund. »Ach, Ryder, du musst mir nichts vorschwindeln.«

Zum Teufel, hatte sie wirklich keine Ahnung von ihrer eigenen sexuellen Kraft? Er setzte sich auf, zog sie auf seinen Schoß.

Ihre Blick wirkte ernüchtert.

Irgendetwas veränderte sich. Die Einheit löste sich auf, er hatte keine Ahnung, wie er das Gefühl zurückholen könnte.

»Also«, sagte er mit einem Blick auf die Uhr auf seinem Nachttisch. Fünf Minuten nach Mitternacht. Offiziell war es jetzt Heiligabend. »Was hast du Weihnachten so vor?«

»Ryder ...« Ihre Stimme klang sanft und traurig. Sie zog sich auf die andere Seite des Betts zurück und zog das Laken hoch, um ihre Nacktheit zu verstecken.

»Was denn?« Er strahlte sie an, als könnte er damit ihren Ton und ihre Gefühle verwandeln.

»Du glaubst doch hoffentlich nicht, dass es so weitergeht.«

»Nein.« Er schüttelte den Kopf, und sein Herz sackte durch. »Das würde ich niemals annehmen.«

War das Enttäuschung in ihrem Blick? Aber ihre Worte waren klar. »Natürlich nicht. Ich wusste, dass du nicht der Typ bist, der sich zu viel daraus macht. Deshalb wollte ich ja gerade dich. Weil ich weiß, dass du nicht der Typ bist, der zu viel Gefühle reinhängt.«

Er verzog das Gesicht. Inzwischen war das Blut in seinen Kopf zurückgekehrt und schlug wie mit einem Hammer von innen. Hässliche Kopfschmerzen würde das geben. »Ich? Ach was.«

»Da bin ich froh. Denn für einen Moment dachte ich, du meinst, wir könnten mehr daraus machen. Und das ... das geht nicht ... das kann nicht gehen.«

Er wollte sie fragen, warum zum Teufel es nicht ging, aber ihr ernstes Gesicht beantwortete die Frage, ohne dass er sie gestellt hatte. Sie hatte es gebraucht und sich an ihn gewandt, weil er ihr so vertraut war. Er hatte Glück gehabt, das zu kriegen, was er gekriegt hatte. Und er würde sie auf keinen Fall drängen oder gar Forderungen stellen.

»Heute Nacht ist heute Nacht«, sagte sie.

Er schnaubte leise und log dann: »Und mehr will ich nicht.«

»Sicher? Denn ich will dir auf keinen Fall wehtun.«

»Mädchen, ich bin schon groß, alles okay!«

»Wirklich sicher?«

»Glaub mir. Ich bleibe nie lange an einem Ort.«

»Du bist immer unterwegs.« Sie seufzte.

Verdammt, warum klang sie so wehmütig, obwohl sie ihm gerade gesagt hatte, mehr als ein One-Night-Stand sei nicht drin? War sie innerlich so wachsam? Machte sie sich Sorgen, dass er zu viel für sie empfand? Denn zum Teufel, das tat er. Die Liste seiner Gefühle hätte ein Telefonbuch gefüllt. Aber das würde er ihr nicht sagen. Auf keinen Fall.

»Interpretier nicht zu viel hinein«, erwiderte er, »aber ich finde, du solltest die Nacht hier verbringen. Es ist schon spät, und bis Malibu ist ein langer Weg. Außerdem hast du eine Benadryl genommen, das Zeug macht müde.«

»Aber ich habe keinen Pyjama hier.«

»Du kriegst ein T-Shirt von mir.«

»Und keine Zahnbürste.«

»Ich habe immer neue da. Für Überraschungsgäste.«

»Das ist gut.«

Die Sache löste sich vor seinen Augen auf. Die beste Nacht seines Lebens verwandelte sich in die peinlichste Nacht seines Lebens.

»Also dann«, fuhr sie fort, »nehme ich deine Einladung gerne an.«

»Aber wenn du sowieso bleibst, wäre es auch kein Schaden, die Decke noch mal wegzutun«, sagte er. Vorsichtig, um sie nicht zu verschrecken.

Sie überlegte kurz. »Da hast du wahrscheinlich recht.«

»Was machst du dann noch da drüben am anderen Ende des Betts?«, fragte er.

Sie grinste, stürzte sich wieder in seine Arme, und auf einmal war alles wieder ganz einfach. Aber er traute dem Frieden nicht. Keine Sekunde lang.

5

Der Morgen des Heiligabend fühlte sich für Katie an wie ein Spiegelei, von beiden Seiten gebraten, mit viel Butter, strahlend gelb.

Und falsch. Alles falsch, auf so ziemlich jede Art und Weise.

Vor allem, weil sie neben Ryder Southerland erwachte und weil er seinen großen, starken Arm um ihre Taille gelegt hatte.

Sie starrte an die Decke und spürte, wie ein hilfloses Lächeln über ihr Gesicht zog. Ja, die Nacht war toll gewesen, und sie fühlte sich an den richtigen Stellen ein wenig wund. Aber jetzt war die Nacht zu Ende, mit dem Morgen kam die Wirklichkeit ans Licht, und die Folgen ihres Tuns gleich mit.

Zeit, abzuhauen, bevor es schwierig wurde.

Sie hatte bloß keine Ahnung, wie sie das machen sollte, solange dieser Felsklotz von einem Mann ihr den Fluchtweg versperrte. Außerdem hielt er sie so im Arm, als würde sie ihm etwas bedeuten, und das fühlte sich verdammt gut an. Ihr Herz machte einen Überschlag.

Aufpassen. Denk dir nicht zu viel dabei.

Typen wie Ryder waren allergisch gegen Verpflichtungen, und unabhängig davon, wie sie sich in der Nacht benommen hatte – jeder Mensch hatte das Recht auf denen einen oder anderen Ausraster hier und da –, wünschte sie sich eigentlich, was ihre Eltern hatten, ihre Brüder und Schwestern und ihre Partnerinnen und Partner.

Wahre Liebe. Ein Zuhause. Eine Familie. Verpflichtungen.

Und all das gab es nicht mit Ryder.

Mist! Sie musste abhauen, bevor ihre Phantasie überhandnahm und ihre Schulmädchenschwärmerei für ihn sich in etwas verwandelte, was sie nicht mehr in den Griff bekam.

Raus aus dem Bett. Raus aus diesem Haus. Raus aus seinem Leben.

So war es besser. Für sie beide.

Aber wie? Sie musste sich irgendwie unter diesem Arm durchschlängeln. Sich so tief in die Matratze drücken wie möglich und dann rutschen. Ein paar Zentimeter. Abwarten. Luft anhalten. Warten.

Keine Reaktion.

Dasselbe noch mal. Inzwischen hatte er seine Hand von ihrer Taille weggenommen, sodass sie auf ihrer einen Brust lag. Sofort wurden ihre Brustwarzen hart.

Hey, aufhören! Ruhig bleiben! Ihr seid jetzt nicht gefragt.

Ihre Brustwarzen wurden noch härter.

Na gut, macht doch, was ihr wollt. Werdet hart, seid von mir aus frustriert, ich muss jetzt hier raus.

Ryder gab ein besitzergreifendes Geräusch von sich und zog sie fest an seine Brust. Seine Augen waren geschlossen, sein Atem hatte sich nicht verändert. Offenbar schlief er immer noch.

Hoppla, nicht ganz. Ein Teil von ihm war hellwach, wie es schien. Jedenfalls drückte dieser Teil hart und stolz gegen ihre Seite.

Und zum Teufel, sie wäre nur zu gern unter die Decke geschlüpft und hätte ihn mit ihrer Zunge ganz und gar aufgeweckt. Wie war sie nur in diesen Schlamassel geraten?

Ein Glas Wein, ein Klecks Wasabi. Und schon befand sie sich mit dem Mann ihrer Träume in dessen Schlafzimmer und ließ sich die Brust mit Salbe einreiben.

Ja, genau. So war sie in diesen Schlamassel geraten.

Das hier war ihr erster One-Night-Stand. Sie kannte sich mit der Etikette in einer solchen Situation nicht aus. Sie wusste nur, sie wollte weg sein, wenn er wach wurde. Sie wollte auf keinen Fall mit ihm darüber reden.

Denn wenn sie redeten, so fürchtete sie, wäre die ganze Phantasie dahin.

Ihr Flug nach Hause ging erst morgen, aber sie konnte keine Sekunde länger in LA bleiben. Auf keinen Fall! Sie würde es wir Cinderella machen und verschwinden, bevor alles zu Asche zerfiel.

Wem machte sie hier etwas vor? Die Asche lag doch schon überall. Die Flammen ihres sexuellen Abenteuers waren ausgebrannt, und alles, was ihr blieb, war ein kalter, bleischwerer Klumpen im Magen.

Oh, das Feuer könnte man schnell wieder anzünden, flüsterte der Teil von ihr, der sie in diese unmögliche Situation gebracht hatte.

Aber wozu? Natürlich könnten sie noch einmal Sex haben, aber was dann? Letzte Nacht hatte sie gedacht, er wäre kurz davor, sie zu bitten, mit ihm den Heiligabend zu verbringen. Aber vielleicht hatte sie sich das auch nur eingebildet.

Der Gedanke daran, hier zu bleiben, tat ihr geradezu weh. Kurz stellte sie sich vor, ein gemeinsames Leben in LA aufzubauen, aber ihre Phantasie reichte nicht über die Bettkante hinweg. Sie war ein Kleinstadtmädchen, tief verwurzelt in Twilight, Texas. Ihre Familie lebte seit Generationen in diesem Städtchen. Sie konnte sich ein Leben ohne die ständige Unterstützung ihrer Familie und ihrer Freunde einfach nicht vorstellen.

Wie hatte Ryder das bloß geschafft?

Sie kaute auf ihrer Unterlippe herum. Er war so unabhängig. Er war nie der Typ gewesen, der von irgendjemandem eine Erlaubnis oder Zustimmung brauchte. Er hatte seinen eigenen Weg gemacht.

Nein. Er war einfach nicht der Richtige für sie, so sehr sie es sich vielleicht wünschte. Sie waren zu verschieden. Sie liebte Ordnung und Familie und gesellschaftliche Verpflichtungen. Er liebte ... tja, wenn sie das wüsste!

Hör auf. Du weißt schon, was du tun sollst und wo du hingehörst. Und das ist garantiert nicht hier.

Die Uhr tickte. Je länger sie wartete, desto später wurde es, und je später es wurde, desto eher würde er aufwachen. Und wenn er aufwachte, würden sie dieses peinliche Gespräch führen müssen.

Aufstehen. Sie musste jetzt aufstehen.

Zentimeter für Zentimeter rutschte sie von ihm weg, hielt inne, wenn seine Atemzüge kürzer wurden, wartete, bis sie sich wieder vertieften, und machte dann weiter. Endlich hatte sie sich von dem Gewicht seines Arms befreit und ließ sich von der Matratze gleiten. Er murmelte etwas.

Mit dem Rücken zu ihm zuckte sie zusammen und drehte langsam den Kopf, um zu sehen, ob er sie erwischt hatte.

Er hatte immer noch die Augen zu, atmete tief, aber er murmelte weiter. Er sprach im Schlaf. »Miss Priss«, murmelte er, und er lächelte auf eine Weise dabei, die ihr die

Knie weich machte. Er sah so wunderbar jungenhaft aus, dass sie ihn am liebsten aufgefressen hätte.

Sie blieb stehen, beobachtete sein Gesicht, kämpfte mit sich und einer ganzen Armee von Gefühlen – Wehmut, Reue, Schuld, Zärtlichkeit. Und ganz tief darunter ein kleines Flackern von Freude, von dem sie wusste, sie würde es noch jahrelang hegen und pflegen.

Wenn sie nach diesem Tag an Ryder Southerland dächte, würde dieses Bild in ihr aufsteigen. Der entspannte Körper, das sanfte Lächeln, die zerzausten Haare, ihr Spitzname auf seinen Lippen.

Das Herz sprang ihr in die Kehle. »Fröhliche Weihnachten, Ryder«, flüsterte sie. »Ich wünsche dir ein schönes Leben.«

Dann sammelte sie ihre Kleider ein und flüchtete, solange sie dazu noch in der Lage war.

Normalerweise löste guter Sex die aufgestaute Anspannung auf, und er fühlte sich unbesiegbar. Normalerweise sprang Ryder an einem solchen Morgen aus dem Bett, duschte kalt und machte sich auf den Weg, um die Welt zu erobern.

Aber an diesem Morgen, nachdem er mit Katie den besten Sex seines Lebens gehabt hatte, fühlte er sich, als hätte ihn jemand in blaue Farbe getaucht und in einem Gewächshaus zum Trocknen hingesetzt.

Was war los mit ihm?

Er hätte wie Tarzan aufspringen sollen, sich an die Brust schlagen und einen lauten Dschungelschrei loslassen. Stattdessen schmollte er wie ein Teenager, der in eine Schüssel Cornflakes starrt und zusieht, wie sie von der Milch aufgeweicht und matschig werden.

Was war los?

Noch nie war eine Frau nach einer Nacht mit ihm einfach abgehauen.

Also gut, sein Ego hatte einen Nackenschlag bekommen, deshalb war er so mies drauf. Er hatte sich schon überlegt, ein Omelett zu machen und mit ihr im Bett zu frühstücken. So lief das mit den Plänen und Erwartungen. Er hätte es besser wissen müssen. Er hätte sich gar nicht auf einen Morgen mit Katie freuen sollen.

Abschütteln! Du hattest eine tolle Nacht, und mehr brauchst du nicht.

Aber er konnte es nicht abschütteln, und das ärgerte ihn noch mehr als alles andere. Selbst wenn sie nicht in Texas leben würde und er nicht einen Job in Kalifornien hätte, sie passten ohnehin nicht zusammen.

Sie war der Inbegriff eines braven Mädchens. Und er war dazu geschaffen, sich über Grenzen hinwegzusetzen.

Dafür hatte er schon als Schüler in Twilight häufiger nachsitzen müssen als irgendjemand sonst in der Geschichte der Stadt, auch wenn sein Freund Joe im dicht auf den Fersen gewesen war. Aber es hatte ihn auch die Position als Quarterback beim Football gekostet.

Später, in seinem Job als Militärpolizist in der Army, war ihm diese Erfahrung sehr zupass gekommen, vor allem, weil er genau wusste, wie die Jungs tickten, die sich über Regeln hinwegsetzten. Er galt als »Schlangenbeschwörer«, weil es ihm irgendwie immer gelang, heikle Situationen zu lösen.

Die Nacht mit Katie hatte ihn an eine Grenze gebracht, über die er sich lieber nicht hinweggesetzt hätte. »Und jetzt bist du verletzt, weil sie weggelaufen ist«, murmelte er seinem Spiegelbild leise zu.

Sozusagen.

»Hör auf, dir selbst leidzutun.« Er starrte sein Spiegelbild entschieden an. »Du hattest eine tolle Nacht, und dafür solltest du dankbar sein.«

Im Grunde war es ja gut, dass sie gegangen war. Eine Erleichterung. Kein Smalltalk nötig, kein höfliches Geplauder. Er konnte sich glücklich schätzen, dass sie weg war. Ja, ehrlich, es war gut so.

Aber die Mühle in seinem Kopf drehte sich immer weiter. Sollte er sie anrufen? Sich wenigstens vergewissern, dass es ihr gut ging, dass sie sicher nach Hause gekommen war, wo auch immer das hier in Malibu war?

Er dachte daran, dass sie mit irgendjemandem die Wohnung getauscht hatte wie die Heldin eines romantischen Weihnachtsfilms, und musste lächeln. Katie Cheek hatte Mumm, das musste der Neid ihr lassen. Er griff nach seinem Telefon, um sie anzurufen.

Lass sie in Ruhe.

Vielleicht lieber eine schnelle Textnachricht? Nur um sicherzugehen, dass alles in Ordnung war?

Er hatte ihre Telefonnummer gar nicht, fiel ihm auf. Er hätte Joe anrufen und fragen können, aber dann hätte er erklären müssen, warum er die Nummer brauchte, und wie sollte er das anstellen? Wie fing man so ein Gespräch an?

Äh, hallo, Joe, also, deine Schwester und ich, also, wir hatten gerade ganz zufällig eine wilde Nacht. Das war echt toll. Aber einmal reicht mir nicht, und deswegen wäre es total nett, wenn du mir mal ihre Telefonnummer ...

Er kratzte sich am Nacken, während er schon das Gefühl vorausahnte, wenn ihn Joes Faust traf. Joe passte unheimlich gut auf seine kleine Schwester auf. Genau wie die anderen Brüder.

Einmal hatte Joe ihn erwischt, als er einen Blick auf Katies Po geworfen hatte. Sie stand in Shorts da und bückte sich. Sofort gab es einen kräftigen Schlag auf die Schulter. »Aufhören, Alter. Das ist meine Schwester.«

Er hatte eine sehr wichtige Regel verletzt: Kein One-Night-Stand mit der kleinen Schwester deines besten Freundes.

Und wenn doch, dann durfte der große Bruder es niemals herausfinden.

Also, ein Anruf bei Joe war keine gute Idee. Aber damit fiel der Anruf bei Katie auch flach.

Bloß dass er nicht aufhören konnte, an sie zu denken. Vielleicht war er ja ein Idiot, aber er überlegte sich in diesem Moment ernsthaft, für einen Auskunftsservice zu bezahlen. Na, erst mal im Computer nachschauen. Vielleicht fand er sie ja im Netz.

»Knallkopf«, schimpfte er sich selbst, während er auf die Ergebnisse wartete. »Sie hatte doch einen Grund, um abzuhauen.«

Trotzdem rief er sie an, sobald er die Nummer hatte. Es klingelte ein paar Mal, dann sprang die Mailbox an. Ryder setzte zu einer Nachricht an, fand aber nicht die richtigen Worte und hängte auf.

Am Mittag würde er mithelfen, in einem Gemeindezentrum Geschenke und Lebensmittel an bedürftige Familien zu verteilen. Das würde ihn davon abhalten, weiter an Katie zu denken. Dann würde er Les Ketchum zu seinem Haus in

Big Bear fahren, wo der Mann Weihnachten feierte. Auch das war eine gute Ablenkung. So würde er wenigstens nicht daran denken, dass er niemanden hatte, der mit ihm das Weihnachtsfest verbrachte.

Als es an der Tür klingelte, rannte er los. Auf der Schwelle stand seine ältere Nachbarin Clara Kincaid, eine Schachtel Weihnachtsplätzchen in der Hand und ein Funkeln in den Augen.

»Fröhliche Weihnachten!«, sagte sie, als sie ihm die Schachtel in die Hand drückte. »Pecan-Sandkekse, deine Lieblingsplätzchen.« Sie hielt inne und schaute ihn neugierig an. »Fährst du weg?«

»Zum Geschenkeverteilen.« Er hielt die Schachtel fest, das einzige Weihnachtsgeschenk, das er in diesem Jahr wohl bekommen würde. Es klang albern, aber er mochte Clara sehr. Sie war die Großmutter, die er nie gehabt hatte.

»Ich muss immer noch lachen bei der Vorstellung, dass du den Weihnachtsmann spielst.«

»Hör bloß auf«, grummelte er lächelnd. »Das hat man davon, wenn man sich auf solche Charity-Sachen einlässt. Mein Chef ist schuld.«

»Ich finde das nett. Sieh zu, dass dich jemand in dem Kostüm fotografiert.« Sie machte die Bewegung, wie wenn man auf den Auslöser einer Kamera drückt.

»Nur über meine Leiche.«

»Ach, du tust ja nur so.« Clara stellte sich kichernd in ihren tarnfarbenen Socken auf die Zehenspitzen und kniff ihn in die Wange. »Dabei weiß ich, tief drinnen bist du auch nur ein großes Lagerfeuer-Marshmallow.«

»Psst, verrat es nicht.« Er drückte eine Faust an seine Lippen und schob sich die Schachtel mit den Keksen unter den Arm. »Sonst werde ich demnächst ständig wegen irgendwelchen Charity-Sachen angefragt.«

»O ja!« Clara klatschte in die Hände und strahlte ihn an. »Du würdest einen großartigen Osterhasen abgeben. Und …« Sie lachte laut los. »Und als Zahnfee wärst du auch super. Ich kann dich mir schon vorstellen, so mit durchscheinenden, schillernden Flügeln und rosa Tutu.«

»Ja, klar, mach dich nur lustig. Wenn es dir den Tag verschönt«, neckte er sie.

»Danke«, seufzte sie, drückte die Handflächen aneinander, schob sie unters Kinn und klimperte mit den Wimpern wie ein verliebter Teenager. »Kein Wunder, dass du die Frauen mit dem Knüppel vertreiben musst.«

»Hey, das habe ich noch nie gemacht.« Er biss die Zähne zusammen, als ihm auffiel, dass sie ihn gerade fast dazu gebracht hatte, etwas unabsichtlich Riskantes zu sagen. »Du bist ein unartiges Ding.«

Sie kicherte nur.

»Benimm dich«, neckte er sie, »sonst kriegst du kein Weihnachtsgeschenk.«

Sie sprang begeistert in die Höhe. »Du hast ein Geschenk für mich?«

Er drehte sich zu seinem Couchtisch aus Edelstahl, stellte die Schachtel mit den Keksen ab und zog eine Schublade auf, in der sich eine Schachtel befand, in Silberfolie eingeschlagen und mit einer passenden Schleife versehen.

»Ist ja nicht zu glauben, dass du ein Geschenk für mich gekauft hast! Das ist aber nett von dir.« Clara klatschte in die Hände und reckte sich nach der Schachtel.

Während er sie beobachtete, wie sie das Geschenk auspackte, spürte Ryder, dass sein Herz ganz weich wurde. Die großmütterliche Frau hatte ihn unter die Fittiche genommen, als er vor zwei Jahren nach LA gekommen war, und er liebte die täglichen Gespräche, die normalerweise im Hof stattfanden, wenn er von der Arbeit kam oder gerade losging.

»Ach herrje!« Clara staunte. »Was für ein schönes Tuch.« Sie nahm das bunte Teil aus der Schachtel und legte es sich mit dramatischer Geste um die Schultern. »Dass du daran gedacht hast.«

Wie hätte er es vergessen können? Clara war die einzige Person, die ihm so nahestand, dass er ein Geschenk für sie kaufen wollte. Die wenigen anderen auf der Liste bekamen persönliche Weihnachtskarten.

»Ich habe es in einem Schaufenster gesehen und mir gedacht, das könnte dir gefallen.« Er zuckte mit den Schultern, als hätte er nicht Stunden im Einkaufszentrum verbracht, um das Richtige für sie zu finden. »Wenn du es nicht magst, kannst du ...«

»Also ehrlich! Natürlich gefällt es mir. Vielen, vielen Dank!«

»Bitte.« Er zuckte wieder mit den Schultern, ein wenig verlegen diesmal. »Wo wirst du die Feiertage verbringen?«

»Becca und Will kommen zu mir, und dann fahren wir zu Kyle und Kim. Da bekomme ich endlich das neue Baby zu sehen.« Ihr jüngstes Enkelkind war vor zwei Wochen geboren worden.

»Das macht bestimmt Spaß.«

»Eigentlich sollte es zu jedem Weihnachtsfest ein Baby geben.« Clara zog sich das Tuch fester um die Schultern, senkte den Blick und schaute ihn forschend an. »Und wirst du das

Fest mit der reizenden jungen Dame verbringen, die heute Nacht hier war?«

Ryder zuckte zusammen. »Äh …«

»Wirklich reizend«, wiederholte Clara. »Nicht so wie die anderen Frauen, die hier kommen und gehen.«

Sein Puls beschleunigte sich, und er drückte sich eine Hand in den Nacken. »Hast du mit Katie gesprochen?«

»Aber ja. Sie kam bei mir vorbei und hatte gesehen, dass jemand – wahrscheinlich Mina Jacksons Siamkatze – meinen Weihnachtskaktus umgeworfen hatte. Das gute Kind hat den Topf wieder hingestellt und die verschüttete Erde aufgesammelt und ganz vorsichtig wieder festgedrückt. Da habe ich sie gesehen und zum Kaffee eingeladen. Und zu ein paar Pecankeksen, versteht sich.«

»Sie hat bei dir Kaffee getrunken?« Ryder war fassungslos, ohne recht zu wissen, warum.

»Ja, hat sie, und sie ist so nett! Ehrlich, Ryder, die darfst du nicht einfach so gehen lassen. Die ist war Besonderes.«

»Oh, ich fürchte, es ist schon zu spät.«

»Warum?« Clara stellte die Stacheln auf. »Was hast du mit Katie gemacht?«

Wow. Katie musste seine Nachbarin wirklich schwer beeindruckt haben, wenn sie sich so für sie einsetzte. »Du nennst sie Katie?«

»Sie hat mir gesagt, das soll ich tun.«

»Wann denn?«

»Als sie mir geholfen hat, die Glühbirne in der Küche auszutauschen.«

»Wenn du eine neue Glühbirne brauchst, warum fragst du mich denn nicht? Dafür bin ich doch da, Clara.«

»Weiß ich doch.« Sie stellte sich auf die Zehenspitzen und tätschelte ihm die Wange. »Aber du warst so beschäftigt mit Les Ketchum, dass ich dich damit nicht behelligen wollte.«

»Katie aber schon.«

»Ich hab sie nicht gefragt. Sie hat es mir angeboten, als ich ihr erzählt habe, dass das Licht nicht mehr geht«, erwiderte Clara sanft, aber der Blick, den sie ihm zuwarf, sagte ihr mehr als tausend Worte, dass sie mit seinem Verhalten nicht einverstanden war. »Jetzt sag schon, war hast du mit ihr angestellt?«

»Gar nichts!«, brauste er auf. »Sie hat was mit mir angestellt.«

Clara legte den Kopf schief wie ein wachsamer Papagei. »Oho, was könnte das denn sein?«

»Sie ist heute früh einfach abgehauen, ohne sich zu verabschieden.«

Clara lachte. »Da hat sie dich aber ganz schön auf dem falschen Fuß erwischt, was?«

Er zuckte mit den Schultern, als wäre es ihm eigentlich egal.

»Jetzt gefällt sie mir noch besser«, bemerkte Clara.

»Auf wessen Seite stehst du eigentlich?«, fragte Ryder.

Clara tippte sich mit drei Fingern aufs Kinn, als müsste sie darüber nachdenken. »Auf der Seite der Liebe«, sagte sie schließlich.

»Dann gib die Hoffnung gleich auf. Katie und ich sind ...«

»Was?«, drängte sie.

»Inkompatibel.«

»Oha.« Clara nickte, als wäre er total durchgeknallt. »Na, wenn du es sagst ...«

»Red nicht so überheblich.«

»Tu ich gar nicht. Ich will dir bloß nicht widersprechen.«

»Aber einverstanden bist du auch nicht.« Ryder verlagerte das Gewicht auf den anderen Fuß. Allmählich wurde er sauer, und außerdem musste er los. Im Gemeindezentrum warteten sie auf ihren Weihnachtsmann.

»Ich würde sagen, jede Frau, die dich so durcheinander bringt, ist ihr eigenes Gewicht in Gold wert.«

»Wer sagt denn, dass ich durcheinander bin?«

»Du redest die ganze Zeit von ihr, seit ich das Thema angesprochen habe.«

»Clara«, sagte er und versuchte, seiner Stimme einen tieferen Klang zu geben. »Misch dich da nicht ein. Danke für die Kekse, aber jetzt muss ich wirklich los.«

»Natürlich.« Clara nickte. »Ich weiß doch, wie du bist. Bloß keine Gefühle zeigen. Ich geh schon. Danke für das Tuch, es gefällt mir sehr.« Sie tätschelte seinen Arm. »Und bitte versuch, ein schönes Weihnachtsfest zu haben. Vielleicht denkst du noch ein bisschen darüber nach, was da zwischen dir und Katie läuft.«

»Da läuft gar nichts!«

Claras Lächeln wurde ein wenig boshaft. »Warum schreist du mich dann an?«

»Ich schreie nicht ...« Er senkte die Stimme, bis sie nur noch ein Flüstern war. »Ich schreie dich nicht an.«

»Okay, aber ein Idiot bist du trotzdem, Ryder Southerland, jedenfalls wenn du dir eine Frau wie Katie durch die Lappen gehen lässt. Denk dran, du wirst nicht jünger, und meiner Meinung nach ist es besser, mit dem Kinderkriegen nicht so lange zu warten, bis du den Kleinen keine Bälle mehr zuwerfen kannst.«

»Ich will überhaupt keine Kinder kriegen.« Er schob sie zur Tür.

Clara sah ihn entsetzt an. »Aber warum denn nicht?«

»Ich bin nicht so der väterliche Typ.«

»Unsinn.« Sie stemmte die Hände in die Hüften und sah ihn über den Brillenrand hinweg streng an. »Du wärst ein ganz toller Vater.«

Weil er ein so tolles Vorbild gehabt hatte? Ganz bestimmt. »Clara, ich muss jetzt gehen.«

»Kinder sind eine Segensgabe Gottes.«

»Ganz bestimmt.« Er schob sie hinaus. »Für andere Menschen.«

»Ach, Ryder, Ryder, Ryder.« Sie schnalzte mit der Zunge. »Was mache ich bloß mit dir? Erst wenn man selber Kinder hat, begreift man, wie viel Liebe sie einem schenken.«

»Fröhliche Weihnachten.« Er winkte ihr nach.

»Okay, ich lasse es jetzt, aber dieses Gespräch ist noch nicht vorbei.«

»Fröhliche Weihnachten!«, wiederholte er und schloss die Tür hinter ihr.

Clara breitete die Arme aus und zog das Tuch noch fester. »Dir auch. Obwohl daraus ja wohl nichts wird, du musst ja arbeiten.«

»Ich arbeite gern.«

»Weiß ich. Zu gern. Das ist ja das Problem.«

»So wie du an mir herumnörgelst, könntest du echt meine Großmutter sein.«

»O nein, mein Lieber. Wenn ich deine Großmutter wäre, hätte ich dir schon längst was um die Ohren gegeben, weil du Weihnachten nicht mit Katie verbringen willst.«

»Sie hat ihre Familie.«

»Eben.« Clara winkte über ihre Schulter hinweg und verschwand in ihrer Wohnung.

Ihre letzte Bemerkung hallte noch in Ryders Ohren, als er schon das Weihnachtsmannkostüm anzog und die ersten Geschenke an arme Familien verteilte. Er hatte niemanden, mit dem er Weihnachten verbringen konnte. Und obwohl das schon die letzten zwölf Jahre so gewesen war, machte es ihm in diesem Jahr wirklich Kummer.

Als er nach Hause kam, schrieb er Katie eine Textnachricht unter der Nummer, die er bei der Auskunft gefunden hatte.

Sie antwortete nicht.

Find dich damit ab, sie will keinen Kontakt mehr.

Oder sie genoss den Heiligabend mit anderen Menschen und weit weg von ihrem Telefon.

Immerhin hatte er es versucht. Er würde sie nicht noch mal belästigen.

Er schenkte sich einen Whiskey ein, ließ sich in den Sessel am Fenster fallen und beobachtete, wie der Weihnachtsbaum seiner Nachbarn blinkte. Schließlich trank er den restlichen Whiskey mit einem großen Schluck aus, nahm das Telefon zur Hand und rief sie noch einmal an.

Diesmal hinterließ er eine Nachricht auf ihrem Anrufbeantworter. »Fröhliche Weihnachten, Katie Cheek«, murmelte er, und hängte dann schnell auf.

6

Twilight, Texas

1. Dezember, ein Jahr später

Auf den Straßen von Twilight marschierte die alljährliche Dickens-Parade die Ruby Street entlang zum Stadtplatz, eine Prozession der beliebtesten Romangestalten: Scrooge, die Weihnachtsgeister, Miss Havisham in ihrem zerknitterten Hochzeitskleid, Tiny Tim, Mrs Gamp, Oliver Twist. Mit diesem Fest begann in Twilight offiziell die Weihnachtszeit. Drei Wochen Feiern nonstop.

Katie spielte mit dem Schneemann-Anhänger an ihrer Kette und schaute aus dem Fenster ihres Büros über dem Ye Olde Book Nook. Der Buchladen lag an der westlichen Seite des Platzes. Sie erinnerte sich an das Jahr, als sie Little Dorrit gespielt hatte und Ryder Southerland sie davor bewahrt hatte, unter die Räder des Weihnachtsmann-Wagens zu kommen.

Sie hatte ihre Rolle als Waisenkind in Lumpen gespielt und auf einmal gesehen, dass ihr Bruder Joe aus der Eisdiele kam. Er hatte seinen neuen Freund dabei, einen großen Jungen mit schwarzen Haaren, der mit dem Bus zur Schule fuhr und so aussah, als wäre ihm vollkommen egal, was die anderen über ihn dachten.

Die beiden Jungs hatten Eiswaffeln in den Händen, was Katie echt nicht in Ordnung und sehr unfair fand. Mama hatte gesagt, es gäbe keine Süßigkeiten vor dem Abendessen!

Wütend stemmte Katie die Hände in die Hüften, vergaß ihre Rolle als Little Dorrit und marschierte direkt über die Straße. Um der Ungerechtigkeit Einhalt zu gebieten. So empört war sie, dass sie nicht mitbekam, wie der Wagen des Weihnachtsmannes auf den Platz einbog.

Aber Ryder bekam es mit.

Er wurde so blass wie die Weihnachtsgeister, und im nächsten Moment warf er seine Eiswaffel über die Schulter und rannte auf die Straße, um sie aus dem Weg des Wagens zu schubsen, auf dem ein riesiger Rudolph mit leuchtend roter Nase thronte. Sie landete im Rinnstein, starrte in Ryders leuchtend grüne Augen und machte den Mund auf und zu wie ein Fisch auf dem Trockenen.

Er sah sie ernst an, aber ohne sie zu verurteilen, weil sie so dummdreist gewesen war. Das Wort benutzte ihr Großvater immer, wenn jemand etwas Blödes machte.

»Alles okay?«, hatte er sie gefragt, genau wie letztes Jahr, als er sie bei der Gala im Museum umgeschmissen hatte. Offenbar stürzte er sich ganz gern ab und zu mal auf sie.

Die Nacht mit Ryder letztes Jahr hatte etwas in ihr verändert. Sie hatte von ihm geträumt. Oft. Und nicht nur nachts.

Manchmal waren mitten in der Arbeit heiße Wellen der Erinnerung über sie gekommen, vom Becken zum Magen, durch die Brust und bis zum Hals. Und am Schluss hatte sie im Kopf eine Art mentalen Orgasmus erlebt, der jede Menge Wohlfühlhormone in ihr Gehirn schickte.

Und das alles, nur weil sie an Ryder dachte.

Wenn irgendjemand die Veränderung in ihr bemerkte, lächelte sie freundlich und schüttelte den Kopf, sodass die Bewegung die Gedanken an Ryder in ihrem Kopf zum

Kreisen brachte. Das setzte ein freudiges Pulsieren in Gang, immer im Rhythmus seines Namens.

Ryder.

Es war unheimlich und beunruhigend und auf eine schreckliche Weise schön.

Die Gedanken an den Sex in jener Nacht konnten überall auftauchen: beim Einkaufen, an einer roten Ampel, beim Warten im Postamt.

Sie versuchte sie zu unterdrücken. Sobald sein Name in ihrem Kopf aufleuchtete, versuchte sie, die Gedanken abzuschießen. Aber dann fühlte sie die Frustration in ihrem Bauch, und ihr Herz klopfte zum Zerspringen.

Was war das bloß? Und was konnte sie dagegen unternehmen?

Nachts wurde sie davon hellwach und bekam die Augen nicht wieder zu. Musik nützte nichts, warme Milch nützte nichts, auch kein Glas Wein. Nur ein Satz drehte sich in ihrem Kopf.

Ich fühle mich lebendig.

Sie hatte so lange geschlafen. War durchs Leben getaumelt, ohne irgendetwas zu planen, nur von den Bedürfnissen anderer Menschen hin und her geschoben.

Dann kam Kalifornien.

Und Ryder.

Seufzend tippte sie sich auf die Lippe und wandte sich vom Fenster und von den Erinnerungen ab.

»Warum grinst du denn so?«, fragte Sesty Langtree. »Überlegst du dir gerade, wie du die anderen Frauen aus dem Weg schubsen kannst, damit du bei Gabis und Joes Hochzeit den Brautstrauß auffängst?«

»Was?« Katie sah ihre Bürokollegin an. »Ach was.« Sie schüttelte den Kopf. »Ich habe kein Interesse am Heiraten.«

»Ehrlich nicht? Nie?«

»Nicht in absehbarer Zeit. Es gäbe auch keinen passenden Bewerber am Horizont.

»Hmm.« Sesty sagte nichts mehr dazu.

»Kein Hmm.«

Sesty war mit dem ehemaligen NASCAR-Fahrer Josh Langtree verheiratet. Da ihre Büros ganz gut zusammenpassten, hatten die beiden Frauen beschlossen, Geld zu sparen und sich ein gemeinsames Büro zu mieten. Sesty war Eventmanagerin, während Katie nach ihrer Rückkehr aus LA angefangen hatte, sich einen guten Ruf als professionelle Organisationshilfe aufzubauen. Wenn jemand Ordnung in sein Haus und sein Leben bringen wollte, war er bei ihr an der richtigen Stelle.

»Findest du es nicht schlimm, immer nur die Brautjungfer zu sein und nie die Braut?«, fragte Sesty. »Wie oft warst du übrigens schon Brautjungfer?«

Katie hatte nicht genug Finger, um es abzuzählen. »Ein Dutzend Mal, denke ich. Vielleicht waren es auch dreizehn. Aber du darfst nicht vergessen, dass ich um ein Haar schon mal Braut gewesen wäre.«

»Stimmt.« Sesty schlug sich die Hand vor den Mund. »Ich bin ein solcher Idiot! Tut mir leid, an Matt habe ich nicht gedacht. Mein großes Maul ...«

»Ist schon okay«, versicherte Katie ihr. »Es ist zwei Jahre her, und ich bin darüber weg.«

»Die Zeit heilt alle Wunden?«

Katie zuckte mit den Schultern. Vielleicht war das so, aber es hatte auch sehr viel mit dem Weg zu tun, den sie persönlich seit dem letzten Weihnachtsfest gegangen war. Und mit der Nacht, die sie mit Ryder verbracht hatte.

In dieser Nacht hatte sie nämlich begriffen, dass sie vorher noch nie richtig guten Sex gehabt hatte. Vielleicht hatten sie und Matt doch nicht so gut zueinander gepasst. Vielleicht hätten sie es gar nicht bis zur Hochzeit geschafft. Wenn er nicht den Unfall gehabt hätte …

Das war schwere Kost, und es hatte sie verändert, das alles zu verdauen.

Im letzten Jahr hatte sie sich weiterentwickelt und vieles entdeckt. Sie hatte ihre eigene Firma aufgemacht, die Jurte und die kleine Farm verkauft, die Matt ihr hinterlassen hatte, sich drei Blocks vom Stadtplatz entfernt ein kleines Haus gekauft, und eingewilligt, bei der Hochzeit von Gabi und Joe die Brautjungfer zu sein. Die beiden wollten in diesem Dezember heiraten.

Da hatte sie allerdings noch nicht gewusst, dass Joe Ryder als Trauzeugen haben wollte. Und dass Ryder Ja gesagt hatte.

Monatelang hatte sie gegrübelt, wie das gehen sollte. In ein paar Wochen würde Ryder nun also nach Hause kommen. Nach Twilight, wo die Hochzeit stattfinden sollte.

Schon die Vorstellung, ihn wiederzusehen, ließ sie auf ihrem Stuhl herumrutschen. Sie hatte einiges im Unklaren gelassen, als sie einfach so abgehauen war und weder auf Textnachrichten noch auf Anrufe reagiert hatte. Normalerweise war das nicht ihr Stil, aber was Ryder anging, so fehlte ihr jegliche Selbstkontrolle. Wie man ja an der gemeinsam verbrachten Nacht schon sah.

Aber als sie seine Nachricht auf ihrem Anrufbeantworter abgehört hatte, seine rauchige Stimme, mit der er ihr ein fröhliches Weihnachtsfest wünschte, da hatte er so furchtbar einsam geklungen, dass sie ihn um ein Haar zurückgerufen hätte.

Damals hatte sie sich gesagt, ein klarer Schnitt wäre besser für sie beide. Aber dann hatten Gabi und Joe ihren Hochzeitstermin festgesetzt und darauf bestanden, ihre beiden besten Freunde dabei zu haben.

Ihr graute schon jetzt vor dem Tag.

Was würde Ryder machen, wenn er sie wiedersah? Und wie würde sie reagieren? Er sollte zur Junggesellenparty schon da sein, die am Wochenende vor der Hochzeit stattfand.

Eine Woche. Er würde eine ganze Woche in Twilight verbringen.

Irgendwie musste sie diese Woche überstehen. Danach würde er zurück nach LA gehen und Promis beschützen, und alles war gut.

Die Tür ging auf, und ihre gemeinsame Assistentin Jana Gerard kam herein. Sie blieb stehen, die Hände auf den Hüften, sah sich im Zimmer um und wirbelte mit dem Kopf.

»Was denn?«, fragte Sesty.

Jana machte noch eine dramatische Pause. Ihre Haare waren eigentlich hellbraun, aber jetzt hatte sie die Spitzen mit einem schockierenden Neongelb gefärbt und zu Zöpfchen geflochten. Ein ganzer Tätowierzoo schmückte ihren Körper – Papageien, Affen, Zebras, Hühner, Schlangen, ein Elefant. Heute trug sie rote Leggings, einen schwarzen Minirock und ein Batik-Shirt, dass den Tattoos Konkurrenz machte. Dazu eine weiße Jacke aus Kunstpelz. Gepierct war sie auch: Ohren, Nase, Zunge, Augenbrauen. Sie liebte es, Leute zu schockieren.

Im ersten Moment hatte Janas Aussehen Katie gestört. Weniger die Tätowierungen und Piercings, als ihre insgesamt unordentliche Erscheinung. Chaotisch. Unharmonisch. Alles andere als stimmig.

Aber inzwischen hatte sie begriffen, dass Jana nicht nur eine großartige Assistentin war, sondern auch ein gutes Herz hatte und sich mit ihrer äußeren Erscheinung nur schützte. Katie sah das ganze Chaos schon gar nicht mehr.

»Ihr zwei.« Janas nickte heftig und sah sie mit einem Blick an, als wären sie hoffnungslose Fälle. »Ihr seid beide so perfekt mit euren gut organisierten Akten und Checklisten und Farbkodierungen. Am liebsten würde ich das alles mal so richtig in Unordnung bringen.«

»Wag es bloß nicht.« Sesty beugte sich schützend über ihren Schreibtisch.

»Schon gut«, seufzte Jana. »Ich müsste hinterher ja nur aufräumen, und wenn ich nicht alles wieder an seinen Platz stelle, dreht ihr durch. Obwohl ...« Sie zeigte mit dem Finger auf Sesty. »Ich muss schon sagen, du bist viel lockerer geworden, seit du Josh hast. Regelmäßiger Sex bekommt dir gut. Mach weiter so.«

Jana wandte sich zu Katie um, die Hände immer noch auf den Hüften. »Während du offenbar den Ehrgeiz hast, eine Organisationsheilige zu werden.«

Katie lächelte und ließ sich nicht auf Janas Anspielungen ein. »Ordnung auf dem Schreibtisch, Ordnung im Kopf.«

»Wenigstens hat Sesty jetzt ein paar Fotos und Pflanzen auf dem Fensterbrett. Und o Schreck, was sehe ich? Da liegen ja Heftklammern und Büroklammern in einem Töpfchen! Und o mein Gott, der Teppich liegt schief. Nimm dir ein Beispiel, Cheek, entspann dich und such dir einen Kerl. Dann wirst du glücklicher. Hab ich nicht recht, Sesty?«

»Ich bin absolut glücklich«, erwiderte Katie freundlich, obwohl sie die Anspannung in ihrem Bauch spürte.

»Ja, ganz bestimmt.«

»Ehrlich!«

»Jana hat schon nicht unrecht«, bemerkte Sesty von ihrem Schreibtisch am anderen Ende des Zimmers. »Du kannst nicht immer alles kontrollieren. Glaub mir, ich hab's probiert.«

So ein Blödsinn, sie hatte gar nichts unter Kontrolle. Überhaupt nicht. Katie dachte an das letzte Mal, dass sie Sex gehabt hatte. Vor einem Jahr. Mit Ryder. Sie schauderte.

Sehr.

Sesty und Jana sahen sie an.

»Was ist denn?« Katie hörte selbst, wie defensiv sie klang. »Mir ist kalt!«

»Oder du hast gerade an all den Sex gedacht, der dir entgeht.« Jana lachte.

»Könnten wir bitte aufhören, davon zu reden?«, bat Katie.

»Weil du keinen ...«

»Gibt's noch was Geschäftliches zu besprechen?« Katie warf Jana ihren Jetzt-reicht's-Blick zu. Jana veranstaltete gern ein bisschen Wirbel, wusste aber genau, wann es Zeit war, sich wieder an die Arbeit zu machen. Sie schnappte sich ihren Laptop, schaltete ihn ein und setzte sich auf den weißen Drehstuhl, der vor Katies Schreibtisch stand.

»Ein Anruf von Wanda vom Pflegedienst drüben«, sagte sie. »Die haben einen Patienten, dessen Haus ist so zugemüllt, dass sie ihn dort gar nicht richtig betreuen können. Da müsste mal richtig aufgeräumt und sauber gemacht werden. Der Arzt will ihn am Montag aus dem Krankenhaus entlassen, es wird also ein bisschen eng. Und jetzt hätten sie gern, dass du kommst, deinen Zauberstab schwingst und alles wieder gut machst.«

Katie atmete tief ein und hielt die Luft einen Moment an. Sie und Wanda arbeiteten ehrenamtlich jeden Donnerstag in der Free Clinic, wo mittellose Patienten kostenlos betreut wurden. Wenn der Pflegedienst bei ihr anrief, konnte das nur eins bedeuten: einen Messie. Katie hütete sich vor allzu schnellen Urteilen, aber die Arbeit mit Messies war nicht einfach. Man brauchte dafür nicht nur großes organisatorisches Talent, sondern auch ein gutes Händchen für Menschen. Und am besten gleich noch einen Abschluss in Psychologie.

»Hey«, sagte Jana, die das Zögern spürte. »Ich habe ihnen schon gesagt, dass dein Terminkalender ziemlich voll ist, falls du den Auftrag lieber nicht annehmen willst.«

»Danke.« Katie ließ die Luft mit einem hörbaren Seufzer heraus.

»Aber sie sagen, das Haus ist so verdreckt, dass sie einen Patienten mit offener Wunde da gar nicht reinlassen können. Ein Diabetiker mit Komplikationen. Für mich klingt das alles schrecklich.« Jana verzog das Gesicht und schüttelte die Hände. »Aber so stehen die Dinge nun mal. Wenn das Haus nicht sauber gemacht wird, muss er in ein Pflegeheim, und dafür kommt seine Versicherung wahrscheinlich nicht auf.«

»Hast du sie gebeten, Dr. Finley zu kontaktieren?«, fragte Katie. »Für mich klingt das eher nach einem psychischen Problem als nach einem Fall für die Orga-Beratung. Vielleicht würde es eher helfen, wenn man ihn von seinem Messie-Verhalten runterbringt und ansonsten einen Putztrupp bestellt.«

»Wanda hat schon mit Dr. Finley gesprochen. Die hat sie an dich verwiesen. Das Messie-Verhalten stammt wohl noch von der Ehefrau des Patienten, die vor Kurzem gestorben ist. Er weiß einfach nicht, wo er mit Aufräumen anfangen soll.«

In diesem Moment wurde Katie klar, um wen es sich bei dem Patienten handelte, und ihr rutschte das Herz in die Hose. Sie kannte nur einen einzigen Mann in Twilight, dessen Messie-Frau kürzlich gestorben war.

Jax Southerland

Ryders Vater, mit dem er schon lange keinen Kontakt mehr hatte.

»Ruf Wanda zurück und sag ihr, wir sind leider ausgebucht. Vielleicht kann Lisa Allbright in Jubilee helfen. Sie übernimmt manchmal auch hier in unserer Gegend Aufträge.«

»Ich dachte, du wolltest dir für den Dezember nicht so viel vornehmen«, bemerkte Setsy. »Hast du nicht ohnehin nur einen Auftrag für diesen Monat? Marva Bullock, die sich kleiner setzen will?«

Katie lächelte strahlend und sagte mit ihrer fröhlichsten Stimme: »Genau, ich wollte mir nicht so viel vornehmen. Schließlich bin ich ja auch noch Brautjungfer.«

»Normalerweise schreckst du doch vor Herausforderungen nicht zurück.« Setsy tippte mit ihrem Kugelschreiber gegen ihr Kinn. »Was ist denn los?«

»Ich brauche Zeit. Du weißt ja, wie verrückt meine Familie zu Weihnachten immer wird. Und jetzt auch noch die Hochzeit ...«

Das stimmte natürlich. Aber vor allem wollte sie Zeit haben, wenn Ryder nach Hause kam. Und unter diesen Umständen wollte sie auf keinen Fall für seinen Dad arbeiten. Es war schon schlimm genug, dass sie sich bei den Hochzeitsfeierlichkeiten sahen. Da würde sie alles nicht noch komplizierter machen. Wobei die Sache mit der Southerland-Ranch wahrscheinlich über die Bühne gehen würde, bevor Ryder kam.

»Alles nur Ausreden«, sagte Sesty. »Vermutlich macht dich der Gedanke nervös, Ryder so nah zu kommen. In dem Haus zu sein, wo er aufgewachsen ist.«

»Wieso sollte mich das nervös machen?« Katie hielt ihre Stimme ruhig, aber ihr Puls raste.

»Keine Ahnung.« Sesty schob ihren Stuhl zurück. »Mir ist nur aufgefallen, dass du immer ganz wepsig wirst, wenn Ryders Name fällt.«

»Wepsig? Ich weiß echt nicht, was du meinst.«

Sesty nickte zu ihr rüber. »Du kaust auf der Kappe von deinem Stift.«

Katie riss den Stift aus ihrem Mund.

»Und«, ergänzte Jana, »dein Rücken wird ganz gerade, als hättest du einen Stock verschluckt.«

Katie sackte in sich zusammen.

»Ganz abgesehen davon, dass du den Fuß schüttelst, als wäre er ein Farbmixer.« Sesty setzte noch eins drauf.

Verdammt! Katie stellte ihren Fuß auf den Boden.

»Was war letztes Jahr in LA mit Ryder und dir?«, fragte Jana.

»Äh ...« Katie versuchte, die Frage zu ignorieren. »Kann ja sein, dass ihr beide nichts anderes zu tun habt, als meine Körpersprache zu analysieren, aber Marva wartet auf mich. Wir reden später weiter.«

»Weglaufen kannst du schon, aber du kannst dich nicht verstecken«, bemerkte Jana noch, als Katie schon ihre Handtasche schnappte und hinauslief. Warum zum Teufel hatte sie den beiden erzählt, dass sie Ryder letzte Weihnachten in LA getroffen hatte?

Nur gut, dass sie schlau genug gewesen war, den beiden nicht auch noch zu erzählen, was zwischen ihnen passiert war. Das ging niemanden etwas an. Aber ihre Körpersprache verriet sie, keine Frage. Sie musste echt vorsichtiger sein, vor allem, wenn er in der Stadt war.

Bei dem Gedanken an das Wiedersehen wurde ihr ganz schwach im Magen, und ihre Knie wurden weich. Draußen auf der Straße atmete sie erst mal tief durch. Seit dem unbeantworteten Weihnachtsanruf letztes Jahr hatte sie nichts mehr von Ryder gehört.

Und das war gut so. Sehr gut.

Doch jetzt hatte Joe Gabi gefragt, ob sie ihn heiraten wolle, und sie hatte Ja gesagt, und Katie hatte eingewilligt, Brautjungfer zu sein, bevor sie von Joes Plänen mit Ryder erfahren hatte.

Kopf hoch. Du schaffst das. Es ist doch nur eine Woche.

Sie musste sich in der Woche vor der Hochzeit nur so gut wie möglich von ihm fernhalten. Zwar würden sie sich vermutlich jeden Tag sehen, aber sie würde dafür sorgen, dass sie nie mit ihm allein war.

Sesty und Jana hatten zwar so ihren Verdacht, aber etwas Genaues wussten sie nicht. Sie musste lediglich ihre Karten gut verdeckt halten und mit Pokerface spielen.

Marva Bullock kam beim zweiten Läuten an die Tür. Sie lächelte Katie zu, aber ihr Gesicht wirkte angespannt und besorgt. »Ist es schon zehn?«

»Ich bin ein paar Minuten zu früh dran.«

»Macht nichts, komm ruhig rein.« Ein wenig zerstreut winkte Marva Katie in ihr Wohnzimmer, das mit Umzugskisten vollgestellt war. Das neue Haus war dem Craftsman Style nachempfunden und nur halb so groß wie das Tudor-Haus, aus dem Marva und ihr Mann, G.C., gerade auszogen. Ein reizendes Häuschen, aber absolut ungeeignet, um den gesamten Besitz der beiden aufzunehmen. Sie mussten sich von einigem trennen.

Marva war die Leiterin der Highschool in Twilight. Mit ihrer dunkelbraunen Haut, den schwarzen Zöpfchen und dem athletischen Körperbau wirkte sie eher wie fünfundvierzig als wie fünfundfünfzig. Ihre beiden Kinder, Ashton und Kiley, waren erwachsen und ausgeflogen, und G.C. war vor Kurzem in Rente gegangen. Er war Elektriker gewesen.

»So viele Veränderungen.« Marva schüttelte den Kopf und stemmte die Hände in die Hüften. »Ich weiß ja, es ist richtig, dass wir uns kleiner setzen. Aber es fällt mir schwer, das Haus loszulassen, in dem die Kinder aufgewachsen sind. Eigentlich vermisse ich es jetzt schon.«

»Das Haus?«, fragte Katie. »Oder Ashton und Kiley?«

»Das kann ich gar nicht trennen. Wir wohnten gerade eine Woche dort, als wir Ashton aus der Klinik nach Hause brachten.« Marva wischte sich schnell eine Träne weg. »Ich habe nicht damit gerechnet, dass mich das alles so mitnimmt. Ich weiß, dass der Umzug richtig ist, aber es zerreißt mir das Herz.«

»Wenn wir die Vergangenheit loslassen, macht uns das offener für die Gegenwart«, sagte Katie und dachte daran, wie sie nach Matts Tod allmählich zur Ruhe gekommen war.

»Wie kannst du in deinen jungen Jahren so weise sein?«

»Ich wiederhole nur, was meine Mutter zu mir gesagt hat, als ich um Matt trauerte. Und ich behaupte nicht, dass ich meinen eigenen Ratschlägen immer folge.«

»Es fühlt sich an wie Verrat.« Marva fuhr mit der Hand über eine Schachtel mit Erinnerungsstücken. »Verrat an den Erinnerungen, die meine Familie in dem alten Haus gesammelt hat.«

»Und hier sammelt ihr neue Erinnerungen.« Katie schob eine Kiste mit der Aufschrift »Töpfe und Pfannen« zur Seite, hob sie hoch und ging in die Küche.

Marva folgte ihr zögernd. »Ich weiß, aber …«

Katie stellte die Kiste ab, drehte sich zu Marva um und schenkte ihre all ihre Aufmerksamkeit. Sie wusste, ein Umzug gehörte zu den stressigsten Dingen im Leben. Sie hatte das letztes Jahr auch alles erlebt, als sie die Jurte verkauft und ihr erstes Haus gekauft hatte.

»Ich fühle mich so …«

»Wie?«, fragte Katie nach.

»Leer. Total leer. Das ist das Komische an meinen Gefühlen. Sie sind ganz unverdächtig. Wie weiße Farbe.«

Katie sah sich in der weiß gestrichenen Küche um, in dem Haus das voller Umzugskisten stand und noch keine Persönlichkeit hatte. So ein Haus bestand nur aus Holz und Nägeln, Ziegeln und Mörtel, aber von der Symbolik her war es eben der Ort, an den man gehörte.

Oder eben auch nicht.

Aus irgendeinem Grund tauchte Ryders Gesicht vor ihrem inneren Auge auf. Er war ein Mann ohne Zuhause. Er hatte eine Wohnung in LA, einen Ort, an dem er sich abends schlafen legte, aber das war es eben auch.

Katie kaute an ihrer Unterlippe und fragte sich, wie sich das anfühlen mochte, wenn man nirgendwo Wurzeln schlagen konnte. Nie irgendwohin gehörte. Fühlte er sich so leer wie Marva im Moment? Sie schauderte.

»Ist dir kalt?«, fragte Marva. »Ich kann die Heizung aufdrehen. Oder uns einen Tee machen.«

»Nein, alles gut. An die Arbeit.« Katie krempelte die Ärmel hoch und nahm eine kleine flache Schachtel mit der Aufschrift »Reste« in die Hand. »Was ist da drin?«

»Der Inhalt meiner alten Resteschublade.«

»Okay, dann nehmen wir uns die mal vor.« Katie lächelte. »Wenn du einen Platz für jedes Teil darin findest, brauchst du keine Restschublade mehr.«

»Aber Schätzchen ...« Marva legte Katie eine Hand auf die Schulter. »Jeder Mensch braucht eine Resteschublade.«

»Das würde dann aber dem Prinzip widersprechen, einen Platz für jedes Ding zu haben und alles an seinen Platz zu legen.«

»Aber es hat ja einen Platz«, lachte Marva. »Die Resteschublade.«

Katie atmete tief durch. Wie konnte sie weitermachen, ohne Marva zu tadeln? »In der Theorie klingt das gut, aber es führt unweigerlich zum Kriechen der Resteschublade.«

»Und was heißt das?«

»Die Resteschublade bewegt und vermehrt sich. Irgendwann hast du zwei Schubladen, dann drei, und auf einmal sind alle Schubladen voll mit Resten.«

»Ich verstehe, worauf du hinauswillst«, sagte Marva.

»Ehrlich?«

»Ja. Trotzdem möchte ich eine Resteschublade haben.«

Frustriert ließ Katie die Schultern sinken. »Aber warum, wenn du doch weißt, wozu das führt?«

»Weil ich mich daran erinnern möchte, dass das Leben unordentlich ist, dass ich nicht perfekt bin und dass es okay ist, ab und zu mal fünfe gerade sein zu lassen.«

Das widersprach wirklich allem, wofür Katie stand. Also lächelte sie, nickte und sagte: »Vielleicht trinken wir doch erst mal eine Tasse Tee.«

»Gut.« Marva ging zur Tee-und-Kaffeemaschine, die auf dem Küchenschrank stand, das einzige Küchengerät, das sie schon ausgepackt hatte. »Welchen Tee möchtest du denn?« Sie drehte ein Karussell mit Kapseln. »Minze, Kamille, Earl Grey?«

»Kamille«, erwiderte Katie.

Marva ließ sich Zeit, nahm eine Zitrone und schnitt sie in ordentliche Scheiben. Dann gab sie Sahne in ein Kännchen und legte Servietten auf den Tisch.

»Spielst du auf Zeit, Marva?«, fragte Katie.

»Merkt man das?« Marva lachte. »Es ist eine echte Herausforderung, hab ein bisschen Erbarmen mit mir.«

»Natürlich.« Katie nickte und setzte sich an den Küchentisch.

Marva werkelte im Hintergrund und stellte ein paar Minuten später zwei Becher Tee und einen Teller mit Plätzchen auf den Tisch. »Aus dem Laden«, entschuldigte sie sich. »Keine Zeit zum Backen.«

»Ich liebe gekaufte Plätzchen.« Katie kaute schon auf einem der knusprigen Ingwerkekse. »Hmm!«

»Wie kann das sein, wo deine Mom doch so eine großartige Bäckerin ist?«

»Vielleicht gerade deswegen. Bei uns zu Hause waren sie immer verboten.« Katie lachte. »Ich habe Oreos in der Schultasche geschmuggelt.«

»Verbotene Früchte schmecken am besten«, sagte Marva. »Apropos, wie fühlt sich das an, dass Ryder Southerland zu Joes Hochzeit kommt?«

Katie riss sich zusammen und setzte ihr neutrales Gesicht auf, war sich aber nicht sicher, ob es ihr so richtig gelang. »Das fühlt sich für mich gar nicht an. Warum fragst du?«

»Warst du als Teenager nicht ziemlich verknallt in ihn?«

»Wie viele Kids haben deine Schule durchlaufen?«, fragte Katie zurück, um ein bisschen vom Thema abzulenken. Vor- und Frühgeschichte. Hatten sie nicht gerade davon gesprochen, die Vergangenheit loszulassen?

»Du lieber Himmel.« Marva nahm noch einen Schluck Tee. »Das müssen wohl Tausende gewesen sein.«

»Und du kannst dich erinnern, wer in wen verknallt war?«

Marva legte den Kopf schief. »So ziemlich. Nein, ich erinnere mich bei Weitem nicht an alle. Aber Ryder könnte ich nie vergessen.

Katie beugte sich vor und sorgte dafür, dass ihr Knie nicht wackelte und ihr Rückgrat nicht allzu starr war. Bloß nichts zugeben. »Warum?«

»Weil er mir mehr Ärger gemacht hat als irgendein anderer Schüler.«

»Ehrlich?« Katie hielt die Teetasse in beiden Händen.

Marva lächelte leise. »Allerdings war ihm dein Bruder Joe dicht auf den Fersen. Die beiden zusammen waren ein infernalisches Duo, der Albtraum jedes Schulleiters. Aber Ryder war viel schwerer im Zaum zu halten als dein Bruder, weil er kein richtiges Zuhause hatte. Bei Joe musste ich nur anrufen, dann sorgten deine Eltern schon dafür, dass er wieder auf Kurs kam.«

Katie hatte Ryder noch nie aus dem Blickwinkel einer Autoritätsperson gesehen. Wie viel Ärger er auch gemacht hatte, sie war immer zu hundert Prozent auf seiner Seite gewesen.

»Ryder war kein schlechter Kerl«, fuhr Marva fort. »Jedenfalls nicht tief drinnen, im Herzen, und das ist es ja schließlich, was zählt. Aber er war wild und undiszipliniert und machte, was ihm gerade einfiel. Er übertrat jede einzelne Grenze, trotzte jeder Anweisung. Ein störrischer junger Bulle.«

So hatte Katie ihn gar nicht in Erinnerung. Er hatte versucht, sich von dem Underdog-Image zu befreien, und er war ihrer Familie unglaublich treu gewesen. Doch vor allem erinnerte sie sich an seine struppigen Haare, das stolz hervorstehende Kinn, die geballten Fäuste, die Bereitschaft, gegen jede Ungerechtigkeit in dieser Welt zu kämpfen. In solchen Momenten hatte er so einsam ausgesehen, dass ihre mütterliche Seite ihn einfach nur in die Arme nehmen und ihm sagen wollte, dass alles gut würde.

Aber das hatte sie sich nicht getraut, denn sie war ja nicht nur das schüchterne hässliche Entlein gewesen, sondern auch ängstlich. Und Ryder hatte ihr Angst gemacht, dieser Junge, der sich ständig selbst in Schwierigkeiten brachte und ein scharfes Messer bei sich trug.

Auf der anderen Seite hatte sie stets die besondere Verbindung zu ihm gespürt. Er hatte ihr damals bei dem Dickens-Umzug das Leben gerettet. Und wenn er ihr zuzwinkerte und sie Miss Priss nannte, fühlte sie sich unbesiegbar.

»Wirklich schade.« Marva schnalzte mit der Zunge.

»Was ist schade?« Katie stellte ihre Teetasse auf den Tisch. Ihre Handflächen waren noch warm.

»Hast du das noch nicht gehört?«

Katie spürte, wie sich ihre Nackenhaare aufstellten. »Was gehört?«

»Jax muss die Circle S verkaufen.«

Die Ranch. Ryders Elternhaus, auch wenn er nicht viel davon gehabt hatte. Katie schlug eine Hand vor den Mund. »Oh, das ist aber wirklich schade. Was ist denn passiert?«

Marva rutschte etwas näher und senkte die Stimme, als könnte sie die Nachricht damit abmildern. »Jax ist vollkommen pleite. Schlimmer als das. Er hat irre Schulden auf seinen Kreditkarten.«

»Und wie konnte das passieren?«

»Also, das sind ja alles nur Gerüchte, und ich sollte vielleicht nicht tratschen, aber nach dem, was ich gehört habe, hat sich Twyla um die Finanzen gekümmert. Und nach ihrem Tod hat Jax festgestellt, dass sie mehr als achtzig verschiedene Kreditkarten hatte und damit herumjonglierte. Sie hat das Geld von einer Karte zur anderen geschoben, immer im Kreis herum. Und dann sind da natürlich noch die Arztrechnungen, seine eigenen und die von Twyla.«

Marva hielt kurz inne, dann fuhr sie fort: »Sieht so aus, als hätte Ryder recht gehabt.«

»Womit?«

Marva lehnte sich zurück und schaute Katie lange an. »Weißt du denn nicht, warum Jax seinen Sohn mit sechzehn Jahren rausgeschmissen hat?«

»Ich dachte, weil Ryder und Twyla nicht mehr zurechtkamen und Ryder sie wüst beschimpft hatte.«

»Stimmt, aber das war noch lange nicht alles.«

Jetzt beugte sich Katie nach vorn, stützte die Ellbogen auf den Tisch und ihr Kinn auf die Hände. Sie hatte die Gerüchte über die Entfremdung zwischen Ryder und seinem Vater gehört, aber er selbst hatte nie darüber gesprochen, und ihre Eltern ließen nicht zu, dass man hinter seinem Rücken über ihn tratschte.

Marva senkte die Lider. »Ich erzähle dir das nur, weil es ein bisschen Klarheit in Ryders Vergangenheit bringt, jetzt, wo er wieder in die Stadt kommt und du ihn auf der Hochzeit sehen wirst.«

Katie nickte. Ein Teil von ihr wollte Marva bitten, lieber nicht weiterzusprechen, aber die Neugier war stärker.

»Also, soweit ich gehört habe, hat Twyla Ryder beschuldigt, Kreditkartenverträge auf ihren Namen abgeschlossen und damit Einkäufe getätigt zu haben. Außerdem behauptete sie, er hätte zweitausend Dollar geklaut, die sie im Haus aufbewahrt hatte.«

Diese Anschuldigungen hatte Katie auch schon gehört. Allerdings hatte sie keine Sekunde daran geglaubt. Er war der ehrlichste Mensch, den sie jemals kennengelernt hatte, und sie kannte eine Menge ehrliche Männer.

»Ich muss zu meiner Schande gestehen, dass ich Twyla geglaubt habe.« Marva schüttelte den Kopf. »Jetzt sieht es allerdings so aus, als wäre Ryder der Sündenbock für ihre unkontrollierte Kaufwut gewesen.«

Katie brach fast das Herz. Falsche Anschuldigungen, der Rauswurf aus dem Elternhaus, die Entfremdung vom Vater. Dreizehn lange Jahre.

Doch auch Jax tat ihr leid, der zwischen die Fronten geraten war. Das war bestimmt nicht leicht gewesen. Und jetzt, nach Twylas Tod, zu erfahren, dass sie gelogen hatte und dass er wegen ihrer Lügen seinen Sohn verloren hatte ...

»Jax wird viel Unterstützung von uns allen brauchen. Die Circle S ist seit vier Generationen im Familienbesitz. Abgesehen davon, dass er Hilfe brauchen wird, um das Haus und das Grundstück vor dem Verkauf in Ordnung zu bringen.«

Katies Telefon klingelte. Sie streckte die Hand aus, um es abzuschalten, weil sie im Gespräch mit Marva war. Aber Marva winkte ab. »Geh ruhig dran. Ich mache uns noch eine Tasse Tee. Du willst doch sicher auch eine, oder?«

Katie schüttelte den Kopf, nahm das Gespräch an und hörte die honigsüße Stimme von Wanda Wright, der Leiterin des Pflegedienstes. »Hallo, Katie, ich bin's, Wanda.«

»Hallo«, erwiderte Katie, die sich in diesem Moment innig wünschte, sie würde Wanda von der ehrenamtlichen Tätigkeit nicht so gut kennen.

»Ich weiß, dass du sehr beschäftigt bist, und ich will dich wirklich nicht belästigen, aber ich habe auf Janas Rat hin Lisa Allbright angerufen. Sie ist nicht da, und wir müssen wenigstens ein paar Zimmer bewohnbar machen, bevor Jax Southerland am Montag aus dem Krankenhaus entlassen wird.«

»Also, heute ist Donnerstag. Das ganze Haus schaffe ich auf keinen Fall bis Montag.«

»Nur Wohnzimmer, Küche, großes Schlafzimmer und Bad«, schlug Wanda vor. »Wir haben schon einen Putzdienst hingeschickt, der sich gerade durch die Küche kämpft, aber da liegt überall so viel Zeug herum! Der offensichtliche Müll ist nicht das große Problem, aber wir brauchen jemanden, der den Rest durchsieht und beschließt, was weggeworfen oder verschenkt werden kann und was noch gebraucht wird. Und wohin es gehört.«

Katie umklammerte ihr Telefon noch fester.

»Du bist unsere letzte Hoffnung«, sagte Wanda. »Kannst du nicht irgendwas machen?«

Katie warf einen Blick auf Marva, die in der Küchentür stand und sie mit einem entschiedenen Mach-schon-Blick anschaute.

Sie liebte Herausforderungen, und dieses Projekt klang nach einer richtig großen. Außerdem war es noch zwei Wochen hin, bis Ryder nach Twilight kam. Mit den richtigen Leuten im Team und ihren üblichen Plan sollte sie eigentlich am Montag mit der ganzen Ranch durch sein.

»Bitte!«, flehte Wanda. »Ich schulde dir echt was, wenn du es machst.«

Wie sollte sie sich weigern? Jax war schließlich Ryders Vater, auch wenn er Ryder schäbig behandelt hatte. Außerdem war der Mann krank und brauchte definitiv Hilfe.

»Also gut«, stimmte sie zu. »Ich mache es.«

Doch als sie das Gespräch beendete, fragte sie sich schon wieder, ob sie nicht dabei war, einen großen Fehler zu begehen.

7

Homecoming.

Nach Hause kommen. Das klang richtig schön.

Das Wort war dazu da, gute Erinnerungen an den Ort zu wecken, an dem man aufgewachsen ist und prägende Jahre verlebt hatte.

Es klang nach Vergebung, Akzeptanz, Gemeinschaft.

Für Ryder nicht.

In dem Moment, als seine Harley das Ortsschild passierte, wurde ihm die Luft knapp, sie schmeckte ganz dünn, und er dachte nur noch, wie gut es sich vor dreizehn Jahren angefühlt hatte, in die entgegengesetzte Richtung davonzufahren. Damals hatte er sich in die Army geflüchtet.

Er hätte ablehnen können, als Joe ihn fragte, ob er sein Trauzeuge sein wollte. Er hätte ablehnen *sollen.* Warum hatte er das nicht getan?

Er fuhr die Ruby Street hinunter zum Stadtplatz. Allmählich wurde ihm übel. Am Pier saßen Angler, eine Frau im rosafarbenen Jogginganzug ging mit einem jungen Windhund spazieren, ein Kind versuchte, einen Drachen im Batman-Design fliegen zu lassen, obwohl der Wind ziemlich böig war. Aber was er wirklich sehen wollte, sah er nicht.

Er suchte, ohne recht zu wissen was.

Erst als er eine gut gebaute Blondine sah und sein Herz einen Riesensprung tat, wurde ihm klar, wonach er seine Umgebung so intensiv absuchte.

Katie. Er suchte nach Katie.

Die blonde Frau drehte sich zu dem Mann an ihrer Seite um und lachte über irgendetwas, was er gesagt hatte. Enttäuschung machte sich in Ryders Magen breit. Nicht Katie.

Idiot.

Ja, klar. Aber enttäuscht war er trotzdem.

Ein paar Jugendliche standen an der Ecke und betrachteten sein Motorrad, aber niemand winkte. Das hatte er auch nicht erwartet, wie sollten sie ihn denn wiedererkennen? Er hatte sich in den letzten dreizehn Jahren ziemlich verändert.

Er hob eine Hand, winkte, und ein paar Leute winkten zurück.

Ryder lächelte. Vielleicht würde es ja doch nicht so schlimm mit dem Nachhausekommen.

Wem wollte er eigentlich etwas vormachen?

Auf der Website der Stadt hatte er vom Tod seiner Stiefmutter erfahren. Niemand hatte ihn angerufen, um ihm zu sagen, dass Twyla gestorben war. Joe nicht, Katie nicht, nicht einmal sein Vater.

Das vertraute Gefühl der Einsamkeit überkam ihn, aber er ließ das Selbstmitleid nicht zu. Er war ein Mann der Tat, nicht des Grübelns.

Aber diese Fahrt über Straßen, die er seit dreizehn Jahren nicht mehr betreten hatte, weckte alle möglichen Gefühle und Erinnerungen in ihm, die er weder abschütteln noch kontrollieren konnte.

Die Stadt, die ihm in seinen prägenden Jahren wie eine Zwangsjacke vorgekommen war, schien ihm heute freundlich und einladend. Als Teenager hatte er Twilight verachtet und sich geschworen, nie mehr zurückzukommen. Die Stadt stand für alles, was starr und erstickend war.

Er hatte sein Versprechen gehalten.

Bis heute.

Die Fahrt ging vorbei am Sweetheart Park und dem Pecanbaum mit den Namen der Liebenden in seiner Rinde. Sein Name stand auch da, aber er hatte ihn nicht dort eingeritzt. Ein paar Mädchen, mit denen er mal ausgegangen war, hatten sich mit dem Taschenmesser über die dicke Rinde hergemacht und die flüchtigen Symbole junger Liebe dort hinterlassen.

»Amanda & Ryder«

»Jodi liebt Ryder«

»Kristy + Ryder für immer«

»Darcy und Ryder XOXO«

Damit es jeder wusste. Keine Privatsphäre, keine Geheimnisse. Keine Freiheit, einfach man selbst zu sein. Irgendjemand mischte sich immer ein und bot unerwünschte Ratschläge an, wie man sein Leben zu führen hatte.

Ryder fuhr an dem Brunnen mit dem Standbild der Stadtgründer vorbei, Jon Grant und Rebekka Nash, die dort in ewiger Umarmung eng umschlungen standen. Einmal an Halloween hatten er und Joe die beiden mit Klopapier eingewickelt, was sogar zu einem Aufstand im Stadtrat geführt hatte.

Seltsam, wie wenig sich hier verändert hatte. Dieselben gelb-weißen Blinklichter an den Giebeln der historischen Steinhäuser am Stadtplatz. Dieselben Mistelzweige an den hübschen Straßenlaternen, die Liebespaare dazu einluden, sich darunter zu küssen. Dieselben Plakate in den Fenstern zum Tag der offenen Tür. Dieselbe Weihnachtsmusik aus den Lautsprechern, um die Leute beim Einkaufen zu unterhalten.

Besucher spazierten durch die Straßen, studierten die Schaufenster, blieben an Kiosks stehen oder kauften bei einem der Straßenhändler eine Kleinigkeit zu essen. Im Theater lief *Rudolph das rotnasige Rentier*, und Plakate zeigten den Touristen, wo sie die Eintrittskarten bekamen. Außerdem wurden die Leute dazu aufgefordert, sich ein Namensschild am Engelbaum auszusuchen und damit die Weihnachtswünsche eines bedürftigen Kindes wahr zu machen. Und bitte, verpassen Sie nicht das Cowboy-Weihnachtskonzert im Musikcafé.

Fast war er bereit, eine unaussprechliche Sehnsucht nach der idyllischen Kindheit zuzulassen, die er nie erlebt hatte. Irgendetwas an diesem unveränderten Ort weckte Erinnerungen in ihm und ließ sie herumwirbeln wie die falschen Flocken in einer Schneekugel.

Dann kam er an die Ecke Ruby Street und Market Street, wo das Haus stand, in dem angeblich der Geist von Jesse James spukte. Dort wurden John-Wayne-Andenken verkauft, und ganz hinten im Laden gab es einen alten Sodaspender. Und dort sah er auf einmal sein Spiegelbild im Schaufenster.

Ein einsamer Mann in schwarzer Lederjacke auf einer alten Harley, mit verspiegelter Sonnenbrille, die ihn geheimnisvoll und unberührbar machen sollte. Allein, getrennt von allem, distanziert.

Er gehörte nicht mehr hierher. Hatte er das denn je getan? Er war die vierte Generation seiner Familie hier in Twilight, aber er hatte sich immer als Außenseiter gefühlt.

Nicht immer, flüsterte eine Stimme in seinem Hinterkopf. *Erst seit Moms Tod.*

Sein Herz klopfte hohl in seiner Brust, ein Echo, dass Selbstzweifel durch alle Zellen schickte. Er hatte seinen Dad nicht angerufen, hatte einfach vor der Tür stehen wollen, aber jetzt fühlte sich das alles ziemlich falsch an. Rücksichtslos und unangemessen.

Der kurze Blick auf sein Spiegelbild hatte ihn erschüttert. Diese Böser-Junge-Rüstung, die er sich irgendwann zugelegt hatte, um in dieser Stadt zurechtzukommen ... Er konnte kaum atmen und fragte sich auf einmal, wer er eigentlich war und warum er gekommen war.

Joes Hochzeit, schon vergessen? Und er wollte nach seinem Dad sehen, jetzt, wo Twyla nicht mehr da war.

Ja, genau, das waren die Gründe. Lauter Gründe voller emotionaler Tretminen. Ehrlich gesagt, wäre er lieber wieder im Sandkasten des Mittleren Osten gewesen. Da wusste man wenigstens, wo man stand. Da war der Feind überall.

Und hier? Hier konnten selbst Freunde Feinde sein, und Feinde unerwartete Verbündete. Hier war nichts so, wie es aussah.

Ryders Finger verkrampften sich um den Lenker.

Das hier würde kein Spaß werden. Alles andere als das.

Aber dann fiel ihm Katie wieder ein, und zum Teufel, er musste lächeln. So viel zum Thema Spaß. Das war jedenfalls eine Chance. Was für eine schöne Ablenkung von den Problemen mit seinem Vater.

Du kannst nicht einfach weitermachen, wo du aufgehört hast. Sie hat dich nicht zurückgerufen. Sie will nicht. Lass sie in Ruhe.

Aber vielleicht hatte sie die Nachricht auf dem AB ja nie gekriegt. Vielleicht hatte er die falsche Handynummer gewählt. Vielleicht hatte sie die ganze Zeit auf seinen Anruf gewartet und angenommen, er wolle sie nicht mehr?

Ryder schüttelte den Kopf, um die Vergangenheit loszuwerden. Er war einfach nicht der Typ, um Dinge bis zu Ende zu durchdenken. Sie hatte deutlich genug gemacht, dass sie nichts mehr mit ihm zu tun haben wollte. Er konnte damit klarkommen, sie wiederzusehen und die Finger von ihr zu lassen. Genau das würde er tun. Weil sie das so wollte.

Aber vielleicht hatte sie ja ihre Meinung geändert. Vielleicht vermisste sie ihn ebenso sehr wie er sie?

Wenn das der Fall wäre, hätte sie sich gemeldet. Schlag dir Katie aus dem Kopf. Du bist hier, um deinen Vater zu besuchen. Und wegen der Hochzeit. Lass sie in Ruhe. Sie hat ihr Leben und du deins, und ihr passt überhaupt nicht zusammen. Jedenfalls nicht auf Dauer. Unmöglich.

Ryder fuhr langsamer, als der das Stadtzentrum durchquerte, und parkte an der Marina. Dieser Teil der Stadt hatte sich allerdings sehr verändert. Ein Konferenzzentrum und ein Hotel waren gebaut worden, es gab eine Promenade, Picknicktische und Bänke.

Er blieb auf dem Bike sitzen und schaute über den See, um endlich die widerstreitenden Stimmen in seinem Kopf zum Schweigen zu bringen. Vergeblich. Die Gedanken waren ihm durch Kalifornien, die Wüste von Arizona und die Berge von New Mexico gefolgt. Und jetzt saß er hier in Twilight und wusste immer noch nicht, was er tun sollte. Nicht gut.

Hör auf, an Katie zu denken, du hast schwierigere Sachen am Laufen. Twylas Tod. Der Zustand der Ranch. Dad. Genau. Alles nicht so einfach.

Lange saß er da, starrte aufs Wasser, beobachtete die Fischerboote auf den Wellen. Als die Sonne am höchsten stand, startete er die Harley wieder, legte den Gang ein und fuhr dorthin, wo er nicht hinwollte.

Eine Viertelstunde später ließ er das weit offene schmiedeeiserne Tor der Circle S hinter sich. Das Herz klopfte ihm bis zum Hals, als das alte Haus in Sicht kam. Selbst aus der Entfernung wirkte es verloren wie ein großer weißer Elefant, der ganz allein in der Savanne steht und stirbt.

Kein Vieh auf den Weiden. Keine Geräte auf dem Gelände. Nicht mal ein Pickup in der Auffahrt, bloß ein silberner Camry unter dem Carport., bloß ein silberner Camry unter dem Carport. So einen Wagen würde sein patriotischer Vater niemals fahren. Aber vielleicht war das Teil noch von Twyla.

Sein Handy vibrierte in der Tasche, und er schnaufte erleichtert über die Unterbrechung. Langsam fuhr er über das gelbe Gras, nahm das Handy aus der Tasche und lächelte, als er sah, er ihn da anrief.

»Hallo, Clara«, sagte er. »Wie geht's dir?«

»Gut, gut. Aber ich vermisse dich.«

Er hätte es niemals zugegeben, aber es fühlte sich gut an, dass seine Nachbarin das sagte. Wer vermisste ihn schon? Clara war wahrscheinlich die einzige.

»Trask wechselt dir die Glühbirnen und nimmt den Müll mit runter«, sagte er. Trask war der andere Bodyguard, dem er seine Wohnung untervermietet hatte, solange er in

Twilight war. Eigentlich war es mehr darum gegangen, dass Clara jemanden hatte, an den sie sich wenden konnte, wenn sie irgendwie Hilfe brauchte. Wegen der Wohnung wäre es nicht nötig gewesen.

»Das ist doch nicht dasselbe.« Clara klang ganz kleinlaut. »Trask redet so viel. Du bist so schön ruhig.«

»Soll ich ihm das sagen? Kann ich machen.«

»Nein, er ist halt, wie er ist. Wie geht's in Twilight?«, fragte sie. »Hast du sie schon gesehen?«

Ryder dachte an Katie. Musste das jetzt sein? »Bin gerade erst angekommen. Und nein, ich habe sie nicht gesehen.«

»Aber du wirst sie sehen.«

»Muss ich ja, wir haben beide mit der Hochzeit zu tun.«

»Sie ist so nett.«

»Du hast doch bloß fünf Minuten mit ihr geredet.«

»Das macht nichts, ich habe da einen sechsten Sinn. Ich weiß sofort, ob jemand in Ordnung ist oder nicht.«

»Du bist viel zu vertrauensselig, Clara.«

»Kann schon sein. Aber wenn ich dir nicht vertraut hätte, wären wir niemals Freunde geworden. Du tust immer so unnahbar, aber ich habe dich sofort durchschaut, Ryder Southerland.«

Ryder rutschte unbehaglich auf seiner Maschine herum. »Pass auf, Clara, ich wollte gerade zu meinem Dad fahren, also ...«

»Oh, euer erstes Treffen seit dreizehn Jahren! Bist du aufgeregt?«

Ja, aber das würde er auf keinen Fall zugeben. »Nein.«

»Das solltest du aber. Das ist eine große Sache. Ich bin jedenfalls aufgeregt deswegen, ich sitze hier die ganze Zeit und stricke wie verrückt. Du weißt ja, wie ich stricke, wenn ich aufgeregt bin.«

»Dann hör auf damit. Kein Grund für Drama.«

Clara schnaubte, als wäre er ein Vollidiot. »Kehr vor deiner eigenen Tür, Ryder.«

Er würde sie nicht fragen, was sie damit meinte.

»Ich muss jetzt aufhören, Liebes«, fuhr sie freundlich fort. »Meine Enkelin geht mit mir Weihnachtseinkäufe machen.«

»Warte mal«, sagte er. Er wollte nicht, dass sie aufhängte. Denn wenn sie das tat, hatte er nichts anderes mehr zu tun, als auf diese Tür zuzugehen und zu klopfen. Clara war seine letzte Rettung. Solange sie redete, hatte er noch eine Verbindung zur normalen Welt.

Aber sie war schon weg.

Ryder schluckte schwer, beendete das Gespräch und wandte seine Aufmerksamkeit wieder dem Haus zu, in dem er aufgewachsen war und das sich so fremd anfühlte.

Zeit, sich zu wappnen.

Er atmete tief durch, fuhr den Weg zum Haus hinauf und mitten in seine Vergangenheit hinein.

Der äußerliche Zustand des Hauses war erschütternd. Die Veranda hing durch, die Fassade musste dringend gestrichen werden. Die Fensterläden vorn waren kaputt, irgendjemand hatte von innen etwas dagegengeschoben. Die Fußmatte mit der Willkommen-Aufschrift war abgenutzt und schmutzig. Die Außenlaterne war zerbrochen, und ein kaputter Liegestuhl lag gegen das Geländer gelehnt.

Traurig.

Das Klopfen fiel ihm schwerer, als er gedacht hatte. Dreizehn Jahre hatte er seinen Vater nicht mehr gesehen und auch nicht mit ihm gesprochen. Wie würde es laufen? Sein Arm wog fünfzig Pfund, als er klopfte wie ein Gorilla.

Doch als die Tür aufging, blieb ihm der Mund offen stehen, denn die Augen, in die er blickte, gehörten nicht zu seinem Vater, sondern zu dem letzten Menschen, den er auf der Circle S erwartet hätte.

Katie war zur Tür gegangen, weil sie Jana erwartete. Ryders Anblick raubte ihr den Atem.

Da stand er, keine fünfzehn Zentimeter von ihr entfernt, aber es fühlte sich an, als wäre eine Glaswand zwischen ihnen hochgegangen. Er trug Cowboysachen und sah vollkommen anders aus als der coole Biker, mit dem sie letzten Dezember in LA geschlafen hatte. Das Westernhemd samt Schnallen statt Knöpfen passte ihm wie maßgeschneidert und betonte seine männliche Figur.

Sein schwarzer Stetson – welche Farbe sollte der böse Bube auch sonst tragen? – war nach hinten geschoben und ließ ein Büschel struppige Haare sehen. Der konservative Haarschnitt, den er beim letzten Mal getragen hatte, war offenbar rausgewachsen.

Katie fand das gut, obwohl er jetzt nicht mehr aussah wie ein cooler Soldat, sondern wie der heiße Teenager, der er einmal gewesen war.

Bloß, dass er jetzt viel gefährlicher war. Der harte Blick, das strenge Kinn ... Er war nicht gern gekommen, das sah man seiner Körpersprache an. Und dass er sie im Haus seines Vaters vorfand, passte ihm überhaupt nicht.

Ihr auch nicht.

Sie hatte diesen Moment gefürchtet, seit sie erfahren hatte, dass er Joes Trauzeuge sein würde. Ein Jahr Vorlauf. Sie hätte besser auf den Eindruck vorbereitet sein sollen, den das Wiedersehen auf sie machte.

War sie aber nicht.

Er sagte kein Wort.

Sie auch nicht.

Katie schluckte.

Ryder rührte sich nicht. Blinzelte nicht mal.

»Du siehst unglaublich aus«, sagte er so leise, dass sie nicht mal sicher war, ob sie ihn wirklich gehört hatte.

Sie wurde rot, und ihr Herz schlug schneller. *Pass auf!* Sie schob sich eine Haarsträhne hinters Ohr. Sie trug Arbeitskleidung: Jeans, langärmeliges T-Shirt, Schürze, Sneaker. Nicht besonders sexy, und trotzdem sah er sie an, als wäre sie ein Filet Mignon.

»Willst du reinkommen?«, lud sie ihn ein, als wäre es nicht sein Haus, sondern ihres.

»Was machst du hier?«, fragte er.

Unfähig, ihre Augen von dem bösen Cowboy auf der Veranda abzuwenden, fuhr sie sich mit der Zunge über die Lippen. »Ich arbeite.«

»Aber was?« Er verzog das Gesicht.

»Ich räume hier auf.« Sie hielt sich an der Tür fest. Irgendwo musste sie sich festhalten, irgendetwas musste ihr helfen, den Blick dieser rätselhaften grünen Augen auszuhalten.

Er zog fragend die Augenbrauen hoch.

»Das ist mein Job«, beantwortete sie die Frage, die er nicht gestellt hatte. »Ich habe eine Firma, die Leuten hilft, Ordnung zu machen und zu halten. Damit habe ich angefangen, als mein Großvater ins betreute Wohnen zog, nach seinem Autounfall. Da hat Joe ihm die Weihnachtsbaumplantage abgekauft und wir mussten seine Sachen durchsehen. Es zeigte sich, dass ich ein gewisses Talent für so was habe, und ...«

Verdammt, sie plapperte zu viel. Mund halten, einfach still sein.

Katie schloss den Mund.

»Wo ist mein Vater?«, fragte er. Plötzlich kam er in Bewegung, betrat das Haus und zerbrach die unsichtbare Glaswand zwischen ihnen mit seiner breiten Brust. Er kam direkt auf sie zu, jetzt war nur noch ein bisschen Luft zwischen ihnen.

Sie sprang zur Seite, um ihm auszuweichen, bevor er sie berührte. »Er ist noch nicht da.«

»Sondern?«

»Im Krankenhaus.«

Ryder blieb abrupt stehen. »Warum das denn?«

»Wegen seines Zuckers.«

»Was soll das denn heißen?«

»Dein Vater hat Diabetes.« Sie schlug die Hand vor den Mund. »Wusstest du das nicht?«

»Ich habe vor dreizehn Jahren das letzte Mal mit ihm gesprochen, Katie.«

Sie nickte und wünschte sich, sie wäre nicht auf einmal mitten in seine Familienangelegenheiten geraten. »Nach Twylas Tod hat er nicht gut auf sich aufgepasst und seine Medikamente nicht mehr genommen. Wenn nicht eine Nachbarin vorbeigekommen wäre ...« Sie brach ab. Es war wirklich nicht ihre Aufgabe, ihm den Zustand seines Vaters zu erklären.

Außerdem fehlte ihr die Luft zum Reden, wenn sie ihn so ansah. Sie hatte ganz vergessen, wie groß und kräftig er war.

»Wer?«, fragte er. »Was?«

»Patsy, Hondo Crouchs Frau. Sie hat ihn gefunden. Er saß bewusstlos im Sessel. Um ein Haar wäre er gestorben.«

Ein scharfes Schweigen stand auf einmal zwischen ihnen.

»Es tut mir leid«, sagte sie.

Ryder fluchte leise, und für den Bruchteil einer Sekunde sah sie in seinen Augen, wie verletzt er war, aber er fing sich schnell wieder. Kein Platz für Schwäche.

Sie wusste nicht, was sie tun sollte. Oder sagen. Also stand sie einfach da und wartete, was er tun würde.

»Ist ja nicht deine Schuld«, brummte er. »Oder dein Problem.«

»Irgendwie doch. Es ist mein Job.«

»Dad?« Ryder ging ins Wohnzimmer, als suchte er nach seinem Vater und glaubte ihr nicht.

»Er ist nicht hier.« Jetzt hätte sie ganz leicht verschwinden können, aber ihre Handtasche lag in der Küche, und da drin waren ihre Autoschlüssel. Sie konnte nicht weglaufen. Zögernd folgte sie ihm.

Seine Schultern waren so breit, dass er kaum durch die Stapel von Müll kam. Er bewegte sich wie ein Bulldozer, pflügte hindurch, schob Kisten zur Seite, dass sie krachend zu Boden fielen und ihren Inhalt überall verteilten.

Katie zuckte zusammen. Ihr Puls schlug schnell und heftig. »Wohin willst du?«

Ryder fuhr herum, sah sie wütend an, sein Gesicht eine Maske. Sie trat einen Schritt zurück und warf einen weiteren Stapel Kisten um.

Er packte ihre Hand, zog sie an sich, weg von den Kisten. Hielt sie fest um die Taille. »Du zitterst ja. Wegen der Kisten? Oder habe ich dir Angst gemacht?«

»Beides«, gab sie zu. »Du siehst so wütend aus.«

»Aber doch nicht auf dich, Katie.« Seine Stimme wurde ganz weich. »Niemals auf dich.«

»Oh«, machte sie, weil sie nicht wusste, was sie sonst sagen sollte. »Oh.«

Er blickte ihr in die Augen, sanft diesmal. »Manchmal vergesse ich, wie erschreckend ich aussehe.«

»Es muss der Schock sein«, antwortete sie. »Dass du nach Hause kommst und erfährst, dass dein Vater im Krankenhaus ist ...« Sie winkte ab. »Und das alles.«

»Ja. Es war schon schlimm, als ich noch hier gelebt habe«, sagte er. »Aber es ist viel schlimmer geworden. Viel schlimmer.«

»Deine Stiefmutter hatte ...« Sie wollte es ihm schonend beibringen. »Probleme.«

»So kann man das auch sagen. Und deshalb hat Dad dich engagiert? Damit du hier Ordnung machst?«

»Eigentlich hat mich der Pflegedienst engagiert. Wenn ich hier nicht sauber mache, bevor er am Montag entlassen wird, muss er in ein Pflegeheim. Der Pflegedienst weigert sich, ihn hier zu betreuen.«

»Kein Wunder, bei dem Dreck.«

Sie lächelte ihn an, weil sie wusste, wie weh das alles tun musste. Nach allem, was sie über Ryders Mutter gehört hatte, war sie eine reizende, liebevolle Frau gewesen, die das Haus blitzblank hielt. »Es muss dir wehtun, zu sehen, wie dein Vater lebte.«

»Das hat er sich so ausgesucht.« Ryder schluckte schwer, den Arm immer noch um ihre Taille gelegt.

Sie wollte lieber etwas auf Abstand gehen, weil die Erinnerungen an Weihnachten vor einem Jahr sie allmählich überwältigten. Aber wohin sollte sie gehen?

Wenn sie einen Schritt rückwärts machte, warf sie den Stapel alte Zeitungen um. Wenn sie nach rechts ging, landete sie auf der alten Liege mit den vielen Decken. Links waren bis zur Decke Kisten aufgestapelt. In den anderen Zimmern sah es ähnlich aus, wenn nicht schlimmer. Das hier war die schlimmste Unordnung, mit der sie je zu tun gehabt hatte. Sie war gekommen, um erst mal das Gelände zu sondieren, bevor sie anfing. Morgen würden ihre Leute kommen, sie würden gemeinsam die Ärmel hochkrempeln und loslegen.

»Warum hast du mich nicht angerufen, als Twyla gestorben ist?«, flüsterte Ryder, die Hand an ihrem Rücken. »Warum musste ich das aus der Internetzeitung erfahren?«

»Ich ...« Sie räusperte sich. »Ich wollte mich da nicht einmischen.«

»Du wolltest nicht mit mir reden.«

Das auch.

»Ich dachte, wir sind Freunde.«

Freunde?

Waren Sie Freunde? So fühlte es sich nicht an. Zu viel Chemie. Zu viel Verlangen, als dass man es Freundschaft nennen konnte. Sie begehrte ihn, genau wie vor einem Jahr. Vielleicht sogar noch mehr.

Sein Blick war scharf und voller Schmerz.

»Es tut mir leid«, sagte sie. »Dass ich es dir nicht gesagt habe. Dass ich dich nicht zurückgerufen habe, nachdem du die Nachricht auf meinem AB hinterlassen hast.«

»Kein Grund, sich zu entschuldigen«, sagte er. »Es geht dich ja nichts an. Und du machst die Regeln. Ich hätte mich dran halten sollen.« Er ließ sie los, trat einen Schritt zurück, stolperte dann aber über irgendetwas und verlor das Gleichgewicht.

Sie streckte eine Hand aus, um ihm zu helfen, aber er wehrte sie ab. Es fühlte sich an wie eine Zurückweisung.

»Jetzt bin ich jedenfalls hier«, sagte er, »und kann mich um das hier kümmern.« Er beschrieb einen weiten Bogen mit dem Arm, der das gesamte Chaos umfasste.

»Da wirst du aber Hilfe brauchen.«

»Wenn du mir zeigst, wie ich anfangen soll, kriege ich den Rest hin.«

Katie wollte mit ihm darüber diskutieren. Selbst mit ihrem erfahrenen Team und einer Putztruppe wäre es keine leichte Sache, bis Montag fertig zu werden, das wusste sie. Ryder allein hatte nicht den Hauch einer Chance.

Aber sie nickte nur und sagte Ja. Manche Dinge musste man selbst herausfinden.

8

»Dann los.« Ryder rieb sich die Hände.

»Wie, jetzt?«

»Ja, sicher.«

»Willst du nicht erst mal ins Krankenhaus fahren, deinen Vater besuchen?«

Ryder wand sich. »Eigentlich würde ich lieber hier anfangen.«

»Und wann willst du ihn besuchen?«

»Später.«

»Jetzt wäre besser.«

»Später«, grollte er.

»Hast du Joe schon gesehen?«

»Später«, stöhnte er.

»Na, wenn das so ist.«

»Ja, genau so ist das.« Putzen war die perfekte Chance, seine Gefühle unter den Teppich zu kehren. Und dann auch noch gemeinsam mit Katie.

»Es fällt dir also leichter, mit diesem Chaos hier fertig zu werden als mit dem Chaos der Gefühle.«

»Genau.« Sie hatte den Nagel auf den Kopf getroffen. Die Frau durchschaute ihn sofort. Er knöpfte seine Manschetten auf und rollte die Ärmel hoch. »Wo fangen wir an?«

Sie sah ihn an, als wollte sie ihn kneifen. Er warf ihr einen geschäftsmäßigen Blick zu, und sofort veränderte sich ihr Ausdruck. Der Mund wurde fest, die Augen weich, als täte er ihr leid und sie wollte nicht sagen, was ihr auf der Zunge lag.

Zum Teufel, er konnte es überhaupt nicht leiden, wenn man ihn bemitleidete.

»Im Schlafzimmer deines Vaters habe ich schon einiges geschafft.« Sie nickte zum hinteren Teil des Hauses. »Obwohl ›geschafft‹ hier relativ ist. Sagen wir mal, ich kann die Tür aufmachen, ohne eine schreckliche Kettenreaktion von umfallenden Gegenständen auszulösen.«

Er lachte. Sie war witzig, und Lachen war besser als die andere Möglichkeit: wütend loszubrüllen. Nicht wütend auf sie, sondern auf seinen Vater und auf Twyla. Auf die Verletzungen, die er als Kind abgekriegt hatte und die dazu geführt hatten, dass er auf alle losging, die versuchten, ihm zu helfen. Und auf den verlorenen Sohn, zu dem er geworden war.

Lächelnd neigte sie den Kopf so, dass er an funkelnde Diamanten im Sonnenlicht denken musste, und lockte ihn mit dem Finger zu sich.

»Wie lange machst du das schon beruflich?« fragte er sie und folgte ihr den schmalen Pfad hinunter, der vom Wohnzimmer durch den Flur zum großen Schlafzimmer führte. Überall waren Sachen aufgestapelt: alte Zeitungen und Zeitschriften, Papiertüten, Milchpackungen, Kleidung, Pappschachteln. Bei jedem Schritt schlug ihm ein neuer Gestank entgegen. Schimmel und Staub und überhaupt alles, was eklig war.

Zum Teufel, Dad, wie hast du das ausgehalten?

»Zehn Monate.«

»Und ist das dein bisher schlimmster Fall?«

»Die größte Herausforderung«, erwiderte sie, um es nicht so negativ zu formulieren. Das gefiel ihm. »Ja.«

Ryder stöhnte, als seine Stiefelspitze eine Orange traf, die grün-weiß schillerte und sich bei der Berührung in Matsch auflöste.

»Was ist denn?«, fragte sie und drehte sich um.

»Ich bin auf eine Herausforderung getreten.«

»Hier.« Katie zog ein Paar Gummihandschuhe aus der Tasche ihrer grün und weiß karierten Schürze und warf sie ihm zu, zusammen mit einem verschließbaren Gefrierbeutel. Sie war offenbar auf alles vorbereitet. Typisch.

»Man bräuchte hier so einen Einwegoverall, wie ihn die Typen von der Spurensicherung tragen.« Er zog die Handschuhe an und bückte sich, um den grünen Matsch aufzuheben und in den Beutel zu geben. »Und jetzt?«

»Im Schlafzimmer liegt ein großer Müllsack, da kannst du alles reinwerfen.«

»Himmel, Dad«, murmelte er. »Wie konnte es nur so weit kommen?«

»Das Leben mit einem Messie gleicht einer Sisyphusaufgabe. Wahrscheinlich hat er irgendwann beschlossen, lieber dran vorbeizusehen«, sagte sie, die Stimme voller Mitgefühl und Verständnis.

»Blind, taub und stumm.« Ryder wünschte sich eine Portion von ihrem Mitgefühl für seinen Vater und seine Stiefmutter. Im Moment war er einfach nur angewidert. »Oder wird er tatsächlich blind?«

»Kann sein«, erwiderte sie. »Schlecht eingestellter Diabetes kann zu Erblindung führen. Aber ich weiß nicht viel über den Gesundheitszustand deines Vaters.«

»Mist.« Er fuhr sich mit der Hand durchs Haar und betrachtete das Chaos um ihn herum. Was für ein entsetzliches Gefühl.

Kein Wunder, dass sein Vater irgendwann beschlossen hatte, das Ganze zu ignorieren. Man fühlte sich komplett hilflos, wenn man das sah. Wie kam Katie bloß damit klar?

»Was ist denn?«, fragte sie.

»Ich hätte viel früher kommen müssen.«

»Und dann? Was hättest du getan?«, fragte sie. »Man kann niemanden retten, der sich nicht retten lassen will.«

»Aber vielleicht wollte er ja.« Ryder schnaubte. »Ich meine, wer will denn so leben?«

»Ich bin sicher, auch Twyla wollte nicht so leben. Nach allem, was ich darüber von meinem Therapeuten erfahren habe, handelt es sich um eine psychische Krankheit, eine Art Zwang.« Katie ging an einem Fitnessgerät vorbei, das noch in der Originalverpackung da stand.

»Du gehst zu einem Therapeuten?« Er sah sie verwirrt an. Katie wirkte so gelassen, sie hatte eine Familie, die sie unterstützte, was machte sie beim Therapeuten? Er blieb stehen, und sie drehte sich zu ihm um.

»Hab ich eine Weile gemacht«, sagte sie. »Um mein Leben nach Matts Tod wieder in die Spur zu kriegen.«

Ihm wurde ganz schwach im Magen bei dem Gedanken an die Zeit nach dem Unfall ihres Verlobten. Das musste schwer für sie gewesen sein. Trotzdem spürte er für den Bruchteil einer Sekunde so etwas wie Eifersucht auf den Toten.

»Warst du schon mal bei einem Therapeuten?«, fragte sie.

»Ein paar Sitzungen während meiner Army-Zeit. Das war Pflicht.«

»Und?«

»Es hat geholfen.«

»Aber du hast nicht weitergemacht.«

»Meine PTSD war nicht so schlimm.«

Ihr Blick war wie eine Umarmung. »Tut mir sehr leid, dass du so darunter gelitten hast.«

»Alle leiden, sieh dich doch um!«

Katie öffnete die Tür zum Schlafzimmer seines Vaters und ging so weit hinein, wie es ging. Ryder schlängelte sich durch die Tür. Wenn er sich jetzt noch zwei Zentimeter weiter vorbeugte, würde er sie berühren. Wie gern hätte er das getan! Wie gern hätte er sich von ihrer sanften Wärme trösten lassen.

»Schon einige geschafft, hm?«

»Ich hab dich gewarnt. Pass auf, ich habe Stapel gebildet. Behalten, spenden, wegwerfen.« Sie zeigte mit der Hand auf die drei Haufen.

»Und wie lange hast du gebraucht, um so weit zu kommen?«

»Drei Stunden«, gab sie zu. »Meine Leute sind noch bei einem anderen Einsatz. Wenn sie morgen kommen, geht das alles viel schneller.«

»Und bis dahin müssen wir zwei zurechtkommen«, sagte er.

Sie rang sich ein Lächeln ab, aber es wirkte geisterhaft und dünn und verschwand, sobald sie wieder sprach. »Genau.« Ihre Stimme klang, als machte ihr das schreckliche Angst.

Ihm auch. »Sag mir, was ich machen soll.«

Katie verlagerte ihr Gewicht auf den anderen Fuß. Sie sah unsicher aus, als wüsste sie nicht, ob sie mit ihm hier weitermachen wollte. Er biss die Zähne zusammen. Er wollte unbedingt daran teilhaben, obwohl er nicht wusste, warum ihm das so wichtig war. »Ich gehe jedenfalls nicht weg.«

Sie sah ihn nicht an. »Willst du wissen, wie ich es mache?«

»Ich möchte dich nur zu gern in Aktion erleben. Los, gib mir einen Crashkurs in Aufräumen.«

Sie drehte sich zu ihm um, trat aber so weit zurück, wie der Müll erlaubte. »Hier geht es nicht nur ums Aufräumen. Tatsächlich habe ich normalerweise gar nichts mit Messies zu tun.«

»Warum diesmal?«

»Weil er dein Vater ist.«

Seine Muskeln zogen sich zusammen. Was meinte sie damit? Er wollte gern fragen, wagte sich aber nicht so weit ins tiefe Wasser. Nicht heute. Noch nicht. »Zeig es mir.«

Katie richtete sich auf und räusperte sich. Jetzt sah sie aus wie die leidenschaftliche Mathelehrerin, die er in der Schule gehabt hatte. Sehr angetan von ihrem Thema. »Ein Haus zu organisieren hat nicht nur damit zu tun, dass man alles ordentlich und sauber hält.«

»Nicht?«

»Oder besser gesagt, auch. Es ist nicht die Grundlage.«

»Sondern?«

»Wenn du dein Haus organisierst, ziehst du eine Bilanz deines Lebens, setzt dich mit deinen Ängsten auseinander und lässt die Dinge los, die deinem höheren Wohl nicht mehr dienen.«

»Klingt ziemlich esoterisch.«

»Ist es aber nicht. Es handelt sich um eine sehr erdverbundene Sache. Nimm zum Beispiel das hier.« Sie hob eine Schachtel mit einem Werbeaufdruck aus den Achtzigern hoch, die offenbar nie geöffnet worden war. »Ron Popeil's Pocket Fisherman. Ein Gegenstand ohne jeden emotionalen Wert.«

»Außer für Twyla.«

»Es war nicht der Gegenstand, der für sie emotionalen Wert hatte. Es war das Sammeln. Sie versuchte, ein emotionales Loch in ihrem Herzen aufzufüllen.«

»Was für ein Loch denn?«

»Weiß ich nicht. Sie war ja nicht meine Stiefmutter.«

»Was für eine Geldverschwendung«, murmelte er, ohne sich weiter mit Twylas Innenleben zu beschäftigen.

»Es gibt hier Hunderte ungeöffnete Schachteln. Abgesehen von ihrer Sammelwut, litt deine Stiefmutter offenbar auch unter einem Shopping-Zwang.«

Ryder kannte Twylas Shopping-Zwang und seine Auswirkungen nur zu gut. Sie hatte das immer abgestritten. Tatsächlich waren daraus die Probleme zwischen ihm und seinem Vater entstanden. Und es hatte unheimlich wehgetan, dass sein Vater Twylas Partei ergriffen und auf ihre Lügen gehört hatte.

Es tat noch immer weh.

»Wirf den Müll raus, und du wirfst deine inneren Dämonen gleich mit raus«, fuhr Katie fort.

»Twyla hatte jede Menge innerer Dämonen.« Ryder stemmte die Hände in die Hüften und spürte das vertraute Grummeln im Magen bei dem Gedanken an seine Stiefmutter. Sie hatte seine Kindheit vergiftet, und obwohl sie tot war, fühlte er den Schmerz immer noch. Aber er vergab ihr. Sie tat ihm leid. Die Frau hatte kein glückliches Leben gehabt.

»Messies sammeln alles Mögliche, weil sie in dem ganzen Müll auf eine verrückte Weise Sicherheit finden. Wenn sie etwas wegschmeißen, fühlen sie sich verletzlich und schutzlos.

Deshalb kriegt man sie so schwer dazu, Dinge loszulassen. Es geht nicht um die Gegenstände, sondern um das Gefühl, das damit verbunden ist.«

»Und was ich dann dieses Aufräumen und Saubermachen für dich? Eine Art Religion?« Er betrachtete sie neugierig und versuchte krampfhaft, darüber hinwegzusehen, wie wunderbar sie das rote, langärmelige T-Shirt ausfüllte, das sie trug.

»Nicht das Saubermachen als solches, sondern das Organisieren. Obwohl ich glaube, das gehört zusammen.«

»Ich bin Minimalist. Schlankes Leben, das ist mein Motto.«

»Ist mir schon aufgefallen.« Sie starrte auf seinen Bizeps.

Er verbarg ein Grinsen. Sie war immer noch an ihm interessiert, ob sie wollte oder nicht. »So kann man einfacher weiterziehen und gerät nicht so leicht in eingefahrene Bahnen.«

»Hast du nie das Bedürfnis nach was Festem gehabt? Nach Wurzeln?«

»Ich bin hier in diesem Chaos aufgewachsen. Was meinst du wohl?«

»Aber so war es doch nicht immer, oder? Ich meine, vor dem Tod deiner Mutter. Sie war doch kein ...«

»Nein, meine Mutter war kein Messie.«

»Twyla hätte sich wohl eher als Sammlerin bezeichnet«, sagte sie sanft.

»Sammler haben ein System«, erwiderte er. »Einen Zweck. Das hier ist absolut sinnlos. Verrückt.«

»Ich bin sicher, Twyla sah einen Sinn darin.«

»Kann schon sein.«

»Wir wissen nicht, was in ihrem Kopf vorging.«

»Nicht viel. Und das wenige war nicht normal.«

»Ryder«, tadelte sie ihn. »Jetzt übertreibst du. Die Vergangenheit ist vorüber, und wenn du an harten Gefühlen festhältst, werden sie auch zu Müll. Bloß eben in deiner Seele.«

»Keine Ahnung«, sagte er, senkte die Lider ein wenig und ließ seine Stimme verführerisch klingen. »Nicht alle harten Gefühle sind schlecht.«

»Jetzt übertreibst du wirklich«, flüsterte sie, aber ihre Augen funkelten, das konnte er ganz genau sehen.

»Bist du sauer, weil ich nicht in deine ordentlichen Schubladen passe?«

»Dieses Möchtegern-Rebellentum war eine heiße Sache, als du siebzehn warst, aber inzwischen ...« Sie zuckte mit den Schultern. »Inzwischen wirkt es eher traurig.«

Er lachte, als machte es ihm nichts aus, und entdeckte eine leise Enttäuschung in ihrem Blick. Hatte er sie enttäuscht? Rasch wechselte er das Thema, nahm eine grüne Tasche zur Hand, auf der eine Karikatur von Katie den Besen schwang, und las: »Fresh Start. Neuer Anfang. Was ist da drin?«

»Meine Packschachteln. Da kommen die Gegenstände rein, die wir behalten, und man kann sie gut aufstapeln und Dinge darin sortieren. Wie schon erwähnt, gibt es hier drei Haufen.« Sie zeigte wieder darauf. »Wegwerfen, spenden, behalten und organisieren. Wir kümmern uns immer um einen Haufen zur Zeit. Am liebsten fange ich mit Kleidung an.«

»Okay.« Er sah sich um. »Aber wie willst du in diesem Chaos irgendetwas finden?«

»Ich gebe zu, das ist eine Herausforderung«, sagte sie. »Aber du kannst dem System vertrauen. Was auch immer du findest, solange es kein Kleidungsstück ist, schiebst du es zur Seite, bis wir bei der entsprechenden Kategorie ankommen.«

»Das wird ja lustig«, sagte er.

»Du wirst hier nicht bloß zuschauen«, warnte sie ihn und zog sich ein eigenes Paar Gummihandschuhe an. »Wir machen das zusammen.«

»Kriege ich einen Rabatt fürs Helfen?«

»Du kriegst Fleißpunkte. So kannst du einen Teil deines Schlechter-Sohn-Karmas abarbeiten.«

»Aua. Du weißt echt, wohin du zielen musst, damit es wehtut.« Er kicherte in sich hinein.

»Hier.« Sie drückte ihm eine große Pappschachtel in die Hand, die voll war mit Flohmarktware. »Fang an zu graben.«

»Könnten wir nicht einfach alles wegschmeißen und gut ist?«

»Das wäre sehr unsensibel. Schließlich befindet sich das ganze Leben deines Vaters in diesem Haus.«

»Sollte er sich dann nicht ums Aufräumen kümmern?«

»Normalerweise ja. Aber ich glaube nicht, dass er körperlich oder seelisch im Moment die Kraft dazu hat«, erwiderte sie. »Egal, so fangen wir an. Schau dir an, was man noch spenden kann. Was zerrissen, zerschlissen, ausgebleicht oder fleckig ist, kommt in den Müllsack.«

»Okay, du bist der Boss.« Er schüttelte den Kopf, zuckte mit den Schultern und starrte die unmögliche Aufgabe an, die vor ihnen lag.

»Die Gegenstände, die hier bleiben sollen, kommen in farbkodierte Schachteln. Blau für Hosen, grün für Hemden, schwarz für Unterwäsche, braun für Schuhe.«

»Meinst du nicht, dass du jetzt ein kleines bisschen übertreibst?«

»Ich sage dir auch nicht, wie du deinen Job machen sollst, oder? Dabei fiele mir dazu durchaus die eine oder andere konstruktive Kritik ein. Zum Beispiel, dass man nicht die falschen Leute zu Boden wirft«, neckte sie ihn.

»Der Punkt geht an dich«, sagte er und zog eine Jeans aus der Schachtel. »Weg damit? Spenden? Behalten?«

»Passen sie deinem Dad?«

»Woher zum Teufel soll ich das wissen?«

Seufzend stemmte Katie die Hände in die Hüften. »Er hat Taillenweite achtunddreißig.«

»Das hier ist vierunddreißig.«

»Dann spenden. Außer, sie sind zerrissen, zerschlissen ...«

»... ausgebleicht oder fleckig, ist ja schon gut, ich hab's verstanden.« Ryder stellte die Schachtel hin und faltete die Jeans auseinander. »Mir würde sie passen.«

»Spenden.« Sie schnippte mit den Fingern und zeigte auf den entsprechenden Haufen.

»Aber wenn ich sie doch gern hätte?«

Katie verdrehte die Augen. »Ernsthaft? Willst du mit mir jetzt über jedes einzelne Teil diskutieren?«

»Ach was«, sagte er und zog ein entsetzliches lila-orangefarbenes Hauszeltkleid aus der Schachtel. »Müll, definitiv«, sagte er. »So etwas hätte nie genäht werden dürfen.«

»Bist du verrückt? Das ist von einem Top-Designer!« Sie schnappte es von dem Müllstapel. »Und absolut ungetragen noch dazu. Das wird irgendjemand haben wollen, ganz sicher. Und dein Vater kann das Geld gebrauchen. Das verkaufen wir.«

»Woher soll ich wissen, was von einem Top-Designer ist und was vom Wühltisch?«

»So geht das nicht. Wenn ich dir alles erklären muss, brauche ich drei Mal so lange.« Sie scheuchte ihn zur Tür. »Raus mit dir.«

»Du wirfst mich aus meinem eigenen Haus?«

»Aus dem Haus deines Vaters. Du wohnst hier schon seit dreizehn Jahren nicht mehr. Und jetzt geh! Husch! Raus mit dir.«

»Ich werde mich bessern«, versprach er. »Zeig mir, wie es geht. Ich bin auch brav, versprochen.«

Sie krempelte die Ärmel hoch, schob ihn zur Seite und tauchte in eine weitere große Pappschachtel. Schlag für Schlag flog ein Teil nach dem anderen. Nach einer Minute war die Schachtel leer und hatte auch noch die Kleidungsstücke ordentlich zusammengefaltet, die da bleiben sollten. »So geht das.«

Sie reichte ihm die nächste Schachtel.

»Weißt du«, sagte er, »ich bin eher für visuelles Lernen. Du hast das so schnell gemacht, es wäre gut, wenn ich es noch mal in Zeitlupe zu sehen bekäme.«

»Dann pass auf.«

Er senkte den Kopf.

»Schau auf meine Hände, nicht auf meinen Hintern.«

»Spielverderber.«

»Pass auf. So räumt man ein Messiehaus auf.«

»Das Miss-Priss-Evangelium. Ich erinnere mich an deinen

Kleiderschrank …« Er hielt inne und blickte ihr in die Augen. »Und an den rosa Pullover.«

»An den erinnerst du dich?« Sie wurde rot.

In Kalifornien hatte sie ihre alberne Schüchternheit überwunden, aber jetzt fühlte sie sich wieder dumm und verlegen und so weiter. In LA war es ihr leichtgefallen, so zu tun, als hätte sie eine neue Persönlichkeit angenommen. Hier, umgeben von ihrer Vergangenheit, war das nicht so einfach. Die alten Rollen waren wieder da: das brave hässliche Entlein und der rebellische Junge.

»Wie könnte ich ihn jemals vergessen? Zwei Minuten später hast du dich in meine Arme gestürzt und mich geküsst.«

»Wenn man lernt, wie man seine Sachen organisiert, verändert das das Leben wie durch Zauberei«, fuhr sie fort, als hätte er gar nichts gesagt. Sie plapperte vor sich hin, um keine Leere entstehen zu lassen und ihn daran zu hindern, dass er weiter vom peinlichsten Moment ihres Lebens erzählte. Er kannte sie. Wenn sie nervös wurde, plapperte sie. »Es ändert deinen Lebensstil und deine Perspektive. Du fühlst dich freier, reicher …«

»Du musst mir das nicht sagen, Schätzchen«, erklärte er. »Ich habe mit Twyla in diesem Haus gelebt und weiß, wie es einen runterziehen kann, alles festzuhalten. Man verliert den Glauben und das Urteilsvermögen. Aber mir gefällt der ganze Grundgedanke, red ruhig weiter. Was gefällt dir so gut an diesem Job?«

Ein hilfloses Lächeln zog über ihr Gesicht. Es war einfach ihre Leidenschaft, das sah er jetzt. »Die Alchemie, Ordnung aus dem Chaos entstehen zu lassen. Den … den Wolf zu zähmen.«

»Den Wolf?« Er lachte leise.

»Diese wölfische Unordnung, verstehst du?«

»Ja, klar.« Er wusste genau, dass sie bei dem Wort »Wolf« an etwas ganz anderes gedacht hatte. An ihn. »Unordnung ist immer wölfisch, findest du nicht?«

»Mach dich nur lustig über mich.«

»Was soll ich sagen?« Er grinste boshaft. »Kaum bin ich wieder in Twilight, steigt der böse Junge in mir wieder auf.«

»An dir ist wirklich nichts Jungenhaftes mehr.«

»Gut, dass es dir aufgefallen ist.« Er trat näher, unwiderstehlich angezogen von ihrem Anblick in den engen Jeans, dem blonden Pferdeschwanz, der wippte, wenn sie den Kopf bewegte. Ihr T-Shirt war von der einen Schulter gerutscht und ließ den Träger eines weißen Baumwoll-BHs sehen.

Er hätte alles darum gegeben, sie zu küssen.

»Pass auf«, sagte sie ernst. »Ich habe jetzt echt nicht die Zeit, dir meinen Beruf beizubringen. Wenn dein Vater am Montag nach Hause kommen soll, dann muss das Haus in einem halbwegs anständigen Zustand sein. Deshalb wäre es mir jetzt sehr recht, wenn du aus dem Weg gehst.«

»Nein«, sagte er.

»Wie bitte?« Sie fuhr hoch.

»Ich gehe nicht weg. Mein Vater ist in Schwierigkeiten.«

»Und ich räume sie aus dem Weg. Husch!« Sie scheuchte ihn mit einer Handbewegung hinaus.

»Ich gehe nicht.«

Sie sah ihn wütend an, schnaufte einmal und sagte dann: »Gut. Wenn du mir wirklich helfen willst, pack die Sachen auf dem Wegwerfhaufen in Säcke und fahr sie zur Müllverbrennung.«

»Euer Wunsch ist mir Befehl.«

»Wie in *Die Braut des Prinzen?* Ehrlich?«

»Ehrlich. Ist doch schließlich dein Lieblingsfilm, oder?«

»Das weißt du auch noch?« Sie verschränkte die Finger vor der Brust.

»Ich weiß noch sehr viel.« Er senkte die Stimme und die Lider.

Sie kaute an ihrer Unterlippe, schenkte ihm ein wackeliges Lächeln, und auf einmal spürte er, dass er genauso nervös war wie sie.

Sie hatte ihn berührt. Bis ins Mark.

Und plötzlich fand er, dass es vielleicht doch keine schlechte Idee gewesen war, nach Hause zu kommen.

In diesem Moment sah er die Schachtel.

9

Das kleine schwarze Schmuckkästchen war das erste gewesen, was Ryder je geklaut hatte.

Er bückte sich und schloss die Hand um das Kästchen, das auf dem Nachttisch stand und unter einem Stapel Zeitungen hervorlugte, öffnete es mit dem Daumen und starrte auf den silbernen Herz-Anhänger.

Und sein eigenes Herz zersprang in Tausend winzige Splitter.

»Ryder?«, fragte Katie mit Sorge in der Stimme.

Er wankte. Das Zimmer schloss sich um ihn, Katie verschwand.

Es war ein so vertrauter Albtraum, der ihn da am helllichten Tage erwischte.

Der mit seiner Mutter.

Er zuckte zusammen, als hätte ihm jemand mit der Faust auf den Solarplexus geschlagen. Sein Herz klopfte zum Zerspringen. Der Tagtraum klebte wie Spinnweben an ihm. Er hörte, dass Katie sich auf ihn zu bewegte, hielt aber eine Hand hoch, um sie abzuwehren.

Bleib weg von mir. Ich bin nicht gut für dich.

In den Fängen einer schrecklichen Erinnerung wollte er auf keinen Fall von ihr berührt werden. Sie durfte jetzt nicht versuchen, alles in Ordnung zu bringen. Nichts würde je in Ordnung kommen. Nicht für ihn. Im Leben nicht.

Vor seinem inneren Auge sah er seine Mutter im Alter von dreißig Jahren, wie sie am Morgen des Unfalls ausgesehen hatte.

Sie hatte die Kette mit dem Herz-Anhänger getragen, den er ihr zum Muttertag gekauft hatte. Das Geld hatte er von seinem Vater bekommen, nachdem er eine ganze Weile auf der Farm geholfen hatte. Mom lächelte und winkte ihm nach, als er zur Schule ging. Er konnte ja ebenso wenig wie sie ahnen, dass es der letzte Tag ihres Lebens war.

Oder dass er ihren Tod verursachen würde.

Am Mittag desselben Tages kam seine Großtante Delilah und holte ihn von der Schule ab. Er war in der dritten Klasse. Tante Delilah hatte geweint, und als sie seiner Lehrerin etwas ins Ohr flüsterte, kam auch der die Tränen.

»Ich nehme dich mit zu mir«, sagte seine Großtante.

Er wollte nicht dorthin. Er wollte in der Schule bleiben, bei seinen Freunden. Er kannte seine Tante nicht besonders gut, nur von einigen Familientreffen, und er war noch nie allein bei ihr gewesen.

»Nein«, sagte er, weil er bis ins Mark spürte, dass etwas absolut nicht in Ordnung war.

»Du musst mit deiner Tante gehen«, sagte seine Lehrerin freundlich. »Pack deine Sachen zusammen, Ryder.«

Er bockte, verschränkte die Arme vor der Brust. »Mein. Mama hat mir gesagt, ich darf nicht mit Fremden mitgehen.«

»Ich bin doch keine Fremde«, erwiderte seine Tante, die nach Nelkenzigaretten und wie die Koalas im Zoo roch. Ihr viel zu roter Lippenstift war im einen Mundwinkel verschmiert. »Ich bin die Tante deines Vaters. Deine Großtante Delilah. Ich weiß, dass du dich an mich erinnerst. Hör auf, so störrisch zu sein.«

»Nein.«

Leise murmelte sie. »Wer die Rute schont, verdirbt das Kind.«

»Sie machen ihm ja Angst«, sagte seine Lehrerin, und er mochte sie noch mehr dafür.

»Tut mir leid.« Großtante Delilah seufzte und betupfte sich die Augen mit einem Papiertaschentuch. »Ich bin ziemlich erschüttert und kann nicht mehr klar denken. Bitte, Ryder, dein Vater hat mich geschickt, damit ich dich abhole.«

»Du musst mitgehen«, sagte seine Lehrerin fest und warf Delilah einen nervösen Blick zu. »Zu Hause ist was passiert.«

Die Art, wie sie ihn ansah, mit Angst und Traurigkeit im Blick, brachte ihn dazu, Großtante Delilah die Hand zu geben, obwohl er wirklich nicht wollte.

Sie fuhr mit ihm zu sich nach Hause und machte ihm ein Erdnussbutter-Sandwich auf altem Weißbrot. Dazu gab es Kakao, aber die Milch hatte schon einen Stich. Blinky, nannte seine Mutter das. Sie vermischte sie dann mit altem Brot und verfütterte sie an die Hühner.

Hühnerfutter. Seine Großtante gab ihm Hühnerfutter.

Er trank einen Schluck und schob den Becher dann weg. »Ich will meine Mama anrufen.«

»Das geht nicht«, sagte sie, während sie auf dem grünen Linoleumboden herummarschierte und eine von ihren komischen braunen Zigaretten rauchte.

»Warum nicht?«, forderte er sie heraus und verschränkte die Arme vor der Brust. Ihm war schlecht, aber er war entschlossen, sich nicht zu übergeben.

»Dein Vater kommt nachher, dann kannst du mit ihm reden.«

Ja. Dad würde alles in Ordnung bringen. Das konnte doch alles nur ein Missverständnis sein. Später würden sie darüber lachen, und Dad würde ihn mit nach Hause nehmen, und Mom würde auf ihn warten, und es würde Vanilleeis mit selbst gemachten Schokoladenkeksen geben.

Als es Abend wurde, war sein Vater immer noch nicht gekommen. Großtante Delilah gab ihm ein Tiefkühlessen, das sie in der Mikrowelle warm machte, und ließ ihn vor dem Fernseher essen. Da lief *The Three Stooges,* eine Serie, die er zu Hause nicht sehen durfte.

Ständig wurde telefoniert. Großtante Delilah ging dazu ins Nebenzimmer und flüsterte leise und hektisch. Ein paar Mal erwischte sie ihn, wie er das Ohr an die Tür drückte, um etwas mitzubekommen, und jedes Mal scheuchte sie ihn mit besorgtem Gesicht weg.

Der kalte Knoten in seinem Magen wurde immer fester und härter.

Schließlich, zur Schlafenszeit, kam sein Vater an die Hintertür. Er sah ganz erschüttert aus, sein Haar war zerzaust, die Augen rot, die Schultern nach vorn gesackt.

Ryder rannte zu ihm, um sich in seine Arme zu stürzen, aber sein Dad legte ihm nur die Hand auf den Scheitel und ließ ihn nicht näher kommen als auf Armeslänge, obwohl Ryder es wirklich mit aller Kraft versuchte. Neue Angst wallte in ihm auf, und er fing an zu weinen, ohne recht zu wissen, warum.

»Mama!«, sagte er. »Wo ist meine Mama? Ich will meine Mama!«

»Setz dich hin, Junge.« Sein Vater führte ihn am Ellbogen unsanft zu einem Küchenstuhl.

Was war denn passiert? Was hatte er falsch gemacht? Warum hielt man ihn von seiner Mutter fern?

»Mama!« Er klang jetzt wie ein Baby. »Ich will zu meiner Mama!«

»Deine Mama ist fort«, sagte sein Vater mit heiserer Stimme.

»Aber wohin?«, fragte Ryder.

»Sie ist jetzt im Himmel bei den Engeln.«

»Nein.« Ryder schüttelte heftig den Kopf. »Nein, sie ist zu Hause. Sie bäckt Schokoladenkekse.«

»Sie ist tot Sohn. Genau wie Max.«

Max war sein Collie, der im letzten Sommer überfahren worden war. Ryder schob die Unterlippe vor. »Nein, nein, nein!«

»Sie ist von der Veranda gefallen«, fuhr sein Vater fort, das Kinn vorgeschoben. »Sie ist über den gottverdammten Lastwagen gestolpert, von dem ich dir hundert Mal gesagt, habe, du sollst ihn nicht rumliegen lassen. Sie ist gestolpert und gefallen und hat sich das Genick gebrochen.«

»Du lügst!« Er stürzte sich auf seinen Vater und schlug mit beiden Fäusten auf ihn ein.

»Ich habe dir gesagt, wenn du den Wagen herumliegen lässt, tut sich irgendwann jemand weh. Ich habe es dir immer wieder gesagt. Ich habe es dir gesagt …« Schluchzend brach sein Vater über dem Küchentisch zusammen. »Du hast sie umgebracht. Du hast sie umgebracht!«

Großtante Delilah kam ins Zimmer gelaufen und legte seinem Vater eine Hand auf die Schulter. »Jetzt reicht es aber, Jax. Ich weiß, dass du sehr erschüttert bist, aber er ist doch noch ein Kind. Er hat es doch nicht böse gemeint. Er wollte doch nicht, das so etwas passiert.«

»Nein! Nein! Nein!« Ryder schlug sich die Hände auf die Ohren, um die Schreie nicht zu hören. Seine eigenen Schreie. Seine Mutter war tot, und er war schuld daran.

Dann drehte er durch. Rannte durch die Küche, riss sich an den Haaren, warf Sachen vom Küchenschrank. Den Toaster, Tassen, Handtücher. Die Zuckerdose zerbrach und hüllte ihn in süßen Staub.

Dad packte ihn und hielt ihn fest, bis sich seine Schreie in hilflosen Tränen auflösten.

»Ich liebe dich, Junge. Es tut mir leid, dass ich das gesagt habe. Es tut mir leid. Es tut mir leid!« Er drückte Ryder an sich. »Ich liebe dich, und alles kommt wieder in Ordnung.«

Doch sie wussten beide, dass er log. Nichts würde jemals wieder in Ordnung kommen. Sein Vater gab ihm die Schuld am Tod seiner Mutter, und Ryder wusste, er hatte recht.

Zwei Wochen blieb Ryder bei Großtante Delilah, bis zur Beerdigung seiner Mutter und ein paar Tage darüber hinaus. Er dachte schon, sein Vater würde ihn nie mehr nach Hause holen und er müsste den Rest seines Lebens dort verbringen.

Dann eines Morgens weckte Großtante Delilah ihn, damit er zur Schule gehen konnte. Als er die Augen öffnete, sah er, dass sie die Kette mit dem Herz-Anhänger trug. Mit dem Herz-Anhänger, den er seiner Mutter geschenkt hatte.

Er griff danach und versuchte, ihr die Kette vom Hals zu reißen. »Nein!«, brüllte er. »Die darfst du nicht tragen. Die gehört dir nicht. Die gehört meiner Mom.«

Entsetzt fuhr Großtante Delilah zurück, betastete ihren Hals und sah ihn mit zitternden Lippen an. »Du … du hast mich angegriffen!«

»Du hast meiner Mama die Kette gestohlen!«

»Dein Vater hat sie mir geschenkt.« Sie berührte die Kette. Das silberne Herz, das seine Mutter so sehr geliebt hatte, funkelte im Licht, das durch die halb geöffneten Vorhänge fiel. »Sie gehört jetzt mir.«

Ryder, der sich von der ganzen Welt verraten fühlte, hatte seine Trauer in der Schule ausgelebt, indem er die schlimmsten Schimpfwörter benutzte, die ihm einfielen, und mit schwarzem Marker an die Wände schmierte. Der Schulleiter rief seinen Vater an, Jax verprügelte Ryder und stand daneben, bis sein Sohn die Schmierereien wieder abgewaschen hatte. Dann sagte er ihm, die Kette mit dem Herz-Anhänger gehöre jetzt Großtante Delilah. Sie hatte sich ein Erinnerungsstück gewünscht, und er fand, sie hätte es verdient, weil sie sich so gut um Ryder gekümmert hatte.

Ryder fand das gar nicht, aber er hatte schon einen Plan. Und endlich nahm ihn Jax mit nach Hause.

Eines Samstags, als er wusste, Großtante Delilah war beim Frisör, ging er die zwei Meilen in die Stadt, stieg in ihr Haus ein und holte sich die Kette.

Und wo er gerade dabei war, klaute er auch noch Süßigkeiten im Nachbarschaftsladen, das Kleingeld seines Vaters und das Geld, was auf dem Spendenteller in der Kirche lag.

Böses Blut, nannten ihn die Leute. Verdorben bis ins Mark. Ein gemeiner Dieb, ein Unruhestifter.

Etiketten, die allen sagten, wer und was er war.

Und Ryder hatte sich alle Mühe gegeben, sich diesen Etiketten entsprechend zu verhalten.

Jax, der nicht wusste, was er mit seinem missratenen Sohn machen sollte, hatte beschlossen, der Junge brauchte wieder eine Mutter. Und so hatte er Twyla geheiratet. Twyla, deren

Mann sich von ihr hatte scheiden lassen, nachdem sie eine Totgeburt gehabt hatte und die Ärzte sagten, dass sie keine Kinder mehr bekommen könne.

Jax fand, Ryder brauchte eine Mutter, und Twyla brauchte ein Kind, das sie liebhaben konnte. Oberflächlich betrachtet, war das eine Win-Win-Situation.

Aber so lief es natürlich nicht.

Ryder und Twyla konnten sich vom ersten Moment an nicht ausstehen. Er war nicht der Sohn, den sie verloren hatte, und sie war nicht die Mutter, die er mit jeder Faser seines Herzens vermisste. Er war kein Engel. Er stellte alles Mögliche an, um Twyla zu ärgern. Ihre schwierige Beziehung gelangte an einen Tiefpunkt als er sechzehn Jahre alt war und sie ihn beschuldigte, zweitausend Dollar aus ihrer Schublade gestohlen zu haben und ihre Kreditkarten zu benutzen.

Ryder versuchte seinem Dad zu erklären, wie lächerlich diese Anschuldigungen waren. Warum sollte er Schnittmuster, Strumpfhosen und Sammlerpuppen kaufen?

Aber sein Vater hatte Twylas Partei ergriffen, als sie erklärte, Ryder hätte das nur gemacht, um sie ins Unrecht zu setzen. Jax hielt zu Twyla. Ryder hatte ja ohnehin schon den Ruf weg, ein Dieb zu sein. Und so warf Jax ihn hochkant aus dem Haus.

Ryder wusste nicht, wohin er gehen sollte. Die einzigen Leute in der Stadt, die ihm eine Chance gaben, waren Joes Eltern.

Die Cheeks hatten ihn aufgenommen, ohne Fragen zu stellen. Zum ersten Mal seit dem Tod seiner Mutter fühlte Ryder sich als Teil einer echten Familie. Ohne die Cheeks hätte es mit ihm sicher kein gutes Ende genommen.

Joe und seine Familie hatten dafür gesorgt, dass Ryder sich zusammenriss. Er hatte bessere Noten bekommen und sich Mühe gegeben, seinen Ruf zu verbessern. Das Jahr bei den Cheeks war ein glückliches, normales Jahr gewesen. Wenn er mit ihnen zusammen war, fühlte er sich geliebt und respektiert.

Dann hatte Katie ihn geküsst.

Und damit alles kaputt gemacht.

Er wusste, er musste gehen. Denn ihr Kuss hatte Gefühle in ihm geweckt, die sich einfach nicht gehörten. Nicht in Bezug auf die kleine Schwester seines besten Freundes. Nicht in Bezug auf ein Mädchen, das gerade erst fünfzehn war. Er war achtzehn.

Also ging er zur Army, und das war sein Glück. Er fand so etwas wie Erlösung dort, wurde vom bösen Jungen zum hoch dekorierten Soldaten. In den Augen der US-Regierung war er ein guter Mann.

Aber tief im Herzen fürchtete Ryder sich immer noch vor seiner dunklen Seite, die ungezähmt und gefährlich in ihm lauerte. Er wusste, wozu er fähig war, und deshalb blieb er allein und ließ sich mit niemandem ein. Es war einfach sicherer so.

»Ryder?«, flüsterte Katie. »Alles in Ordnung?«

Er blinzelte, spürte, wie er in seinen Körper zurückkehrte, zurück in die schmutzige Wirklichkeit dieses Zimmers. Er hielt das Samtkästchen noch immer in der Hand. Mit der anderen fuhr er sich übers Gesicht.

»Alles gut«, sagte er. »Doch, es geht mir gut.«

»Wo warst du?«

»Nirgends.« Er schüttelte den Kopf und steckte das Kästchen in seine Hosentasche.

»Kann ich irgendetwas tun?«, fragte sie. Ihre Augen waren immer noch voller Sorge.

»Nein, alles gut.« Er biss die Zähne zusammen.

»Gar nichts ist gut.«

Er ignorierte die Bemerkung. »Du hast recht, dieser Job hier ist nichts für mich.«

»Zu viele Erinnerungen?« Sie nickte zu dem Kästchen in seiner Tasche.

»Genau.«

»Willst du darüber reden?«

»Nein.«

»Sicher? Du wirkst so, als täte dir alles weh.«

»Mir geht es gut«, erklärte er wieder, diesmal mit Eiseskälte in der Stimme.

Sie begriff sofort. »Schon gut.«

Sie standen da und beobachteten einander. Er wachsam, sie offen.

»Du musst zu deinem Vater«, flüsterte sie.

»Ich weiß«, flüsterte er zurück. »Morgen. Morgen besuche ich ihn.«

»Soll ich mitgehen? Wenn du willst, mache ich das.«

Er wollte schon Nein sagen. Er war sicher, dass Nein die richtige Antwort war. Aber er klammerte sich nur an ihrem Blick fest und murmelte: »Würdest du das tun?«

10

Katie hatte keine Ahnung, was mit Ryder passiert war. Auch von PTSD hatte sie keine echte Vorstellung. Aber sie wusste, viele Leute, die in der Army gewesen waren, litten unter dieser Posttraumatischen Störung. Offenbar hatte er gerade einen Flashback erlebt.

Als er das Schmuckkästchen geöffnet hatte, waren seine Augen glasig geworden und er hatte am ganzen Leib gezittert. Sie hatte ihn mehrfach gerufen, aber es war, als könnte er sie nicht hören. Sie hatte nicht einmal gewagt, ihn zu berühren. Also hatte sie einfach gewartet, bis er zurückkam.

Er wirkte immer noch wie benebelt. Natürlich würde sie mitgehen, wenn er seinen Vater besuchte. Wenn ihm das half …

»Klar.« Sie lächelte, um ihm zu zeigen, dass er nicht allein war. »Ich tue alles, um dir zu helfen.«

»Danke.« Er nickte.

»Wann willst du morgen gehen?«

»Zu Mittag? Wir könnten hinterher irgendwo essen.«

»Und du bist sicher, dass du es nicht heute hinter dich bringen willst?«

Er schüttelte den Kopf. »Ich bin zwei Tage nur gefahren, und ich glaube, bevor ich mir diesen Berg vornehme, brauche ich eine kleine Ruhepause.«

»Ach, verdammt, daran hatte ich gar nicht gedacht. Mit dem Motorrad von LA durch die Wüste hierher, du musst ja total erschöpft sein. Und ich lasse dich hier schuften. Da würde ich doch sagen, wir machen mal Feierabend.«

»Nein«, sagte er. »Es ist nicht die körperliche Erschöpfung. Ich muss bloß mal eine Nacht schlafen, bevor ich mich meinem Dad nähere. Außerdem bringe ich gerne zu Ende, was ich anfange.«

Katie sah sich in dem Zimmer um. Was für ein Chaos, nur weil ein Mensch es innerlich nicht schaffte, sich von Dingen zu trennen.

Twyla war ein Bilderbuch-Messie gewesen. Katie stand auf dem kleinen Fleck, der jetzt frei war, die Hände in die Hüften gestemmt, und fragte sich, wie sie das jemals schaffen sollten.

Schon ein Blick auf diese Unordnung löste bei ihr Platzangst aus.

Nicht auszudenken, dass Ryder in diesem Chaos aufgewachsen war. Kein Wunder, dass er so minimalistisch lebte. Denn seine Stiefmutter und letztlich auch sein Dad hatten alles festgehalten. All diesen Scheiß. Ryder hatte darauf reagiert, indem er sein Leben auf das Allernötigste beschränkte.

Keine Wurzeln. Keine Bindungen. Nichts, was ihn belasten konnte. Und das betraf offenbar auch Beziehungen.

In Katies Augen waren beide Extreme ungesund. Zu viel Bindung an materiellen Besitz führte letztlich zu dem, was man hier sah. Aber totale Abschottung machte einen Menschen bindungslos, leer und einsam.

Ja, sie mochte es, wenn ihre Umgebung sauber und ordentlich war. Aber es gab durchaus Dinge, die ihr Freude bereiteten. Zum Beispiel der Preis, den sie beim Lesewettbewerb in der fünften Klasse bekommen hatte, nachdem sie noch in der vierten Klasse solche Mühe mit dem Lesen gehabt hatte. Oder das letzte Foto von ihr mit ihrer Großmutter, wie sie Schwefel auf ihre Schuhe streuten, um die Laufmilben abzuhalten – es war ein Junitag gewesen, und sie wollten Blaubeeren sammeln. Katies letzter Schultag in der Highschool. Oder die kleine gelbe Gummiente, die Ryder ihr geschenkt hatte. Er hatte sie auf der Texas State Fair gewonnen, in dem Jahr, als er bei ihnen gelebt hatte. Die Ente saß immer auf dem Rand ihrer Badewanne. Matt hatte versucht, sie wegzuwerfen, als sie in die Jurte zogen, er hatte gesagt, da wäre kein Platz für solchen Schnickschnack, aber sie hatte darauf bestanden, die gelbe Ente mitzunehmen.

Der Lackmustest zu der Frage, ob sie etwas behielt oder nicht, war ganz einfach.

Brachte es ihr Freude oder nicht?

Selbst ganz praktische Gegenstände mussten ihr ein Lächeln ins Gesicht zaubern, wie ihre Wäsche mit den aufgedruckten Wochentagen oder die Designer-Handtasche, die sie sich gegönnt hatte, weil sie ein Leben lang halten würde.

»Bist du noch da?«, fragte Ryder.

»Kann sein, dass wir bis Mitternacht brauchen«, warnte sie ihn. Vielleicht auch länger.

»Ich lerne das Sortieren schon«, versprach er. »Wir werden schneller. Wie viel kriegst du für Überstunden?«

»Ich nehme eine Pauschale.«

»Kein Bonus?«

»Komm, wir probieren es einfach«, sagte sie.

»Na gut«, stimmte er zu.

Sie machten sich mit neuem Eifer an die Arbeit, und gegen fünf Uhr hatten sie die Hälfte geschafft, was wesentlich mehr war, als Katie erwartet hatte.

Als sie eine kurze Pause machten, klingelte Katies Handy. Ihre Nichte Lauren war dran.

»Du bist eingeladen, Tante Katie!«, sagte sie in ihrem Kinder-Singsang.

»Hallo, Schätzchen. Wohin bin ich denn eingeladen?«

»Zu Pasta Pappa, auf eine Pizza. Alle kommen. Du auch.«

»Äh, vielen Dank für die Einladung, aber ...«

»Ach, bitte!«, flehte Lauren. »Du musst kommen.«

»Okay, ich werde da sein.«

»Yay!«, schrie Lauren. »Tante Katie kommt!«

Laurens Mutter Emma übernahm das Telefon. »Du musst nicht, wenn du was anderes vorhast. Ich weiß, Lauren kann sehr überzeugend sein. Man traut sich kaum, ihr einen Korb zu geben.«

»Machst du Witze? Ich komme gern. Ich muss erst nach Hause und duschen, aber dann bin ich da.«

»Dann um sechs bei Pappa.«

»Alles klar.« Katie beendete das Gespräch.

»Eine Verabredung?«, sagte Ryder.

»So ähnlich. Meine Familie trifft sich zum Pizzaessen. Willst du mitkommen?« Ein Teil von ihr wünschte sich sehr, dass er Ja sagte, der andere Teil hoffte auf eine Absage. Sie waren sich schon wieder viel zu nah.

»Ich bleibe hier und arbeite weiter.«

Sie widersprach ihm nicht. »Gut, dann sehen wir uns morgen.«

»Morgen«, wiederholte er, griff nach seiner Schulter und wimmerte leise.

»Ist was?«

»Meine Schulter hat etwas gelitten, als ich letzte Nacht in der Wüste auf dem Boden geschlafen habe.«

»Du lieber Himmel, warum gehst du denn nicht ins Motel?«

»Na, zum einen war ich in der Wüste, und da war kein Motel. Zum anderen mag ich Camping ganz gern.«

»Im Dezember.«

»Mir macht ein bisschen Unbequemlichkeit nichts aus.« Er knetete weiter an seiner Schulter. »Das ist charakterbildend, weißt du?«

Sie grinste ihn an. »Na, dann hat dein Charakter aber gerade alle Chancen.«

»Kann man wohl sagen.« Er lachte ironisch.

»Setz dich mal da hin«, sagte sie und deutete auf eine freie Stelle am Boden.

»Warum das denn?«

»Ich massiere dir kurz den Nacken.«

»Das musst du aber nicht.«

»Klar, aber ich biete es dir an.«

»Du bist zum Essen verabredet.«

»In einer Stunde. Da kann ich dir gut eine Fünf-Minuten-Massage verpassen.«

Es musste wirklich wehtun, denn er stimmte zu und setzte sich im Schneidersitz auf den Boden. Sie kniete sich hinter ihn auf den alten, schmutzigen Teppich.

Kaum hatte sie die Mauer aus Männermuskeln berührt, da wusste sie auch schon, dass das seine sehr, sehr dumme

Idee gewesen war. Sein Duft überfiel ihre Sinne, grub sich in ihre Knochen. Sie war einfach nicht vorbereitet auf die Empfindungen, die durch ihre Handflächen, ihre Handgelenke und Ellbogen tobten. Sie musste schlucken, um das Verlangen zu vertreiben. Noch einmal. Ihr Bauch zitterte, ihre Knie wurden weich.

Und als er unter ihren Händen leise aufstöhnte, verlor sie fast vollständig die Fassung. Er bewegte seinen Hals von einer Seite zur anderen, stöhnte, als ihr Daumen eine empfindliche Stelle erwischte.

»Mehr?«, flüsterte sie.

»O ja.«

Sie drückte mit den Knöcheln so fest in den Knoten, wie sie konnte.

»Genau so, Süße. Genau so.«

Süße.

Sie erstarrten beide bei dem Wort, beschlossen aber gleichzeitig, es zu ignorieren.

In Katies Blut strömten alle möglichen Empfindungen, wild und verrückt zugleich. Katie machte noch ein paar Minuten mit den Schultern weiter. »So, geht's jetzt besser?«

»Sehr viel besser, ja. Gut.«

Sie sprang auf, spürte die Hitze in jeder Zelle ihres Körpers, das Vibrieren und Pulsieren. »Das freut mich. Ich muss jetzt los.«

Sie schlängelte sich an ihm vorbei und zischte zur Tür.

»Katie?«

Sie blieb stehen, drehte sich um, ihr Puls auf hundertachtzig angesichts des ernsten Tons. »Ja?«

»Danke für die Massage.«

»Kein Problem«, erwiderte sie. »War mir ein Vergnügen.« Den Bruchteil einer Sekunde zu spät wurde ihr klar, wie zweideutig das klang. Aber es stimmte.

Sie wurde rot und wollte noch etwas sagen, um die Sache klarzustellen, aber Ryder grinste sie an, heiß und sexy.

»Mir auch«, sagte er so weich wie ein alter Whiskey.

Katie spürte, wie ihre Pupillen größer wurden und ihr Körper vibrierte. Keine Sekunde länger durfte sie hier bleiben. Mit rasendem Puls flüchtete sie, verfolgt von einem ungeheuer schockierenden Gedanken.

Die Sache letztes Weihnachten hatte ihr Verlangen nach ihm nicht verringert. Kein bisschen. Tatsächlich begehrte sie Ryder mehr als je zuvor.

Nachdem Katie gegangen war, holte sich Ryder ein Bier aus der Kühlbox an seiner Harley und blieb ein Weilchen auf der Veranda vor der Hintertür stehen. Die letzten Sonnenstrahlen berührten den Horizont, jetzt wurde es schnell kühler. Er zog seine Lederjacke fester um sich.

Hereford-Rinder mit ihren weißen Gesichtern grasten auf der Weide hinter dem Haus. Nicht Jax' Tiere, nicht mehr. Sein Vater hatte seine Rinder verkauft und das Land verpachtet, damit andere ihr Vieh darauf weiden lassen konnten. Jedenfalls hatte Joe das so erzählt, aus erster Hand wusste Ryder es nicht. Er hatte nicht mehr mit Jax gesprochen, seit er damals bei ihm gewesen war, um ihm zu sagen, dass er zur Army ginge. Jax hatte nur geantwortet, er sei ein gottverdammter Idiot.

Traurigkeit zog ihm die Brust zusammen. Er starrte auf das Land, das sich so weit erstreckte, wie er sehen konnte. Doch die ganze Zeit sah er nur Katies Gesicht vor sich.

Ihre schönen braunen Augen, so weich und tröstlich wie gute Vollmilchschokolade, ihre hübschen, hoch angesetzten Brüste, ihr Körper mit den weiblichen Kurven. Jeder Tropfen Testosteron in ihm war aufgerührt und forderte mehr. Er begehrte sie. Er wollte sie.

Und wie.

Mehr, als er jemals eine Frau begehrt hatte.

Doch der One-Night-Stand in LA war leider etwas ganz anderes als eine Affäre hier vor den Augen ihrer Familie und Freunde. In LA war sie auf Entdeckungstour gewesen, hatte eine neue Identität ausprobiert.

Aber hier? Hier war sie einfach nur sie selbst. Das nette Mädchen von nebenan, und wie man es auch drehte und wendete, er würde in Twilight immer der böse Junge sein, der zu viele Risiken einging und sich nicht um die Folgen scherte. Er durfte sie nicht verderben. Er würde nichts tun, was ihr Schaden zufügte oder ihren Ruf beschädigte. Und wenn das hieß, dass er für immer und ewig die Finger von ihr lassen musste, dann würde er genau das tun.

Katie saß mit ihrer Familie beim Essen, ein automatisches Lächeln im Gesicht, sagte fast nichts, ließ das Gespräch an sich vorbeiplätschern und dachte immer nur an den Nachmittag mit Ryder.

Nur ihre Nichte Lauren merkte, dass sie nicht so war wie sonst.

»Tante?«, fragte Lauren, beugte sich zu ihr, tätschelte ihr Knie und schmiegte sich an ihre Seite. »Was ist denn los mit dir?«

Aufmerksames Kind.

»Nein, mein Schatz, es ist alles in Ordnung.«

»Du siehst traurig aus.«

Katie lächelte ein bisschen mehr. »Ich bin bloß müde. Heute hatte ich viel Arbeit.«

»Ich auch«, sagte Lauren und erzählte dann, was sie im Kindergarten alles gemacht hatte.

Dankbar für die Ablenkung, saß Katie da und hörte der Kleinen zu. Was für ein glückliches, schönes Leben sie doch hatte. Sie saß hier mit Lauren, Emma, Sam und Sams Sohn aus erster Ehe, Charlie, der jetzt schon fast ein Teenager war. Ihre Eltern, Lois und Bill Cheek, waren auch gekommen, ebenso ihre große Schwester Jenny mit ihrem Mann Dean und ihren drei Kindern Haley, Sophie und Oliver, alle noch keine fünf Jahre alt. Jenny und Dean hatten viel unternehmen müssen, um Kinder zu bekommen, erst mit Ende dreißig hatte es zum ersten Mal geklappt. Seitdem ging alles ganz leicht.

Der Abend endete früh, weil die Kinder ins Bett mussten. Um halb acht war Katie auf dem Weg nach Hause. Aber sie kriegte Ryder nicht aus dem Kopf, und der Gedanke, dass er ganz allein in dem schrecklichen Haus vor sich hin arbeitete, machte sie traurig. Ohne lange darüber nachzudenken, steuerte sie ihren Wagen Richtung Circle S.

Zwei Meilen außerhalb der Stadt Richtung Westen machte ihr Reifen schlapp.

Mist.

Vorsichtig lenkte sie das Auto an den Straßenrand und schaltete die Zündung aus. Wenn sie einen ihrer Brüder oder ihren Vater anrief, würden die wissen wollen, was sie hier draußen machte und warum sie nicht nach Hause fuhr.

Einen Pannendienst hatte sie nie gebucht, weil sie ja so viele Familienmitglieder und Freunde hatten, die ihr helfen konnten. Jetzt wünschte sie, sie wäre doch irgendwie Mitglied in einem Automobilclub.

Sie zog ihr Telefon aus der Tasche und überlegte noch, wen sie anrufen könnte, als sie bemerkte, dass der Akku leer war. Seufzend holte sie ihr Ladekabel heraus und steckte es in die Buchse. Sie saß auf dem Fahrersitz und trommelte mit den Fingern aufs Armaturenbrett, während sie wartete, dass das Telefon geladen wurde.

Am Horizont vor ihr tauchten Scheinwerfer auf. Vielleicht war es ja jemand, den sie kannte und der ihr helfen konnte, den Reifen zu wechseln.

Nein, doch keine Scheinwerfer.

Ein Scheinwerfer.

Ein Motorrad.

Wie hoch standen die Chancen, dass es Ryder war? Oh, bitte!

Das Motorrad zischte vorbei.

Tatsächlich, Ryder.

Kaum war er an ihr vorbei, bremste er auch schon ab, wendete und kam zurück. Ihr Herz ratterte wie eine Dampfmaschine. Ryder, ihr Retter. Ihr Held.

Ihr Ritter in funkelnder Rüstung, als wäre er aus den Seiten eines Romans gestiegen. Da kam er aus der Dunkelheit, mit einem strahlenden Lächeln im Gesicht, starken Muskeln und der Fähigkeit, sämtliche Drachen zu töten. Sie schmolz dahin wie Schneeflocken auf warmem Asphalt.

Ihr Sir Galahad.

Na, vielleicht nicht gerade Sir Galahad, denn von dem hieß es, er sei rein im Herzen, Leib und Geist gewesen. Aber irgendein Ritter der Tafelrunde würde er wohl sein.

Seine Stärke und die reine Kraft seiner Gegenwart vertrieben ihre Ängste und schenkten ihr ein Gefühl der Sicherheit, wie sie es noch nie erlebt hatte. Als würde er sie vor allem beschützen.

Ein gefährlicher Gedanke. Denn er war nicht *ihr* Ritter. Nicht einmal *ihr* Mann. Sie hatte keinerlei Ansprüche auf ihn. Sie kannte ihn seit ihrer Kindheit, hatte vor einem Jahr eine verrückte Nacht mit ihm verbracht. Mehr war da nicht.

Und mehr wollte sie auch nicht. Wenn sie ihn ansah, wenn sie seine selbstsichere Energie spürte, dann wusste sie, es konnte viel zu leicht passieren, dass sie in den Abgrund fiel, der Ryder Southerland hieß.

Doch eine leise Stimme in ihr rief: *Wen kümmert das denn? Er ist ein schöner Mann, lass dich von ihm hinreißen, dir den Kopf verdrehen und dich verschlingen.*

Nein. Sie hatte sich gerade wieder gefunden. Endlich wusste sie, was sie im Leben wollte und wohin sie ging. Sie würde ihre Hoffnungen und Träume und Pläne nicht aufgeben, nur weil da einer ein hübsches Gesicht und einen heißen Körper hatte. Einer, der ganz schnell wieder verschwinden würde, sobald Joes Hochzeit vorbei war.

Andererseits würde eine Nacht ja nichts schaden. Tatsächlich hatte die eine Nacht in Los Angeles sie viel stärker gemacht, das musste sie zugeben.

Sie war nach Hause zurückgekehrt, fest entschlossen, die Vergangenheit hinter sich zu lassen und ein neues Kapitel aufzuschlagen. Und genau das hatte sie getan. Sie hatte ihre

Firma aufgemacht, die Jurte verkauft, sich ein Haus gekauft. Sie rannte nicht mehr jedes Mal zu ihrer Familie, wenn es irgendwo klemmte. Sie stand auf eigenen Füßen und liebte ihre Unabhängigkeit.

Warum sollte sie sich jetzt wieder mit einem dominanten Alphamann einlassen, der darauf bestand, dass alles so lief, wie er sich das vorstellte?

Himmel, jetzt übertrieb sie aber wirklich. Der Mann hatte sich ihr noch nicht einmal genähert!

Sie ließ ihr Seitenfenster hinunter, als er zum Auto kam, als wäre er ein Polizist und sie wäre zu schnell gefahren.

»Hi«, sagte er.

»Hi«, erwiderte sie, winkte mit den Fingern und rutschte verlegen im Sitz nach unten.

»Was ist mit deiner Essensverabredung?« Er beugte sich zu ihr herunter, die Hände auf den Knien, sodass sie sich in die Augen sehen konnten.

»Schon vorbei«, sagte sie. »Die Kinder mussten ja ins Bett.«

»Die Freuden des Familienlebens.«

»Ja, die kleinen Scheißerchen setzen dem Nachtleben einen ziemlichen Dämpfer auf.«

»Und du bist hier draußen, weil ...« Er ließ den Satz in der Luft hängen, aber sein Blick sprach Bände.

Sie würde es ihm nicht erklären, schon gar nicht, wenn er weiterhin so grinste. Sie musste ihm gar nichts erklären. »Ich hab nen Platten.«

»Hab ich schon gesehen. Mach mal den Kofferraum auf, dann wechsle ich dir den Reifen.«

»Danke.«

»Das ist das Mindeste, was ich tun kann – nach der Nackenmassage.«

Katie wandte den Blick ab, um nicht endgültig in Flammen aufzugehen, und drückte auf den Knopf, der den Kofferraum aufspringen ließ. Ryder richtete sich auf, ging nach hinten, und Katie konnte endlich ausatmen, bevor ihr schwindelig wurde.

Sie wartete einen Moment, bis sie sich wieder gefasst hatte, dann stieg sie aus und ging zu ihm.

»Steig ruhig wieder ein«, sagte er freundlich, aber fest. »Es ist gefährlich hier am Straßenrand.«

»Du stehst doch auch hier.«

»Ich wechsle ja auch den Reifen.«

Sie verschränkte die Arme vor der Brust und schmiegte sich tiefer in ihren Mantel. »Ich bleib da.«

»Dann geh mir wenigstens aus dem Weg.« Er deutete mit dem Kinn zu dem hohen Gras am Rand.

»Ich könnte dir die Taschenlampe halten«, schlug sie vor und schnappte sich das Teil, das auf dem Boden lag. Er stöhnte und tat so, als wollte er mit ihr darüber diskutieren, aber dann nickte er nur kurz. »Nur solange keine Autos kommen. Wenn doch, musst du hinter den Zaun.«

»Ist gut«, stimmte sie zu.

Er bockte den Wagen auf, löste die Schrauben mit dem Radmutternschlüssel, wobei sich seine Hände schnell bewegten und seine Muskeln spielten.

»Wohin wolltest du?«, fragte sie.

»Irgendwohin, wo ich die Nacht verbringen kann. In dem Haus können weder Mensch noch Tier übernachten.«

Um ein Haar hätte sie gesagt, er könne bei ihr schlafen, aber im letzten Moment biss sie sich auf die Zunge. »Jenny und ihr Mann haben ein Bed & Breakfast mit dem schönen Namen ›Der Liebesbote‹, aber es kann gut sein, dass sie kein Zimmer mehr frei haben, weil am Wochenende auf dem Stadtplatz das Dickens-Festival stattfindet. Gut möglich, dass du überhaupt Probleme haben wirst, ein Bett zu finden.«

»Wenn's hart auf hart kommt, kann ich auf der Veranda schlafen, ich hab ja meinen Schlafsack dabei. Das wollte ich bloß vermeiden, weil ich meine Schulter schonen wollte. Zumal du sie so schön wieder hinmassiert hast.«

»Auf dem Campingplatz gibt es vielleicht noch eine freie Hütte. Da gibt es zwar keine große Einrichtung, aber gerade deshalb sind sie vielleicht noch frei.«

»Danke für den Tipp.« Er setzte den Ersatzreifen auf und schraubte ihn in weniger als einer Minute fest.

»Das ging ja flott«, sagte sie. »Vielen Dank!«

»War mir ein Vergnügen.« Er lächelte. Machte er sich über sie lustig?

Er verstaute den platten Reifen im Kofferraum, packte Wagenheber und Radmutternschlüssel dazu. Dann nahm er ihr die Taschenlampe aus der Hand und brachte sie zurück zur Fahrertür, öffnete sie und sagte: »Rein mit dir.«

»Du bist ganz schön cheffig.«

»Das bleibt nicht aus als Bodyguard.« Er drückte die Tür zu. Das Fenster war noch unten. »Mach zu.«

Sie gehorchte, auch wenn er ihr auf die Nerven ging.

»Das Erste, was du morgen machst«, ermahnte er sie, »ist, du fährst los und holst dir einen neuen Reifen. Wenn dir das noch mal passiert, sitzt du in der Tinte. Verstanden?«

»Sag mal, ist irgendwer gestorben und hat dich in seinem Testament zu meinem Boss ernannt?« Sie schob ihm trotzig das Kinn entgegen, obwohl sie seinen Rat sicher befolgen würde.

»Du kennst dich mit Organisation aus«, sagte er. »Und ich mich Schutz. Sieh zu, dass du dir einen vernünftigen Reifen kaufst, den besten, den sie haben.« Er nannte ihr die Größe und die Marke, die er ihr empfehlen konnte.

»Reiß dich mal zusammen, Southerland, ich bin nicht in der Army, und du bist nicht mein Commander.«

Er schaute sie verdutzt an. »Ich kümmere mich doch nur um dich.«

Sie warf beide Hände in die Luft. »Stell dir mal vor, ich bin achtundzwanzig Jahre lang ohne deine Hilfe zurechtgekommen. Wahrscheinlich werde ich es jetzt auch noch hinkriegen, mir einen neuen Reifen für mein Auto zu kaufen.«

»Warum zickst du denn so rum? Ich habe nichts gesagt, was deine Brüder nicht auch sagen würden.«

»Ja, genau. Ich habe vier Brüder, glaubst du wirklich, ich brauche noch einen fünften?« Sie fuhr los und ließ ihn am Straßenrand stehen, von wo aus er ihr kopfschüttelnd hinterhersah.

Nichts, aber auch gar nichts war an diesem Tag so gelaufen, wie sie es geplant hatte.

11

Ein aufregender Sextraum, in dem Ryder Southerland mal wieder die Hauptrolle spielte, riss Katie um fünf Uhr am nächsten Morgen aus dem Schlaf. Ihr Herz klopfte, und sie war komplett nass geschwitzt. Sein Bild war auf der Rückseite ihrer Lider festgetackert – groß, breitschultrig, kräftige Muskeln. Männliche Nase, dominantes Kinn mit Bartstoppeln. Dunkle Augen, die immer nach Ärger aussahen. Sandfarbene Haare, sonnenverbrannte Haut.

Und dieser Kerl hatte Liebe mit ihr gemacht.

Katie schluckte und strich sich mit einer Hand das Haar aus der Stirn. So etwas träumte sie fast jeden Monat einmal, aber je näher Joes Hochzeit kam, desto häufiger kamen auch die Träume.

Jedes Mal war sie erschöpft, überwältigt und ruhelos, alles tat ihr weh, und sie fühlte sich vollkommen frustriert.

Sie fächelte sich Luft zu, ließ sich zurücksinken und dachte wieder an den Traum. Du lieber Himmel, hatte sich das echt angefühlt. Zwischendurch hatte sie gedacht, es *wäre* echt. Sie und Ryder in einem mittelalterlichen Schloss, und ihr ganzer Körper sang vor Freude.

»Jetzt reicht es aber.«

Wenn sie schon nach einem Traum so durch den Wind war, wie sollte sie denn die Circle S und die Hochzeit in den Griff bekommen? Drei Wochen noch. Die eine Woche, über die sie sich so viele Sorgen gemacht hatte, war seit gestern zu drei Wochen angewachsen.

»Du kommst schon klar«, sagte sie sich streng, sprang aus dem Bett, schüttelte sich einmal kräftig und sorgte dafür, dass sie die überschüssige sexuelle Energie los wurde.

Es war nur ein Traum gewesen, nicht mehr. Das hatte nichts zu bedeuten. Sie hatte so viel zu tun, dass sie sich schnell ablenken würde. Beispielsweise musste sie sich einen neuen Reifen kaufen.

Ihr kleines Haus war an einem Wintermorgen wirklich viel komfortabler als die kalte Jurte. Es war lange her, dass sie so früh aufgestanden war. Nicht mehr seit Matts Tod. Eigentlich war sie nämlich eine Nachteule, aber dann hatte sie sich ihrem Frühaufsteher-Mann angepasst. Wenn sie nach ihrem eigenen Rhythmus lebte, ging sie erst nach Mitternacht ins Bett und stand gegen acht Uhr auf.

Also ab, zurück ins Bett. Der Reifenhändler hatte sicher noch nicht offen, der kam erst um sieben. Aber jetzt war sie hellwach. Wie blöd.

Sie öffnete die Schranktür und holte ihren Bademantel heraus, der dort ordentlich an seinem Haken hing, nicht etwa irgendwo über einer Stuhllehne. Ein Platz für alles und alles an seinem Platz.

Beim Blick in den Schrank sah sie ihr grünes Brautjungfernkleid, das sie an die Hochzeit von Gabi und Joe erinnerte. Ryder war nur wegen der Hochzeit hier.

Für kurze Zeit. Sein Auftritt in Twilight war ein kurzes Gastspiel, bald wäre er wieder weg. An seinem Ort, dort, wo er hingehörte.

»Vergiss das bloß nicht«, ermahnte sie ihr Spiegelbild, während sie sich die Zähne putzte.

Aber als sie sich einen Becher Kaffee machte, erinnerte sie

sich schon wieder an den Geschmack seiner Haut – salzig, köstlich, geheimnisvoll.

Er war so gottverdammt männlich.

Und das war das Problem, nicht wahr? Wenn er mit dem kleinen Finger winkte und ihr einen von seinen heißen Blicken rüberschickte, kam sie angerannt.

Nein. Damit musste jetzt Schluss sein. Die alte Katie war so ein Weichei gewesen, aber die neue Katie, die letztes Jahr aus Kalifornien zurückgekehrt war, hatte sich grundlegend verändert. Fast jeder, der sie kannte, hatte das bemerkt und etwas zu dieser Verwandlung gesagt.

Sie war stolz auf sich und würde sich nicht in das kleine Mädchen zurückverwandeln, das sich jedem Mann anpasste.

Keine Tornado-Männer mehr. So schnell ließ sie sich nicht mehr hinreißen. Nein, vielen Dank.

Sie verbrachte den frühen Morgen damit, ihr Haus zu putzen, das im Grunde sehr sauber war, aber hier und da etwas Staub angesetzt hatte. Dann machte sie sich ein warmes Frühstück und spazierte einmal um den Stadtplatz. Um sieben ging sie zum Reifenhändler, und um acht war sie auf der Circle S, unmittelbar bevor ihre Leute eintrafen.

Gut, dass sie diesen Tag nicht mit Ryder allein hier verbringen musste.

Sie plauderten ein bisschen. Er hatte die Nacht tatsächlich auf dem Campingplatz verbracht, wo er eine Hütte gemietet hatte. Und er hatte beschlossen, seinen Dad am Mittag im Krankenhaus zu besuchen. Katie vertraute ihren Leuten voll und ganz und wusste, sie konnten ein paar Stunden ohne sie weiterarbeiten.

Bis zur Mittagspause hatten Katie, Ryder und ihre drei Helfer Alice Wright, Sia Montoya und New Haus Jax' Schlafzimmer fertig und drei Viertel des Wohnbereichs auch noch erledigt. Sie machten tatsächlich Fortschritte. Die Putztruppe, die vom Pflegedienst engagiert worden war, würde kommen, wenn sie ganz fertig waren.

Alice, Sia und Newt setzten sich zum Essen nach draußen, Katie und Ryder fuhren zum Krankenhaus. Sie nahmen ihren Wagen, weil das bequemer war als eine Fahrt auf dem Motorrad. Und Jax' zwanzig Jahre alter Truck war nicht besonders gut in Schuss.

»Zum Teufel, das ganze Haus liegt voller Müll, für den Twyla Unsummen ausgegeben hat, und Dad muss mit so einer Rostlaube herumfahren«, fluchte Ryder.

»Dein Vater hätte da schon was machen können«, erwiderte Katie. »Er hätte sich durchsetzen können, aber das hat er nicht getan. Entweder war es ihm egal, dass er mit dem alten Wagen herumfuhr, oder er fand, es sei keinen Streit wert.«

»Ich werde diesen Mann nie verstehen«, murmelte Ryder vom Beifahrersitz. »Nie.«

Sie warf ihm einen Blick zu. Der Schmerz in seiner Stimme war frisch und echt.

Er schaute aus dem Fenster auf die hügeligen Wiesen, während sie nach Twilight hineinfuhren, am See mit seinen Fischerbooten vorbei, dann an Froggys Restaurant mit dem blinkenden Reklameschild: Der beste gebratene Wels in ganz Texas. Ganz schön kühn, aber durchaus wahr.

»Der Wels ist wirklich gut«, sagte Ryder. »Aber ich mochte immer am liebsten Froggys gebratenes Hühnchen. Vor allem wegen der Pfeffer-Sahne-Soße, die es dazu gibt.«

»Geht mir genauso«, bestätigte sie. »Hmmm.«

Beinahe hätte sie ihm vorgeschlagen, erst noch einen Stopp zum Mittagessen zu machen, aber sie hielt den Gedanken nicht aus, ihm gegenüber zu sitzen und zu plaudern, während er tief drinnen mit großen Gefühlen zu kämpfen hatte.

Sie spürte seine Körperwärme neben ihr und seine Anspannung, als müsste er sich zusammenreißen, um nicht in Stücke zu zerfallen, wenn er sich entspannte. Katie räusperte sich.

»So schlimm?«, fragte sie.

»Was.«

»Wieder zu Hause zu sein.«

Er lachte bellend, ein harsches, hohles, humorloses Geräusch. »Das hier ist nicht mein Zuhause.«

Da sie nicht wusste, was sie dazu sagen sollte, sagte sie nichts, schickte ihm lediglich ein paar positive Schwingungen und hoffte das Beste.

»Natürlich ist es eine hübsche Stadt«, gab er nach einem Moment in versöhnlicherem Ton zu.

»Mir gefällt sie«, sagte Katie. »Als Kind habe ich mir immer vorgestellt, eines Tages in einer großen Stadt zu leben, wo viel los ist. Aber nach meinem Aufenthalt in LA letztes Jahr habe ich angefangen, anders darüber zu denken. Ich bin im Grunde meines Herzens ein Kleinstadtmädchen. Twilight ist tatsächlich mein Zuhause und wird es auch immer sein.«

Sie fuhren am Platz vorbei, wo das alljährliche Dickens-Festival in vollem Gange war. Lauter Gestalten aus den Büchern liefen über den Rasen vor dem Gerichtsgebäude. Heute sah Katie die historischen Häuser aus den 1880ern mit neuen Augen, genoss die Atmosphäre des alten Westens und bewunderte, wie wenig sich alles hier verändert hatte. Das war das Besondere. Dass es so blieb, wie es war. Darauf konnte man sich verlassen, das hier war und blieb ihr Zuhause, wohin auch immer sie ginge oder wie weit weg sie irgendwann sein würde.

Ryder empfand es offenbar ganz anders.

Am Himmel hingen ein paar weiße Wattewolken, das Wetter war mild. Knackig und sauber und kühl. Ein glücklicher Tag hätte das sein können. War es aber nicht. Ryder war furchtbar angespannt. Er biss die Zähne fest zusammen, hatte die Arme vor der Brust verschränkt und die Lider gesenkt.

»Erinnerst du dich noch, wie du mich vor dem Weihnachtsmannwagen gerettet hast?«, fragte sie ihn, um die Stimmung wenigstens ein bisschen aufzulockern.

»Wie könnte ich das je vergessen?«, fragte er mit einem ehrlichen Lachen, das ihr Freude machte. »Deinetwegen habe ich schließlich eine Eiswaffel sausen lassen.«

»Du hast mir das Leben gerettet.«

»Ach, jetzt übertreibst du aber.«

»Nein, tue ich nicht. Ich war wie erstarrt. Wenn du mich nicht weggeschubst hättest ...«

»Dann hätte es ein anderer getan.«

»Warum übernimmst du so bereitwillig die Schuld für alle deine Fehler, aber von deinen guten Taten willst du nichts hören?«

»Vielleicht, weil es viel mehr Fehler als gute Taten gibt.«

»Das glaube ich keine Sekunde lang, Ryder Southerland.«

Sie fuhr in eine Parklücke vor dem Krankenhaus und schaltete die Zündung aus. Aus einem Impuls heraus streckte sie die Hand aus, um ihn zu berühren. »Alles wird gut.«

Er sah sie an. »Ich wünschte, ich hätte etwas von deinem Optimismus. Das liebe ich an dir.«

Liebe.

Sie spürte einen Kloß im Hals. Er meinte nicht diese Art von Liebe, das war ihr klar. Er redete nur so dahin. Sie presste die Lippen aufeinander und gab sich alle Mühe, das Flattern im Bauch zu unterdrücken.

»Also dann«, sagte sie fröhlich. »Dann wollen wir mal.«

Er nickte, fuhr sich mit beiden Händen über die Oberschenkel und öffnete die Beifahrertür. Entfaltete seine langen Beine und stieg aus.

Sie tat es ihm gleich und stand Sekunden später neben ihm auf dem Parkplatz. »Ich bin bei dir.«

»Danke.« Er schenkte ihr ein halbes Lächeln. »Gut, wenn man Freunde hat.«

Freunde.

Da war das Wort wieder. Schlossen sich Freundschaft und Sex nicht aus?

Du lieber Himmel, was dachte sie denn da? Er war hier, um seinen Vater zu besuchen, mit dem er seit dreizehn Jahren keinen Kontakt mehr gehabt hatte. Sie musste sich jetzt wirklich zusammenreißen und für ihn da sein. Schluss mit diesen albernen Gedanken.

Sie hakte ihn unter und freute sich, dass er sich nicht zurückzog. Aber am Empfang ließ er sie los und fragte sehr geschäftsmäßig nach dem Zimmer.

Im Aufzug schwiegen sie beide, standen nebeneinander, den Blick zur Tür gerichtet. Auf der Zahlenleiste war zu sehen, wie sie sich dem dritten Stock näherten. Ryders Atem ging schneller, je näher sie dem Zimmer kamen. Sie versuchte sich vorzustellen, was er empfand, aber es gelang ihr nicht. Was hatte sie für ein Glück, dass sie und ihre Familie sich so nahestanden.

Sie hätte nur zu gern die Liebe in ihrer Familie auf Flaschen gezogen und Ryder eine davon eingeflößt. Eine Impfung gegen die Kindheit, die ihn zerrissen und wund zurückgelassen hatte, obwohl er viel zu stur war, seine Verletzlichkeit zuzugeben.

Wenigstens hatte er ihr erlaubt, ihn zu begleiten. Das war doch schon etwas.

Ryder klopfte leise an die Tür, die einen Spalt breit offen stand, und schob sie mit den Fuß ganz auf.

Katie folgte ihn. Ihr Herz flatterte.

»Hallo, Dad«, sagte Ryder mit angespannter Stimme.

Katie hörte ein Rascheln, schaute um Ryder herum und sah den alten Mann im Bett, eine Zeitung in den Händen und die Brille auf der Nasenspitze. Ein Schlauch schlängelte sich von der Nadel in seinem Unterarm zu einer Flasche mit Flüssigkeit, die am Galgen neben seinem Bett hing. Sein rechter Fuß ragte unter der Bettdecke hervor. Er war auf ein Kissen gestützt und bis zum Knöchel bandagiert.

In aller Seelenruhe blätterte Jax Southerland um, als wäre nichts geschehen. »Schweinebäuche sind teurer geworden.«

Bitte? Katie schüttelte den Kopf und fragte sich, ob sie recht gehört hatte.

Ryder ging zum Bett und ließ sich auf den Stuhl daneben fallen. »Du hältst keine Schweine mehr, Dad. Auch keine Rinder und Hühner übrigens.«

Jax schaute ihn über den Rand der Zeitung an. »Woher willst du das wissen?«

»Ich war auf der Ranch.«

»Und wer hat dir das erlaubt?«

»Hör auf zu spinnen.«

Jax schnaubte und blätterte wieder um.

Katie biss sich auf die Unterlippe, blieb an der Tür stehen und wünschte, sie wäre nicht da.

»Setz dich ruhig, Mädchen«, sagte Jax und winkte sie zu dem verbleibenden Stuhl. »Du bist doch kein Gespenst.«

Da sie nicht wusste, was sie sonst tun sollte, nahm Katie Platz. Sie sah Ryder an, aber sein Gesicht war undurchdringlich, seine Augen dunkel und ausdruckslos. Er und sein Vater hatten das gleiche versteinerte Starren.

Ein langer Augenblick verging. Die Uhr an der Wand tickte. Jax las Zeitung, Ryder rührte sich nicht, und Katie versuchte, möglichst lautlos zu atmen.

»Was ist mit deinem Fuß?«, fragte Ryder.

»Ein Geschwür am großen Zeh. Ich bin den ganzen Tag mit einem Stein im Schuh rumgelaufen und hab's nicht gemerkt. Verfluchter Zucker.«

»Du musst besser auf dich aufpassen.«

»Und du kannst gleich mal zum Teufel gehen.«

Ryder zuckte zusammen, fing sich aber schnell wieder. »Ich vermute, das habe ich verdient.«

»Kann man wohl sagen.«

»Warum hast du mir nicht gesagt, dass Twyla gestorben ist?«, fragte Ryder.

»Na, mal überlegen. Ich hatte keine Ahnung, wo du bist und wie ich dich erreichen kann. Außerdem wusste ich, dass du die Frau hasst und sie dich und dass ihr beide mir etwa die Hälfte meines Lebens zur Hölle gemacht habt. Tja., und jetzt kommst du hier rein, als würde ich dir was schulden. Als wärst du was Besonderes.«

Katie schluckte und klemmte ihre Fäuste zwischen die Knie. Sie wollte gern weinen, um Ryder, um den Jungen, der er gewesen war. Um seinen Vater, der ihn nicht vergeben konnte, und um die Mauer zwischen den beiden, die wohl nur durch ein mittleres Erdbeben eingerissen werden konnte. Und sie konnte nichts dagegen tun.

Ryder legte das linke Bein über das rechte, eine eigentlich recht lässige Geste, die Katie aber an eine Klapperschlange erinnerte, die sich vor dem Zuschlagen aufrichtet.

Du lieber Himmel, warum war sie mitgegangen? Warum versuchte sie, zwischen den beiden Männern zu vermitteln? Alles aufräumen und schöne ordentlich machen? Es ging sie nichts an! Was hatte sie damit zu tun?

»Du redest, als wärst es nicht du gewesen, der mich rausgeschmissen hat«, sagte Ryder ruhig. »Und ich habe deine Frau nicht gehasst, Alter, sie hat mir leidgetan. Das ist ein Unterschied. Wie viel kosten die Schweinebäuche denn jetzt?«

»Genug, dass ich mir wünschte, ich hätte welche.« Jax blätterte wieder um und blickte nicht auf.

Bildete sie sich das ein, fragte sich Katie, oder hatte dieses Gespräch eine gespaltene Persönlichkeit?

»Dein Timing war immer schon beschissen«, sagte Ryder.

»Ja, zu blöd, dass ich gleichzeitig mit Twylas Herzinfarkt im diabetischen Koma lag. Sonst würde ich jetzt aufstehen und dir in den Arsch treten.«

»Willst du einen Schluck Wasser?«, fragte Ryder und schenkte aus dem gelben Plastikkrug auf dem Nachttisch ein Glas ein. »Deine Lippen sehen so trocken aus.«

»Themenwechsel, hä?« Jax warf einen Seitenblick auf seinen Sohn. »Du weißt schon, dass ich dir in den Arsch treten könnte, wenn ich nicht hier im Bett liegen müsste.«

Katie musste fast lachen. Die beiden schenkten sich wirklich nichts.

»Liegst du bequem?« Ryders Stimme klang ruhig, locker, aber sein Körper war ganz steif. »Oder brauchst du ein zusätzliches Kissen?«

»Ich brauche nur meine Ruhe und will, dass du verschwindest. Ich hab dich nicht eingeladen, und du bist hier nicht willkommen.«

»Dann wird es dich vermutlich schockieren zu hören, dass ich bei dir einziehe«, erwiderte Ryder.

»Den Teufel wirst du.« Jax' Gesicht wurde puterrot, und er setzte sich stocksteif im Bett auf, stotternd und keuchend. »Du kannst doch nicht ... auf keinen Fall! Ich ...« Er bekam einen Hustenanfall und streckte die Hand aus.

Ryder beugte sich über ihn. »Dad?«

»Jetzt nehme ich das Wasser doch.«

Ryder drückte ihm das Glas in die Hand, wartete, bis er aufgehört hatte zu husten und sich wieder in die Kissen sinken ließ, blass und erschöpft. »Alles okay?«

Jax starrte ihn wütend an. »Du ziehst nicht bei mir ein.«

»Doch, das tue ich.« Ryders Ton war ganz mild geworden. »Du hast da gar nichts zu sagen. Du hast nicht auf deinen Blutzucker aufgepasst, und ich bleibe, bis alles wieder okay ist.« Er salutierte kurz. »Bis Montag auf der Ranch.« Er nickte Katie zu. »Komm, wir gehen.«

Sie sprang auf und folgte ihm auf den Korridor. »Was zum Teufel war das denn?«

»So ist meine Beziehung zu meinem Vater.«

»Du lieber Himmel, ihr spinnt ja beide.«

»Klar.«

»Komm her.« Katie breitete die Arme aus.

»Was denn?« Seine Augen wurden ganz groß vor Überraschung. Zum ersten Mal, seit sie das Krankenhaus betreten hatten, zeigte er Gefühle.

»Komm her, Southerland«, sagte sie und nahm ihn in die Arme. »Ob du es willst oder nicht, du wirst jetzt umarmt.«

Er hob die Hände. »Alles in Ordnung, mir geht's gut. Ehrlich.«

»Aber mir nicht. Nach diesem Gespräch brauche ich eine Umarmung.« Schnell, bevor er ihr ausweichen konnte, packte sie ihn, fühlte seine heißen, harten Muskeln, den schnellen Atem.

»So«, sagte sie. »Alles gut.«

Und zu ihrer glücklichen Überraschung erwiderte Ryder die Umarmung.

12

Der Impuls, einfach in Katies Umarmung stehen zu bleiben, war so stark, dass Ryder nicht wusste, wie er jemals einen Schritt zurück machen sollte. Hätte nicht eine vertraute Stimme gedröhnt, dann hätte er sie wohl mitten im Krankenhaus geküsst. So aber ...

»Ryder Southerland, du elender Hundesohn!«

Nun gut. Es wäre auch ein großer Fehler gewesen, sie hier und jetzt zu küssen. Die Umarmung war schon schlimm genug, vor allem, da die dröhnende vertraute Stimme zu Katies Bruder Joe gehörte.

Katie sprang zurück, entfernte sich einen Meter weit von ihm, setzte ein strahlendes Lächeln auf und versteckte ihre Hände hinter dem Rücken.

»Joe!«, sagte sie und lief auf ihren Bruder zu. »Was macht ihr denn hier?«

Eine attraktive, zierliche Frau stand neben Joe und beobachtete die ganze Szene fasziniert. »Meredith hat gerade ein Baby bekommen«, sagte sie. »Und wir haben sie besucht. Nicht zu glauben, endlich mal ein Mädchen. Lenora Elizabeth, fast sieben Pfund, alles dran. Jetzt hat sie zwei Kinder unter zwei Jahren.«

»Und dann noch die beiden Sechsjährigen«, ergänzte Joe.

»Wer ist denn Meredith?«, fragte Ryder.

»Die Frau von Hutch Hutchinson, erinnerst du dich an ihn?«, erklärte Joe.

Brian »Hutch« Hutchinson war ein paar Klassen über ihnen gewesen. »Der war doch bei der Delta Force, oder?«

»Bis sein Trupp in einen Hinterhalt geriet. Er ist der einzige Überlebende.« Joe schüttelte den Kopf und schaute ihn traurig an. »Böse Geschichte.«

»Aber dann hat er Meredith geheiratet, und er hat die Kinder. Das ist doch noch so eine Art Happyend«, sagte die Frau neben Joe.

»Komm mal her, Großer.« Joe umarmte Ryder mit ganzer Kraft. In dieser Familie standen sie irgendwie auf Umarmungen. »Verdammt gut, dich zu sehen.«

Einen Arm noch um Ryders Schulter, zog Joe die hübsche Frau an sich. »Und das hier, mein Lieber, ist meine Braut Gabi Preston. Gabi, das ist mein allerbester Freund auf dieser Welt. Ryder Southerland.«

»Ich freu mich total, dich kennenzulernen«, sagte Gabi herzlich und schüttelte Ryder die Hand. »Ich hab schon so viel von dir gehört. Wir dachten allerdings, du kommst erst in zwei Wochen.«

»Ja, warum bist du denn schon da?«, fragte Joe.

»Ich hab im Netz gelesen, dass Twyla gestorben ist«, erwiderte Ryder. »Warum habt ihr mir denn nichts davon gesagt?«

Joe schob die Hände in die Taschen seiner Jeans, senkte den Kopf und schaute ihn reumütig an. »Ich fand, das wäre nicht meine Aufgabe.«

»Verstehe ich.« Ryder hatte ihm schon verziehen. Er würde Joe so ziemlich alles verzeihen.

»Seid ihr auch wegen des Babys da?«, fragte Gabi Katie.

»Wir wussten gar nichts von dem Baby.« Katie schüttelte den Kopf. »Nein, wir haben gerade Ryders Dad besucht.«

»Dein Vater ist im Krankenhaus?«, fragte Joe nach. »Das wusste ich ja gar nicht. Na, mit den Hochzeitsvorbereitungen …«

»Ist schon gut«, sagte Ryder. »Ich erwarte wirklich nicht, dass du ihn im Auge behältst. Ich tu's ja auch nicht.«

Ein unbehagliches Schweigen hing zwischen ihnen, doch dann fingen alle gleichzeitig wieder an zu reden, über Weihnachten und die Hochzeit und so weiter. Eine Krankenschwester kam aus einem der Patientenzimmer und sah sie tadelnd an. »Das ist ein Krankenhaus hier, könnten Sie sich wohl irgendwo anders so laut unterhalten?«

»Tut mir leid«, entschuldigte sich Katie. Gabi hatte sich schon eilig umgedreht und war auf dem Weg zu den Aufzügen.

»Hey«, sagte sie, als die Aufzugtür sich hinter ihnen schloss. »Wir wollten uns gerade bei Kelsey's einen Burger holen. Wollt ihr mitkommen?«

Katie warf Ryder einen Blick zu, um festzustellen, ob er dazu schon wieder in der Lage war.

Ein Teil von ihm hätte sich wirklich sehr gern der Gruppe angeschlossen, aber der andere Teil, der verletzte Teil, der gerade mit Jax zusammengestoßen war, wollte lieber irgendwo allein sein und seine Wunden lecken. Er brauchte Zeit zum Nachdenken, um alles zu verarbeiten und zu entscheiden, wie er weiterhin vorgehen wollte.

Aber Katie sah ihn so hoffnungsvoll an, dass er nicht anders konnte. Außerdem war jede Minute mit ihr kostbar, er fühlte sich einfach besser, wenn er mit ihr zusammen war. Und im Moment konnte er wirklich jedes gute Gefühl gebrauchen.

Er nickte. »Ich hab einen Bärenhunger.«

»Ich auch.« Katie schenkte ihm ein strahlendes Lächeln, das direkt in sein Herz hineinplumpste.

»Yay!« Gabi klatschte in die Hände. »Ich freue mich wirklich, dass du schon da bist, Ryder. Das wird ein Riesenspaß!«

Er warf Katie einen Blick zu, den sie blitzschnell erwiderte, und spürte den elektrischen Schlag, der ihn durchfuhr. So etwas hatte er seit einem Jahr nicht mehr erlebt. Es machte ihm Angst, weil er in ein paar Wochen ja wieder weg sein würde. Wenn er auf der Ranch alles geregelt hatte, wenn die Hochzeit vorbei war – wohin würde er dann gehen?

Er kannte die Antwort. Zurück nach Los Angeles, allein, einsamer als je zuvor.

»Okay«, sagte Gabi zu Katie, als die beiden sich in der Toilette des Pubs die Hände wuschen. »Warum hat mir kein Mensch gesagt, dass Ryder so gut aussieht? Der ist ja zum Sterben schön. Ihr zwei werdet auf den Fotos umwerfend aussehen.«

»Finger weg von Ryder«, sagte Katie und spürte tatsächlich einen Anflug von Eifersucht. »Du hast schließlich Joe.«

»Ich will ihn ja nicht für mich.« Gabi stieß Katie in die Rippen. »Aber für dich ist er genau das richtige Sahneschnittchen.«

»Mach dich nicht lächerlich, Ryder ist ein Freund unserer Familie.«

»Die Umarmung vorhin auf dem Flur war aber alles andere als freundschaftlich.« Gabi grinste.

»Ich hab ihn bloß getröstet. Du hättest sehen sollen, wie sein Vater ihn behandelt hat. Und das, nachdem die beiden sich dreizehn Jahre lang nicht gesehen haben. Eine Schande ist das.«

»Ja, klar, du hast ihn bloß getröstet.« Gabi zwinkerte ihr zu. »Ich sorge dafür, dass du den Brautstrauß auffängst.«

»Nein, ernsthaft. Ryder und ich ...«

Gabi war ihre beste Freundin, aber sie hatte ihr nichts von der Sache mit Ryder erzählt, nachdem sie letztes Jahr aus LA zurückgekommen war. Sie hatte überhaupt niemandem davon erzählt. Tratsch wie dieser brauchte in Twilight nur eine halbe Stunde, um sich auszubreiten. Gabi hätte mit Sicherheit keinen Ton gesagt, aber in einer Kleinstadt hatten ja selbst die Wände Ohren.

»Oh.« Gabi warf einen Blick auf die Kabinen hinter ihnen. »Verstehe. Wir reden später weiter.«

»Da gibt es nichts zu reden«, murmelte Katie.

»Ehrlich? Ich hätte schwören können, dass ich die Funken fliegen sah.«

»Ganz ehrlich. Keine Funken, wir sind einfach nur alte Freunde.«

»Tja, das ist ja wirklich schade.«

»Gar nicht. Alles gut.«

»Ryder kommt aus LA, oder?«, fragte Gabi. Katie konnte förmlich hören, wie die Rädchen in ihrem Hirn sich drehten.

»Ja, da wohnt er.«

»Joe hat erzählt, dass er als Bodyguard arbeitet.«

»Als Securitymann, genau.«

»Für Promis?«

»Vermutlich.«

»Hmm. Aber du hast ihn in LA letztes Jahr nicht zufällig getroffen?«

Katie legte einen Finger an die Lippen. *Psst.*

»O mein Gott!«, quiekte Gabi leise. Den Rest formte sie nur mit den Lippen. *Du hast ihn getroffen!*

Na ja, wenn man es genau nahm, hatte er sie getroffen. Er hatte sie ja mit einem gezielten Sprung von den Füßen geholt. Katie wurde rot. Am ganzen Körper. Sie hielt ein Papiertuch unters kalte Wasser und legte es sich in den Nacken.

»So heiß?«, flüsterte Gabi.

»Psst!« Katie seufzte leise. Sie brauchte mehr als ein nasses Papiertuch, um das Feuer zu löschen, das Ryder in ihr entzündete. »Später.«

»Ich komm heute Abend vorbei und bring eine Flasche Wein mit.«

»Und was sagt Joe dazu?«

»Ich sage ihm einfach, wir müssen über die Hochzeit reden. Das tun wir ja schließlich auch.«

»Heute Abend ist aber nicht so gut.«

»Warum? Hast du vor, mit ihm ...«

Katie legte eine Hand über Gabis Mund.

»Tut mir leid«, murmelte Gabi halb erstickt.

»Komm ruhig vorbei«, flüsterte Katie und zog ihre Hand zurück. »Aber wehe, du verrätst etwas.«

»Ich wusste es!«, sagte Gabi triumphierend. »Ich wusste, dass da was läuft.« Diesmal schlug sie sich die eigene Hand vor den Mund. »Vielleicht sollte ich lieber Wodka mitbringen statt Wein. Dann können wir Salty Dogs machen. Klingt nach dieser Art von Abend.«

»Willst du darüber reden, was zwischen dir und meiner Schwester läuft?«, fragte Joe Ryder, als sie zur Bar gingen, um Getränke zu holen.

»Hä?« Ryder stellte sich ahnungslos und redete leise, ohne auf das unangenehme Gefühl in seinem Bauch zu achten. »Wovon reden?«

»Noch mal gefragt. Was läuft zwischen dir und Katie?«

»Wie kommst du denn auf diese Frage?« Ryder ging in die Offensive. Angriff ist die beste Verteidigung, das hatte er immer schon gedacht.

»Ich hab gesehen, wie ihr euch umarmt habt. Das war …«

»Du kennst doch deine Schwester. Sie umarmt ständig irgendwen.«

»Für mich sah es aber … anders aus.«

»Überhaupt nicht.« Ryder schwindelte mühelos, hatte aber ein mächtig schlechtes Gewissen dabei. Offiziell lief gar nichts zwischen ihm und Katie. Im Moment jedenfalls nicht. »Sie hat mitgekriegt, wie es mit meinem Vater lief, und ich tat ihr leid.«

»Ach du lieber Himmel«, sagte Joe. »War es so schlimm?«

»Nicht so schlimm wie damals, als er mich einen wertlosen diebischen Bastard genannt, mir seine Faust ins Gesicht gedrückt und aus dem Haus geworfen hat. Nicht so schlimm wie damals, als ich sechzehn war.« Ryder gab schnell die Bestellung auf. Einen Krug Bier vom Fass und vier Gläser. »Offenbar machen wir Fortschritte.«

»Aber die Art, wie Katie dich ansieht …« Joe hielt inne. »Oder besser gesagt, wie sie es vermeidet, dich anzusehen. Das ist doch nicht koscher.«

»Du meinst, wenn sie mich nicht ansieht, hat das was zu bedeuten?«

»Ihr geht einfach komisch miteinander um.« Joe klopfte mit den Knöcheln auf die Bar.

»Zum Teufel, Joe, wann hätte ich denn was mit deiner Schwester anfangen sollen? Ich bin gerade erst angekommen, du hast uns im Krankenhaus gesehen, im Auto und beim Reingehen hier.«

»Ich weiß nicht, wann du angekommen bist. Kann doch sein, du bist schon seit Tagen hier. Eigentlich wolltest du erst in zwei Wochen kommen. Und auf einmal bist du da, zwei Wochen zu früh. Warum?«

Ryder streckte sich. Allmählich bekam er Panik. Hatte Katie Gabi etwas über die Nacht in LA erzählt? Hatte Gabi es vor Joe ausgeplaudert? Was sollte das hier? »Hab ich doch vorhin schon gesagt. Als ich rausgefunden hatte, dass Twyla tot ist, dachte ich mir, ich fahr lieber schon etwas früher los.«

»Du bist nach Hause gefahren, weil die Stiefmutter, die du gehasst hast, gestorben ist?«

»Sie war ein Mensch, Joe. Ich kann mich doch nicht darüber freuen, dass sie so früh gestorben ist. Sie war noch keine Sechzig. Ich wollte einfach Respekt zeigen und außerdem nach meinem Vater sehen.«

Joe zog die Brauen zusammen. »Irgendwie ist da was faul. Ich weiß nicht, warum, aber mir kommt das komisch vor.«

»Du bildest dir da was ein.«

»Ihr zwei habt euch nicht gestritten, oder? Ihr seid nicht aus irgendeinem Grund wütend aufeinander?«

Du lieber Himmel, was redete Joe denn da? Er dachte, Ryder und Katie wären sauer aufeinander. Ryder versuchte, nicht allzu erleichtert auszusehen. »Nein.«

»Versteh mich richtig.« Joe boxte Ryder leicht gegen die Schulter. Wenn er wüsste, was Ryder mit seiner kleinen Schwester gemacht hatte, würde er richtig zuschlagen.

Heftig.

Und mit Recht. Ryder hatte eine der Grundregeln zwischen Jungs verletzt. Nie was mit der Schwester des besten Freundes anfangen. Er wusste, es würde eine schreckliche Prügelei geben, wenn das rauskam.

»Ich will, dass die Hochzeit richtig toll wird. Gabi hat das verdient. Wenn zwischen dir und Katie irgendwas nicht in Ordnung ist, sieh zu, dass du es in Ordnung bringst.« Joe boxte ihn noch mal. »Verstehst du?«

»Absolut.« Ryder rieb sich die Schulter und warf Joe ein windiges Lächeln zu, um sein Unbehagen zu überspielen. Joe würde richtig, richtig sauer sein, wenn er erfuhr, was da hinter seinem Rücken gelaufen war.

»Zeig ein bisschen guten Willen«, fuhr Joe fort. »Reich ihr die Hand, geh mit ihr essen, nur ihr zwei.«

»Es ist alles gut, ich schwöre es.«

»Ich finde das wichtig«, insistierte Joe.

»Gabi hat dir diesen Floh ins Ohr gesetzt, oder?« Ryder hakte die Daumen in den Bund seiner Jeans.

»Genau.«

»Dann hast du jetzt alles gemacht, was nötig war. Sag ihr, du hast mit mir geredet.«

Joe kniff die Augen zusammen. »Aber du wirst nicht mit Katie essen gehen, oder?«

»Nein, werde ich nicht.«

»Zwischen euch läuft irgendwas, hör auf, es abzustreiten. Jedes Mal, wenn ich Katies Namen erwähne, kriegst du fast Schnappatmung. Und die Ader an deinem Hals …«

»Zum Teufel noch mal, Alter, hör auf, dir meine Adern anzusehen.«

»Es sieht aus, als hättest du einen Tic.«

»Einen Tic?«

»Ja! Als würdest du irgendwelche Gefühle unterdrücken.« Joe starrte auf Ryders Hals.

»Wahrscheinlich pulsiert sie jetzt wieder.« Ryder schlug sich aufs Kinn.

»Die andere Seite.« Joe lachte.

»Lach mich bloß nicht aus.« Diesmal boxte Ryder Joe.

»Also. Die Sache mit Katie …« Joe nahm den Krug mit dem Bier, den der Barmann ihnen hingestellt hatte, während Ryder die vier gekühlten Gläser einsammelte, um ihm zum Tisch zu folgen.

Je mehr Joe über Katie redete, desto wepsiger wurde Ryder. Die Nacht in Los Angeles war in sein Hirn eintätowiert, die würde er nie vergessen. Wenn er über Katie nachdachte, über diese Nacht und dass er sie gern wiederholen würde, dann hatte er ein schlechtes Gewissen, war aber gleichzeitig scharf wie Meerrettich. Die Kraft seines eigenen Begehrens machte ihm Angst. Er hatte absolut keine Lust, darüber noch mehr nachzudenken. Schon gar nicht gemeinsam mit Joe.

»Es gibt keine Sache«, schnaubte er.

»Bist du sicher? Denn …«

»Achtung, da kommt Tiny Tim«, sagte Ryder, um das Thema zu wechseln und um seinen Freund vor dem lebhaften Fünfjährigen zu warnen, der in Dickens-Verkleidung auf sie zukam und mit vollem Tempo durch die Bar rannte.

Joe konnte dem Kleinen gerade noch ausweichen, der zwischen ihnen hindurchflitzte, sodass die Leute auseinandersprangen. Ihm auf den Fersen war Bob Cratchit, der seinen Sohn anbrüllte, er solle sofort herkommen, sonst gäbe es nur Kohle im Weihnachtsstrumpf.

»Na dann«, nahm Joe das Gespräch ungerührt wieder auf. »Wenn du nicht mit Katie zum Essen gehst, wird Gabi darauf bestehen, euch beide einzuladen. Sie ist erst glücklich, wenn alle um sie herum auch glücklich sind.«

»Katie ist glücklich, ich bin glücklich, verstehst du?« Ryder strahlte seinen alten Freund an, dass ihm die Mundwinkel wehtaten. »Sehr, sehr glücklich.«

»Eigentlich siehst du eher so aus, als hättest du eine Mordsverstopfung.«

»Lass Katie und mich in Ruhe, uns geht es gut. G. U. T.«

»Katie sagt aber was anderes.«

»Wie bitte?« Bei Ryder schrillten sämtliche Alarmglocken. »Was hat sie gesagt?«

»Erwischt.« Joe zeigte mit dem Finger auf ihn. »Ich wusste doch, dass da etwas läuft.«

»Katie hat gar nichts gesagt?«

»Nein.«

Aus den Lautsprechern des Restaurants dudelte gerade »Santa Claus Is Coming to Town«, dasselbe Lied, das auch im Radio gelaufen war, als er und Katie in Los Angeles Liebe gemacht hatten.

Von wegen, seid brav, damit es Geschenke gibt. Zu spät, er stand schon ganz oben auf der schwarzen Liste.

Joe und Ryder starrten sich an, bis auf einmal ein ganz seltsamer Ausdruck in Joes Gesicht erschien. Da wusste Ryder, dass sein Freund es jetzt begriffen hatte. »Oh. Oh, jetzt verstehe ich. Katie und du …«

»Da ist nichts.« Ryder verzog das Gesicht. »Sie ist deine Schwester, sie ist die Brautjungfer deiner Braut, und Sie bringt das Haus meines Dad in Ordnung. Weiter reicht unsere Beziehung nicht.«

»Na gut. Dann sage ich Gabi, dass alles unter Kontrolle ist.« Joe stellte den Krug auf ihren Tisch.

»Gut.« Ryder hielt die Luft an.

»Bestens.« Joe schob die Hände in die Taschen. »Soll ich dir ein Bier einschenken?«

»Ich dachte schon, du fragst nie.«

Joe hielt den Ausguss des Kruges über dem Glas in der Schwebe. »Pass auf, sollte es zwischen dir und Katie irgendein Problem geben, dann kann ich dich auch vom Haken lassen. Notfalls macht einer meiner Brüder den Trauzeugen, du musst nur einen Ton sagen. Uns geht es gut, Gabi und mir, und wir können auf unserer Hochzeit kein Drama gebrauchen.«

Scheiße. Ryder spürte, wie die Ader an seinem Hals jetzt tatsächlich pochte. »Du meinst, ich mache Schwierigkeiten?«

»Nein, aber ...« Joe räusperte sich. »Ich rede Unsinn. Ich weiß, diese Rückkehr nach Twilight ist ziemlich stressig für dich. Was ich meine, ist einfach: Wenn es leichter für dich wird ohne die Hochzeit, wenn du wegwillst, dann sag einfach Bescheid.«

Ryder atmete hörbar aus. »Sei ehrlich, Joe. Willst du, dass ich abhaue?«

»Nein.«

»Will Gabi das?«

»Nein.«

»Dann weiß ich nicht, wo das Problem liegt.«

Joe legte Ryder eine Hand auf die Schulter und blickte ihm direkt in die Augen. »Ich liebe dich wie einen Bruder. Ich hoffe, du weißt das. Aber diese Einsamer-Wolf-Nummer … Ich weiß, so bist du nun mal, und ich bewundere dich für deine Unabhängigkeit.«

»Aber.«

»Aber so eine Hochzeit gelingt nur, wenn alle mitziehen. Du musst ein Teil des Rudels sein, wenigstens für kurze Zeit. Ich weiß, du magst diese Stadt nicht. Ich weiß, es gibt hier alle möglichen harten Gefühle.«

»Und?« Ryder biss die Zähne zusammen und ballte die Fäuste. Sein Stolz war schwer in Gefahr.

»Schau einfach in den Spiegel und entscheide dich, ob du im Moment wirklich in Twilight sein willst. Wenn nicht, dann geh. Kein Schaden, kein Problem, keine harten Gefühle.«

13

Ausgeschlossen.

Ryder fühlte sich vollkommen ausgeschlossen. Was Joe zu ihm gesagt hatte, tat weh, und er würde nicht so tun, als machte es ihm nichts aus. War er denn wirklich zu sehr einsamer Wolf, um Joes Trauzeuge zu sein?

Zum Teufel, er hatte einen Krieg überlebt, ganz zu schweigen von seiner beschissenen Kindheit. Er hatte in den acht Jahren als Soldat weiß Gott genug durchgemacht. Er wusste, wie man sich in einem Rudel benahm, wenn es nötig war.

Warum schloss Joe ihn auf einmal aus?

Verflucht. Wenn er schlau wäre, würde er Fersengeld geben und abhauen. Rauf auf die Harley und ab nach Los Angeles, vor allem nach dem reizenden Wiedersehen mit seinem Vater.

Ja, das wäre schlau. Vergiss Twilight und die Menschen, die dort leben. Er war schon fast entschlossen, es genau so zu machen, aber jetzt kamen Katie und Gabie von der Damentoilette zurück. Er saß ihr gegenüber am Tisch, trank Bier und überlegte, was er tun sollte. Und er konnte sein verzerrtes Spiegelbild in ihren lebhaft braunen Augen sehen.

Sie schickte ihm das strahlendste Lächeln aller Zeiten, es war, als würde nach einer langen Monsunzeit plötzlich wieder die Sonne scheinen. Und er dachte: Nein, ich tue es nicht. Ich werde vor diesem Lächeln nicht davonlaufen.

Joe hatte ja recht. Trotz seiner Erfahrung in der Army war er kein Gruppenmensch. Er hielt die anderen immer auf Armeslänge Abstand, selbst seine ehemaligen Kameraden. Er wollte sich nicht zu sehr auf andere Menschen einlassen. Zu viel investieren und womöglich verletzt werden.

Mist. Das klang feige.

War er tatsächlich ein Feigling, wenn es um Beziehungen ging? Er war nie verlobt gewesen, nicht einmal nah davor. Die längste Beziehung zu einer Frau hatte acht Monate gedauert; sie hatte Schluss gemacht, weil er sich zu nichts verpflichten wollte. Joe war sein ältester Freund, und selbst ihn hatte er jetzt schon zwei Jahre nicht gesehen.

Wow. Die Erkenntnis traf ihn wie ein Faustschlag. Er hatte noch nie eine längere Liebesbeziehung gehabt.

Was für ein Mensch war er eigentlich? Verschlossen, isoliert, eine harte Nuss, die niemand knacken wollte.

Einsam.

Ja, er schätzte seine Unabhängigkeit. Er war verdammt stolz auf die Tatsache, dass er niemanden brauchte. Er konnte sich auf sich selbst verlassen, war autonom und frei.

Aber jetzt blickte er in die Zukunft und sah sich selbst, wie er sich immer weiter von allen abschottete, immer unfähiger wurde, einen anderen Menschen zu lieben.

Wie hieß es in dem Song? Freedom's just another word for nothing left to lose? Was war das? Wohin entwickelte er sich? Wollte er wirklich so werden?

Er wusste ganz genau, wie er werden würde, wenn er jetzt die Stadt verließ.

Zum Teufel!

Er würde so werden wie Jax. Wie dieser erbärmliche alte Mann in dem Krankenhausbett. Verschlossen, vergraben, verratzt. Unfähig zu vergeben oder über seine eigene Nasenspitze hinauszublicken, nur weil er nicht zugeben konnte, dass er sich geirrt hatte.

Wenn er in Twilight blieb und versuchte, die Sache mit seinem Vater in Ordnung zu bringen, so schwierig das auch sein mochte ... Wenn er blieb und seine Beziehung zu Joe und Katie vertiefte, würde ihn das verändern?

Ein seltsames Gefühl stieg in ihm auf, durchaus vergleichbar mit der Spannung eines Kindes vor Weihnachten. Und in diesem Moment wusste er, was er wollte. Was er sich schon seit dem letzten Weihnachtsfest wünschte, als er Katie in sein Bett geholt hatte.

Er wollte *sie*. Er konnte nicht genau sagen, was das bedeutete, noch nicht. Aber er wollte sie. Verdammt, und wie er sie wollte.

Katies Blick ruhte heiß auf seinem Gesicht. Diese eifrigen Augen, die ihn in eine Richtung drängten, die er noch nie eingeschlagen hatte.

Ryder schluckte. Wenn er blieb, welche persönlichen Drachen müsste er erschlagen? Das war die große Frage. War er dieser Herausforderung gewachsen?

Er hatte zwei Möglichkeiten. Bleiben und die Sache durchziehen. Oder abhauen. Er hatte jetzt die Gelegenheit, Twilight und seinen Vater und die gesamte Vergangenheit für immer hinter sich zu lassen. Er musste nur aufstehen und gehen.

Aber dann war auch seine Freundschaft mit Joe zu Ende. Und alles, was »die Sache« mit Katie umfasste.

Er schloss kurz die Augen, weil er ihren Blick kaum mehr ertrug. Die nächsten Wochen würde er sie sehr oft sehen, und es war die romantischste Zeit des Jahres. War er auf so viel Nähe wirklich vorbereitet?

Tu's oder stirb, Southerland. Tu's oder stirb.

Er öffnete die Augen wieder und sah zu Joe hinüber.

Noch nie hatte er sich zu irgendetwas wirklich verpflichtet, abgesehen von der Army. Aber jetzt steckte er drin. Seine Pokerchips lagen in der Mitte des Tischs, griffbereit. Er konnte nicht mehr zurück, er hatte zu viel in die Sache hineingesteckt. Verpflichtet. Er war verpflichtet, Joes Trauzeuge zu sein, mit seinem Vater Zäune zu reparieren und zu sehen, wohin ihn die Sache mit Katie führte.

»Willst du mir was sagen, Alter?« Joes Stimme war schwer von Andeutungen.

»Ja«, erwiderte Ryder.

Alle Blicke am Tisch waren auf ihn gerichtet, als wüssten alle ganz genau, wie viel Gewicht seine nächsten Worte haben würden.

»Und zwar?« Joe presste die Lippen aufeinander.

»Wann und wo ist die Anprobe für meinen Smoking?«

»Will jemand Trivia spielen?«, fragte Katie, nachdem sie ihre Hamburger gegessen hatten. In ihren Gläsern war nur noch ein kleiner Rest Bier.

Ryder wirkte so angespannt, und nach dem schrecklichen Besuch bei seinem Vater wünschte sie sich, sie könnte ihn ein bisschen aufheitern. Da wäre so ein bisschen Rätselraten vielleicht ganz gut. Der Mann konnte etwas mehr Spaß im Leben durchaus gebrauchen.

Sie schnappte sich das Gerät, das in der Mitte des Tischs in seiner Ladestation steckte und mit dessen Hilfe man die Fragen beantworten konnte, die auf den Monitoren im Pub erschienen. Himmel, jetzt bloß keine zittrigen Hände.

Es fühlte sich an, als hätte Ryder gerade eine Entscheidung von monumentalen Ausmaßen getroffen, aber sie wusste nicht, warum es sich für sie so anfühlte, abgesehen von der spürbaren Veränderung in seiner Haltung. Sein Lächeln wirkte heller, seine Blicke intensiver. Wenn sie ihn ansah, schauderte sie bis ins Mark.

Vielleicht bildete sie sich das ja nur ein. Vielleicht war es auch Übertragung. Ihre Gefühle für ihn waren tiefer geworden, und jetzt nahm sie an, ihm ginge es ebenso. Nicht sehr schlau, so etwas anzunehmen. Gar nicht schlau.

Gabi trank einen Schluck Bier und sagte zu Ryder: »Katie ist unschlagbar in Trivia. Wer sie im Team hat, gewinnt immer. Aber spiel bloß nicht gegen sie.«

Katie blickte Ryder tief in die Augen. »Wie sieht's aus?«

»Das kann ich nicht«, antwortete er. »Mein Kopf ist wie ein Schweizer Käse, wenn es um Fun Facts geht.«

»Oder überhaupt Fun«, erwiderte sie ein wenig schnippisch.

»Oha«, lachte Joe. »Das hat aber gesessen.«

»Warum sitze ich hier eigentlich mit euch, Cheeks?« Ryder grinste.

»Weil sie toll sind«, schlug Gabi vor.

»Du bist einfach zu ernst, Southerland.« Joe stieß ihn in die Rippen. »Mach dich mal locker, spring ins kalte Wasser und lass dich von meiner Schwester so richtig schön abziehen.«

Ryder schnippte mit dem Finger in Katies Richtung. »Los.«

»Spielst du mit?« Sie kicherte.

»Wenn ich das Gerät kriege.«

»Von mir aus.« Sie drückte ihm den Controller in die Hand, wobei sie wie aus Versehen seine Haut mit ihren Fingern berührte.

Seine Nasenlöcher weiteten sich, als er ihren Duft wahrnahm. Limette und Lavendel. »Du riechst ja zum Anbeißen«, platzte er heraus.

»Wenn dir das hier schon gefällt, warte mal den Weihnachtsduft ab, den ich bei der Hochzeit tragen werde«, erklärte sie ihm. »Der riecht wie Schokokekse.«

»Hmm«, machte er, senkte die Lider und leckte sich über die Lippen. »Ich kann's kaum erwarten.«

Nein, sie bildete sich das alles nicht nur ein. Er hatte irgendeinen Entschluss gefasst, der mit ihr zu tun hatte. Katie hätte zu gern gewusst, was das war.

»Einloggen«, befahl sie ihm.

»Hä?« Er schaute ihr immer noch in die Augen.

»Für das Spiel. Du brauchst einen Benutzernamen.«

»Ach so, ja.« Er tippte ein paar Buchstaben. Auf dem Monitor erschien der Name »Wasabi«.

Katie wurde rot.

»Wasabi?«, fragte Joe. »Was ist das denn für ein Name?«

»Katie ist allergisch gegen Wasabi«, sagte Gabi. »Das hat sie letztes Jahr in Los Angeles rausgefunden.«

»Ach.« Ryders Stimme klang ganz heiser.

Katie starrte ihn an und spürte, wie ihr Körper anfing zu schweben. *Aufhören!* Sie schickte ihm einen strafenden Blick. *Sofort aufhören, sonst kriegen sie raus, was zwischen uns gelaufen ist.*

»Ja, stell dir mal vor«, plauderte Gabi weiter. »Sie war bei einer Charity-Gala, und irgendeine Frau hat ihr einen Klecks von dem Zeug in den Ausschnitt gekippt, und da hat sie einen Mordsausschlag gekriegt.«

»Was du nicht sagst.« Ryder hielt Katies Blick fest und lächelte verschwörerisch.

»Ehrlich wahr, oder, Kate?« Gabi nickte heftig. »Man konnte es noch sehen, als sie nach Hause kam.«

»Ehrlich wahr«, murmelte Katie, die spürte, dass ihr Mund ganz trocken geworden war. Rasch trank sie einen Schluck Bier und dann noch einen, weil der erste überhaupt nichts brachte.

»Bei euch alles in Ordnung?«, fragte die vollbusige Kellnerin, die für ihren Tisch zuständig war.

»Ja, alles okay«, sagte Gabi. »Aber wir könnten noch einen Krug Bier gebrauchen. Wir haben was zu feiern.« Sie hob die Hand und zeigte auf Ryder. »Ein alter Freund ist in die Stadt gekommen.«

»Und was für ein gut aussehender alter Freund.« Die Kellnerin senkte die Lider und schenkte Ryder einen auffordernden Blick.

Katie trank noch einen Schluck Bier, um ihre Eifersucht herunterzuspülen. Sie hatte keinen Anspruch auf Ryder, absolut nicht. Sie war es gewesen, die erklärt hatte, ihre sexuelle Beziehung sei eine einmalige Sache.

Ryder lehnte sich an sie, brachte ihre Sinne in Wallung und alle ihre Hoffnungen zum Strahlen. Er sah sie direkt an, ohne die attraktive Kellnerin überhaupt wahrzunehmen. Und unter dem Tisch berührte er ihr Knie mit seinem.

Ihr Herz schlug Purzelbaum, ihr Blut rauschte wie ein Wasserfall durch ihre Adern.

Gute Güte, er machte sie komplett verrückt. Wo sollte das nur enden!

»Also«, sagte Ryder. »Was kriege ich, wenn ich gewinne?«

»Du gewinnst nicht«, versicherte sie ihm. »Mein Haus und mein Leben sind ordentlich, aber mein Gehirn ist ein Dachboden voller nutzloser Informationen.«

»Weil du so ein Bücherwurm bist. Aber weil du ein solches Genie bist und ich eher keins, finde ich, ein kleiner Bonus für mich wäre angemessen.«

»In Ordnung«, sagte sie. »Du kriegst zehn Punkte gutgeschrieben.«

»Fünfzig.«

»Fünfundzwanzig.«

»Gemacht.«

Er streckte die Hand aus und sie schüttelte sie. Eine Million wunderbare elektrische Schläge durchfuhren sie.

»Und jetzt noch mal«, sagte er und rieb sich die Hände. »Was kriege ich, wenn ich gewinne?«

»Dann zahle ich deinen Burger.«

Er überlegte kurz, dann schüttelte er den Kopf. »Ach was, ich kann doch wohl mein Essen selbst bezahlen. Nein, es müsste schon ein etwas kreativerer Preis sein.«

»Was möchtest du denn?«, fragte sie mit erkennbarem Misstrauen in der Stimme.

»Hmm.« Er klopfte mit den Fingern an sein steinhartes Kinn. »Wie wäre es mit einem schönen selbst gekochten Essen?«

Joe verschluckte sich an seinem Bier. »Bist du lebensmüde, Alter? Sie kann nicht mal Wasser kochen, ohne dass es anbrennt.«

»Das Risiko gehe ich ein.« Ryder nahm die Augen nicht von ihrem Gesicht.

»Du warst schon immer für ein gefährliches Leben zu haben.« Joe schenkte ihnen allen aus dem Krug ein, den die Kellnerin gebracht hatte.

»Kochen macht Unordnung in der Küche«, sagte Katie.

»Und Unordnung kann sie nicht leiden«, erklärte Gabi Ryder.

»Ich wasche hinterher auch ab«, bot Ryder an. »Ein selbst gekochtes Essen. Einverstanden?«

»Nachdem ich ja sowieso nicht verliere, okay.«

»Wenn Katie kocht, verlierst du, selbst wenn du gewinnst«, erklärte Joe.

»Ach, ich glaube, sie ist der Herausforderung schon gewachsen.« Ryder sah sie immer noch an.

»Der Mann lebt in einer Phantasiewelt«, flüsterte Joe Gabi zu.

Katie schluckte, ließ Ryders Blick aber nicht los. Sie konnte damit umgehen. »Und wenn ich gewinne?«

»Eine Freifahrt auf meiner Harley.«

»Wer sagt dir denn, dass ich das will?«

»Als du fünfzehn warst, hast du mich immer angefleht, dich mal mitzunehmen.«

»Das ist lange her.«

»Aber du willst es immer noch.« Seine grünen Augen leuchteten auf wie Flammen und versengten sie von innen nach außen.

Er hatte recht, sie wollte es immer noch. Sie wollte rittlings auf dieser großen Maschine sitzen, ihre Arme um seine schmale Taille schlingen und ihren Kopf an seine breite

Schulter legen. Und dann wollte sie den Highway hinunterbrausen, während die heiße Maschine zwischen ihren Schenkeln pulsierte.

»Im Dezember ist es viel zu kalt zum Motorradfahren«, sagte sie.

»Nicht, wenn man die richtigen Klamotten hat.«

»Aber die habe ich nicht.«

»Natürlich. Das kriegen wir schon hin. Wenn du gewinnst, heißt das.«

»Wie wäre es, wenn du jetzt mal aufhörst zu reden und loslegst?«, forderte Katie ihn heraus und zeigte auf die Monitore, die den Start des nächsten Spiels anzeigten. »Es geht los.«

»Freches Aas. Aber das gefällt mir.« Sein großer Daumen streichelte den Controller.

»Spielt ihr auch?«, fragte Katie Gabi und Joe und griff nach dem zweiten Controller.

»Wir schauen diese Runde mal zu.« Joe legte den Arm um Gabis Schulter und zog sie mitsamt ihrem Stuhl näher zu sich.

Auf dem Monitor über ihrem Tisch waren die Anweisungen und Spielregeln zu sehen. Jeder konnte mitspielen und entscheiden, zu welchem Team er gehören wollte. Katie war rot, Ryder blau.

Die erste Kategorie war »gemischt«.

»Das kann ich schon mal nicht leiden«, sagte Gabi. »So eine Wundertüte, man weiß nie, was man kriegt.«

»Wie bei der berühmten Pralinenschachtel.« Joe küsste sie auf die Stirn.

»Nein, eben nicht wie bei der Pralinenschachtel. Pralinenschachtel haben im Deckel oder untendrunter immer die

Fotos von den Pralinen, sodass du weißt, was was ist. Wenn du dir die Mühe machst, nachzusehen, weißt du sehr genau, was du kriegst.« Gabi legte eine Hand auf die Brust ihres zukünftigen Ehemannes und legte den Kopf an seine Schulter.

»Das heißt, Forrest Gumps Mutter hat geschwindelt?« Joe fuhr mit den Fingern durch ihr Haar.

»Genau.« Gabi seufzte zufrieden.

»Nicht hinschauen«, sagte Katie zu Ryder. »Jetzt wird es peinlich da drüben.«

»Du bist ja bloß neidisch«, erwiderte Joe. »Weil du nicht verliebt bist.«

»Na, wie auch immer.« Katie stieß Ryder in die Rippen. »Pass auf, jetzt kommt die erste Frage, Augen auf den Monitor. Wenn die Fragen kommen, geht alles sehr schnell, da zählt jede Sekunde. Du kriegst Extrapunkte ...«

Die erste Frage kam. »In welchem Jahr veröffentlichten Masters und Johnson ihre Studie über die menschliche Sexualität?« Es gab mehrere Antwortmöglichkeiten.

Ein paar Leute im Hintergrund kicherten.

Ryders Antwort war falsch, Katies richtig.

»Woher weißt du das denn?«, fragte er.

»Ich habe letztens eine Fernsehsendung über Masters und Johnson gesehen.«

»Tja, ich lebe eben hinter dem Mond. Ich hab nicht mal nen Fernseher«, sagte Ryder.

»Ich weiß ...« Katie biss sich auf die Zunge. Um ein Haar hätte sie zugegeben, dass sie in seiner Wohnung gewesen war, aber dann riss sie sich zusammen und beendete den Satz mit einem lahmen »... niemanden der keinen Fernseher hat.«

Sie hätte sich keine Sorgen machen müssen, Gabi und Joe hörten sowieso nicht zu. Sie waren gerade sehr mit einem leidenschaftlichen Kuss beschäftigt.

»Gute Güte«, sagte Ryder. »Wollt ihr euch nicht noch was für die Hochzeitsnacht aufsparen?«

»Neidisch«, murmelte Joe an Gabis Lippen.

»Ihr habt gerade die zweite Frage verpasst«, sagte die Kellnerin, die kurz vorbeigekommen war, um zu sehen, ob sie noch etwas brauchten. Sie bestellten vier Kaffee.

»Verflixt«, sagte Katie. »Aufpassen jetzt.«

»Na, wenigstens sind wir gleichauf«, sagte Ryder.

»Sind wir nicht. Ich hab die erste Frage richtig beantwortet, du liegst eine hinten. So. Die dritte.« Katie hopste auf ihrem Platz herum und las. »In welchem Jahr wurde das erste Latexkondom hergestellt?«

Was waren das denn für Fragen? Seit wann ging es in der gemischten Kategorie ständig um Sex? Katie hatte keine Ahnung, tippte auf eine Antwort und erwischte die falsche.

Ryder hatte die richtige Antwort.

»Glück gehabt«, behauptete Katie.

»Genau.« Er grinste, und sie freute sich, dass ihm die Sache Spaß machte. »Aber es zählt trotzdem.«

»Harte Fragen«, grummelte Katie.

»Dafür sind Kondome ja da«, bemerkte Gabi.

Welches Landsäugetier hat den größten Penis im Verhältnis zur Körpergröße?

Nicht ernsthaft, oder? Aber sie wusste es. Gerade heute Morgen war davon im Radio die Rede gewesen. Schnell klickte sie »Seepocke« an.

Der Monitor wurde rot, sie hatte falsch geantwortet. Nein, auf keinen Fall! Sie wusste, dass es stimmte! »Hey, das ist ein Fehler!«, rief sie. »Die Seepocke hat den größten Penis im Verhältnis zur Körpergröße.«

»Ich will gar nicht wissen, woher du das weißt«, murmelte Gabi.

»Kann schon sein«, belehrte Ryder sie. »Aber es ging um ein Landsäugetier.« Er hatte die Frage richtig beantwortet: der afrikanische Elefant.

»Ach so!« Katie wurde rot und schaute niemanden mehr an, vor allem nicht Ryder, sondern hielt die Augen fest auf den Monitor gerichtet. In der nächsten Frage ging es Gott sei Dank um Kaugummi, die hatten sie beide richtig.

»Kopf an Kopf«, sagte er und lehnte sich so eng an sie, dass sie sein holziges Aftershave riechen konnte.

Sie grinste ihn an, und er grinste zurück. »Könnte unentschieden enden.«

»Genau«, murmelte er, aber Gabi schnippte mit den Fingern. »Ihr verpasst schon wieder die Frage.«

Das Spiel ging weiter, und Katie ging sofort in Führung, als die Kategorie wechselte zu »Bücher und Schriftsteller«, ihrem Spezialgebiet. In dieser Runde konnte sie jede Frage richtig beantworten.

Ryder nur eine. Er wusste, dass Poe die Kurzgeschichte »Die Grube und das Pendel« geschrieben hatte. »Daran bist aber auch wieder du schuld«, sagte er.

»Wieso das denn?«

»Weil du mir mal das Buch mit Poes Kurzgeschichten geschenkt hast.«

»Ehrlich?« Sie zog die Nase kraus.

»Erinnerst du dich nicht?«

»Ich habe so viele Bücher an Leute verliehen.«

»Und ich dachte doch tatsächlich, ich wäre was Besonderes.«

Du hast ja keine Ahnung, wie besonders! »Auf jeden Fall freut es mich, dass du es gelesen hast«, sagte sie laut. »Denn wenn ich mich recht erinnere, warst du keine besonders große Leseratte.«

»Ich ...« Er warf einen Seitenblick auf Joe und Gabi, und sie konnte ihm vom Gesicht ablesen, dass er gern mehr gesagt hätte, aber nicht in ihrer Gegenwart.

Was dachte er wohl gerade? Sein Verhalten hatte sich total verändert, als hätte irgendwer einen Schalter umgelegt.

Das dritte Thema erschien. Militär. Ryder lachte leise, rieb sich die Hände und sagte: »Jetzt bist du tot.«

Aber Katie hatte mal bei Lockheed Martin gearbeitet, einem Luft- und Raumfahrtunternehmen mit Verbindungen zum Militär. Sie wusste schon einiges darüber. Ein paar Fragen gingen schief, sodass Ryder wieder aufholen konnte, aber am Ende blieb sie doch vorn.

Sie führte einen kleinen Siegestanz im Sitzen auf. »Starte die Harley schon mal, es sieht so aus, als würden wir einen kleinen Ausflug machen.«

»Äh«, machte Joe. »Ich finde, du schuldest dem Mann ein selbst gekochtes Essen, obwohl mir ewig schleierhaft bleiben wird, warum er sich das wünscht.«

»Wieso das denn? Ich habe gewonnen!« Katie zeigte auf den Punktestand. »Katydid hat Wasabi geschlagen.«

»Du hast ihm fünfundzwanzig Punkte Bonus versprochen, schon vergessen?« Gabi klopfte leise gegen Katie Ellbogen.

»Ach ja! Verdammt!«

Ryder setzte sein teuflischstes Lächeln auf. »Ich kann es kaum erwarten. Ein köstlicher Abend wird das.«

»Kann ja sein, dass sie für dich kocht, aber wenn du auf was Köstliches wartest, dann kannst du lange warten«, scherzte Joe.

»Genug, Bruder«, sagte Katie. »Er hat's ja verstanden, ich bin eine schreckliche Köchin. Aber abgemacht ist abgemacht. Ich werde das beste Essen auf den Tisch bringen, dass ich fertig kriege.«

Joe lachte. »Wahrscheinlich läuft es auf Hähnchen von Froggy hinaus.«

Ryder stand auf. »Den Termin verabreden wir später«, sagte er zu Katie. »Jetzt werde ich mal zum Campingplatz rausfahren. Solange Katie auf der Ranch nicht ihren gesamten Zauber entfaltet und das Höllenloch sauber gemacht hat, übernachte ich auf keinen Fall dort.«

Katie sprang auf und schnappte sich ihre Jacke, die über einer Stuhllehne gehangen hatte. »Du brauchst jemanden, der dich zur Ranch fährt, um deine Harley zu holen.«

»Keine Sorge«, sagte Joe. »Wir bringen ihn schon hin. Für uns liegt das auf dem Weg, und so musst du nicht noch mal raus aus der Stadt.«

Verdammt. So verpasste sie die Gelegenheit, Ryder allein für sich zu haben und mit ihm über die bedeutungsvollen Blicke zu reden, die er ihr die ganze Zeit zuwarf.

Das Lächeln, dass er ihr zuwarf, war so wehmütig, dass sie glaubte, er würde dasselbe denken wie sie. »Dann sehen wir uns morgen«, sagte er.

»Genau. Ich mach dann mal weiter«, sagte sie und beschrieb mit dem Arm einen großen Bogen, als wollte sie es mit der ganzen Welt aufnehmen.

Die Frage war nur: War sie bereit, es mit den interessanten Gefühlen aufzunehmen, die in ihr herumtobten, nachdem sie einen weiteren Tag mit Ryder verbracht hatte?

14

»So. Und jetzt will ich ganz genau wissen, was in LA vorgegangen ist.«

Es war sieben Uhr am selben Abend, und Gabi stand auf Katies Veranda, eine Flasche Wodka in der einen und eine Karaffe Grapefruitsaft in der anderen Hand. Außerdem hatte sie ihre Übernachtungstasche über die Schulter gehängt. »Und behaupte bloß nicht, dass du und diese Sexbombe letztes Jahr Weihnachten nichts miteinander hattet. Ich bin ja nicht blöd.«

Katie zog eine Augenbraue hoch. »Darf ich annehmen, dass du über Nacht bleiben willst?«

»Jawohl. Es werden ja alkoholische Getränke gereicht.« Gabi schob ihr Kinn vor. »Pyjamaparty.«

»Aber bei Pyjamapartys wird nicht geschlafen!« Katie wusste, ihre Freundin würde sich nicht von ihrem Plan abbringen lassen. »Und ich muss morgen früh aufstehen, um mich wieder durch die schäbigen Reste von Jax Southerlands Leben zu kämpfen.«

»Du stempelst ja nicht, du bist die Chefin.«

»Aber meine Leute kommen um acht. Und ich muss da sein, um sie ins Haus zu lassen.«

»Gut. Um Mitternacht ist Schluss«, versprach Gabi.

Katie hielt ihr die Tür auf, dankbar, obwohl ein Seufzer in ihrer Kehle aufstieg. Gabi war eine furchtbar gute Freundin, sie war wirklich froh, dass sie fünfzehn Monate zuvor auf ihren Pinterest-Post geantwortet hatte. »Komm rein.«

Gabi marschierte über die Schwelle und sofort in die Küche, um die ersten Drinks zu mixen. Und Katie, die wusste, dass sie nicht darum herumkommen würde, über Ryder zu reden, folgte ihr.

»Los.« Gabi musste sich auf die Zehenspitzen stellen, um an die Gläser zu kommen, die im obersten Schrankfach standen. »Fang ganz vorne an.«

»Es ist aber eine ziemlich lange Geschichte.«

Gabi gab Meersalz auf einen kleinen Teller, befeuchtete die Ränder der Gläser, drehte sie in dem Salz, maß ein Schnapsglas Wodka pro Glas ab und füllte mit Grapefruitsaft auf. Dann gab sie Eiswürfel hinein und rührte kräftig um. »Wir trinken, du erzählst. Leg los.«

»Wo ist Joe eigentlich?« Katie spielte auf Zeit.

»Joe und Ryder sind auf der Farm und fällen Bäume. Machen Männersachen. Und reden vermutlich über uns.«

»Aber draußen ist es dunkel!«

»Du weißt doch, wie gut die Weihnachtsbaumfarm beleuchtet ist. Ich vermute, sie müssen sich nur ein bisschen ausarbeiten. Wir haben Ryder eingeladen, bei uns zu schlafen, statt Geld auf dem Campingplatz auszugeben. Ich muss nirgendwo sein außer hier.«

»Du willst dir die Geschichte nicht entgehen lassen, oder?«

»Auf keinen Fall«, erwiderte Gabi und drückte Katie einen Salty Dog in die Hand. »Worauf trinken wir?«

»Keine Ahnung.«

»Auf unsere heißen Kerle.«

»Ryder ist nicht mein Kerl.«

Gabi verdrehte die Augen. »Gut, dann auf heiße Kerle im Allgemeinen.«

»Auf heiße Kerle.« Katie stieß mit Gabi an und trank einen großen Schluck von ihrem Drink.

»Und nun zurück zu Ryder. Einzelheiten. Ich will alles wissen. Wann hat das angefangen?«

»Während seines letzten Jahres auf der Highschool hat Ryder bei uns gewohnt. Nachdem sein Dad ihn rausgeschmissen hatte.«

»Das weiß ich, das hat Joe mir erzählt. Mach weiter.«

»Ich war heimlich verknallt in ihn«, murmelte Katie und starrte in ihr Glas, wo sich das Fruchtfleisch der Grapefruit an die Eiswürfel klammerte.

»Kein Wunder. Du hättest wohl tot sein müssen, um dich in einen Typen wie Ryder nicht zu verlieben.«

»Hey, aufpassen, du willst meinen Bruder heiraten.«

»Ich konstatiere nur die Fakten. Schließlich habe ich Augen im Kopf. Aber mein Herz gehört Joe, für immer und ewig. Du kannst sicher sein, dein Kerl interessiert mich nicht.«

»Er ist nicht mein Kerl.«

Gabi zog an ihrem Strohhalm. »Okay, also, du warst mehr als zehn Jahre lang verknallt in Mister Sex, und dann ...«

»Wenn du es sagst, klingt es so, als hätte ich dreizehn Jahre lang nur an ihn gedacht. Aber das stimmt ja nicht. Ich war verlobt, ich war mit Matt zusammen ...« Katie fischte einen Eiswürfel aus ihrem Glas und saugte daran.

»Und trotzdem hast du von Mister Sex geträumt. Wenigstens ab und zu.«

»Ja, aber Träume sind ja aus gutem Grund keine Realität«, gab Katie verlegen zu. »Und hör auf, ihn Mister Sex zu nennen.«

»Warum denn? Er ist genau das, all die Muskeln und Sehnen und diese dicke, sonnengebräunte Haut, diese eleganten Bewegungen, diese Augen mit dem Böser-Bube-Charisma …«

»Pass auf. Aus dieser Beziehung wird nichts, du kannst gleich wieder aufhören, die Kupplerin zu spielen. Wir haben eine Nacht miteinander verbracht. Eine. Und dabei bleibt's. Es war eine einmalige Sache.«

Gabi hüpfte auf den Barhocker neben Katie. »Und warum wird nichts daraus?«

»Willst du das ernsthaft wissen?«

»Absolut. Ich will alles wissen.«

»Also, erst mal spielen wir einfach nicht in derselben Liga.«

»So ein Quatsch«, schnaubte Gabi.

»Doch. Du hast es selbst gesagt. Ryder ist unglaublich sexy, und ich bin es nicht.«

Gabi schnaubte wieder und verdrehte die Augen. »Du bist ein ganz heißes Teil, meine Liebe. Ryder kann sich glücklich schätzen, wenn er dich kriegt.«

»Heißes Teil?« Katie zeigte auf ihren Pyjama, bei dem Oberteil und Hose nicht zusammenpassten, ihren schlampigen Pferdeschwanz und die plüschigen Hausschlappen. »Du hast aber eine sehr großzügige Definition von heißes Teil.«

»Mädchen!« Gabi winkte ab. »Schönheit kommt von innen. Kleider und Make-up spielen überhaupt keine Rolle. Dein Lächeln, dein Lachen, dein Herz, deine Weichheit – von all dem hast du mehr als genug. Und deshalb bist du …«

»Ja, klar. Ein heißes Teil. Männer denken da, glaube ich, etwas oberflächlicher.«

»Sei nicht so sexistisch. Man kann nicht alle Männer über einen Leisten schlagen.«

»Das stimmt. Ich finde nur, sie sind in der Regel sehr visuell veranlagt. Eine hübsche Verpackung lockt sie an. So habe ich Ryder ja auch erst mal eingefangen. Ich habe nämlich dein enges rotes Shiftkleid getragen.«

»Hör auf, Katie Cheek. Ryder hat dich schon gekannt, als du noch ein magerer Teenager mit Zahnspange, dicker Brille und krausem Haar warst. Du hast ihn nicht verführt, weil du dich schick gemacht und ein Designerkleid angezogen hast. Er kennt dich so, wie du bist.«

Der Gedanke war so aufregend, dass Katie nicht allzu lange dabei verweilen wollte, sonst würde sie noch anfangen, ihn zu glauben. »Mom hat dir offenbar die Familienfotos gezeigt.«

»Ja, klar.« Gabi zuckte mit den Schultern. »Ich wollte ein paar Kinderfotos von Joe sehen, für das Hochzeitsvideo, und dann habe ich gleich die ganze Familiengeschichte abbekommen. Ich vermute, deine Mom wusste nicht mehr genau, welches Foto zu welchem Kind gehörte. Jedenfalls hat sie sie mir alle gezeigt.«

»Kann schon sein, dass sie nach den ersten paar Sprösslingen ein bisschen den Überblick verloren hat.« Katie lachte. »Sechs Kinder sind schon ganz schön was.«

»Und deine Mom wirkt immer so, als wäre ihr das alles ganz leicht von der Hand gegangen. Aber zurück zu deinem Highschoolschwarm. Als Fünfzehnjährige warst du in Ryder verschossen, aber du hattest das Gefühl, nicht an ihn heranzureichen. Und vermutlich hatte er keine Ahnung von deinen Gefühlen.«

»Am Ende wohl schon.« Katie drückte eine Hand an ihr Gesicht, weil ihr vor lauter Verlegenheit der Schweiß auf die Stirn trat. Um sich ein bisschen abzukühlen, trank sie den Rest von ihrem Drink und fühlte sich danach angenehm schwindelig.

»Wieso das?«

»Weil ich ihn geküsst habe«, gestand Katie und erzählte die ganze Pflaumen-Küss-Geschichte.

»Das klingt ja vielleicht sexy. Kein Wunder, dass du dich auf ihn gestürzt hast. Chapeau, ich finde es toll, dass du so viel Mut hattest und dir geholt hast, was du wolltest.«

»Ich hatte das nicht geplant, der Kuss war vollkommen impulsiv.«

»Das gilt für die meisten richtig guten Küsse.« Gabi lächelte, den Blick in weite Ferne gerichtet, als müsste sie an den einen oder anderen impulsiven Kuss denken.

»Aber es war dumm. Sehr dumm.«

»Wieso?«

»Ich habe mich wirklich auf ihn gestürzt, sodass er auf den Fußboden meines Zimmers fiel«, fuhr Katie mit ihrem Bericht fort. »Als ich bei dieser Gala in LA war, da war er als Bodyguard für Les Ketchum eingeteilt. Und als er mich die Treppe hinauflaufen sah, auf der Suche nach der nächsten Damentoilette, weil ich doch diesen blöden Wasabiklecks im Ausschnitt hatte, da dachte er, ich bin eine Stalkerin, und hat mich umgeworfen.«

»Auf den Boden?«

Katie nickte. »Ganz genau. Ich glaube nicht an Vorherbestimmung, aber ... aber ich glaube, wir fanden beide, dass es irgendwie Schicksal war. Dass wir in derselben Position weitermachten wie damals, als ich fünfzehn war. Und dann haben wir uns irgendwie hinreißen lassen.«

»Das kenne ich.« Gabi lächelte boshaft. »Mit Joe war es genauso.«

»Aufhören!« Katie steckte sich die Zeigefinger in die Ohren. »Du redest von meinem Bruder, das will ich gar nicht so genau wissen.«

»Aber es kann sehr viel Spaß machen, sich hinreißen zu lassen«, lachte Gabi.

»Natürlich hat es Spaß gemacht.« Katie biss die Zähne zusammen. »Aber besonders schlau war es nicht. Wenn ich gewusst hätte, dass du dich in der Zeit, wo ich in LA bin, in meinen Bruder verliebst, hätte ich wohl kaum die Nacht mit Ryder verbracht.«

»Aber warum nicht?«

»Weil ... weil er jetzt einen Grund hat, nach Twilight zurückzukommen. Wenn er nicht Joes Trauzeuge wäre, hätte ich ihn wohl nie wiedergesehen.«

»Er wäre auf jeden Fall zurückgekommen, Katie. Er musste ja mal nach seinem Dad sehen, nachdem seine Stiefmutter gestorben war. Aber ich verstehe immer noch nicht, warum du meinst, aus euch könnte nichts Ernstes werden.«

»Es ist viel zu kompliziert.«

»Warum, zum Teufel?«

»Zum einen, weil Ryder in Los Angeles lebt und ich in Twilight. Du hast meine Familie kennengelernt, du weißt doch nur zu gut, dass wir aneinander und an dieser Stadt hängen.«

»Er stammt doch selbst von hier. Vielleicht zieht er ja wieder her, vor allem jetzt, nachdem sein Dad verwitwet ist und allein. Vielleicht finden die beiden wieder zueinander.«

»Die beiden? Die passen zusammen wie Streichhölzer und Waschbenzin.« Katie schüttelte den Kopf. »Ich kann mir überhaupt nicht vorstellen, dass Ryder dauerhaft wieder hier lebt. Diese Stadt war nicht besonders nett zu ihm. Es gibt nichts, was ihn hier hält.«

»Na ja.« Gabi räusperte sich und schaute Katie eindringlich an.

»Ja, was?«

»Du. Du hältst ihn hier. Jedenfalls vielleicht.«

Katie stöhnte auf und schüttelte den Kopf. »Welcher Mann gibt denn seinen Job und LA auf, um in eine texanische Kleinstadt zu ziehen? Und dann auch noch meinetwegen?«

»Ich habe LA für Joe aufgegeben.«

»Aber du findest das Leben in einer Kleinstadt auch toll.«

Gabi schnaubte ungeduldig. »Verflixt noch mal, Katie, du bist eine wunderbare Frau und ich bin wirklich stolz, deine Freundin zu sein. Aber manchmal finde ich, du machst dich zu klein. Leuchte doch mal, Frau! Vielleicht hat Ryder nur deswegen zugesagt, Joes Trauzeuge zu sein, weil er dich wiedersehen wollte. Hast du dir das schon mal überlegt?«

»Nein.« Katie drehte sich mit dem ganzen Oberkörper, weil es offenbar nicht ausreichte, den Kopf zu schütteln. »Er ist wegen Joe hier.«

Gabi verdrehte die Augen. »Am liebsten würde ich dich verhauen.«

»Ryder ist nicht nach Twilight gekommen, um mich zu sehen.«

»Woher willst du das wissen?«

»Weil ... als Ryder und ich ...« Katie hielt inne und nahm ihre Unterlippe zwischen die Zähne. Normalerweise würde sie ihre Worte vorsichtiger wählen, aber der Salty Dog machte sie redselig.

Gabi rutschte auf die Kante ihres Sessels und atmete tief durch. »Jaaa?«

»Als wir ... äh ...«

»Als ihr euer furchtbares Verbrechen begangen habt?«, schlug Gabi fröhlich vor.

Katie nickte und konnte nicht verhindern, dass ein Lächeln ihre Mundwinkel erreichte. »Jedenfalls habe ich da schon deutlich gemacht, dass es eine einmalige Sache ist. Ohne irgendwelche Bindungen. Ich habe ihm gesagt, mehr ist nicht drin. Niemals. Und er hat zugestimmt.«

»Und hast du das gesagt, weil du meintest, er will das so?«, fragte Gabi.

»Nein. Weil ich das so wollte.«

»Ehrlich?« Gabi verschränkte ungläubig die Arme vor der Brust.

»Ehrlich«, sagte Katie, obwohl sie es selbst nicht glaubte. Aber was sollte sie denn sonst sagen?

»Gute Güte!« Gabi fuhr sich mit der Hand durch die Haare. »Das überrascht mich jetzt. Aber gut, ein Mädchen darf auch mal die Meinung ändern. Und das solltest du tun. Du musst dich an diesen Ohne-Bindungen-Kram nicht halten.«

»Das ist aber noch nicht alles«, gestand Katie.

»Nämlich?«

»Es endete nicht so positiv, von meiner Seite. Ich glaube nicht, dass ich so weit im Spiel noch die Regeln ändern kann.«

»Was ist denn passiert?«

»Ich bin am Morgen danach heimlich abgehauen. Raus aus dem Bett und weg, ohne irgendeine Nachricht zu hinterlassen. Ich bin nicht stolz darauf, aber so war es.«

Gabi schüttelte sich. »Und jetzt denkst du, du hast ihn verletzt.«

»Keine Ahnung.« Katie zuckte mit den Schultern. »Ich fand es selbst blöd, aber ich konnte ihm einfach nicht bei Tageslicht in die Augen sehen.«

»War der Sex so schlecht? Na ja, dann kann ich dein Dilemma verstehen. Wenn der Kerl, in den du als Schulmädchen verknallt warst, sich als mieser Liebhaber herausstellt …«

»Quatsch«, flüsterte Katie. »Der Sex war toll. Ich weiß gar nicht, wie ich das beschreiben soll. Wenn ich sage, dass es mir fast das Gehirn weggeblasen hat und dass es mein Leben verändert hat, ist das noch deutlich zu wenig.«

Gabi grinste, als hätte sie gerade in einer Chipstüte einen echten Diamanten gefunden. »Ich weiß, was du meinst. Joe ist …«

Katie steckte sich wieder die Finger in die Ohren und quietschte laut. »Too much information.«

»Tut mir leid«, kicherte Gabi. »Ich konnte einfach nicht widerstehen.«

»Okay, verstanden. Du und mein Bruder, ihr habt fantastischen Sex. Lass uns weitermachen.«

»Moment.« Gabi hielt beide Hände in die Höhe. »Ich muss das mal nachhalten. Du bist weggelaufen, weil der Sex mit Ryder so toll war?«

»So ähnlich könnte man es sagen.«

»Aber warum? Warum machst du dir das Leben so schwer? Warum verschließt du dich vor einer ganze Welt voller Möglichkeiten? Ist etwas mit ihm, was ich nicht sehe?«

»Ja«, flüsterte Katie.

»Aber was denn?« Gabi sprach jetzt so leise, als wären sie Verschwörerinnen, die auf keinen Fall von feindlichen Spionen gehört werden durften.

»Er ist das weiße Einhorn.«

»Das Was?« Gabi runzelte die Stirn.

»Das weiße Einhorn aus dem Märchen. Dieses Fabeltier, von dem jedes kleine Mädchen träumt. Aber wenn man es fängt, wird einem klar, dass es aus gutem Grund nur eine Phantasie ist.«

»Und aus welchem Grund?« Gabi hatte die Augen weit aufgerissen und den Kopf neugierig schief gelegt. An ihrer Unterlippe hingen noch ein paar Salzkörner.

»Wenn du das weiße Einhorn fängst, ist die Phantasie vorbei.«

»Verstehe«, sagte Gabi in einem Ton, der klar machte, dass sie nicht das Geringste verstand.

»Oder noch anders. Wenn du das Einhorn fängst und zähmst, dann veränderst du es, und dann ist es nicht länger das wunderbare Geschöpf, von dem du immer geträumt hast.«

»Soll das heißen, Ryders Wildheit zieht dich so sehr an?«

»Ja. Ich kann ihn nicht ändern, würde es nicht mal versuchen.«

»Und in LA bist du für einen Moment auf die wilde Seite gewechselt, aber dir war vollkommen klar, das ist zwar ganz schön für einen kurzen Besuch, aber nichts für die Dauer.

Und wenn du versuchen würdest, Ryder zu zähmen, dann würdest du seinen innersten Kern zerstören. Deshalb hast du zu ihm gesagt, du willst keine Bindungen. Nicht, weil du keine Bindungen brauchst, sondern weil du ihn nicht fesseln willst.«

»Genau.« Katie rang die Hände, schaute sie an und stellte überrascht fest, dass sie an ihrem Daumennagel gekaut hatte. Das hatte sie schon seit Jahren nicht mehr gemacht. Nicht mehr, seit sie die Phase als hässliches Entlein hinter sich gelassen hatte.

»Ich bin nicht ganz sicher, ob ich das alles so unterschreiben würde, aber du kennst Ryder besser als ich.«

Automatisch steckte Katie wieder den Daumennagel in den Mund, zwang sich dann aber, die Hände zu verschränken.

»Ich verstehe auch, dass du Ryder nicht als Mann für die Ewigkeit sehen kannst. Du willst ihn nicht ändern und so weiter. Alles gut. Aber deswegen kannst du doch seine Gegenwart genießen und ihn dann wieder gehen lassen!« Gabi zog die Schultern hoch. »Es ist doch nichts Falsches daran, guten Sex mit jemandem zu haben, dem man vertraut. Genieß es!«

Katies Herz zog sich zusammen, schaukelte wie ein kleines Boot auf einem großen Ozean. Sie fuhr mit dem Zeigefinger über den Rand ihres Glases, nahm etwas Salz auf und leckte ihre Fingerspitze ab. »Verstehst du«, sagte sie, »wenn ich noch mal Sex mit ihm habe, bin ich verloren. Es würde mich umbringen, ihn zu verlieren. Ich würde es einfach nicht ertragen. Nachdem ich schon Matt verloren habe, würde ich das kein zweites Mal aushalten.«

»Jetzt verstehe ich gar nichts mehr.«

»Ich habe ihn angelogen, als ich ihm sagte, ich wollte keine Bindungen. Damals wusste ich das nicht, wollte es nicht wahrhaben, aber nach dem Sex ...« Katie atmete tief durch und sagte kein einziges Wort mehr.

»Was denn?« Gabi drückte ihre Fingernägel in die Handflächen. »Sag es mir.«

»Als ich von LA zurückkam und mir mein Leben ansah – die Jurte, die Farm, meine Vergangenheit mit Matt –, da wurde mir klar, dass ich mich irgendwie dorthin hatte treiben lassen. Nicht, weil ich so furchtbar verliebt in Matt war und unbedingt mit ihm zusammen sein wollte, sondern weil ich nicht bekommen hatte, was ich mir wirklich wünschte. Und wenn ich nicht haben konnte, was ich mir wirklich wünschte, dann konnte ich genauso gut mit Matt zusammen sein und das Leben führen, das ihm gefiel.«

»Und was hast du dir wirklich gewünscht?« Gabi sah sie mitfühlend an.

Katie lachte, ein trübes, lebloses Lachen. »Was glaubst du wohl.«

»Ryder«, sagte Gabi.

Katie nickte schweigend. Eine riesige Welle von Gefühlen überspülte sie: Traurigkeit, Reue, Zweifel, Angst.

»Gute Güte«, flüsterte Gabi.

»Ja«, sagte Katie. »Das kannst du wohl sagen. Als ich gestern Nachmittag auf der Circle S die Tür aufmachte und er da vor mir stand, da war es, als wäre ich von einem Güterzug überfahren worden. Da erst habe ich begriffen, dass das, was ich für ihn empfinde, keine Schulmädchenverliebtheit ist. Ich liebe diesen Mann. Schon mein halbes Leben lang.«

»Gute Güte.« Gabi legte eine Hand auf ihr Herz. »Das ist stark. Ich weiß gar nicht, was ich sagen soll, außer, wir brauchen mal dringend eine neue Runde Drinks.«

Stöhnend schüttete Katie eine Extraportion Tabasco in ihren Bloody Mary. Sollte sie noch mehr hineintun? Vielleicht lieber noch etwas Wodka. Aber der Gedanke an Alkohol drehte ihr eigentlich jetzt schon den Magen um.

Noch nie in ihrem Leben hatte sie morgens um sieben Alkohol getrunken, aber sie fühlte sich, als würde in ihrem Kopf eine ganze Blaskapelle auf und ab marschieren. Wenn das ein Kater war, konnte sie ehrlich froh sein, die richtig wilden Partys auf dem College ausgelassen zu haben.

Joe hatte ihr irgendwann mal gesagt, gegen einen richtig schlimmen Kater würde nur eins helfen: mehr Alkohol. Sie war nicht sicher, ob das stimmte, aber im Moment würde sie alles tun, damit das Dröhnen in ihrem Kopf aufhörte. Leider hatte sie noch nie einen Bloody Mary gemixt und keine Ahnung von dem richtigen Mengenverhältnis.

»Was machst du denn da?«

Katie zuckte zusammen und warf Gabi einen schuldbewussten Blick zu, die gerade in die Küche gewankt kam. »Mit demselben Zeug weitermachen, mit dem man aufgehört hat, sagt Joe. Klingt furchtbar, soll aber helfen.«

»Das ist keine Lösung, glaube ich.«

»Aber Joe sagt ... Autsch!« Katie hielt ihren Kopf mit beiden Händen fest. »Pssst!«

»Joe ist manchmal ein ziemlicher Idiot«, sagte Gabi. »Ich liebe ihn bis zum Mond und wieder zurück, aber er ist eben doch nur ein Mann. Und letzten Endes, was wissen Männer denn über Herzensangelegenheiten?«

Sie nahm Katie den Bloody Mary weg und schüttete ihn in den Abfluss.

»Hey!« Katie wollte protestieren, konnte dann aber nur noch flüstern. »Ich muss aufhören, so zu schreien.«

»Du schreist doch gar nicht. Ist das dein allererster Kater?«

»Sieht man es so deutlich?«

»Komm.« Gabi führte sie zu einem Stuhl, holte einen Beutel Tiefkühlerbsen aus dem Gefrierschrank, wickelte ihn in ein Geschirrtuch und drückte ihn Katie in die Hand. »Kühlen. Den Kopf kühlen.«

»Danke.« Katie hielt sich den Eispack an die rechte Schläfe, wo es am schlimmsten dröhnte, und ließ den Kopf hängen. »Ich wollte nur sagen, es tut mir echt leid. Ich habe zu viel getrunken. Jetzt schäme ich mich, und es tut mir leid. Bitte, verzeih mir.«

»Kein Grund, dich zu entschuldigen. Es war meine Schuld, ich hab ja schließlich den Wodka mitgebracht. Ich hatte ja keine Ahnung, dass wir so viele ernste Themen zu besprechen hatten.«

»Ja.« Katie massierte ihre Schläfe. »Könntest du das bitte alles ganz schnell vergessen?«

»Zu spät. Du hast mir gestanden, dass du Ryder liebst.« Gabi stellte ein Glas Wasser vor Katie hin und gab ihr zwei Aspirin. »Nimm das. Und trink das Wasser aus. Mehr kann ich im Moment nicht tun.«

»Doch, du könntest mir einen neuen Bloody Mary mixen.«

»Alkohol hat dich in diese Lage gebracht, und er holt dich nicht wieder raus.«

»Ich weiß, aber ich fühle mich so hundeelend.«

»Du hast Liebeskummer, mehr nicht. Nimm die Aspirin.«

In dem Augenblick, als das Wasser in Katies Magen eintrat, stöhnte sie auf und spürte das Dröhnen in ihrem Kopf noch mehr. »Ich trinke nie wieder was.«

Gabi berührte Katies Arm. »Ich weiß, wie es sich anfühlt, wenn man jemanden liebt und glaubt, es würde nicht funktionieren.«

»Aber so ist es ja! Es wird nicht funktionieren. Das geht gar nicht.«

Gabi wollte widersprechen, machte aber den Mund wieder zu, ohne etwas gesagt zu haben.

»O Gott, und jetzt muss ich da rüber ins Haus seines Vaters und irgendwie das Chaos beseitigen. Und er wird da sein. Dazu dieser Kater. Das ist einfach zu viel.«

»Pssst«, sagte Gabi. »Warte ein bisschen, bis Wasser und Aspirin ihre Wirkung tun, und der Rest fügt sich dann schon so, wie er soll.«

»Danke.« Katie wusste nicht recht, was sie von dem Ratschlag halten sollte, aber an etwas anderem konnte sie sich jetzt ja nicht festhalten. Hoffnung war immer gut, oder?

»Und jetzt komm«, sagte Gabi. »Nimm deine Jacke mit, ich lade dich zum Frühstück ein.«

15

»Auf sie mit Gebrüll!« Joe warf Ryder die Jeans zu. »Frühstück bei Perks.«

»Perks?« Ryder blinzelte von der Couch her, wo er die Nacht verbracht hatte.

»Der Coffeshop auf dem Platz. Da gibt's klasse Hotdogs. Dein Shuttle fährt in fünf Minuten.« Joe klatschte aufmunternd in die Hände.

Gähnend setzte sich Ryder auf. Er hatte miserabel geschlafen und die ganze Zeit nur an Katie gedacht. Wie sie ausgesehen hatte, gestern Abend beim Spielen im Pub. Wie sein Herz jedes Mal aufleuchtete, wenn sich ihre Blicke trafen. Sie war so anders als alle Frauen, mit denen er bisher ausgegangen war. Sie war so offen, so ungeschützt, frei mit ihren Gefühlen und ihrem Lächeln. Sie ließ sich von ihrem Herzen leiten, und wenn er einen Funken Verstand im Kopf hatte, würde er die Finger von ihr lassen. Er wollte dieses zarte Herz nicht brechen.

»Muss das sein?«, fragte er Joe. »Wir könnten doch ebenso gut eine Scheibe Toast in den Toaster stecken und fertig!«

»Du musst rausgehen. Neue Freunde in deiner Gemeinschaft finden.«

»Also erstens«, erwiderte Ryder, während er in seine Jeans schlüpfte, »ist das hier nicht meine Gemeinschaft. Und zweitens brauche ich keine neuen Freunde. Ich werde ja nicht lange bleiben. Und drittens, wann zum Teufel bist du zum Frühaufsteher mutiert?«

»Als ich von meinem Großvater die Weihnachtsbaumfarm übernommen habe. Farmer liegen nicht den halben Vormittag im Bett. Auf geht's, wir fahren.«

Ryder fuhr sich mit beiden Händen durch die Haare. Vor der Hochzeit musste er unbedingt noch zum Frisör! Dann zog er sein T-Shirt an, fuhr in die Cowboystiefel und schnappte sich seine Jacke, um Joe zur Tür hinaus zu folgen.

»Warum hinkst du denn so?«, fragte Joe, als sie in seinen Truck stiegen.

Der Boden des Wagens war voll mit Tannennadeln, es roch nach Weihnachten, und im Radio sang Bruce Springsteen »Santa Claus Is Coming to Town«. Im Gegensatz zu den meisten anderen war Ryder kein großer Fan von Weihnachtsmusik oder überhaupt von Weihnachten, seit seine Mutter gestorben war. Das einzige Mal, dass er in der Weihnachtszeit noch glücklich gewesen war, war letztes Jahr gewesen. Als er mit Katie im Bett gelandet war. Deshalb mochte er auch diesen Song eigentlich ganz gern.

Während Bruce davon sang, dass die Kinder bloß um Himmels willen brav sein sollen, dachte er wieder an Katie, bis es wehtat.

»Wie war das mit dem Hinken?«

»Hä?« Ryder beugte sich hinunter, um sein linkes Schienbein zu reiben. »Hab ich gehinkt?«

»Sonst würde ich wohl kaum danach fragen.«

»Ein Schrapnell. Manchmal, wenn ich verkrampft liege, macht es sich bemerkbar.«

»Bist du verwundet worden? Das wusste ich ja gar nicht. Warum eigentlich nicht?« Joe trommelte mit den Fingern aufs Lenkrad. »Das hättest du mir sagen müssen!«

»Kleinkram.« Ryder zuckte mit den Schultern.

»Ein Schrapnell im Bein klingt für mich nicht nach Kleinkram.«

»Andere haben Gliedmaßen verloren oder wurden im Sarg nach Hause gebracht. Auch Leute aus dieser Stadt. Ich habe ein verdammtes Glück gehabt, und das ist mir wohl bewusst.«

»Ich sage es nicht oft genug, aber wir reden ja ohnehin nicht oft miteinander. Also: Danke für das, was du da getan hast.«

»Ach was«, brummte Ryder und rieb seine Hände vor dem Auslass der Wagenheizung. »Ich hab doch bloß meinen Job gemacht.«

»Einen Job, der darauf hinausläuft, meinen Arsch zu retten.«

Ryder mochte es nicht, wenn man ihn einen Helden nannte oder ihm für einen Job dankte, der ja eigentlich ganz gut bezahlt worden war. Ihm war so etwas peinlich, aber offenbar fühlten sich die Leute gut, wenn sie Angehörigen der Streitkräfte sagten, dass sie ihren Dienst zu schätzen wussten. Also akzeptierte er es mit knirschenden Zähnen.

Der Coffeeshop am Stadtplatz war gesteckt voll. Alles war schon weihnachtlich geschmückt, nicht zuletzt mit drei riesigen Weihnachtsbäumen, die den ohnehin engen Raum noch enger machten. Überall wurde lebhaft geredet, der Duft von starkem Kaffee und Bacon hing in der Luft, als sie sich in die Schlange stellten, um ihre Bestellung aufzugeben.

»Die Bäume sind von meiner Farm«, sagte Joe.

»Nein, ehrlich?«

Joe erzählte mit breitem Grinsen von den Baumarten und den Standorten auf seiner Farm, wo die Bäume gewachsen waren.

Ryder schüttelte den Kopf; über die Veränderung seines Freundes konnte er nur staunen. »Ich kann mir dich gar nicht als Farmer vorstellen. Du warst doch immer so ein unruhiger Geist, und jetzt sitzt du da und siehst den Bäumen beim Wachsen zu? Ein interessanter Beruf. Was ist denn bloß aus deinem schönen ADHS geworden?«

»Ich habe gelernt, damit umzugehen. Und der Witz ist, seit ich hier das Land bearbeite, bin ich viel ruhiger geworden.«

»Ich fand dich immer so unabhängig und verrückt. Hatten wir uns nicht was geschworen, damals auf der Highschool?«

»Menschen verändern sich, alter Freund.« Joe lachte vergnügt, und Ryder spürte, wie ihn dieses Lachen von innen wärmte. »Und Veränderung ist etwas Gutes, sogar etwas Großartiges. Ich bin so glücklich wie nie zuvor in meinem Leben und rechne eigentlich damit, dass alles noch viel besser wird, sobald ich mit Gabi verheiratet bin.«

»Ja, du hast dich wirklich verändert.« Ryder betrachtete seinen Freund mit schief gelegtem Kopf. Gabi hatte Joe ganz schön umgekrempelt. Witzig war das. Ryder hatte immer das Gefühl gehabt, so eine Ehe würde einen eher zum Stillstand bringen, aber er musste zugeben, dass sein Urteil sehr stark auf den Erlebnissen mit Jax und Twyla beruhte.

»Kannst du dir nicht vorstellen, die Ranch zu betreiben?«, fragte Joe.

»Nie und nimmer.«

»Und was soll daraus werden, wenn dein Vater mal nicht mehr ist? Was passiert dann mit der Circle S?«

»Jax ist doch erst sechzig, der ist noch lange da.«

»Twyla war erst siebenundfünfzig«, bemerkte Joe. »Und dein Vater ist Diabetiker und passt nicht gut auf sich auf. Eines Tages wird die Ranch dir gehören.«

Ryder schnaubte. Warum ritt Joe die ganze Zeit darauf herum? »Zum Teufel noch mal, soweit ich weiß, hat er mich enterbt, als er mich rausgeschmissen hat.«

»Aber wenn er dir die Ranch vermachen würde, was würdest du damit anstellen?«

»Ich würde sie blitzschnell verkaufen.«

»Ehrlich? Aber sie ist seit Generationen im Familienbesitz! Da hängen doch Geschichten dran.« Er warf Ryder einen bedeutungsschwangeren Blick zu.

»Ja. Viel zu viele Geschichten.« Ryder dachte an seine Mutter, als er das sagte.

»Zu und zu schade«, sagte Joe. »Ehrlich. Überall hier in der Gegend werden alte Ranches aufgeteilt und von den Erben verkauft. Da geht eine Ära zu Ende.«

»So eine Ranch kostet viel Geld und harte Arbeit.« Ryder massierte mit Daumen und Zeigefinger seine Nase.

»Der nächste«, sagte die Barista mit den raspelkurzen Haaren, auf deren Namensschild »Brittany« stand. Sie zwinkerte Ryder zu, aber er ließ die Anspielung von sich abprallen. Er war ohnehin nicht gut im Flirten, und im Moment hatte er schon gar kein Interesse.

Er und Joe nahmen ihr Essen entgegen und übernahmen einen Tisch, der gerade frei wurde. Doch in dem Moment, als sie sich hinsetzten, hörten sie eine laute Männerstimme dröhnen: »Versteckt eure Frauen und euer Geld, das Schwein Ryder Southerland ist zurück.«

Ryder krümmte sich zusammen. Er musste sich nicht einmal umsehen, um zu wissen, wer da herumpöbelte. Tumley Hudson war der Besitzer der Nachbarranch. Er versuchte schon so lange Ryder denken konnte, Jax die Ranch abzujagen, und er hasste Ryder, seit seine Tochter Ryder zum Highschoolball eingeladen hatte. Ryder hatte ihr einen Korb gegeben, weil er nicht hinging. Und Vater Hudson hatte ein Gedächtnis für alte Beleidigungen wie eine Sumpfschildkröte.

»Du kannst die Ranch ja an Tumley verkaufen«, brummte Joe und nahm einen Bissen von seinem Sandwich.

»Wahnsinnig witzig«, grollte Ryder.

Eine schwere Hand senkte sich auf seine Schulter.

Als er sich umschaute, sah er in das Gesicht des alten Ranchers, der Ryder mal mit einem Gewehr bedroht hatte, als dieser, elf Jahre alt, auf dem Heimweg von der Schule eine Abkürzung über sein Land genommen hatte. Tumley war Vietnam-Veteran und konnte die Wut nicht loswerden, die der Krieg in ihm aufgerührt hatte.

»Hey, Jungs!« Tumley war einen Blick über seine Schulter auf die »Jungs«, eine Gruppe älterer Männer, die in der Ecke saßen und das Zusammentreffen amüsiert beobachteten. »Sollten wir nicht Sheriff Hondo anrufen und ihm sagen, dass der Taugenichts wieder unterwegs ist?« Tumley grinste, sodass man seine gelb verfärbten Zähne sah.

Im Grunde klang es wie ein Witz. Ha ha. Der böse Junge kommt zurück in die Stadt, die ihm Unrecht getan hat, und muss sich allen möglichen Blödsinn anhören. Vielleicht wird er seinem Ruf ja gerecht. Aber Tumley scherzte nicht. Seine Finger gruben sich schmerzhaft in Ryders Schulter, und sein Lächeln war alles andere als freundlich.

»Meinst du den Hondo Crouch, der mal ein heroinabhängig war?«, fragte Ryder sehr ruhig. Er wusste, dass Hondos Strafregister nach seiner Rückkehr aus Vietnam getilgt worden war, aber es schadete nichts, Tumley daran zu erinnern, dass nicht nur Ryder ein paar Leichen im Keller hatte.

Tumley hob die Fäuste und stellte sich hin wie ein Boxer, die Augen kalt wie Feuersteine. »Irgendwas gegen Hondo, Freundchen? Dann gibt's Schläge.«

War das immer noch witzig gemeint?

Ryder versuchte abzuschätzen, ob Tumley wirklich hier im Coffeeshop eine Schlägerei anfangen würde. Er hätte den Alten mit zusammengebundenen Händen und Füßen besiegt, aber er wollte keinen Ärger. Tumley hatte einen grausamen Krieg hinter sich, aus dem furchtbar viele Männer kaputt hervorgegangen waren. Dafür hatte er Respekt verdient.

Joe kniff die Augen zusammen und ballte die Fäuste, jederzeit bereit, Ryder zu Hilfe zu kommen.

Ryder schüttelte langsam den Kopf. *Entspann dich, alles gut. Mit Typen wie Tumley Hudson komme ich klar.*

Joe nickte, entspannte die Fäuste und wandte sich wieder seinem Sandwich zu, behielt die alten Männer aber genau im Auge.

»Das mit deiner Stiefmutter tut mir leid.« Tumleys Stimme klang jetzt wieder sanfter und selbstsicherer. »Und es tut mir auch leid, dass dein Dad im Krankenhaus ist. Aber er ist ein zäher alter Kerl, der kommt schon durch.«

»Danke«, sagte Ryder und atmete vorsichtig aus, da er immer noch nicht sicher war, was er von Tumleys plötzlichem Mitgefühl halten sollte.

»Dann frühstückt mal weiter.« Tumley ging zurück zu seinem Platz.

Ryder ließ den Schweiß, der ihm auf Stirn und Nacken ausgebrochen war, an der Luft trocknen.

»Was war das denn?«, fragte Joe leise.

»Keine Ahnung. Vielleicht wollte er bloß vor seinen Kumpels ein bisschen angeben. Tumley ist ein Großmaul, man könnte einen dreiundsiebziger Cadillac Fleetwood in seinem Mund parken und hätte immer noch Platz für einen VW.«

Joe lachte. »Lass uns von was anderem reden. Zum Beispiel ... was läuft zwischen dir und Katie? Vor dem Quiz gestern Abend dachte ich, ihr seid irgendwie sauer aufeinander, aber dann habt ihr euch dermaßen heiße Blicke zugeworfen, dass selbst mir klar wurde, da ist was ganz anderes im Gange.«

»Ich weiß ehrlich nicht, was du meinst.« Ryder trank einen Schluck von seinem Kaffee, der allmählich kalt wurde.

Joe wischte sich das Gesicht mit der Serviette ab. »Was für Absichten hast du in Bezug auf meine Schwester?«

Ryder wusste nicht, warum, aber auf einmal spürte er eine Welle von Gereiztheit, die in ihm aufstieg. Vielleicht lag es an dem Wortwechsel mit Tumley, vielleicht waren seine Muskeln auch nicht ausgelastet. Oder vielleicht begriff er allmählich, dass die Chemie zwischen ihm und Katie stärker war als je zuvor, ebenso wie die Unterströmung, die sie voneinander trennte. Oder hatte er einfach Angst vor den Gefühlen, die er nicht mal benennen wollte?

»Ich weiß zum Teufel nicht, wovon du redest. Ich habe überhaupt keine Absichten in Bezug auf deine Schwester. Keinerlei Gefühle, verstehst du?«

»Oh, Scheiße«, murmelte Joe und riss die Augen auf, als er über Ryders Schulter schaute.

Und bevor Ryder sich noch umdrehen konnte, wusste er, wer hinter ihm stand.

Katie.

Entsetzt fuhr er herum und sah sie an. Sie trug eine alte Jeans und einen flauschigen blauen Pullover über einem weißen T-Shirt mit ihrem Firmenlogo auf der Brust. Außerdem trug sie mit Fleece gefütterte Stiefel und ... eine Sonnenbrille?

Warum trug sie mitten in einem Coffeeshop einen Sonnenbrille?

Er konnte ihre Augen nicht erkennen und hatte keine Ahnung, ob sie ihn gehört hatte und ob seine Worte sie verletzt hatten.

Gabi hatte ihn jedenfalls gehört, so viel war offensichtlich. Sie stand neben Katie und warf Ryder einen wilden »Du bist ein solcher Vollidiot«-Blick zu. Aber dann lächelte sie Joe wieder freundlich an und ging auf die andere Seite des Tisches, um ihren Bräutigam zu küssen.

»Na, Trouble, wie geht es dir heute früh?« Joe umfasste ihre Wange mit seiner Hand.

»Trouble?«, fragte Ryder, auch weil er unsicher war, wie groß der Ärger war, in dem er selbst steckte. Sein Herz klopfte wie verrückt, sein Mund war trocken und er suchte nach irgendetwas, was er sagen konnte, um zwischen ihm und Katie alles wieder geradezurücken.

»Mein Spitzname.« Gabi tätschelte Joe die Wange und sagte dann zu ihm: »Wir hatten ja keine Ahnung, dass ihr hierherkommen würdet.«

»Aber ich wusste, dass du Katie zum Frühstück einladen wolltest, und ich wollte dich so gern noch sehen, bevor ich zur Arbeit muss. Ich hab dich vermisst.«

Gabi ließ sich auf den leeren Stuhl neben Joe fallen. Sie sahen sich tief in die Augen und verschränkten ihre Hände ineinander.

Ryder lächelte Katie verlegen an. Sie hatte immer noch nicht reagiert. »Setz dich doch«, lud er sie ein, spürte, wie ihm der Schweiß den Rücken hinunterlief, und zog ihr einen Stuhl heran. »Nur zu.«

»Kaffee«, murmelte Katie kaum hörbar. »Ich brauche Kaffee.«

Wegen der Sonnenbrille konnte er nicht erkennen, ob sie ihn ansah, aber sie ging an dem Stuhl vorbei direkt zum Tresen.

»Hey!« Leicht panisch streckte er die Hand aus, um sie am Ellbogen festzuhalten.

Sie erstarrte. Warf einen kalten Blick auf seine Hand, als wäre die das Ekligste, was sie je gesehen hatte.

»Katie«, murmelte er, fühlte sich wie ein Riesenidiot und wünschte sich, er stände in diesem Laden nicht so unter Beobachtung. Noch ein Nachteil, wenn man der böse Bube in einer Kleinstadt war: Alle behielten genau im Auge, was man so machte. Er wollte sie zur Seite ziehen, um in Ruhe mit ihr zu reden, aber dafür war hier kein Platz.

»Ja bitte?«, fragte sie in einem Ton, der trockener war als die Sahara.

»Ich schwöre, ich wusste nicht, dass du hinter mir standest.«

»Ja, das habe ich mir gedacht«, sagte sie mit einem strahlenden Lächeln, aber eiskalter Stimme. Dann entzog sie ihm ihren Ellbogen und nahm ihn eng an ihre Seite. »Ist schon gut. Gut zu wissen, was du derzeit so fühlst, nämlich, warte mal, genau: Nichts.«

Er ließ sie los. Was hätte er sonst tun sollen? Sie zu Boden werfen, damit sie ihm zuhörte? Aber was wollte er ihr sagen? Die Wahrheit? Dass er sich so sehr vor seinen eigenen Gefühlen fürchtete, dass er sie leugnete?

»Tut mir leid«, sagte er. Was sehr untypisch für ihn war, er entschuldigte sich nur selten. Er gehörte zu den Männern, die der Ansicht waren, Entschuldigungen seien ein Zeichen von Schwäche.

»Mach dir keinen Kopf, Ryder.« Sie rückte ihre Sonnenbrille zurecht und kniff die Lippen zusammen. »Es ist alles in Ordnung. Ich fühle auch nichts für dich.«

»Oh«, sagte er in dem klaren Wissen, dass sie totalen Quatsch redete. Aber das konnte er ihr vor all den Leuten ja schlecht sagen. Und obwohl er genau wusste, dass es Quatsch war, tat es weh. Sehr komisch, das alles. Zum Teufel, warum hatte er solche Angst gehabt, Joe gegenüber seine Gefühle für Katie zuzugeben?

Vielleicht, weil er selbst noch nicht so ganz genau wusste, wie diese Gefühle aussahen.

»Wenn du mich jetzt bitte entschuldigen würdest«, sagte sie. »Ich brauche wirklich ganz dringend einen Kaffee. Da sind meine Gefühle ganz stark.«

Ryder wand sich und beobachtete sie, wie sie mit diesem

scheinbar unbesiegbaren Schritt und schwingenden Hüften davonmarschierte. Du kriegst mich nicht klein, sagte dieser Schritt. Er bewunderte sie wirklich.

»Nimm's nicht persönlich«, flüsterte Gabi ihm über den Tisch hinweg zu. »Sie hat einen ganz üblen Kater.«

»Katie?«, fragte Joe verwirrt. »Meine Schwester? Die trinkt doch fast nie was. Meines Wissens hatte sie in ihrem ganzen Leben noch keinen Kater.«

»Stimmt«, bestätigte Gabi. »Es ist der erste. Deshalb auch die Sonnenbrille.«

»Und weswegen hat sie gestern Abend so viel getrunken?«, fragte Ryder.

Joe und Gabi starrten ihn an, als wäre er nicht nur ein Idiot, sondern auch ein Schwachkopf. Dann sagten sie gleichzeitig: »Deinetwegen.«

16

Katie schnappte sich den Kaffee und verschwand durch die Hintertür. Auf keinen Fall wollte sie noch mal an Ryder vorbei.

Sie setzte sich in ihr Auto, hörte ihren unregelmäßigen Herzschlag und machte sich klar, dass sie gleich zur Circle S fahren müsste, wo sie ihn mit Sicherheit treffen würde.

Auf keinen Fall. Nicht heute. Nicht mit diesem Kater. Nicht, bevor sie Gelegenheit gehabt hatte, sich über das eine oder andere klar zu werden.

Die Tränen drückten hinter ihren Augen, aber sie blinzelte sie weg. Es war schon okay. Sie war okay oder würde es jedenfalls sein. Nichts hatte sich verändert. Sie war seit Jahren in Ryder verliebt und er nicht in sie. Das kannte sie schon.

Abgesehen davon, dass sie es sich selbst gegenüber – und, du gute Güte, Gabi gegenüber – zugegeben hatte, dass es mehr war als eine Schulmädchenschwärmerei, die irgendwie nie aufgehört hatte. Sie liebte diesen Mann. Hatte ihn immer schon geliebt und würde ihn wohl immer lieben.

Und deshalb würde sie heute nicht zur Ranch fahren.

Sie tat etwas, was sie in den zehn Monaten mit der neuen Firma noch kein einziges Mal getan hatte. Sie meldete sich krank. Weil sie krank war.

Krank im Herzen.

Sie rief Jana an und bat sie, zur Ranch zu fahren und dort dem Team zu helfen.

»Das zahlst du aber extra«, sagte Jana.

»Natürlich.«

»Und zwar mit Zuschlag.«

»Fünfzig Prozent.«

»Gemacht.«

Deprimiert fuhr sie nach Hause. Jetzt ein paar Stunden ins Bett, um zu sehen, ob sie ihren Kater ausschlafen konnte. Im Haus angekommen, sackte sie auf einem Küchenstuhl vor dem Erkerfenster zusammen, das den großen hinteren Garten überblickte. Sie hatte dort ein paar Bäume von Joes Farm angepflanzt, und der Garten, eher ein Hof, wirkte schön grün. Als sie gestern Abend ins Bett gegangen war, hatte sie vergessen, die Weihnachtslichter auszuschalten, und als sie mit Gabi am Morgen weggefahren war, hatte sie auch nicht daran gedacht. So funkelten die Lämpchen jetzt wie ein dunstiges Glühen über dem vergilbten Gras.

Dann sah sie die Katze.

Sie nahm die Sonnenbrille ab, um klarer sehen zu können. Die Katze saß still wie eine Statue. Rot gefleckt, struppig und mit großen Augen saß sie unter dem Tannenbaum gleich bei der hinteren Veranda. Während das Tier sie unverwandt anstarrte, zuckte sein Schwanz ganz leicht. Und sie hörte ein klagendes Rufen, das sogar durch die Doppelfenster drang.

Sie ging zum Kühlschrank und schüttete etwas von ihrer Kaffeesahne auf eine Untertasse. Dann trug sie das Tellerchen vorsichtig, um nichts zu verschütten, auf die Veranda und stellte es hin. Als sie sich zur Tür zurückzog, kuschelte sie sich enger in den Pullover, um sich gegen die Dezemberkälte zu schützen.

»Komm, Kätzchen«, lockte sie.

Die rote Katze senkte den Kopf und kam auf die Veranda gekrochen. Sie schaute immer wieder von Katie zu dem Teller mit Sahne und wieder zurück. Das arme Ding war so hungrig, dass es seine Angst besiegte.

Mit angespannten Muskeln, jederzeit zur Flucht bereit, kauerte sie sich vor dem Teller hin. Es war ein Kater, sah Katie jetzt, und der arme Kerl war so mager, dass man seine Rippen unter der Haut sehen konnte. Er wirkte noch jung, keine Kätzchen mehr, aber auch noch nicht ausgewachsen.

Er streckte die rosa Zunge aus, so weit er konnte, und leckte die Sahne auf. Katie wünschte, sie hätte Katzenfutter im Haus, das sie ihm geben könnte, und überlegte, ob sie vielleicht noch eine Dose Thunfisch in der Speisekammer hatte.

Als die Kaffeesahne aufgeleckt war, verschwand er zu ihrer Überraschung nicht, sondern rollte sich zusammen, den Schwanz um sich gelegt, senkte die Lider und fing an zu schnurren.

Katie hockte sich hin, näherte sich aber nicht. Der Kater hob den Kopf und schaute sie einen Moment nachdenklich an.

»Na, Katerchen?« Sie machte eine lockende Bewegung mit dem Daumen und zwei Fingern. »Wo kommst du denn her?«

Die Schnurrhaare des Katers zuckten.

»Nicht sehr gesprächig, hm?« Sie lächelte und spürte den kalten Wind an ihren Wangen. »Mit starken, schweigsamen Jungs kenne ich mich aus, weißt du? Ihr nehmt die Sahne mit, wenn es welche gibt, und dann macht ihr euch aus dem Staub.«

Der Kater sah sie nur an.

»Ich weiß, was du denkst«, erklärte sie ihm. »Ryder steht einfach nicht auf mich. Und warum sollte er auch? Er ist ein weltgewandter Mann und ich bin ein Kleinstadtmädchen. Beides ist ganz in Ordnung. Ganz und gar. Mir macht das nichts aus. Ehrlich nicht. Okay, es macht mir schon was aus. Ja, verdammt, ich bin blöderweise total verliebt in ihn, aber ich bin ja selbst schuld!«

Der Kater miaute.

»Das wusstest du schon, oder? Ich weiß, dass er mich nicht liebt. Ich weiß nicht mal, ob er überhaupt jemanden lieben könnte. Als seine Mom starb, in seiner Kindheit, da hat er den Liebesknochen wohl verloren. Leider kann ich ihm aber nicht aus dem Weg gehen. Ich werde ihn die nächsten Wochen ständig sehen, während der Hochzeitsvorbereitungen und bei dem Fest. Und dummerweise ist Weihnachten, da muss man ein glückliches Gesicht machen.«

Eine Träne kullerte ihre Wange hinunter. Sie schloss die Augen und atmete tief durch. Wie entliebte man sich wieder?

»Was meinst du denn dazu?«, fragte sie den Kater, als sie die Augen wieder öffnete. »Hast du einen Rat für mich?«

Aber der Kater war verschwunden.

»Hey, Katerchen, wo bist du?« War er unter die Veranda geflitzt? Sie beugte sich vor und spähte durch die Ritzen zwischen den Brettern. »Na komm, Katerchen, ich geb dir noch etwas Sahne.«

Nichts. Stille.

Enttäuscht stand sie auf, schaute über den Hof, aber der Kater war nirgends zu sehen. »Ja, ich seh schon, jetzt bist du satt und machst dich davon.«

Sie nahm den Teller, öffnete die Tür und spürte beim Eintreten einen kalten Luftzug an den Beinen. Als sie zur Spüle ging, saß der rote Kater auf dem Küchenschrank und leckte sich zufrieden eine Pfote.

Katie schrie leise auf. »Himmel, wie bist du denn hier reingekommen?« Sie schlug sich eine Hand vor den Mund. »Ich dachte, du bist abgehauen. Bist du zufällig eine Reinkarnation von Harry Houdini, dem Zauberkünstler?«

Der Kater wischte mit dem Schwanz über die Arbeitsfläche.

»Und außerdem …« Sie schnippte mit dem Fingern. »Runter da. Du könntest Flöhe haben.«

Harry warf ihr einen hochmütigen Blick zu, als wollte er sagen: »Doch nicht im Winter!« Dann hob er den Schwanz und spazierte provozierend über die Arbeitsfläche.

»Du könntest trotzdem Flöhe haben, auch im Winter. In Texas bleibt es ja nie lange kalt.«

Er drehte den Kopf, spazierte zu der Untertasse, die in der Spüle stand, und schnüffelte daran.

»Du hast noch Hunger, oder? Warte mal, ich sehe nach, ob ich eine Dose Thunfisch da habe.« Sie stöberte in ihrer Speisekammer. »Kein Thunfisch, aber ein Gläschen Babynahrung mit Fleisch und Soße. So was kriegen die Kinder von meiner Schwester Jenny, wenn ich Babysitter spiele. Meinst du, das geht?«

Harry miaute.

»Ich verstehe das als Ja.« Katie hob ihn vom Küchenschrank und setzte ihn auf den Boden. Er ließ ein lautes Protestmiauen hören, aber als sie die Babynahrung auf die Untertasse gab und vor ihn hinstellte, schnurrte er schon wieder.

»Wenn du bei mir bleibst«, sagte sie, »kannst du immer speisen wie ein kleiner König.«

Sie kniete sich auf den Boden und streichelte sanft seinen verfilzten Schwanz. Sie hatte noch nie eine Katze gehabt. Joe war allergisch auf Katzenhaare, und Matt hatte mit Katzen nichts im Sinn gehabt. Katie fand sie toll. »Ich hab mir schon immer eine Katze gewünscht, aber ich frage mich natürlich, ob du irgendwem gehörst. Vielleicht hast du ja einen Menschen, der dich liebt, und hast dich bloß verlaufen. Vielleicht bist du ja gechippt. Da müssen wir mal nachschauen, ob Sam seine Praxis heute offen hat.

Harry betrachtete sie misstrauisch.

»Ja, keine Panik, Sam ist mein Bruder. Und er ist Tierarzt. Er kümmert sich um dich.« Sie rief bei ihrem Bruder an.

Emma nahm das Gespräch an. »Morgen, Katie!«, sagte sie in ihrer fröhlichen Stimme, die jeden sofort aufmunterte.

»Bei mir ist eine streunende Katze aufgetaucht«, erklärte Katie.

»Sam ist schon in der Praxis«, sagte Emma. »Er muss heute früh operieren, aber wenn du dich beeilst, quetscht er dich bestimmt noch dazwischen.«

»Äh ... und wie kriege ich den Kater dorthin?«, fragte Katie.

»Warte mal.« Emma lachte. »Wir haben hier jede Menge Katzenkörbe. Ich komme gleich vorbei und bringe dir einen.«

»Du bist meine Rettung«, seufzte Katie erleichtert.

»Dafür ist Familie doch da.«

»Ja, du hast recht. Ich weiß echt nicht, was ich ohne euch machen würde.« Katie dachte an Ryder, der nur seinen Vater hatte, mit dem er sich nicht verstand. Er tat ihr leid.

Eine Stunde später war Sam fertig mit Harrys Untersuchung. Er schüttelte den Kopf. »Er ist nicht verwildert, aber es hat sich schon länger niemand mehr um ihn gekümmert.« Er sah sie grimmig an. »Er hat keinen Chip, und kastriert ist er auch nicht. Sieht so aus, als hätte ihn jemand als junges Kätzchen ausgesetzt.«

»Ist ja schrecklich!« Katie sah Sam entsetzt an. »Wer macht den so was?«

»Hoffentlich nicht jemand aus Twilight. Er braucht Impfungen. Überlegst du, ihn zu behalten?« Sam sagte das, als wäre ihm der Gedanke, dass Katie ein Haustier halten könnte, vollkommen fremd.

Katie hob das Kinn. Sie hatte noch nicht darüber nachgedacht, ob sie den Kater behalten wollte, aber wenn Sam schon so fragte ... »Bei dir klingt es ziemlich weit hergeholt. Sehr viele Leute haben Katzen, warum nicht ich?«

»Natürlich. Es wäre kein Problem.«

»Aber?« Katie stemmte die Hände in die Hüften.

»Du bist so eine Ordnungsfanatikerin. Ich kann mir dein Haus mit Katzenklo einfach nicht gut vorstellen.«

»Vielleicht brauchst du mal eine Brille«, scherzte Katie. »Hey, ich hab auf einer Farm gelebt! Wir hatten Hühner und Kühe.«

»Aber eben draußen. Das war ja Vieh, keine Haustiere. Und darum hat sich im Wesentlichen Matt gekümmert. Ein richtiges Haustier hast du nie gehabt.«

»Dann wird es Zeit.«

»Willst du ihn echt behalten?« Sam streichelte dem Kater über das knochige Rückgrat. »Ich frag ja nur. Er ist noch jung, und bei guter Pflege können Hauskatzen bis zu fünfzehn Jahre alt werden. Oder noch älter.«

»Harry hat sich mich ausgesucht, was soll ich da machen? Tu, was nötig ist, damit ich ihn behalten kann.«

»Ich schreib dir nur die Medikamente auf die Rechnung, Familienrabatt.« Sams vertrautes Lächeln war schon wieder da. »Lass ihn hier, wir kümmern uns um ihn. Du kannst ihn heute Nachmittag wieder abholen.«

»Danke!« Sie ging zur Tür. Harry war hier in den allerbesten Händen.

»Katie?«, rief Sam noch einmal.

Mit der Hand auf der Türklinke blieb sie stehen. »Ja?«

»Du wirst es genießen, eine Katze zu haben.«

War das ihr Schicksal? Sie bekam den Mann nicht, den sie liebte, und das Universum sagte ihr, gib auf und werde eine verrückte Alte mit Katze?

Als Ryder sich von Joe an der Ranch absetzen ließ, schwor er sich, nie mehr ohne eigenes Fahrzeug in der Nähe eines Liebespaares zu sein. Joe und Gabi hatten sich gegenseitig gefüttert, hatten geknutscht und brauchten ewig für das bisschen Frühstück. Erst danach hatten sie ihn zur Circle S gefahren.

In der Auffahrt stand ein Van statt Katies Camry. Ihre Leute, vermutete er. Er sprang die Treppe zur Haustür hinauf, mit schwitzigen Händen und in der Hoffnung, endlich mit ihr reden zu können, aber ohne den Hauch einer Ahnung, was er sagen sollte.

Na, wie wär's denn erst mal mit: Ich war ein totaler Idiot, bitte verzeih mir.

Aber an der Tür stand nicht Katie, sondern eine verrückt angezogene junge Frau mit Tattoos und Piercings. Sie stellte sich als Katies Assistentin Jana vor und sagte ihm, Katie würde heute nicht kommen, wäre aber morgen wieder okay.

Wenn er sich vorher schon beschissen gefühlt hatte, sank seine Stimmung jetzt endgültig in den Keller. Sie hatte ihre Arbeit sausen lassen, weil sie ihn nicht sehen wollte. Leise fluchend schnappte er sich sein Handy.

»In der Zwischenzeit«, sagte Jana und schob ihm einen riesigen Mülleimer aus Plastik hin, »hat Katie gesagt, du sollst schon mal dein altes Zimmer aufräumen.«

»Moment mal.« Er ließ einen Finger in der Luft schweben, und wählte mit der anderen Hand Katies Nummer. Würde sie drangehen? Er hielt die Luft an.

Es klingelte einmal. Zwei. Drei.

Ryder war nicht gut darin, zu Kreuze zu kriechen, er konnte sich nicht mal erinnern, wann er so etwas das letzte Mal gemacht hatte, aber jetzt war es so weit. Gerade als er dachte, die Mailbox würde anspringen, ging Katie dran. *Danke!,* schickte er ein lautloses Gebet zum Himmel. Vielleicht konnte er ja doch noch seinen erbärmlichen Arsch retten.

»Ja, kastrier ihn bitte«, hörte er ihre Stimme.

»Wie bitte?«, rief er. Seine Eier zogen sich zusammen.

»Dich doch nicht«, sagte sie. »Ich hab mit Sam geredet. Auf der anderen Leitung.«

»Mit deinem Bruder?«

»Kennst du sonst noch einen Tierarzt namens Sam hier in Twilight?«

»Äh ... nein. Aber ich kenne eh nicht so viele Tierärzte.«

»Siehst du.«

Verwirrt fuhr er sich mit den Fingern durchs Haar. »Was sehe ich?«

»Wolltest du was?«, fragte sie.

»Du bist nicht hier.«

»Wo?«

»Auf der Circle S. Da solltest du eigentlich sein.«

»Nein. Ich muss hier sein, meine Assistentin Jana vertritt mich heute auf der Ranch.«

»Allmählich fühle ich mich wie in einem schlechten Film«, murmelte Ryder.

»Aber warum denn? Du bist dort und ich bin hier.«

»Genau. Aber warum bist du dort und nicht hier?«

»Ich bin hier und du bist da.«

»Okay, vergessen wir das mit dem Hier und Da, lass uns vernünftig reden. Komm zur Ranch. Es tut mir leid, ich wollte dir nicht wehtun. Ich bin ein Vollidiot. Bitte, vergib mir und komm her.«

Katie lachte. »Du bist wirklich ein Idiot. Krieg dich wieder ein, Mister Ego, du bist nicht der Grund, warum ich mir einen Tag frei genommen habe.«

»Der Kater ist keine Entschuldigung. Ich habe dich verstört, das weiß ich. Wir müssen reden, Katie. Auge in Auge. Und die Sache klären.«

»Ich habe einen streunende Katze vor meiner Hintertür gefunden«, sagte sie. »Einen Kater. Der brauchte einen Tierarzt, deshalb habe ich ihn zu Sam gebracht. Sam wird ihn kastrieren, und ich muss hier sein, wenn er aus der Narkose kommt und nach Hause kann.«

»Nach Hause? Willst du ihn behalten?«

»Ja.«

»Ehrlich?«

»Wieso?«

»Nur so.«

»Du musst doch einen Grund haben, warum du so fragst.«

»Ich kann mir dich bloß nicht mit einem Haustier vorstellen«, erklärte Ryder.

»Warum sagt ihr das alle? Ich liebe Tiere!«

»Aber Sauberkeit und Ordnung liebst du noch mehr.«

»Ich bin da anpassungsfähig. Und es gibt Dinge, die sind das eine oder andere Opfer wert. Der Kater ist es wert, dass ich mich an ein Katzenklo und Katzenhaare gewöhne. Ehrlich, was hast du eigentlich? Erst denkst du, ich wäre eine Heulsuse, weil du nichts für mich empfindest, und jetzt denkst du auch noch, ich sollte keine Katze haben, weil die Unordnung machen.«

»Katie.«

»Ja?«

»Ich ...«

»Was?«

»Ich empfinde so einiges für dich«, murmelte er.

Sie keuchte leise auf. »Wie bitte?«

»Ich empfinde so einiges für dich«, wiederholte er lauter.

Moment mal. Wie bitte? Ehrlich? Ihr Herz taumelte in ihrer Brust. »Aber Joe hast du was ganz anderes erzählt.«

»Ich habe deinen Bruder angelogen, weil er dein großer Bruder und mein bester Freund ist. Und weil ich ein schlechtes Gewissen hatte, weil ich scharf auf dich bin und ...«

»Und was?«, drängte sie.

»Das kann ich nicht am Telefon besprechen. Komm her.«

»Du hast mich aber doch angerufen.«

»Weil ich dich sehen will.«

Ein langes Schweigen hing in der Leitung. Ryder merkte, dass Jana immer noch hinter ihm stand, den riesigen Mülleimer in der Hand, und ihn anstarrte. Sie lauschte seiner Seite des Gesprächs ganz intensiv.

»Ich komme morgen auf die Ranch. So lange muss unser Gespräch jetzt einfach warten. In der Zwischenzeit hat Jana dort den Hut auf, mach, was sie dir sagt.«

»Katie, ich …« Er versuchte es noch einmal.

Aber da hatte sie bereits aufgehängt.

17

Katie holte den Kater Harry am Nachmittag aus Sams Praxis ab. Ihr neuer Mitbewohner war noch ziemlich benebelt.

»Okay«, sagte sie zu ihm, als sie ihn auf ein Kissen gebettet hatte. »Lass uns einen Deal machen. Du hast nicht den besten Tag erwischt, um bei mir einzuziehen. Ich tue mir gerade ein bisschen selber leid, aber ich verspreche dir, das geht in der Regel schnell vorbei. Ich werde jetzt eine Portion Eis essen und mir einen blöden Film anschauen. Wenn du willst, kannst du mir auf der Couch Gesellschaft leisten, bis du wieder fit bist.«

Harry schlug einmal mit dem Schwanz, als wollte er seine Zustimmung signalisieren.

Sie holte sich einen Topf Kirsch-Cheesecake-Eiscreme aus dem Gefrierschrank, den sie dort für schlechte Zeiten gebunkert hatte, und suchte sich eine alberne Komödie auf Netflix aus – ausdrücklich keinen Liebesfilm. Sie war jetzt überhaupt nicht in der Stimmung, Leuten dabei zuzusehen, wie sie sich ineinander verliebten. Witze, Kalauer und schnelle Dialoge waren genau das, was sie jetzt brauchte, am besten in rauen Mengen. Harry legte sich auf ihren Schoß, schlief dort sehr schnell ein und schnurrte zufrieden.

Das Leben war schön. Wer brauchte schon Männer? Filme, eine Katze, Eis, mehr brauchte sie doch nicht im Leben. Über Ryder würde sie sich morgen wieder Gedanken machen. Erst mal richtig ausschlafen und mit klarem Kopf aufwachen.

Als der Abspann über den Bildschirm rollte, hörte sie ein Klopfen an ihrer Haustür.

Vorsichtig hob sie den frisch operierten Kater von ihrem Schoß und legte ihn wieder auf sein Kissen. Das dauerte offenbar zu lange, denn schon kam ein ungeduldiges zweites Klopfen. Kräftig diesmal.

»Immer langsam mit den jungen Pferden«, murmelte sie.

Als sie die Tür aufriss, stand Ryder dort, eine große braune Papiertüte von Froggy's in der Hand. Er sah etwas zerzaust aus, aber immer noch unglaublich gut. Sein Motorrad war in ihrer Einfahrt geparkt. Sie hatte so sehr über den Film gelacht, dass sie ihn gar nicht gehört hatte. So war sie nicht vorgewarnt oder auch nur darauf vorbereitet, ihn auf einmal hier vor ihrer Tür zu sehen.

Gute Güte, was sollte sie denn jetzt machen?

Er hatte die Ärmel seines rot karierten Westernhemdes aufgekrempelt, und die beiden obersten Knöpfe standen offen, sodass sie einen faszinierenden Blick auf seine sonnengebräunte Brust bekam. Er war wirklich sehr zerzaust, die Haare ungekämmt, Bartstoppel am Kinn, die Kleider zerknittert.

Ihr Herz machte einen Salto, weil sie so verdammt glücklich war, ihn zu sehen. Erbärmlich, oder?

»Ist da Brathühnchen drin«, fragte sie, weil sie nicht wusste, was sie sonst sagen sollte.

»Direkt von Froggy's.« Er schenkte ihr sein schönstes Böser-Junge-Grinsen.

»Komm rein.« Sie packte ihn am Ellbogen und zog ihn herein, nicht ohne schnell einmal die Straße hinauf und hinunter zu blicken, ob irgendwo eine klatschsüchtige Nachbarin die Sache beobachtete.

»Hast du Schiss, dass Gladys Kravitz uns sieht und es allen erzählt?«, neckte er sie.

»Du weißt, wie die Gerüchteküche hier funktioniert.«

»Ja, das weiß ich allerdings. Ich habe selbst schon den einen oder anderen bösen Tratsch abbekommen.«

»Wenn es wahr ist, ist es kein Tratsch«, sagte sie.

»Treffer.« Sein Grinsen wurde noch entwaffnender. Wenn dieses Grinsen ein kräftiger Staubsauger gewesen wäre, hätte sie jetzt nackt dagestanden, weil er ihr mit Sicherheit sämtliche Kleider weggesaugt hätte.

»Willst du dein Bike in die Garage stellen?«

»Wirkt das nicht noch schlimmer? Als würdest du mich verstecken und dich schämen? Schämst du dich, mit mir gesehen zu werden, Katie?«

Der Klang ihres Namens auf seiner Zunge brachte ihre Lippen zum Prickeln. Das war ja furchtbar! Sie konnte nicht mit diesem Mann in einem Zimmer sein, ohne dass es überall prickelte.

»Na ja.« Sie drückte ihre Handfläche an die Stirn. »Da hast du auch wieder recht. Warum musst du auch immer noch dasselbe Fahrzeug haben wie mit siebzehn? Jeder in der Stadt kennt diese Harley.«

»Zum einen: Ich liebe dieses Bike.«

Ja, das wusste sie. Er liebte dieses Bike aus ganzem Herzen. Warum liebte er sie nicht so? Vermutlich, weil sie nicht so tolle Geräusche machte. *Wrummm, wrummm …*

»Zum anderen …« Seine Stimme wurde tiefer, als er ihr in die Augen sah. »Ich verpflichte mich nicht oft, aber wenn ich es tue, dann richtig.«

»Verstehe.« Sie schluckte.

»Entspann dich, was den Klatsch angeht«, sagte er. »Ich habe gute Gründe, hier zu sein. Wir müssen eine Hochzeit zusammen durchziehen, nicht wahr? Dein Bruder ist mein bester Freund. Wir haben sehr viel zu besprechen.«

»Trotzdem werden sich die Leute fragen, warum wir das alles nicht am Telefon besprechen können. Mir wäre es wirklich lieber, wenn du die Harley in die Garage stellst.«

»Warum kümmerst du dich um das Gerede?«

»Weil es blitzschnell bei meiner Mom landet, und auf das Gespräch, das sie mir ins Knie schraubt, habe ich keine Lust.«

»Warum nicht?«

»Ich höre es jetzt schon. Ja, Mom, ich habe mit dem bösen Jungen geschlafen, den du in unser Haus geholt hast. Ich treibe es mit meinem Ziehbruder. Bist du jetzt stolz auf mich, Mom?«

»Du treibst es?«, fragte er. »Ist ja interessant. Du hast es getrieben. Einmal, Miss Priss. Eine einmalige Sache, genau wie du es wolltest.«

»Na ja, genau genommen war es drei Mal.« Sie überlegte. »Wenn auch in einer Nacht.«

»Wird es davon besser oder schlechter?«

»Das Hühnchen riecht verführerisch«, sagte sie in der Hoffnung, das Thema zu wechseln.

»Sieht aber so aus, als hättest du schon gegessen.« Er starrte die Eispackung in ihrer Hand an.

»Ach das.« Sie warf einen Blick auf den Karton. »Ich dachte, fange ich heute mal mit dem Dessert an.«

»Das klingt alles überhaupt nicht wie die ordentliche Katie, die ich kenne.« Er kam einen Schritt näher.

»Nicht?« Sie trat nicht zurück, stand da und starrte den Karton an, als könnte er ihr das Leben retten.

»Aber du überraschst mich ja nicht zum ersten Mal. Allmählich denke ich, vielleicht kenne ich dich doch nicht so gut.«

»Nein, vielleicht nicht.«

»Vielleicht sollten wir uns endlich mal richtig kennenlernen.« Er trat noch einen Schritt näher. Sie hob ihr Kinn, starrte auf seine Lippen und dachte wie verrückt: *Küss mich küss mich küss mich.*

Er beugte sich vor.

Sie hielt die Luft an, schloss die Augen.

Und er hauchte ihr einen Kuss auf die Wange. Ein Küsschen eher. Ein winziges Küsschen auf die Wange.

Was für ein Blödsinn war das denn?

Das konnte sie ihm nicht durchgehen lassen.

Um ihn gleich noch einmal zu überraschen, schlang sie die Arme um seinen Hals, ließ den Eiskarton fallen, zog seinen Kopf herunter und gab ihm einen richtigen Kuss.

Lang. Fest. Heiß. Feucht.

Eine Dummheit? Ja, natürlich. Und kümmerte es sie? Zum Teufel, nein! Denn ihr Herz war eh kaputt, er konnte es nicht mehr brechen. Sie liebte ihn und er liebte sie nicht.

Also, was ist das Schlimmste, was unter diesen Umständen passieren kann? Guter Sex? Dann los.

Als sie ihre Lippen von seinen löste, grinste Ryder, als hätte er in seinem Hinterhof eine Schatzkiste ausgegraben, die mit Gold gefüllt war. »Womit habe ich das verdient?«

»Du hast ausgesehen, als könntest du es gebrauchen. Den ganzen Tag Twylas Müll zu durchwühlen muss ganz schön erschöpfend sein.«

»Stimmt«, sagte er. »Aber so ein Kuss macht alles wieder gut.«

»Freut mich, dass ich helfen konnte.« Sie fühlte sich unsicher, wollte aber nicht, dass er das merkte.

»Nimm das mal.« Er reichte ihr die Tüte von Froggy's. »Das Abendessen ist Teil meiner Bitte um Vergebung.«

»Du musst dich nicht entschuldigen, Ryder. Du hast ein Recht auf deine Gefühle. Oder den Mangel daran. Wie auch immer.«

»Aber ich empfinde sehr viel für dich, Katie.« Sein Blick wurde stürmisch. »Und ich bin sauer auf mich, dass ich dir wehgetan habe.«

»Du hast ein Recht auf deine Gefühle«, wiederholte sie, »und bist für meine Gefühle nicht verantwortlich. Es hat lange genug gedauert, bis ich das gelernt habe.«

»Ich bin sehr wohl verantwortlich, wenn ich dir wehgetan habe. Außerdem habe ich nicht die Wahrheit gesagt.«

»Was ist denn die Wahrheit, Ryder?«

Er hielt inne und ließ den Blick durch den Raum schweifen, als könnte ihn irgendetwas dort retten.

»Hey«, sagte sie. »Jetzt muss ich mich entschuldigen, dass ich dich auf dem falschen Fuß erwischt habe. Es scheint, als wärst du mit Gefühlen so im Allgemeinen nicht besonders vertraut. Aber du warst ja Soldat, du hast einen Krieg überlebt. Ich vermute, da hast du gelernt, deine Gefühle zu unterdrücken.«

»Katie ...« Er schluckte so heftig, dass sein Adamsapfel hüpfte. »Die Nacht mit dir war etwas ganz Besonderes für mich.«

»Wir können das wieder machen«, unterbrach sie ihn und hielt dann inne, um ihm eine Chance zu geben, darüber nachzudenken. Als er nicht sofort antwortete, fügte sie hinzu: »Wenn du magst. Kein Druck.«

Du lieber Himmel, hatte sie ihm da gerade ein Angebot gemacht?

»Ich bin ziemlich fertig«, sagte er. Seine Augen wirkten müde, und sie bemerkte, dass er das Gewicht auf sein linkes Bein verlagerte. »Und hungrig.«

»Oh«, sagte sie ein wenig enttäuscht. Gerade hatte sie angefangen, Visionen zu haben, wie er sie aufs Bett warf und »hinterher« kaltes Brathühnchen von ihrem nackten Bauch aß, aber offenbar waren sie gerade auf verschiedenen gedanklichen Wegen. »Hab ich was falsch gemacht?«

»Ach was.« Er lächelte. »Da ist das brave Mädchen ja wieder. Ich wusste doch, dass es sich irgendwo da drin versteckt.«

»Wovon redest du?«

»Du möchtest es Leuten recht machen. Du glaubst, du bist schuld, wenn die anderen nicht glücklich sind. Es geht nicht um dich, Katie. Du hast nichts falsch gemacht. Was mich angeht, kannst du überhaupt nichts falsch machen.«

Sie berührte ihre Lippen mit den Fingern, wollte ihm so gerne glauben, wusste aber nicht, ob sie das wirklich tat.

»Ich bin einfach nur kaputt. Denn ich habe mich heute den Tag über nicht nur durch die Ruinen meiner Kindheit auf der Ranch gewühlt, sondern ich war auch bei dem Arzt, der meinen Vater behandelt. Dad hat echt Schwierigkeiten. Wenn die Wunde an seinem Zeh nicht heilt, kann es gut sein, dass sie ihm den Fuß oder sogar das ganze Bein abnehmen müssen. Gerade deshalb ist es so wichtig, dass das Haus sauber ist, wenn er heimkommt.«

»Willst du darüber reden?«

»Erst mal essen. Und dann ...« Er ließ den Blick über ihren Körper wandern. »Dann werden wir sehen, ob ich dein Angebot annehme.«

»Wir müssen nicht. Ich ...«

»Ich will aber.«

»Gut«, sagte sie und brachte das Essen in die Küche. Den Eiskarton hob sie vom Boden auf und nahm ihn mit.

Ryder folgte ihr. »Hübsches Haus.«

»Hab ich diesen Sommer gekauft.«

»Du schlägst richtig Wurzeln hier, was?«

»Endlich. Nach Matts Tod und der Kündigung bei Lockheed war ich ziemlich am Schwimmen.«

»Matt?«

»Mein Verlobter.«

»Ach ja, ich hatte den Namen vergessen.«

»Aber dieser Wohnungstausch mit Gabi und die Zeit in LA, auch die Begegnung mit dir ... das alles hat mich verändert. Ich habe gemerkt, dass ich mich viel zu sehr treiben und von anderen Leuten lenken lasse. Da habe ich zum ersten Mal in meinem Leben selbst das Steuer in die Hand genommen. Habe meine Firma gegründet, das Haus hier gekauft. Und jetzt bin ich echt glücklich.«

»Das sieht man«, sagte er. »Dein Gesicht ... du leuchtest richtig. Das freut mich für dich.«

»Danke.« Lächelnd senkte sie den Kopf, plötzlich verlegen bei so viel Lob. »Könntest du jetzt eben die Harley in die Garage schieben?«

»Aber sicher, Miss Paranoia. Ich verstecke sie. Will ja schließlich nicht deinen Ruf versauen.«

Gut. Sie fühlte sich viel besser, wenn sie wusste, dass nicht jeder ihrer Nachbarn die Harley sehen konnte. Und auch nicht jedes beliebige Mitglied ihrer großen Familie. Es konnte ja jederzeit sein, dass einer von ihnen hier vorbeikam.

Ryder flitzte nach draußen und kam ein paar Minuten zurück, lehnte sich mit dem Hintern an den Küchenschrank und beobachtete sie, wie sie Teller aus dem Schrank nahm. Steingutgeschirr mit Sonnenblumen und Lemongrass drauf, passend zu ihrer gelb-grünen Küche. Sie stellte die Teller auf die Arbeitsfläche und drehte sich nach der Papiertüte um, aber Ryder hielt sie am Ellbogen fest.

»Was ...«

Er zog sie in seine Arme, an seine Brust, hob ihr Kinn an, küsste sie, legte seinen Mund auf ihren, fest und suchend.

Der plötzliche Energiestrom machte sie ganz schwindelig. Sie hielt sich an seinem Hemd fest, um nicht zu fallen. Er hielt sie enger an sich gedrückt, küsste sie noch intensiver, bis sie beide keine Luft mehr bekamen und zitterten.

»Das macht die Sache von heute früh wieder gut«, sagte sie und trat zurück, um ihm ins Gesicht zu sehen. Seine Augen waren neblig vor Verlangen, und der Anblick löste eine Kettenreaktion in ihr aus. Ihre Nervenenden explodierten wie kleine Bomben, bis ihr ganzer Körper in Flammen stand.

»Es tut mir so leid«, flüsterte er. »Ich habe dir wehgetan, das ist überhaupt nicht zu entschuldigen.«

»Du konntest doch nicht wissen, dass ich hinter dir stand.« Ja, seine Worte hatten ihr wehgetan, aber das war nicht seine Schuld. Sie hatte sich hinreißen lassen, unmögliche Phantasien zu entwickeln. Ryder war, wie er war. Gerade deshalb liebte sie ihn doch. Das letzte, was sie wollte, war, ihn umzukrempeln. Sie akzeptierte ihn, wie er war. Ihr weißes Einhorn. Das schöne Geschöpf, das man nicht besitzen konnte. Denn sobald sie ihn besaß, würde er sich für immer verändern.

»Ich hätte das einfach nicht sagen sollen. Zumal es ja nicht stimmt.«

»Hast du deinen Vater heute gesehen?«, fragte sie. Jetzt war es wirklich Zeit für einen Themenwechsel.

»Ein paar Minuten.«

»Wie ging es ihm?«

»Sie kamen zum Verbinden, während ich da war, deshalb bin ich nicht lange geblieben.«

»Mit anderen Worten, er hat sich genauso benommen wie beim letzten Mal.«

»Nein, es war besser. Es ging ihm jedenfalls körperlich besser. Geistig, emotional ...« Ryder fuhr sich mit der Hand übers Gesicht. »Das ist freilich was anderes.«

»Ich glaube, er braucht Zeit. Er hat sich eine harte Hornhaut über dem Herzen wachsen lassen.« *Genau wie du.* Sie streichelte seine Schulter, spürte seine angespannten Muskeln. »Eigentlich würde ich gern wissen, wie es dir dabei geht.«

Er lächelte müde. »Gut.«

»Sag die Wahrheit. Es ist nicht einfach für dich.«

»Was ist schon einfach? Abgesehen vom Zusammensein mit dir.« Er zog sie wieder eng an sich. »Ich hab dich den ganzen Tag vermisst.«

Sie lehnte sich an ihn und versuchte, nicht zu viel in seine Worte und die heißen Küsse hineinzuinterpretieren.

Er sagte nette Sachen und gab ihr das Gefühl, erwünscht zu sein und gebraucht zu werden, aber sie wusste, er würde nicht in Twilight bleiben, und sie war hier so fest verwurzelt wie die alte Ulme in ihrem Vorgarten. Es wäre jetzt besser gewesen, sich aus seinen Armen zu lösen, aber sie tat es nicht, weil er so unglaublich lecker roch.

Oder war es das Brathühnchen?

Er hielt sie fest um die Taille und küsste sie auf die Stirn. »Du fühlst dich so gut an.«

»Ich hab dich auch vermisst«, gestand sie ihm, obwohl das wahrscheinlich gar keine gute Idee war. Es war gefährlich, ihn wissen zu lassen, wie viel er ihr bedeutete. Das gab ihm zu viel Macht.

Wem machte sie etwas vor? Er hatte doch ohnehin schon alle Macht.

Sie zog seinen Kopf zu sich herunter und küsste ihn noch einmal auf die Lippen. Hoffte, dass er die Botschaft verstand. *Hör auf, mich auf die Stirn und Wange zu küssen, mein Freund. Lippen. Küss mich auf die Lippen.*

Er fuhr mit einer Hand ihr Rückgrat hinunter bis zu ihrem Hintern. Seine Finger gruben sich tief in ihre Haut. Er fuhr mit der Zunge über ihre Lippen, und sie entspannte sich, legte den Kopf weiter zurück, erlaubte ihm, noch mehr einzudringen.

Sie fiel. Ließ sich fallen. Direkt in ihn hinein, mit Herz und Seele.

»Hey«, sagte er und riss sich förmlich von ihr los. »Was war das da an meinem Bein?«

»Oh.« Sie schaute nach unten und lachte. »Das ist Harry.«

»Ah, der Kater. Ich dachte schon, den hast du erfunden.

Harry wie in Harry Potter?« Ryder hockte sich hin, um den roten Kater zu kraulen.

»Harry Houdini. Er ist ganz schön schlau und raffiniert.«

Harry drückte seinen Kopf gegen Ryders Hand und schnurrte wie der Motor eines Sportwagens.

»Er mag dich.«

»Ich mag Katzen auch.«

»Hast du mal eine gehabt?«

»Nur die Scheunenkatzen auf der Ranch. Ein eigenes Haustier hatte ich nie.«

»Ich glaube, er wird die Leere in meinem Leben füllen«, sagte sie.

»Was für eine Leere denn?«

»Keine Leere, das ist das falsche Wort. Aber es gibt Platz. In meinem Leben ist Platz für mehr.«

»Mehr was?«

»Mehr Liebe.«

»Oh«, sagte er. Dann noch einmal. »Oh.« Sein wilder Blick traf ihren, und sie sah etwas darin, was sie nicht benennen konnte.

Ihr Herz hämmerte so sehr, dass sie den Blick senken musste und zum Küchenschrank lief.

»Das Hühnchen wird kalt.«

»Ich mag kaltes Hühnchen gern.«

»Dann hast du Glück. Ich übrigens auch.«

»Ich weiß«, sagte er.

Er war aufgestanden und wusch sich an der Spüle die Hände, nachdem er Harry gestreichelt hatte. Auf seinem Hemd hingen ein paar rote Katzenhaare. Seine Augen waren schwer und schläfrig.

»Warum liegt denn da ein Kompass auf dem Küchenschrank?« Er trocknete seine Hände an einem Geschirrtuch ab und nahm den alten Kompass in die Hand, der neben dem Mehlbehälter stand.

»Der hat Matt gehört.«

»Er hat dir viel bedeutet.«

»Ich hab ihn nicht behalten, weil er Matt gehörte, sondern als Erinnerung daran, nie wieder aus den Augen zu verlieren, wer ich bin.«

Ryder warf ihr einen Blick zu und schaute dann wieder den Kompass an, der in seiner großen Handfläche lag. »Hat Matt dir deine Identität geraubt?«

»Nein.« Sie schüttelte den Kopf. »Ich selbst habe mir gestattet, mich in seinen Träumen zu verlieren und meine eigenen zu ignorieren. Ich habe meine Bedürfnisse vernachlässigt.«

»Was für Träume hast du, Katie Cheeks?«, fragte er und kam näher. »Wie willst du die leeren Räume in deinem Leben füllen?«

»Mit Hühnchen.« Sie lachte, weil sie jetzt wirklich nicht damit anfangen wollte, ihm zu erzählen, was in ihrem Herzen vorging.

Er lachte auch, genauso zittrig wie sie. »Kannst du dich noch an die Nacht erinnern, wo wir uns um das letzte Stück Hühnchen im Kühlschrank deiner Mom gestritten haben?«

Allerdings. Sie war mitten in der Nacht wach geworden und hatte Hunger gehabt. Im Kühlschrank war noch ein Rest vom Vortag. Also war sie in die Küche getappt, und da standen Joe und Ryder vor der offenen Kühlschranktür.

Joe hatte seine Zähne in ein saftiges Hühnerbein geschlagen, und Ryder, der das letzte Stück Brust in der Hand hielt – ihr Lieblingsfleisch – blickte auf und sah sie in der Tür stehen.

»Das wollte ich mir gerade holen«, sagte sie.

»Pech gehabt«, lachte Joe. »Wir waren schneller. Wer schläft, verliert.«

Ryder hatte das Stück Hühnerbrust angesehen und dann sie. Katie hatte ihm ein preisverdächtiges Lächeln geschenkt und mit den Wimpern geklimpert.

»Ach, zum Teufel«, sagte Ryder.

»Gib ihr das bloß nicht«, schnaubte Joe. »Das ist nicht gut für deine Selbstachtung.«

Katies Magen knurrte laut. »Ich hab solchen Hunger«, wimmerte sie und legte eine Hand auf ihren Bauch.

Ryder zögerte.

»Fall bloß nicht darauf rein. Sie spielt hier immer das arme Nesthäkchen, um zu kriegen, was sie will.« Joe nahm einen Apfel und streckte ihn ihr entgegen. »Wenn du Hunger hast, kannst du den Delicious essen.«

»Ich hab von Hühnchenfleisch geträumt«, sagte Katie.

»Tja. Wir waren aber nun mal schneller, da kann man nichts machen. Willst den Apfel oder nicht? Denn wenn nicht, dann nehme ich ihn.«

»Hier.« Ryder streckte ihr das Stück Hühnerbrust entgegen. »Wenn du mich so ansiehst, vergeht mir der Appetit.«

»Wir haben uns gar nicht gestritten«, sagte sie jetzt. »Du hast mir dein Stück geschenkt.«

»Ehrlich?« Er klang zweifelnd. »Das sieht mir aber gar nicht ähnlich.«

»Hast du aber. Egal, diesmal wird ehrlich geteilt.« Sie holte den Inhalt der Papiertüte heraus, Brathühnchen und grüne Bohnen mit Butter, Kartoffelbrei, Sahnesoße und Buttermilchkekse.

»Froggy's hab ich in Afghanistan echt vermisst«, sagte er. »Nach dem Tod meiner Mom haben wir da so oft gegessen, dass Floyd MacGregor immer einen Tisch für uns reserviert hielt.«

Katie wusste nicht, was sie dazu sagen sollte. Sie erinnerte sich nicht, dass Ryder jemals von seiner Mom gesprochen hatte. Ein heikles Thema, das war ihr klar. Als ihre Familie ihn aufgenommen hatte, war die Grundregel gewesen, nicht von seiner Mom zu reden. Und daran hatten sich alle gehalten.

»Muss eine schlimme Zeit für dich gewesen sein«, sagte sie und versuchte, ihr Herzklopfen zu beruhigen.

Er zuckte mit den Schultern. »Inzwischen kann ich mich kaum mehr an Mom erinnern.«

Katie wusste nicht, ob sie weiterreden oder die Klappe halten sollte. Das wenige, was sie über Ryders Vergangenheit wusste, kam von Joe, und der sprach nicht viel darüber.

»Ich nehme das dunkle Fleisch«, sagte er. »Ich weiß ja, dass du das weiße lieber magst.«

»Tu das nicht.«

»Was?«

»Mich verwöhnen. Es gibt hier zwei Brustfilets, eins für jeden von uns.«

»Was ist falsch daran, wenn ich dir gebe, was du gern magst?«

»Hab ich dir doch schon gesagt. Du verwöhnst mich.«

»Und?«

»Das hat meine Familie mein ganzes Leben lang gemacht, weil ich die jüngste war. Es macht mich …«

»Was?«, fragte er ehrlich interessiert.

»Schwach. Ich dachte, ich kriege alles auf dem Silbertablett und hab mich durchs Leben treiben lassen. Bis …« Sie schluckte. Warum erzählte sie ihm das alles?

Er beugte sich vor und beobachtete sie, wie sie das Essen auf den Tellern verteilte. Ein Stück Brust für ihn, eins für sie. Ein Bein für ihn, eins für sie. Zwei Löffel Kartoffeln für ihn, zwei für sie. Ganz gleich und gerecht.

»Oh«, sagte er. »Beinahe hätte ich's vergessen.«

Sie hob den Kopf und sah ihn an. »Was vergessen?«

»Das hier habe ich beim Aufräumen in meinem Zimmer gefunden.« Er zog seinen Geldbeutel aus der hinteren Jeanstasche, öffnete ihn und reichte ihr einen rosafarbenen Umschlag, der noch ganz leicht nach Zuckerwatte roch. Auf der Vorderseite stand sein Name. In ihrer Kinderschrift.

Bei diesem Anblick setzte ihr Herz aus und fiel auch noch gleich in den Magen. »Das hast du aufbewahrt?«

Ein sanftes Lächeln zupfte an seinen Lippen. »Natürlich. Du bist die einzige, die mir jemals eine selbst gemachte Geburtstagskarte geschenkt hat.«

»Ganz schön albern von mir.«

»Ich fand es toll.«

»Ich wollte dir etwas Besonderes schenken.«

»Und genau das hast du getan.« Er drückte ihr die Karte in die Hand. »Mach mal auf.«

Sie musste sie nicht aufmachen, die Erinnerung war fest in ihr Gehirn tätowiert.

Aber weil er so erwartungsvoll dastand, klappte sie den Umschlag auf, zog das gefaltete Blatt Papier mit den aufgemalten Herzchen und Blümchen und Smileys heraus und sah es an. Was für eine peinliche, alberne Gans sie gewesen war.

Einiges von dem Glitter und den Steinchen, die sie draufgeklebt hatte, war inzwischen abgefallen. Das rosafarbene Papier war ausgetrocknet, die rote Tinte verblasst. Aber die kindischen Worte konnte man immer noch lesen. »Happy Birthday für meinen Lieblingskerl.«

Sie wurde rot. »Damals war ich ein albernes Kind und furchtbar verknallt in dich.«

»Du warst süß«, sagte er. »Und die Karte war auch süß.«

»Blöd.«

»Überhaupt nicht.«

»Du musst jetzt deswegen nicht nett sein. Ich weiß, dass ich mich ziemlich zum Affen gemacht habe.«

»Monatelang habe ich diese Karte in meinem Geldbeutel mit mir herumgetragen. Sogar als ich zur Army ging, während der Grundausbildung. Und jedes Mal, wenn ich sie ansah, fühlte ich mich etwas weniger ...«

»Was?« Als er nicht weitersprach, hüpfte ihr Herz voller Hoffnung. Worauf, konnte sie nicht sagen.

»Einsam«, beendete er den Satz, schaute sie schuldbewusst an und zuckte mit den Schultern. Er war einfach rührend, dieser große, kräftige Alphamann mit dem verlegenen, verletzlichen Gesicht.

Sie starrte immer noch auf die alberne Karte, die alle Träume einer naiven Fünfzehnjährigen enthielt. »Ich kann immer noch nicht glauben, dass du sie aufgehoben hast.«

»Ich hatte nicht so viele Dinge, die mich an meine Kindheit erinnerten«, sagte er. »Diese Karte gehört dazu. Deine Familie gehört dazu. Und du.«

Warum schaute er sie so an? Was hatte das alles zu bedeuten? Seine Augen waren weich wie die eines Kindes am Weihnachtsmorgen.

Sie wich seinem Blick aus, unfähig, diesen Moment noch länger zu ertragen. *Ich tue es wieder. Ich lasse mich wieder hinreißen. Verliere mich.* Sie hätte nicht lächeln sollen, aber genau das tat sie. Mist, Mist, Mist! Wo hatte er ihren Kompass hingelegt?

Katies Herz hämmerte, ihr Mund wurde trocken und sie spürte, wie sich ihre Zehen aufrollten. Er schaute sie so an, dass sie kaum noch klar denken konnte. Also schenkte sie ihm ein freundliches Lächeln und wandte sich dann wieder dem Essen zu.

»Setz dich mal hin.« Er führte sie zu einem Küchenstuhl, und sie ließ es zu, obwohl sie sich dabei furchtbar dumm vorkam. »Ich hab auch noch das hier.«

Er legte die Hände auf ihre Schultern und küsste sie auf den Scheitel. Katie wand sich unter seinen heißen Lippen auf ihrer Kopfhaut.

»Hmm«, machte er und sprach ganz leise weiter, nah an ihrem Ohr. »Du duftest wie lila Blüten.«

»Lavendel.« Sein Atem auf ihrer Haut brachte sie zum Zittern.

»Ist dir kalt?«

»Nein, du kitzelst mich.« Sie zog ihren Kopf weg, aber sein Mund lag an ihrem Ohr, sein Atem warm auf ihrer Haut, und sie vergaß die ganze Welt um sich herum.

Sie schloss die Augen und atmete tief ein. Er fühlte sich so gut an! »Ich dachte, du hast Hunger«, sagte sie, spürte die Ecke des Briefumschlags in ihrer Jeanstasche und zitterte wieder.

»Großen Hunger«, sagte er und trat einen Schritt zurück.

Katie atmete hörbar aus und richtete sich auf, überrascht, wie heiß und weich ihr Körper geworden war.

»Aua!«, rief Ryder im nächsten Moment. Der Kater saß hinter ihm und schaute ganz unschuldig, als hätte er mit Sicherheit nichts angestellt. »Der Kerl hat mich gekratzt! Wo kommt der denn auf einmal wieder her? Ich glaube, langsam verstehe ich, warum du ihn nach Houdini benannt hast.«

»Wahrscheinlich hat er Hunger. Ich werde ihm was geben.« Katie stand auf und gab dem Kater eine halbe Portion, wie Sam es ihr empfohlen hatte.

Während sie mit Harry beschäftigt war, hörte sie das Geräusch eines Feuerzeugs hinter ihr und nahm den Geruch von Bratäpfeln wahr. Als sie sich umdrehte, sah sie, dass Ryder die Kerze auf ihrem Küchentisch angezündet hatte, die ein weiches gelbes Licht verbreitete. Er schaltete die Deckenlampe aus.

»Was machst du denn da?«, fragte sie.

»Ich sorge für angenehme Stimmung.« Er zog das Handy aus der Tasche, öffnete eine Musik-App, durchsuchte eine Playlist und ließ dann Justin Timberlake »Rock Your Body« singen. Den Hit in dem Sommer, als er zur Army gegangen war.

In dem Sommer, als sie ihn geküsst hatte.

»Das hast du geplant. Mein Lieblingsessen, mein Lieblingssong ...«

»Und dein Lieblingskerl«, fügte er hinzu. »Jedenfalls hoffe ich das.«

»Ryder«, murmelte sie hilflos.

»Katie.« Er reichte ihr die Hand.

Sie schluckte, nahm sie aber.

Er zog sie an sich, drehte sie durch die Küche, tanzte mit ihr Walzer zu dem Rocksong.

»Ich wusste ja gar nicht, dass du tanzen kannst.«

»Hab ich bei der Army gelernt.«

»Eindrucksvoll. Aber der Takt stimmt nicht.«

»Ich weiß.«

»Na, dann ist es ja gut.«

Mitten in der Küche blieb er stehen, und so standen sie da, umgeben vom Duft von Brathühnchen und Bratapfel-Kerze und von ihrem eigenen Duft, während der Sound ihrer Vergangenheit ihre Ohren streichelte und sie sich tief in die Augen sahen.

Was passierte hier? Sie hatte viel zu viel Angst, um sich irgendetwas zu erhoffen. Doch wie sollte sie das verhindern? Das mit der Hoffnung?

»Es tut mir wirklich leid, dass ich zu feige war, Joe zu sagen, wie sehr ich dich begehre.«

»Du warst nicht feige«, erwiderte sie. »Du hast nur ein blaues Auge vermieden. Wir wissen doch beide, dass Joe kräftig zuschlagen kann. Keine Ahnung, wie er reagiert, wenn du ihm sagst, dass du mit seiner kleinen Schwester ins Bett willst.«

»Und er hat recht, Miss Priss. Ich bin nicht gut genug für dich. Joe weiß das, ich weiß es auch. Jeder hier in der Stadt weiß es, aber ich schwöre, ich bin der glücklichste Idiot auf dem gesamten Planeten, weil aus irgendeinem unbegreiflichen Grund du mich auch begehrst.«

Sie schüttelte den Kopf. Wie kam Ryder darauf, dass er nicht gut genug für sie war.

Seine Persönlichkeit war ein Abgrund. Groß, weit, bestimmend. Und unglaublich anziehend. Sie ließ sich schon wieder hinreißen. Ließ einen Mann das Tempo der Beziehung bestimmen. Wenn sie im letzten Jahr irgendetwas gelernt hatte, dann doch wohl, dass sie nicht immer auf dem Rücksitz hocken konnte. Nicht, wenn sie ihr Leben nach den eigenen Regeln führen wollte.

Aber ehrlich gesagt, genau das wollte sie jetzt. Da machte sie sich nichts vor.

Oder?

»Genug Entschuldigungen«, sagte sie. »Wenn du wirklich alles wiedergutmachen willst, sei jetzt still und küss mich.«

Ryder legte ihr eine Hand in den Nacken, fuhr mit den Fingern durch ihr Haar, zog sie an sich und küsste sie. Langsam und forschend.

Jedenfalls versuchte er das.

Aber sie hatte keine Lust auf langsames Tempo. Sie begegnete seinen Lippen mit einer Kraft, die ihn zurückfahren ließ und ihm den Atem raubte. Ein leises Stöhnen und ein heißer, intensiver Kuss, der nur einen Gedanken in ihm auslöste: *Endlich.* Endlich hatte er sie wieder.

Wo sie ihn berührte, fing er Feuer. Ihre Lippen, ihre Zunge, ihr Gaumen. Hände, Arme, Handflächen. Feuer. Heißes, wunderbares Feuer.

Sie drückte sich gegen ihn. Zum Teufel, was für ein vollkommener Körper. Kurvig und weich und doch so kräftig. Weiblich und erdverbunden und himmlisch und unmöglich in seinen Armen. Ihre Brüste lagen an seiner Brust, ihre Schenkel verschmolzen mit seinen.

Ihre eifrigen Finger suchten nach seinen Hemdknöpfen. Sie begehrte ihn genauso sehr wie er sie, und er lachte leise aus lauter Freude darüber. Sie machte ihm einen solchen Spaß!

Sie bewegte ihre Hüften an ihm und schnaubte unwillig, als ein Knopf nicht mitspielte. Endlich zog sie einfach, der Knopf platzte weg und flog durch die Küche, bis er mit einem leisen Geräusch auf den Boden fiel.

»Tut mir leid um das Hemd.« Sie schob es ihm über die Schultern und warf es auf den Boden.

Ryder spürte, dass er härter wurde als je zuvor in seinem Leben. Was für ein wunderbares Feuerwerk steckte in dieser Frau! Sie hatte sich noch mal verändert seit dem letzten Jahr. War kühner, feuriger und noch schöner geworden. So schön, dass er nicht wusste, wie er das aushalten sollte.

Er machte sich wieder über ihren Mund her, hielt ihre Hände fest und küsste sie so gründlich, wie er nur konnte. Küsste und küsste und küsste sie, bis sie aufhören mussten, um Luft zu bekommen.

Sie wollte weitermachen, aber er hob eine Hand. »Warte.«

Entsetzt sah sie ihn an. »Nein, nein, du kannst jetzt keinen Rückzieher machen. Auf keinen Fall. Du kannst mich nicht total aufheizen, bis ich dich so sehr will, dass ich mich kaum noch an meinen eigenen Namen erinnere, und dann … Wie war noch mal mein Name?«

Er lachte wieder. »Ich mach ja gar keinen Rückzieher. Ich will dich bloß warnen.«

»Wovor?« Sie schlug die Hand vor den Mund. »Du wirst dir doch wohl keine Geschlechtskrankheit geholt haben?«

»Gute Güte, nein! Meinst du, ich würde mich hier so benehmen, wenn ich nicht gesund wäre?«

»Sorry, aber ich frage mal lieber.«

»Kluges Mädchen, kein Grund, sich zu entschuldigen. Ich lasse mich jedes Jahr brav vom Arzt untersuchen, und ansonsten bin ich einfach vorsichtig.«

»Warum hörst du dann auf? Jetzt, wo es gerade richtig gut wird.«

»Genau deshalb höre ich ja auf.«

»Sag schon.«

»Ich will dich nicht enttäuschen.«

»Wie bitte? Keine Chance, alter Freund, ich habe ein gutes Gedächtnis und weiß noch genau, wie es letztes Jahr war. Ich erwarte mehr vom Selben, verstehst du? Also los!« Sie bewegte sich wieder an ihm.

Er hielt ihre Handgelenke fest. »Langsam. Wenn du so weitermachst, komme ich in acht Sekunden. Ich hatte keinen Sex seit dem letzten Mal mit dir.«

Sie hielt inne und sah ihn blinzelnd an. »Ernsthaft?«

»Ja.«

»Aber warum nicht?« Sie wirkte ehrlich verwirrt.

»Weil ich keine Frau getroffen habe, die mich auch nur annähernd so sehr interessierte wie du.«

»Ehrlich?« Sie zog das Wort ganz lang. »Ist das süß!«

»Gar nicht. Es bedeutet, dass ich eine ziemlich kurze Zündschnur habe. Das erste Mal wird ziemlich enttäuschend für dich sein, ich warne dich.«

»Oder ...« Sie rieb sich voller Freude die Hände. »Oder ich kümmere mich erst mal um dich, und dann gehen wir zur zweiten Runde über und machen ein richtig schönes langes Vorspiel, bis du dich wieder erholt hast.«

»Das klingt sehr logisch.« Stöhnend zog er sie an sich.

»Warte mal.« Sie hob die Hand. »Nachdem wir jetzt ohnehin eine Pause gemacht haben und sich hier wieder ein bisschen gesunder Menschenverstand breit macht, sollten wir etwas besprechen.«

Er hielt sie noch fester. »Was denn?«

»Das hier ist nach wie vor Spaß. Keine Bindungen. Drei Wochen Spaß. Und danach kannst du wieder nach LA zurück, wenn du magst.«

»Keine Bindungen«, wiederholte er, und für sie klang es, als wäre er absolut einverstanden.

»Schön, wenn wir uns da einig sind«, sagte sie. »Und noch was.«

»Nämlich?« Er wappnete sich gegen den nächsten Satz.

»Wir halten es vor der Familie und den Freunden geheim. Ich will nicht, dass sich alle einmischen. Vor allem nicht Joe und Gabi.«

Sie schämte sich wirklich mit ihm. Der Gedanke rollte wie eine Murmel durch seinen Kopf.

»In Ordnung«, sagte er, überrascht, wie rau seine Stimme klang. »Eine geheime Affäre.«

»Perfekt«, rief sie und sprang ihm in die Arme. »Dann komm jetzt mit ins Schlafzimmer. Und bring die Teller mit, wir brauchen später eine Stärkung.«

19

Nur gut, dass er sich darauf eingelassen hatte, ihre Affäre geheim zu halten. Katie würde es nicht ertragen, all die Fragen zu beantworten, wenn er erst mal weg wäre.

Sie schaltete den Weihnachtsbaum im Schlafzimmer ein, und als sie sich umdrehte, stand Ryder in der Tür und sah sie an, als wäre sie ein Diamant. Sie wurde ganz rot vor lauter Stolz und Glück.

»Ein Weihnachtsbaum im Schlafzimmer.« Er lachte, als der Baum, der sich langsam drehte, bunte Lichter in ihre Gesichter zauberte. »Du bist wirklich eine echte Cheek. Ein Weihnachtsbaum in jedem Zimmer.«

»Ein paar Jahre lang wollte ich von Weihnachten nichts wissen, aber dann habe ich es mir anders überlegt.« Sie sah ihm in die Augen. »Nach dem Erlebnis mit dir letztes Jahr.«

»Ich habe dir die Weihnachtsstimmung zurückgebracht?«

»Genau.«

»Da fühle ich mich aber geehrt.«

»Dann warte mal ab, bis ich mit dir fertig bin, mein Lieber.«

Die Vorhänge waren offen, und der Vollmond leuchtete silbrig zum Fenster hinein. Zusammen mit den bunten Lichtern am Baum erschuf er eine Magie, die ihr fast den Atem raubte. Ryder sah so entsetzlich gut aus, und er war endlich wieder bei ihr. Ihr größter Weihnachtstraum war Wirklichkeit geworden.

Und was für ein verführerischer Traum das war! Endlich war sie wieder mit dem Mann zusammen, den sie schon ihr halbes Leben lang liebte. Sie wusste, er erwiderte diese Liebe nicht, aber das war auch gar nicht nötig. Sie würde einfach nehmen, was sie kriegen konnte.

Sie nahm seine Hand und zog ihn zum Bett. Sie zogen sich gegenseitig aus, Kleidungsstück für Kleidungsstück, und nahmen sich richtig Zeit dafür.

Als sie nackt waren, kniete sie sich vor ihm hin, nahm ihn sanft in den Mund, und er stöhnte so, dass es sie selbst noch mehr erregte. Sie fühlte sich wie eine Göttin, stark und mächtig.

Er hatte recht gehabt, es dauerte gerade zehn Sekunden. Sie kicherte, als er sich keuchend und erschöpft aufs Bett fallen ließ.

»Katie ... das war ... du warst ...«

»Psst, nicht reden. Nur die Ruhe. Wir haben alle Zeit der Welt.«

Ryder gab ihr alles zurück, was sie ihm gegeben hatte, und noch mehr. Er berührte sie an den richtigen Stellen, brachte sie zum Leuchten, heizte sie auf.

Er drehte sie auf den Bauch, hauchte ihr feuchte Küsse auf den Rücken, drückte seine heißen Lippen auf jeden einzelnen Wirbel, folgte mit seiner Zunge ihrer Wirbelsäule bis hinunter zu den Grübchen über ihren Pobacken.

Ihre Haut brannte.

Sie zappelte unter seinem Mund, als würde er sie kitzeln, aber es war wunderbar. Sie stöhnte in ihr Kopfkissen, wünschte sich nichts mehr, als sich umzudrehen und ihn zu küssen, aber er hielt sie fest, während er spielerisch an ihrem Hintern knabberte.

»Ryder«, flüsterte sie. »Ich will dein Gesicht sehen.«

Er hielt inne, als müsste er überlegen, sagte dann aber fest: »Noch nicht.«

Sie schnaufte frustriert, aber er ignorierte sie und spielte mit seiner Zunge auf ihren weichen Kurven.

Wenn es sich nicht so wunderbar angefühlt hätte, dann hätte sie sich nicht groß um sein Alphamännchengetue geschert und sich einfach umgedreht.

Aber er wusste ganz genau, was er tat.

Sie hatte Gänsehaut am ganzen Körper, innen wie außen. Warum bloß?

Der Abgrund.

Sie ließ sich gerade mal wieder willig in den Abgrund ziehen. Sie musste echt aufpassen, wenn sie sich nicht wieder verlieren wollte. Aber es fühlte sich so gut an!

Seine Zunge fand die Stelle zwischen ihrem Po und dem Oberschenkel, einen Punkt, der sich als unerwartet empfindsam entpuppte. Kein Mann hatte diese Stelle je bei ihr entdeckt. Sie fühlte sich wie ein unberührtes Land, geheimnisvoll und ganz neu.

Du bist so schwach, schalt sie sich.

Aber es war eine schöne Schwäche. Offen, verletzlich, bereit für ihn.

Endlich drehte er sie auf den Rücken, legte sich neben ihr auf die Seite, den Kopf auf den Ellbogen gestützt, und schaute ihr in die Augen.

Er schien genauso verblüfft sie sie, überrascht bis ins Mark, dass es ihnen miteinander so gut ging.

Das war jedenfalls ihr Eindruck. Katie konnte nur hoffen, dass sie recht hatte.

Denn was wusste sie schon von ihm? Sein Vater war ein bekannter Mann in der Stadt. Und ja, sie war als Teenager total verknallt in ihn gewesen. Und er hatte elf Monate in ihrer Familie gelebt.

Aber das war dreizehn Jahre her.

Den Jungen hatte sie gekannt. Den Mann kannte sie überhaupt nicht. Er machte ihr sogar ein bisschen Angst. Nicht, weil sie sich in seiner Gegenwart nicht sicher gefühlt hätte, sondern gerade, weil sie es tat. Er gab ihr ein Gefühl von Sicherheit und Schutz, in mehr als einer Hinsicht. Sie vertraute ihm ganz und gar.

Nur sich selbst traute sie nicht.

Warum fiel sie immer wieder auf starke Männer herein? Auf Typen, die es ihr schwermachten, ihre Meinung durchzusetzen? Die ihr Ding machten und erwarteten, dass sich alle anderen darauf einließen?

Wenn sie mit Ryder zusammen war, erlebte sie alle möglichen neuen Empfindungen. Er hatte in ihr ein tiefes Gefühl von Verbundenheit geweckt, das letzte Geheimnis der Sexualität. Wenn sie bei ihm war, erlebte sie eine Seligkeit, als wären die Engel vom Himmel herabgestiegen und hätten sie beide in grenzenlose Freude gehüllt.

Er weckte eine ungeheure Sinnlichkeit und Zärtlichkeit in ihr. Eine grenzenlose Ekstase, die ihr den Atem raubte. Gesegnet. Sie fühlte sich gesegnet, weil sie ihn kannte, obwohl sie nicht sagen konnte, was da eigentlich zwischen ihnen vorging und wohin es führen würde.

Irgendwann stand er auf, um ein Kondom aus seiner Hosentasche zu holen, und dann ging der Spaß richtig los.

Er versenkte sich in ihr, und sie hatte sofort das Gefühl, aus ihrem ganzen Sein entführt zu werden. Ihr Körper summte vor lauter Empfindungen, das Blut strömte heiß durch ihre Adern und verwirrte ihre Gedanken.

Männliche Energie strömte von ihm zu ihr und schärfte ihre Sinne. Alle Farben wurden leuchtender, alle Geräusche klarer, und sie war erfüllt von einem intensiven Wissen, dass es in dieser Welt und in ihm vieles gab, das über das Offensichtliche hinausging.

Dieses Wissen war so rein und schmerzhaft klar, dass sie fast fürchtete, sich aufzulösen. In einer wunderbaren Zeitlupe nahm er sie mit an einen Ort, in eine Welt, in ein Universum, das nur ihnen beiden gehörte, voller Licht, Wärme und Glück.

Der wunderbare Spannungsbogen schien Stunden zu dauern, während er sie auf jede erdenkliche Weise streichelte und küsste.

Und dann plötzlich kam sie. Stark und heftig.

Der Höhepunkt verschlang sie von innen her, verschluckte sie wie ein blendender, heißer Blitz. Er ließ ihr Bewusstsein explodieren und katapultierte sie an einen Ort, wo nichts mehr existierte als Seligkeit und das mächtige Summen des *Ich bin!* Sie hatte noch nicht viele Liebhaber gehabt, aber das hier war ganz klar das unglaublichste sexuelle Erlebnis ihres ganzen Lebens. Selbst die leidenschaftliche Nacht in seiner Wohnung verblasste dagegen.

Er hatte sie an einen wunderbaren Ort voller Licht und Freude gebracht, und sie spürte in sich den verrückten Gedanken aufsteigen, dass dieser Ort ihr wahres Zuhause war. Hier in seinen Armen, während sie ihn in sich spürte.

Sie gab sich alle Mühe, den Strom von Sinnesempfindungen zu verarbeiten. Und sie spürte sofort die Traurigkeit, weil sie wusste, so schön und fantastisch es war, es würde nicht andauern. Durchaus möglich, dass sie nie wieder etwas so intensiv empfinden würde.

Doch was auch immer geschah, für dieses wunderbare Jetzt würde sie immer dankbar sein.

Sie wusste nicht, was er für sie empfand, aber ihr war vollkommen klar, dass sie ihn absolut, bedingungslos liebte. Und sie verschenkte diese Liebe großzügig, ohne einen Gedanken an Bindungen oder Erwartungen. Die Liebe strömte einfach aus ihr heraus, ohne Zögern und Zurückhaltung.

Ihr Herz schwoll an, und in diesem Moment der Seligkeit schwamm sie in einem Meer von Akzeptanz und Licht. Sie spürte die Ekstase, die von irgendwo tief in ihr aufstieg, und verschenkte sich.

An Ryder.

Alles, was sie gehemmt oder ihr Probleme bereitet hatte, löste sich auf. Die Mauern, die sie um ihr Herz aufgebaut hatte, schmolzen dahin. Alte Ideen, Meinungen, falsche Glaubenssätze, Gewohnheiten, Regeln, Strategien, die sie von ihrer Familie, von Lehrern und von der Gesellschaft übernommen hatte, platzten wie Seifenblasen.

Aller Widerstand verschwand. Sie war kein abgetrenntes Individuum mehr, das sich ängstlich festklammerte, sondern Teil eines fantastischen Ganzen. Sie verschmolzen miteinander. Wurden eins.

Sie wurden auf eine andere Bewusstseinsebene katapultiert, verließen die Erde, stiegen dröhnend auf zu den Sternen. Sie klammerten sich aneinander, vermischten sich, flogen mit Überschallgeschwindigkeit ins himmlische Licht.

Etwas Heiliges passierte hier, etwas, was sie weder erklären noch rationalisieren konnte. Es war ganz einfach … göttlich.

Sie funkelten und strömten in perfekter Vereinigung, ritten auf langen, langsamen, pulsierenden Wellen, und als sie mit einem Riesenknall zusammen kamen, dachte Katie nur: *Ich bin.*

Es war ein rauschhafter, seliger Zustand der Gnade, den sie da miteinander entdeckten. Der eine Orgasmus, der alle anderen auslöschte. Echtes Einssein.

Und dann riss das Kondom.

»Keine Panik«, sagte Ryder ebenso zu sich selbst wie zu Katie. »Du nimmst ja sicher die Pille, oder?«

Mit weit aufgerissenen Augen schüttelte Katie den Kopf. »Nein. Ich bin ja Single, warum sollte ich meinen Körper da ständig dieser ganzen Chemie aussetzen? Und mit dir … na ja, das hier kam ja eher unerwartet. Es war nicht geplant.«

Ryder atmete langsam aus und legte sich eine Hand in den Nacken. »Aber es muss ja gar nichts passiert sein. Frauen können nur an ein paar Tagen im Monat schwanger werden. In welcher Zyklusphase bist du gerade?«

»Tja.« Katie kaute auf ihrer Unterlippe. »Schwer zu sagen. Mein Zyklus ist ziemlich unregelmäßig. Eigentlich wäre meine Periode nächste Woche fällig.«

Ryder hatte sich die Jeans wieder angezogen und ging durch das Zimmer. Katie saß im Schneidersitz unter ihrer Bettdecke. Sie war so schön, dass ihm fast das Herz stehen blieb. »Was meinst du denn?«

Sie verdrehte die Augen und zählte. »Sollte okay sein.«

Sollte.

»Na gut«, sagte er. »Dann machen wir uns jetzt mal nicht verrückt. Sorgen machen können wir uns immer noch, wenn es Anlass dazu gibt.«

»Guter Plan«, flüsterte sie.

Kurz überlegte er, ihr die »Pille danach« vorzuschlagen, aber er ließ den Gedanken sofort wieder fallen. Sie wusste selbst über so etwas Bescheid. Er würde nichts sagen, obwohl ihm der Gedanke an ein Kind richtig Angst machte. »Gut«, sagte er nur.

Sie zog die Beine an die Brust, legte das Kinn auf ihre Knie und schaute ihn mit ihren braunen Augen an. Dunkel und verletzlich sahen diese Augen im Schein des Weihnachtsbaums aus.

Ein zärtliches Gefühl stieg in seiner Brust auf. Er hatte noch nie über Kinder nachgedacht. Warum auch? Als Ehemann sah er sich überhaupt nicht. Aber ein Baby mit Katie? Nein, das wäre wohl kein Weltuntergang.

Jedenfalls nicht für ihn. Aber vielleicht für das Baby!

Eine Katastrophe.

Zum Teufel, er hatte überhaupt keine Ahnung davon, ein Vater zu sein. Er hatte seine Mutter verloren, als er acht Jahre alt war. Und Jax hatte er gleich mit verloren, denn nach ihrem Tod hatte sich sein Vater in einen kalten, distanzierten Mann verwandelt. Er hatte also kein Vorbild. Keine Ahnung, wie man ein guter Vater war.

Mist, Mist, Mist.

»Ryder«, sagte Katie mit ruhiger Stimme. »Zieh die Jeans wieder aus und komm ins Bett. Wenn es überhaupt ein Schaden ist, dann ist er jetzt passiert. Da kannst du ebenso gut ein bisschen schlafen.«

Sie war so stark und tapfer. So voller Vertrauen. Und ganz im Frieden mit sich. Sie hatte einen Frieden in sich, nach dem er sich immer schon gesehnt hatte. Vergeblich.

Der einsame Wolf in ihm wollte in die Stiefel fahren und so schnell wie möglich weglaufen. In die Nacht hinaus fliehen, in die Kälte. Allein. Wie er es immer gewesen war und wie es nun mal sein musste. Da draußen, ganz allein, fühlte er sich wenigstens sicher.

»Ryder«, sagte sie, ihre Stimme so sanft wie ein Streicheln, und breitete die Arme aus. »Komm her.«

Sein Herz klopfte wild, der Wolf in ihm hechelte und starb ein wenig.

Aber sie lächelte so liebevoll und voller Freundlichkeit und Wärme, dass er einfach nicht widerstehen konnte. Ryder zog die Jeans aus, kletterte zu ihr ins Bett und überließ sich ganz und gar ihrer Umarmung.

Und als sie ihn an ihrer Brust hielt, ihm sanft übers Haar strich und ihm sagte, alles sei gut, da war er fast so weit, ihr zu glauben.

Am Abend zuvor hatte der große runde Weihnachtsmond ihr zugeflüstert: *Gib dich hin, lass los, bade in meiner silbernen Herrlichkeit.* Heute Morgen sagte die Sonne: *Dummes Mädchen, du hast es wieder getan.*

Aber diesmal war es anders gewesen.

Diesmal war das Kondom gerissen.

Katie wusste, ihr Lächeln war vollkommen fehl am Platze. Sie war möglicherweise in riesengroßen Schwierigkeiten und sollte sich riesengroße Sorgen machen. Aber sie lächelte trotzdem. Sie konnte einfach nicht anders. Ryder hatte wieder Liebe mit ihr gemacht. Aus dem Lächeln wurde ein Grinsen, so breit, dass es fast ihre Mundwinkel sprengte und ihr ganzes Gesicht zum Leuchten brachte.

»Hallo, Schlafmütze.«

Diese weiche, warme Stimme war so verführerisch wie Südseewellen. Als Katie die Augen öffnete, stand Ryder über ihr, einen Becher mit dampfendem Kaffee in der Hand. Er sah so friedlich aus, dass sie für einen Moment dachte, das Kondom wäre vielleicht gar nicht gerissen und sie hätte das alles nur geträumt.

Gähnend streckte sie die Arme über den Kopf. »Ist der für mich?«

»Nein, echt nicht. Hol dir selbst einen«, sagte er und tat so, als würde er aus dem Becher trinken. Aber dann lachte er leise und hielt ihn ihr hin. »Natürlich ist der für dich.«

Sie rutschte ein Stück hoch, setzte sich und schloss die Finger um den warmen Becher. Der Kaffee war genau so, wie sie ihn mochte. Mit ganz viel Zucker und Sahne.

»Du verwöhnst mich.«

»Das hast du dir verdient.« Sein Grinsen wackelte. »Außerdem habe ich die Hoffnung, dich vielleicht noch mal nackt zu sehen.«

»Kannst du eigentlich an gar nichts anderes denken?«

Er ließ seinen Blick über ihr zerzaustes Haar und das ungeschminkte Gesicht fahren. »Was dich angeht, kann ich mir alles Mögliche denken.«

»Du bist nicht nervös?«

»Wegen des Kondoms?«

»Genau.«

»Ich hab das gegoogelt. Wenn deine Periode tatsächlich nächste Woche fällig ist, sind wir auf der sicheren Seite.«

Von der Pille danach sagte er nichts, obwohl sie sicher war, dass er im Internet einen Hinweis darauf gefunden haben musste. Sollte sie die Möglichkeit erwähnen? Ihr Herz schlug heftig. Nein, sie brachte es einfach nicht übers Herz. Sie wollte auf keinen Fall bei ihm den Eindruck erwecken, Sie wollte das Baby loswerden. Wenn es denn ein Baby gab. Wenn sie tatsächlich schwanger war, dann war es eben so. Schicksal.

Die Angst setzte sich in ihrem Magen fest, sobald sie den Gedanken zu Ende geführt hatte.

»Wie du schon gesagt hast«, fuhr er lächelnd fort. »Wir sollten uns erst dann Sorgen machen, wenn wir Anlass dazu haben.«

»Entschuldigung, mein Herr, aber wer sind Sie eigentlich? Und was haben Sie mit Ryder Southerland gemacht? Dieser Optimismus sieht ihm ganz und gar nicht ähnlich.«

»Du hast das gemacht, Süße. Deine positive Haltung hat mich umgedreht.«

Das entspannte Lächeln gefiel ihr durchaus, aber sie traute dem Frieden nicht. Tat er nur so tapfer, damit sie nicht ausflippte? Durchaus möglich, Beschützer, der er war.

»Wie auch immer, dein Grinsen macht mir Spaß. Wir haben einen langen Tag auf der Circle S vor uns. Und denk dran, was auch immer in diesem Schlafzimmer vor sich geht, die Welt da draußen erfährt nichts davon.«

Das Lächeln verschwand, und seine Stimme wurde brüchig wie Erdnussschalen. »Botschaft erhalten, laut und klar.«

In diesem Moment wurde ihr klar, wie er es sehen musste. Sie schämte sich, mit ihm gesehen zu werden. Dabei meinte sie es überhaupt nicht so. Absolut nicht. Sie wollte einfach nur, dass diese Affäre ein kostbares Geheimnis zwischen ihnen blieb, bevor die ganze Stadt mit Klatsch und Tratsch darüber herfiel. Aber wenn sie jetzt etwas dazu sagte und erklärte, machte sie womöglich alles noch schlimmer.

Sie streckte die Hand nach ihm aus, doch er wandte sich ab.

Hilflos und mit schwerem Herzen sah sie ihm nach, als er das Zimmer und dann ihr Haus verließ.

20

Nachdem Katies Team am späten Sonntagabend um zehn die Circle S verlassen hatte, waren die beiden allein.

Wie durch ein Wunder hatten sie es geschafft: Jax konnte nach Hause, wenn ihn der Arzt morgen früh aus dem Krankenhaus entließ. Das Haus war aufgeräumt, organisiert und makellos sauber. Zum ersten Mal seit mehr als zwanzig Jahren.

Sie hatten hundertacht Mannstunden dafür gebraucht, Ryders Arbeit eingeschlossen, Katie und ihre drei Leute. Dazu kamen Janas Sondereinsatz, ein sechsköpfiger Putztrupp, ein Reinigungsservice für Teppiche, Vorhänge und Möbel sowie eine Gruppe Schüler, die Katie angeheuert hatten, damit sie die schweren Gegenstände in die Scheune brachten.

Im Moment lag ein Großteil des Mülls, den sie aus dem Haus geschafft hatten, tatsächlich in der Scheune und wartete auf den nächsten Schritt, entweder eine Fahrt zur Müllkippe oder einen Garagenverkauf. Einiges würden sie wohl auch in den Charityladen bringen. Katie würde dabei auch noch helfen, aber erst in ein paar Wochen, wenn sie ihre Pflichten als Brautjungfer erfüllt hatte. Gut, das konnte warten. Hauptsache, das Haus war sauber.

Ryder spürte einen Kloß im Hals, als er im Wohnzimmer die Ergebnisse ihrer Arbeit betrachtete. Die Verwandlung war wirklich unglaublich, der Unterschied schockierend. Diese Frau war einfach fantastisch, in mehr als einer Hinsicht.

Es war ihm gelungen, die Sache mit den gerissenen Kondom und das seltsame Gespräch heute Morgen in seinen Hinterkopf zu schieben und in der Rubrik »Darum kümmere ich mich, wenn es so weit ist« wegzuschließen. Keiner von ihnen hatte das Thema noch einmal angesprochen, sie waren gar nicht viel zusammen gewesen, weil sie in verschiedenen Zimmern arbeiteten. Das war gut, denn so konnten sie tiefe Blicke und hilfloses Lächeln vermeiden.

Er fühlte sich, als wäre er nichts weiter als ihr schmutziges kleines Geheimnis, aber seltsamerweise fühlte sich das heiß an. Der Reiz des Verbotenen heizte sein Verlangen nach ihr an.

Katie ließ sich auf das Sofa fallen, dass jetzt nach dem Blütenduft der Reinigungsfirma roch. »Ich bin fix und alle.«

Ryder brach neben ihr zusammen. »Ich auch.«

Lächelnd sahen sie sich in die Augen.

»Na du«, sagte er und streckte die Hand nach ihr aus.

»Selbst du«, erwiderte sie, legte ihre Hand in seine, und als er sie drückte, drückte sie zurück.

»Wir sind ein richtig gutes Team«, sagte er.

»Das stimmt.«

»Wie müde bist du eigentlich?«

»Hundemüde. Erschöpft bis auf die Knochen.«

»Ich auch.« Er fuhr mit dem Daumen über ihre Handfläche. »Willst du trotzdem noch mal?«

»Gute Güte«, flüsterte sie. »Ich dachte schon, du fragst nie. Allerdings kann ich nicht über Nacht bleiben, ich muss nach Harry sehen und möchte auch nicht, dass irgendwer mein Auto hier in der Auffahrt sieht.«

»Ich wohne weit draußen«, sagte Ryder, als wohnte er wirklich hier.

»Aber Nachbarn gibt es auch hier.«

»Ein Quickie?«

»Perfekt.« Sie kicherte.

»Ich hol die Kondome.«

»Am besten zwei«, erwiderte sie. »Für alle Fälle.«

Sie liebten sich auf der Couch und schauten sich dabei tief in die Augen. Ihr Herz schlug wie verrückt, voller Liebe. Wie sehr wünschte sie sich, sie hätten mehr Zeit. Nicht nur heute Nacht, sondern überhaupt. In weniger als drei Wochen war die Hochzeit Geschichte, sein Vater wieder in Ordnung und er zurück in LA.

Außer, du bist schwanger.

Was würde er tun, wenn sie schwanger war?

Zum Teufel, was würde *sie* tun, wenn sie schwanger war?

Sie beschloss, den Gedanken nicht zu Ende zu denken. Kein Grund, sich jetzt schon Sorgen zu machen. Im Moment genoss sie das Zusammensein mit ihm. Sein Mund an ihren Brustwarzen, das Gefühl, wie er mit dem Daumen an ihrem Schenkel entlangstrich.

Ja.

O ja.

»Ja!«, schrie sie und kam in seinen Armen.

Dann war er dran.

Ryder hielt sie fest, als sie zusammen wegflogen. Ihre Körper bebten danach. Sie schloss die Augen, hörte ihrer beider Atem und dachte: *Wenn ich jetzt sterben würde, wäre es ein glücklicher Tod.*

Aber sie musste aufstehen und nach Hause fahren. Sie hatte die Spielregeln gemacht, sie war selbst schuld.

Am nächsten Morgen kam sie zurück auf die Ranch. Sie hatte Ryder angeboten, mit zum Krankenhaus zu fahren, weil Jax schlecht auf der Harley mitfahren konnte und weil auf den uralten Truck kein Verlass war.

»Meinst du nicht, das löst Gerüchte aus?«, fragte Ryder leicht sarkastisch, als sie ihn abholte.

»Wie kommst du denn darauf?«, fragte sie. »Ich hole einen Kunden vom Krankenhaus ab, weiter nichts.«

»Verstehe.«

»Bist du sauer auf mich?«, fragte sie.

»Nein«, erwiderte er. »Frustriert. Ich wollte gern neben dir aufwachen, dein Haar riechen und dich mit Küssen bombardieren.«

»Armer Kerl.«

»Wie sieht's heute Abend aus?«

»Schlecht. Ich hab Jenny versprochen, bei ihr den Babysitter zu machen, und du bist den ersten Abend mit deinem Dad zu Hause.«

»Wer sagt dir denn, dass ich hier nicht ganz schnell weg will?«

»Ihr kommt schon klar. Vielleicht ist es erst mal nicht sehr angenehm, ihr habt schließlich einen ganz schön langen Weg vor euch. Aber wenn du nicht aufgibst, schafft ihr das.«

»Ich liebe deinen Optimismus. Wenn ich nur einen Löffel voll davon hätte!«

Liebe.

Sie wünschte, er würde nicht so mit dem Wort um sich werfen. Jedes Mal, wenn er es aussprach, tat ihr Herz einen schmerzhaften Hüpfer.

»Es ist der erste Schritt«, sagte sie.

»Wohin?«, fragte er.

»Nach Hause.«

Und zu ihrer freudigen Überraschung protestierte er nicht.

Weil der verbundene Fuß noch sehr wackelig war, führten Ryder und Katie den grantigen alten Mann – während der gesamten Fahrt hatte er über die Pflegekräfte im Krankenhaus gemeckert – ins Haus.

An der Tür blieb er stocksteif stehen, riss die Augen auf und bekam den Mund nicht mehr zu.

Katie warf Ryder einen triumphierenden Blick zu. Die Überraschung war ihnen offenbar gelungen. Ryder allerdings sah nicht so überzeugt aus. Er spürte das vertraute Prickeln im Nacken, wie bei den Patrouillen in Afghanistan. Achtung, Gefahr!

»Was zum Teufel habt ihr gemacht?«, brüllte Jax im gleichen Moment.

»Wir haben das Haus sauber gemacht.« Katies Augen funkelten. »Ist es nicht schön geworden?«

Jax ging fast auf sie los. »Du hast alles in Unordnung gebracht! Wo ist mein Radio? Mein Lippenbalsam? Meine Baseballkappe? Meine Fernbedienung? Warum stinkt es hier nach Rosen? Du hast alles kaputt gemacht, du blöde Kuh!«

»Jetzt reicht's.« Ryder packte seinen Vater an der Schulter und drehte ihn unsanft zu sich um. »Wag es nicht, so mit Katie zu reden.«

Katie legte ihm eine Hand auf den Arm. »Ist schon gut, Ryder. Jax fühlt sich unsicher angesichts all der Veränderungen. Das muss man verstehen.«

»Siehst du.« Jax schob den Unterkiefer vor und zog die Nase kraus.

»Das ist mir scheißegal, du hörst sofort auf, sie zu beleidigen.« Wütend ballte Ryder die Fäuste.

»Okay.« Jax richtete sich auf und wackelte auf Katie zu. »Ich entschuldige mich für die blöde Kuh.«

»Angenommen«, sagte Katie. »Soll ich Ihnen jetzt zeigen, wo die Sachen sind?« Sie ging ins Wohnzimmer, Jax im Schlepptau. »Das Radio steht direkt neben dem Sessel.«

Wütend knirschte Ryder mit den Zähnen. Katie hatte dem Alten verziehen, aber er noch lange nicht.

Sie führte Jax herum, zog ein paar Schubladen auf und hob die Deckel von Schachteln an, um ihm zu zeigen, wo seine Sachen aufgewahrt waren. »Sie werden eine Weile brauchen, um sich daran zu gewöhnen, und ich weiß, wie frustrierend das am Anfang ist, aber wenn Sie es erst mal verstanden haben, macht es Ihnen das Leben viel leichter. Ein Platz für alles und alles an seinem Platz.«

»Aber wie soll ich denn hier Ordnung halten? Das ist ja viel zu viel Arbeit!«, schnaubte Jax.

»Ein Reinigungsservice kommt jede Woche her«, sagte Katie.

»Und wer zum Teufel bezahlt den?«

»Ich«, sagte Ryder. »Ob es dir gefällt oder nicht.«

Jax grummelte irgendetwas vor sich hin. Dies gefiel ihm nicht und das gehörte an eine andere Stelle. Und wo hatte sie denn die leeren Milchkannen hingetan? Und die Zeitungen? Und den Bindfaden?

»Das wird alles recycelt«, sagte sie.

»Meine Sachen? Du kannst doch nicht einfach hier reinspazieren und meine Sachen mitnehmen! Das ist Diebstahl! Ich zeige dich an!« Jax war wirklich aufgebracht.

»Wir haben nichts weggenommen.« Katie blieb ganz ruhig, sprach langsam und hielt die ganze Zeit Blickkontakt mit Jax. Er hatte ihre ganze Aufmerksamkeit. »Im Moment sind sie in der Scheune gelagert. Nur den Müll haben wir weggeworfen.«

»Wehe, du lügst.« Jax kniff die Augen zusammen. »Ein Großteil davon gehört meiner Frau, und die rastet aus, wenn sie davon erfährt.«

Katie sah Ryder entsetzt an.

»Dad.« Ryder ging einen Schritt auf seinen Vater zu. »Twyla ist gestorben. Deshalb bin ich nach Hause gekommen. Deshalb haben wir uns hier um alles gekümmert.«

»Ich weiß.« Jax winkte ab, als wollte er eine Fliege verscheuchen. »Ich war nur einen Moment lang verwirrt, weil ich daran denken musste, wie wütend sie geworden wäre. Stimmt ja, jetzt ist es egal.«

Und dann ließ er sich mit einem schweren Seufzer in einen Sessel fallen, als hätte man ihm die Luft rausgelassen.

Ryder legte den Kopf schief und betrachtete seinen Vater. Er fragte sich, wie lange der alte Mann wohl schon in diesem Zustand war. In Ryders Kindheit war er ein harter Kerl gewesen, aber das hier war neu. Offenbar baute er geistig ab. Zeigte sich da irgendeine psychische Krankheit? Oder waren es erste Anzeichen von Demenz? Konnten es Komplikationen seines Diabetes sein oder Nebenwirkungen der Medikamente?

Andererseits: Jax hatte nach zwanzig Ehejahren seine Frau verloren. Und sein Haus war auf einmal nicht mehr wiederzuerkennen. Unter diesen Umständen wäre wohl jeder etwas desorientiert gewesen.

Ryder nahm sich vor, den Arzt danach zu fragen.

»Dad«, sagte er. »Bleib ruhig erst mal sitzen und ruh dich aus. Ich bringe Katie zu ihrem Auto.«

»Willst du weg?« Jax schaute Katie alarmiert an.

»Ja, Mr Southerland, ich muss noch ein paar andere Kunden besuchen. Aber ich komme bald wieder, um die Sachen in der Scheune mit Ihnen durchzusehen. Sobald es Ihnen besser geht.«

»Und wenn ich etwas brauche? Wie soll ich das dann finden?« Jax hielt sich an beiden Armlehnen fest und saß kerzengerade.

»Ryder ist doch hier, um Ihnen zu helfen.«

Jax starrte Ryder an. »Du willst hierbleiben?«

»In meinem Zimmer.«

Jax schien zu überlegen, leckte sich schließlich über die Lippen und nickte. »Okay.«

»Also. Ich bringe Katie jetzt zu ihrem Auto und komme gleich wieder«, sagte Ryder.

»Machst du mir mal den Wetterkanal an?«, bat Jax.

Ryder schaltete den Fernseher an, nahm Katie am Arm und ging mit ihr hinaus.

»Wow«, sagte sie. »Da wirst du alle Hände voll zu tun haben.«

»Ich hätte nicht so lange warten dürfen.« Ryder fuhr sich mit der Hand übers Gesicht.

»Aber wenn ich mir die Lage so ansehe, kann ich dich gut verstehen.«

»Danke für deine Hilfe. Du machst das großartig mit ihm.

Als er anfing, dich zu beleidigen ...« Ryder schüttelte den Kopf. »Tut mir leid.«

»Das war doch nicht deine Schuld. Und ehrlich, Ryder, ich verstehe ihn auch. Das hier ist nicht leicht für ihn. Sein ganzes Leben ist auf den Kopf gestellt. Hab ein bisschen Geduld mit ihm.«

»Kann ich dich anrufen, wenn ich so weit bin, dass ich mir die Haare ausreißen will?«

»Aber unbedingt!« Sie lehnte sich an ihn, und für einen kurzen Moment hoffte er, sie würde ihn küssen. »Ich fände es schrecklich, wenn du deine Haare verlierst.«

»Ah, so ist das also«, neckte er sie. »Deshalb magst du mich. Wegen meiner schönen Haare.«

»Genau«, neckte sie ihn zurück. »Wenn die mal weg sind, bist du mich auch los.«

Er beugte sich zu ihr herunter, aber offenbar war sie nicht in Stimmung, denn sie trat einen Schritt zurück. Er drehte fast durch, wenn er sie nicht berühren konnte. Berühren, streicheln, küssen. Am liebsten gleich aufessen.

Aufhören! Er bekam schon eine Erektion, wenn er darüber nachdachte.

Warum bestand sie darauf, ihre Romanze geheim zu halten? Das nagte wirklich an ihm. Schämte sie sich, mit ihm gesehen zu werden?

»Wir könnten uns in mein Zimmer schleichen«, sagte er.

»Sei nicht albern.«

»Es ist mein voller Ernst.«

»Du bist unverbesserlich.«

»Das höre ich nicht zum ersten Mal.«

»Und wahrscheinlich auch nicht zum letzten.« Sie lachte.

»Wann seh ich dich wieder?«, fragte er.

»Ich melde mich, versprochen. Morgen muss ich beim Santa-Diorama auf dem Platz eine Elfe spielen.«

»Katie.« Er berührte sie am Arm. »Ich bin hier allein mit meinem Vater, ich brauche einen Hoffnungsschimmer.«

Sie schenkte ihm ein kleines Lächeln und nahm seine Hand von ihrem Arm. »Selbstdisziplin, Ryder. Davon besitzt du doch ganze Wagenladungen voll. Nutz ein bisschen davon.«

»Wenn du irgendwie ein paar Minuten Zeit hast, lass es mich wissen.« Er drückte bittend die Hände zusammen. »Bitte. Ruf mich an. Schreib mir eine SMS, eine Mail, schick mir eine Brieftaube. Egal wie, egal wann, zu jeder Tages- und Nachtzeit. Ich komme sofort.«

Lachend stemmte sie die Hände in die Hüften. »So gefällst du mir. Ehrlich.«

»Wie?«

»Wenn du so bettelst. Bis bald!« Sie winkte ihm noch einmal, sprang in ihren Camry und fuhr weg.

»Ryder!«, brüllte Jax von der Haustür her.

Seufzend ging Ryder zum Haus. »Was denn, Dad?«

»Da ist eine neue Sprecherin auf dem Wetterkanal. Wann haben sie die denn ausgetauscht? Das sind alles viel zu viele Veränderungen. Ich will meine alte Sprecherin wieder! Ruf mal beim Sender an und sag denen das.«

»Dad, ich glaube nicht, dass sie auf mich hören.«

»Zu nichts bist du zu gebrauchen.« Jax schlug ihm die Tür vor der Nase zu.

Ryder schlug sich mit der flachen Hand gegen die Stirn. Dad war zu Hause, Katie war weg. Das versprach ein langer Tag zu werden. Ein sehr langer.

21

Um fünf Uhr früh am Dienstagnachmittag, sechs Tage nach seiner dröhnenden Ankunft in der Stadt, bekam Ryder die Nachricht von Katie, auf die er so sehnsüchtig wartete.

Willst du mich sehen?

Ja!, schrieb er zurück.

Dann komm und spiel den Weihnachtsmann.

????

Ein Smiley. *Der Weihnachtsmann fürs Diorama ist abgesprungen, wir brauchen einen neuen. Kommst du?*

Bin gleich da.

Eine ganze Reihe tanzender Emojis erschien auf seinem Display.

»Dad«, rief er seinem Vater zu, der im Sessel ein Nickerchen hielt. »Ich muss mal kurz weg.«

»Wohin?«, grummelte Jax.

»Auf den Stadtplatz.«

»Wieso das denn?«

»Weil ich da den Weihnachtsmann spiele.«

»Häh? Und wozu?«

»Zum Spaß.«

Jax sah ihn so verdutzt an, dass Ryder sich fragte, ob sein Vater überhaupt wusste, was das war. Spaß.

»Soll ich irgendwas aus der Stadt mitbringen?«

»Schweineschwarten«, schnaubte Jax und schlief auch schon wieder ein.

Ryder vergewisserte sich, dass das Telefon in Jax' Reichweite lag, dazu ein Glas Wasser und eine Kleinigkeit zu essen. Dann fuhr er los, selbst überrascht, wie sehr er sich auf den Weihnachtsmann-Auftritt freute. Wobei natürlich die Sache mit dem Weihnachtsmann längst nicht so wichtig war wie die Tatsache, dass er endlich Katie wiedersah.

Das Diorama stand auf einer provisorischen Bühne aus Holz vor dem Gericht. Es zeigte den Schlitten des Weihnachtsmannes in einer Nordpol-Szenerie. Eine ganze Reihe von Kindern mit ihren Eltern stand bereits Schlange und wartete auf den Weihnachtsmann.

Katie hielt den Anzug für ihn bereit. Sie sah in ihrem grünen Elfenkostüm mit den Strumpfhosen und der Tunika zum Anbeißen aus. Er fühlte sich fast wie ein Kind. »Der andere Weihnachtsmann ist dicker als du, wir werden den Anzug ausstopfen müssen. Aber wir haben Kissen da, und du kannst den Gürtel kräftig anziehen, damit die Hose nicht rutscht.«

Er schlüpfte in die kleine Umkleide. »Hey«, sagte er. »Kannst du mir mal helfen?«

Sie steckte den Kopf herein. »Was ist denn?«

Er zog sie ganz zu sich herein und machte die Tür hinter ihr zu. Dann küsste er sie heftig.

»Ryder!« Sie sah ihn strafend an, aber dahinter bemerkte er das Lächeln. »Hör sofort damit auf.«

»Hast du deine Periode schon gekriegt?«

»Nein. Aber die ist auch erst in ein paar Tagen fällig.«

»Du sagst Bescheid, oder?«

»Ja, natürlich. Ich muss wieder raus. Beeil dich, die Kinder warten schon ganz ungeduldig.«

Die nächsten drei Stunden vergingen in einem Wirbel aus Kindern auf seinem Schoß und Lachen, Tränen und klebrigen Fingern. Einige Kinder zogen an seinem Bart, sabberten ihn voll oder fragten ihm Löcher in den Bauch, die gierigen kleinen Räuber. Er wurde allmählich heiser von all dem Ho Ho Ho, und sein einer Oberschenkel war ziemlich feucht; er wollte lieber nicht so genau über die Gründe nachdenken. Aber tatsächlich genoss er die Zeit. Und zwar hauptsächlich, weil er die ganze Zeit die grüne Elfe anschauen konnte, die die Kamera bediente und Fotos für die Eltern machte.

»Das war der letzte«, sagte sie zu ihm, als sie eine rothaarige Dreijährige von seinem Schoß hob und ihrer Mutter reichte. »Wir haben geschlossen«, wehrte sie ein paar Nachzügler ab, die gerade hereingekommen waren.

»O nein!« Die Mutter machte ein langes Gesicht. »Ich bin nicht rechtzeitig von der Arbeit weggekommen. Tut mir so leid!«

»Santa! Santa!« Die Frau hatte Zwillinge bei sich, vielleicht vier Jahre alt. »Wir wollen zum Weihnachtsmann!«

»Der arme Weihnachtsmann sitzt schon seit drei Stunden ohne Pause auf dem Schlitten«, sagte Katie. »Tut mir leid, aber um neun ist hier Schluss.«

»Ist schon gut, Elfe Katie«, rief Ryder mit seiner schönsten Weihnachtsmannstimme. »Kommt ruhig her, Jungs.« Er winkte die Zwillinge zu sich.

»Oh, vielen vielen Dank!« Die Mutter legte die Hände zusammen. »Vielen Dank! Sie haben ja keine Ahnung, wie das ist, als alleinerziehende Mutter mit Zwillingen.«

Die Jungs kletterten auf die Knie des Weihnachtsmanns und plapperten munter auf ihn ein. Er schenkte ihnen zehn

Minuten lang seine ganze Aufmerksamkeit. Als die Familie gegangen war und alles ruhig wurde, schloss Katie die Tür, hängte das altmodische Schnappschloss ein und kletterte zu ihm auf den Schlitten.

»Das war sehr nett von dir mit den Zwillingen.«

»Kein Ding.«

»Für die beiden schon.«

»Mir hat's Spaß gemacht.«

»Du meinst das ehrlich, oder?«

»Du musst gar nicht so überrascht tun.«

Sie grinste breit. »Kaum zu glauben, dass du derselbe Kerl bist, der mich letztes Jahr bei der Party von den Beinen geholt hat«, sagte sie.

»Wieso?«

»Du hast dich sehr verändert.«

»Findest du?«

»Ja. Du lächelst zum Beispiel viel mehr.«

»Ehrlich?«

»Ja! Und du siehst weniger ...«

»Weniger was?«

Sie schüttelte den Kopf. »Schon gut.«

»Nein!« Er legte seine Hand auf ihre, damit sie ihm nicht ausweichen konnte. »Jetzt will ich es wissen.«

»Du siehst weniger gestresst aus. Du wirkst entspannt, locker. Das hätte ich vor einem Jahr nie über dich gesagt.«

Ryder schaute ihr in die Augen und sah darin sein eigenes Spiegelbild. Himmel, er bewunderte sie so sehr!

»Diese Sicherheitsfirma in Kalifornien«, sagte Katie. »Magst du die Arbeit wirklich?«

»Passt zu mir«, stellte er schulterzuckend fest.

»Und vermisst du sie?«

»Ja«, gab er zu, während er sich fragte, worauf sie eigentlich hinauswollte. »Aber ich brauchte jetzt echt eine Pause. In den zwei Jahren, die ich dort bin, hatte ich überhaupt noch keinen Urlaub.«

Sie drehte sich auf dem Schlitten und sah ihn durch den Vorhang ihrer langen Wimpern an. Ihre klugen braunen Augen leuchteten. Sie zitterte, und als er ihr den Arm um die Schultern legte, wehrte sie sich nicht.

Oh. Ja.

Ihre Lippen waren seinen so nah, ihr Haar strich über seinen Arm, und sie trug diese niedliche Mütze und das alberne Elfenkostüm, das ihre wunderbaren Brüste umspannte.

»Ich will dich«, sagte sie zu seiner Überraschung.

»Was?«

»Ich will dich«, wiederholte sie, und berührte die Innenseite seines Oberschenkels.

»Hier?«, fragte er, ganz aufgeregt von so viel Mut. »In der Werkstatt des Weihnachtsmannes?«

»Kennst du einen besseren Ort?« Ihre Finger waren schon am Gürtel des roten Anzugs.

Ryder stöhnte auf und hielt ihre Hand fest. »Katie«, sagte er. »Du willst das nicht wirklich. Nicht hier. Und nicht so.«

»Sag du mir nicht, was ich will und was nicht«, widersprach sie ihm. Atemberaubend. Sie nahm sein Ohrläppchen zwischen die Zähne und zog seinen Kopf daran zu sich herunter.

»Na gut.« Er lachte leise.

»Es ist spät am Abend, das Diorama ist geschlossen, und es ist niemand hier.«

»Aber die Wände sind so dünn. Das ist doch nur Sperrholz. Wir sind hier auf dem Stadtplatz, was ist denn in dich gefahren?«

»Hast du Angst, erwischt zu werden?«, fragte sie.

Nein, eigentlich nicht, aber es war eine gute Entschuldigung. »Ja.«

»Hmm«, machte sie. »In der Highschool warst du nicht so ängstlich, als du es mit Missy Kirkwood auf der Galerie des Theaters getrieben hast.«

»Genau darum geht's doch. Ich will deinen Ruf nicht ruinieren. Das habe ich mit Missys Ruf nämlich gemacht.«

»Also, ich würde sagen, Missys Ruf war schon ruiniert, bevor du kamst. Außerdem mach du dir keine Sorgen um meinen Ruf.« Sie berührte ihn, legte ihre Hand auf seinen Reißverschluss. »Ryder«, flüsterte sie. »Bitte.«

Er spürte, wie er hart wurde.

»Ich weiß, dass du mich auch willst.«

Keine Frage.

»Was hält dich dann zurück?«, fragte sie. »Du wolltest mich, und jetzt kriegst du mich.«

Was war bloß mit ihr los? Und was war mit ihm los? Ryder hatte keine Ahnung, aber sie erwartete ja auch keine wohlformulierte Antwort auf ihre Frage. Sie war damit beschäftigt, seine Brust zu küssen, nachdem sie sein Hemd aufgeknöpft hatte. Dann fuhr sie mit beiden Händen unter den Bund der Weihnachtsmannhose, und er spürte die härteste Erektion seines Lebens.

»Katie«, schnauzte er. »Hör auf damit.«

Sie zog sich zurück, verwirrt, mit weit aufgerissenen Augen. »Du willst mich wirklich nicht, oder?«

»Zum Teufel, Frau, ich will dich so sehr, dass ich Angst habe, gleich blind zu werden.«

Sie setzte sich wieder auf ihn. »Dann weiß ich nicht, wo das Problem liegt.«

»Du bist zu gut für so was. Du verletzt deine eigenen Regeln, und irgendwann wirst du das bereuen. Ich will aber nicht, dass du es bereust. Das alles mit mir.«

Jetzt war es heraus. Seine große Angst, sie könnte das Feuer bereuen, das er in ihr entzündet hatte.

»Verstehe.« Jetzt zog sie sich wirklich zurück. »Tut mir leid.«

»Katie, es liegt nicht an dir, ehrlich!«

»Schon gut.« Sie zuckte mit den Schultern, aber er sah ihren Augen an, wie verletzt sie war. Sie glaubte ihm nicht.

Zum Teufel. Wenn sie ihn wirklich hier haben wollte, hier auf diesem Schlitten, dann sollte sie es haben. Er zog sie auf seinen Schoß, fuhr mit seiner Hand unter ihre Tunika und in ihre Strumpfhose. Dann liebkoste er sie mit den Fingern, bis sie hilflos wimmerte, während er sie küsste, ihre Brustwarzen durch den Stoff knetete und ihr ihren Namen ins Ohr flüsterte.

Und als sie mit einem Beben kam, hielt er sie sehr, sehr lange in seinen Armen.

Katie konnte die Finger nicht von Ryder lassen, so sehr sie es auch versuchte. Er hatte recht, sie verletzte ihre eigenen Regeln, ohne zu wissen, warum. Sie wusste nur, dass sie ganz heiß wurde, sobald sie in seiner Nähe war oder an ihn dachte. Oder von ihm träumte.

Es war ein Elend.

Immer wieder schrieb sie ihm und bat ihn, abends zu ihr zu kommen und die Harley in ihrer Garage zu parken.

Und er kam. Stand wenig später auf ihrer hinteren Veranda, eine Pizza oder chinesisches Essen oder Tacos in der Hand. Sie aßen, redeten und hatten Sex. Er berichtete vom Stand der Dinge mit seinem Dad, den finanziellen Schwierigkeiten der Ranch, wie er seinen Tag verbrachte. Sie erzählte ihm von den Hochzeitsvorbereitungen, ihrer ehrenamtlichen Arbeit und den Neuigkeiten aus ihrer Familie.

Sie spielten mit Harry, buken Weihnachtsplätzchen und schauten Weihnachtsfilme bis morgens um drei. Dann setzte sich Ryder auf seine Harley und fuhr in die Nacht hinaus.

Jeden Abend fragte er sie: »Was ist mit deiner Periode?«

Und sie schüttelte den Kopf. »Nichts. Noch nichts. Muss aber noch nichts bedeuten.«

Er drückte ihre Hand, und sie drückte seine, und sie machten Liebe, und es war jedes Mal noch ein bisschen besser als beim Mal zuvor.

»Wenn wir ein Baby gemacht haben«, sagte er, »dann bin ich für dich da. Das weißt du, oder?«

»Psst«, flüsterte sie und strich mit den Knöcheln über seine Lippen. »Nicht darüber reden.«

Am 10. Dezember sagte er zu ihr: »Jetzt ist es eine Woche her. Du hast gesagt, du kriegst deine Periode in einer Woche. Und bis jetzt ist nichts passiert.«

»Heute wäre der Termin«, sagte sie. »Mach dir keine Sorgen.«

Am nächsten Tag luden ihre Eltern Ryder zum Sonntagsessen ein. Zum ersten Mal, seit er wieder in der Stadt war, sah er ihre Eltern, das musste gefeiert werden. Doch wie sollten sie den Abend überstehen, ohne dass jemand etwas merkte?

Katie fand, dass sie es super hinkriegten. Sie kamen getrennt an, begrüßten alle, Ryder blieb eine ganze Weile in der Küche, umschmeichelte ihre Mutter, trank etwas mit ihrem Vater und futterte Plätzchen. Katie spielte mit den Kindern, las ihnen Weihnachtsgeschichten vor und sprach mit Gabi über die Hochzeit.

Als es spät geworden war und die Familien mit Kindern sich verabschiedeten, saßen Katie und Ryder mit Joe und Gabi am Küchentisch.

»Geht ihr am Freitagabend zu der Weihnachtsparty bei Patsy und Hondo?«

»Da gehen nur Paare hin«, sagte Katie. »Was sollen Singles wie Ryder und ich da?« Sie schüttelte den Kopf.

»Gib's auf«, sagte Joe. »Wir wissen Bescheid.«

»Worüber?« Katie legte eine Hand an ihre Brust und setzte eine Unschuldsmiene auf.

»Na gut«, sagte Ryder. »Wenn sie's sowieso schon wissen.«

»Wodurch haben wir uns verraten?«, fragte Katie.

»Oh, so ziemlich durch alles.« Gabi kicherte. »Ihr zwei seid doch genau wie Joe und ich.«

»Sind wir nicht.«

Joe verdrehte die Augen. »Eigentlich müsste ich dir ein paar verpassen, weil du die Ehre meiner kleinen Schwester auf dem Gewissen hast«, sagte er zu Ryder und boxte ihn leicht auf die Schulter. »So. Damit wäre das erledigt.«

»Es ist doch nicht zu glauben.« Katie schüttelte immer noch den Kopf. »Warum habt ihr denn nichts gesagt?«

»Es hat so viel Spaß gemacht, euch beim Rumschleichen zu beobachten«, sagte Gabi. »Und wir wollten euch auch nicht den Spaß verderben. Diese ganzen Heimlichkeiten sind doch toll, wir wissen das genau.«

Joe legte seiner Braut den Arm um die Schultern und küsste sie, bis sie wieder kichern musste.

Ryder schaute Katie in die Augen. »Also gut. Wenn es eh schon alle wissen, können wir ebenso gut die Nacht zusammen verbringen.«

Katie warf einen Blick über ihre Schulter, um zu sehen, ob ihre Eltern in Hörweite waren. »Auf keinen Fall«, murmelte sie.

Gabi warf Ryder einen triumphierenden Blick zu. »War wohl nichts, Cowboy.«

»Abwarten. Reden kann sie viel, aber ihr Körper spricht eine andere Sprache.«

Katie schaute an sich hinunter und sah, dass ihre Brustwarzen wie kleine Raketen aus dem Büstenhalter und dem T-Shirt herausstachen.

»Du kannst es abstreiten, so viel du willst, Katie Cheek, aber du willst mich. Und wie.« Grinsend stand er auf und verließ mit schlenkerndem Gang die Küche.

Gabi beugte sich zu Katie und flüsterte: »Er hat recht. Und es ist keine Schande, wenn du ihm jetzt nachgehst.«

»Im Leben nicht«, sagte Katie.

»Mach dich nicht lächerlich«, erwiderte Gabi.

»Wer weiß schon alles davon?«, flüsterte Katie und lehnte sich zurück. Aus dem Augenwinkel sah sie, wie Ryder ihrem Vater im Wohnzimmer die Hand schüttelte, um sich für den netten Abend zu bedanken.

»Alle«, sagte Joe.

Sie hörte, wie die Tür hinter Ryder ins Schloss fiel, und das Dröhnen seiner Harley, als er den Gang einlegte. »Wie, alle?«

»Na, wir alle«, sagte ihre Mutter, die gerade die Küche betrat. »Meinst du, wir sind blind, Katie?«

Katie fühlte, wie sie Schnappatmung bekam. Und was hielten ihre Eltern davon? Sie sah ihrer Mutter in die Augen. »Äh …«

»Wir lieben Ryder, das weißt du.« Ihre Mutter setzte sich auf den Stuhl, den Ryder gerade frei gemacht hatte. »Aber du musst sehr vorsichtig sein, mein Kind.«

»Ich weiß, Mom. Sonst bricht er mir das Herz.« Das war ihr bewusst, daran musste sie niemand erinnern.

Ihre Mutter blinzelte. »O ja, das auch.«

»Aber das hast du nicht gemeint.«

»Nein, Liebes. Ich habe gemeint, du sollst aufpassen, dass du ihm nicht das Herz brichst. Ryder hat genug Verletzungen erlebt, genug für ein ganzes Leben. Wehe, du spielst mit seiner Zuneigung. Dass du ihn vor uns versteckt hast wie ein schmutziges kleines Geheimnis, war nicht richtig, Katie Cheek. Du solltest dich was schämen.«

22

Ihre Periode war eine Woche überfällig. Jetzt war es zwei Wochen her, dass das Kondom gerissen war. Katie sagte immer noch zu Ryder, er solle sich keine Sorgen machen, ihr Zyklus sei sehr unregelmäßig.

»Ich bin sicher, heute oder morgen geht es los«, sagte sie ihm jeden Tag seit dem Sonntagsessen bei ihren Eltern. »Stress ist da ein Faktor. Also bitte, frag mich nicht mehr. Ich sage dir schon Bescheid, wenn es so weit ist.«

»Und wenn nicht?«

»Abwarten.« Sie gab sich alle Mühe, unbesorgt zu klingen, aber natürlich machte sie sich Gedanken.

So viele Gedanken, dass sie in die Nachbarstadt Jubilee gefahren war, um einen Schwangerschaftstest zu kaufen. Aber sie wusste nicht, wie sicher der Test so früh war, und deshalb hatte sie ihn bisher noch nicht gemacht.

Zum Glück war sie viel zu beschäftigt, um sich damit aufzuhalten. Seitdem Joe die Bombe hatte platzen lassen, gingen sie offen miteinander aus und wurden hier und da eingeladen. Sie gingen mit Gabi und Joe zum Eislaufen, schauten sich eine Aufführung der Weihnachtsgeschichte von Charles Dickens an, in der Emma und Sam mitspielten. Gingen mit Jenny, Dean und den Kindern von Haus zu Haus, um Weihnachtslieder zu singen.

Für Katie waren das alles vertraute Dinge, aber Ryder hatte das meiste noch nie gemacht. Jedenfalls nicht in Twilight. Der Eislaufplatz war erst gebaut worden, nachdem er die

Stadt verlassen hatte. Vom Weihnachtsliedersingen war er in der Highschool ausgeschlossen worden, weil er als Unruhestifter galt. Und im Theater hatte er lange Jahre Hausverbot gehabt. Wegen »ungebührlichen Verhaltens mit jungen Damen« auf der Galerie.

Außerdem war sie ja als Brautjungfer mit Gabis Hochzeitsvorbereitungen beschäftigt. Sie musste aufpassen, dass die anderen Mädchen zu den Anproben gingen, den richtigen Schmuck hatten und wussten, was sie während der Tage vor der Hochzeit zu sagen und zu tun hatten. Sie musste ihre Rede schreiben, morgen war die Geschenkeparty, und der Junggesellinnenabschied stand auch noch an. Da die Hochzeit am Heiligabend stattfinden sollte, musste der Junggesellinnenabschied heute sein, Freitag der 16. Dezember. Die Jungs würden ebenfalls unterwegs sein.

Nur gut, dass sie schon vor Monaten ihre Geschenke eingekauft hatte, sonst hätte sie jetzt echt in der Tinte gesessen. Denn angesichts ihrer ständigen sexuellen Aktivitäten und all der Vorbereitungen für die Hochzeit kam sie kaum noch zum Atmen.

»Hast du eigentlich für die Party heute Abend einen Stripper engagiert?«, fragte Jana, als sie mit der Post das Büro betrat.

»Nein, habe ich nicht.« Katie nahm die Post und sortierte sie, konnte sich aber nicht richtig konzentrieren. Sie musste immer noch an die letzte Nacht mit Ryder denken. An Schokolade und Schlagsahne als Körperfarbe.

»Ach, wie schade.« Jana machte einen Schmollmund. »Du warst meine letzte Hoffnung auf eine richtig gute Junggesellinnenparty. Alle anderen hier sind ja so was von langweilig!«

Sie starrte Sesty an, die sie betont ignorierte, dann aber doch den Kopf hob.

»Bloß weil ich dir verboten habe, bei meinem Junggesellinnenabschied Sushi von der nackten Brust des Kellners zu essen, bin ich noch lange nicht todlangweilig«, sagte sie.

»Weißt du was, Jana«, sagte Katie. »Wenn du heiratest, engagiere ich eine ganze Strippergruppe für dich.«

»Oh.« Jana schüttelte den Kopf. »Da wird wohl nichts drauf. Ich heirate nicht.«

»Berühmte letzte Worte.« Sesty winkte mit ihrem Trauring.

»Na ja, wenn ich jemanden finden würde, der so heiß ist wie Josh, würde ich es mir vielleicht noch mal überlegen«, sagte Jana. »Aber in Twilight gibt es ja nun niemanden, der es mit deinem Mann aufnehmen kann.«

Doch, meiner, dachte Katie und spürte, wie aufregend das klang. Sie erstickte die Zweifel in ihrem Kopf.

»Brauchst du noch irgendwelche Hilfe mit den letzten Vorbereitungen?«, fragte Sesty. »Du siehst mir fast zu ruhig aus. Ich wäre total durch den Wind, wenn ich mich um sechs wild gewordene Brautjungfern und eine ängstliche Braut kümmern müsste.«

Katie schüttelte den Kopf. »Ich mach das ja nicht zum ersten Mal. Außerdem ist alles fix. Die Limousine holt uns um sechs Uhr ab, wir treffen uns hier vor dem Büro.«

»Und wenn etwas schiefgeht, hat sie mit Sicherheit einen Notfallplan«, bemerkte Jana.

»Drei.« Katie lächelte, gab sich aber Mühe, nicht zu selbstzufrieden auszusehen. »Aber wer zählt so was schon?«

Sie wandte ihre Aufmerksamkeit wieder der Post zu. Ein Umschlag kam von Marva Bullock. Ihre Rechnung bezahlt hatte Marva schon, ein Scheck konnte es also nicht sein. Vielleicht der Weihnachtsbrief der Schule. Katie öffnete den Brief und las.

Liebe Katie,

ich kann Dir gar nicht sagen, wie sehr Du mein Leben wieder in geregelte Bahnen gebracht hast. Für G.C. und mich war es ein schwieriger Übergang, uns so viel kleiner zu setzen, zumal ja auch unsere sonstigen Lebensumstände sich verändert haben. Aber dank Dir ging es dann doch reibungslos. Es ist mir eine große Freude, zu sehen, wie Du Dich vom unsicheren Teenager zu einer kompetenten, selbstsicheren jungen Frau mit eigener Firma entwickelt hast. Ich bitte Dich nur eins: Lass nicht Dich von Deiner Begabung für Ordnung und Sauberkeit nicht davon abhalten, Risiken einzugehen. Das Leben ist manchmal ganz schön unordentlich, und man kann nicht immer alles hübsch einpacken und mit einer Schleife verschnüren. Denk dran, jeder Mensch braucht eine Resteschublade.

Alle guten Wünsche von
Marva

Katie spürte einen Kloß im Hals, und als sie noch einmal auf den Brief schaute, wurde ihr die Brust eng, und sie bekam eine Gänsehaut. Es war, als hätte Marva ihre Ratlosigkeit in Bezug auf Ryder gespürt, die sie davon abhielt, sich voll und ganz auf ihn einzulassen. Aber vielleicht interpretierte sie auch zu viel in diese Worte hinein. Andererseits war Marva eine kluge Frau und kriegte so ziemlich alles mit.

Ich bitte Dich nur eins: Lass nicht Dich von Deiner Begabung für Ordnung und Sauberkeit nicht davon abhalten, Risiken einzugehen. ... Denk dran, jeder Mensch braucht eine Resteschublade.

Hatte sie das getan? Hatte sie sich durch allzu viel Organisation und ihr Bedürfnis nach Ordnung davon abhalten lassen, Risiken einzugehen? Hinderte ihre Angst vor Unordnung sie daran, sich Ryder anzuvertrauen und ihm zu sagen, dass sie ihn liebte?

Den Rest des Tages kaute sie auf dieser Frage herum. Als es sechs Uhr wurde, hätte sie die Party am liebsten geschwänzt und wäre nach Hause gegangen, hätte sich etwas Aufregendes angezogen und Ryder eingeladen. Wäre das Risiko eingegangen und hätte es gesagt. *Ich liebe dich.*

Es lief so gut mit ihnen. Er konnte es auch nicht sagen, aber er zeigte es ihr auf zahllose Weisen. Wenn sie es sagte, machte sie ihm vielleicht den Weg frei.

Aber wenn er es gar nicht sagen wollte?

Katie biss sich auf die Lippe. Tja, dieses Risiko würde sie wohl wirklich eingehen müssen. Und zwar, bevor sie den Schwangerschaftstest machte. Denn wenn sie ihn machte und er positiv war und er ihr dann sagte, dass er sie liebte, dann würde sie nie erfahren, ob er es wirklich so meinte oder ob er es nur sagte, weil sie ein Kind von ihm erwartete.

Am liebsten hätte sie den Test jetzt gleich gemacht. Stattdessen schob sie sechs plappernde Brautjungfern und eine glückliche Braut in eine Stretchlimousine.

»Ich bin so aufgeregt«, sagte Gabi. »Nachdem du verantwortlich bist, wird es sicher eine wilde und verrückte, aber trotzdem sichere Nacht.«

»Alles im Griff«, sagte Katie, nahm ihr iPad aus der Tasche

und schaute sich noch mal den Zeitplan an. Los ging es mit einem Abendessen am Brazos River, in einem neuen Abendrestaurant, das erst kürzlich eröffnet hatte.

»Tu das Ding doch mal weg«, sagte Gabi. »Du sollst auch deinen Spaß haben.«

Zögernd steckte Katie den iPad wieder in ihre Tasche, atmete tief durch und befahl sich, zu entspannen. Sie schmiegte sich an die Rückenlehne und warf einen Blick auf die lebhaften Frauen um sie herum, die lachten, redeten und sich gegenseitig aufzogen.

Gabi saß in der Mitte, in einem hellblauen Kleid, das ihre Augen betonte, und mit den tollen Cowgirl-Stiefeln, die sie von Joe zur Hochzeit bekommen hatte. Ständig streckte sie die Beine, um die Stiefel zu bewundern, und wenn sie sich unbeobachtet glaubte, tippte sie immer mal wieder eine SMS in ihr Handy.

Katie wusste, dass sie Joe schrieb. Und wenn Gabi wenig später auf ihr Display schaute und geheimnisvoll lächelte, war vollkommen klar, dass er geantwortet hatte.

Ihr Bruder hatte mit Gabi wirklich den Hauptgewinn erwischt. Die Frau liebte ihn aus ganzem Herzen.

Katie spürte, wie ihr Herz ganz unregelmäßig schlug. Ein schmerzhaftes Sehnen ließ ihren Magen Achterbahn fahren, als ihr einfiel, dass sie und Jana die einzigen in der Limousine waren, die nicht verheiratet waren oder es demnächst sein würden. Sie neidete keiner der anderen ihr Glück, aber wie sehr wünschte sie es sich auch!

Warum konnte sie das nicht haben?

Weil der Mann, in den du dich verguckt hast, Ryder Southerland ist. Der einsame Wolf, der nie zur Ruhe kommt.

Stimmt das denn überhaupt?, flüsterte die Stimme, die in ihr erwacht war, nachdem sie Marvas Brief gelesen hatte. *Oder hast du bloß Schiss, dass er dein schön sortiertes Leben in Unordnung bringt?*

Gabis Telefon signalisierte, dass sie schon wieder eine Nachricht empfangen hatte, und ihr Gesicht zeigte ein seliges Lächeln. »Joe und die Jungs treffen uns bei Genevieve.«

»Och nee«, stöhnte Jana. »Das hier soll doch ein Abend nur für Mädels sein. Das ist doch der Witz daran! Keine Männer. Abgesehen von den Strippern, versteht sich.«

Gabi wurde rot. »Joe sagt, er hält es nicht den ganzen Abend ohne mich aus.«

»Du lieber Himmel, gleich wird mir schlecht.« Jana schlug zum Spaß eine Hand vor den Mund.

Jana hatte offenbar mit der Liebe nichts im Sinn, aber die Art, wie Gabi mit träumerischem Blick ihr Handy streichelte, als wäre es Joes Gesicht, zerrte an Katies Herzen. Sie fand es wunderbar, wie die freundliche, fürsorgliche Gabi ihren rastlosen Bruder eingefangen und auf die Erde zurückgebracht hatte. Es machte sie glücklich, die beiden zusammen zu sehen. Joe konnte ja kaum die Finger von seiner Braut lassen. Und wenn er sie ansah, ging die Sonne auf.

Emma und Sam waren genauso. Und Sesty und Josh. Meredith und Hutch. Und die beiden anderen Brautjungfern, Sarah und Caitlyn, mit ihren Männern Travis und Gordon.

Und Ryder? Er sah sie auch so an.

Katies Herz zog sich zusammen. Eine wunderbare, leuchtende Wärme durchzog ihren Körper. War es möglich, dass sie und Ryder doch das haben konnten, was ihre Freunde hatten?

Sie kaute nachdenklich an ihrer Unterlippe. Sie arbeiteten daran, keine Frage. Die Möglichkeiten waren da, in den langen Blicken, dem Flüstern, dem Herzklopfen.

Es konnte etwas ganz Großes werden. Das Dumme war nur, dass er immer noch dachte, als böser Junge der ganzen Stadt wäre er nicht gut genug für sie.

Dabei war das so albern! Die Dummheiten, die er als Junge gemacht hatte, waren Hilfeschreie gewesen, und er war längst erwachsen geworden. Er war ein guter Mann, ein Soldat mit Orden und Auszeichnungen. Er hatte seinem Land so viel gegeben. Er hatte ein bisschen Glück verdient.

Mit ihr?

Ja, bitte!

Sie schloss kurz die Augen. Wünschte sie sich das zu sehr? Missdeutete sie die Zeichen? Sie ließ sich auf eine ganze Welt voller Verletzungen ein. Er konnte ihr ganz leicht das Herz brechen. In Sachen Ryder Southerland war es wirklich besser und sicherer, ihre Gefühle in einer ordentlichen Schachtel aufzubewahren und ein Schleifchen drumzubinden.

Nur, dass es längst zu spät war. Vor allem, wenn sie wirklich schwanger war.

Gute Güte, ihre Gedanken taumelten nur so zwischen Hoffnung und Angst.

»Hier drin wird es allmählich echt langweilig.« Jana stieß Katie mit dem Ellbogen an. »Findest du nicht?«

Katie blinzelte und sah, dass alle Frauen in der Limousine dabei waren, ihren Männern SMS zu schreiben.

Jana verdrehte die Augen und schnaubte. »Lächerlich.«

Katie suchte in ihrer Tasche nach ihrem Handy.

»Nein, echt jetzt!«, schimpfte Jana los. »Fang du nicht auch noch an.«

Katie zuckte hilflos mit den Schultern.

»Würg!«, machte Jana. »Ich muss weg aus dieser liebeskranken Stadt.«

Sesty sah sie an. »Oder du gibst es einfach auf und verliebst dich so wie wir.«

»Und laufe mit diesem Idiotenlächeln herum? Nein, danke, lieber stecke ich mir rostige Nägel in die Augen.« Jana zwinkerte Katie zu und fing an zu schielen. »Ach so, ich habe ja ganz vergessen, dass du ebenfalls ins feindliche Lager übergelaufen bist.«

»Das habe ich nie gesagt.« Katie schob das Kinn vor, als ihr klar wurde, dass alle Augen auf ihr ruhten. Natürlich war das mit Ryder inzwischen was Ernstes, aber sie hatte keine Lust, sich von sämtlichen Brautjungfern reinreden zu lassen.

Nicht, solange alles noch so unsicher und neu war.

»Dann bist du immer noch meiner Meinung?« Jana legte ihr einen Arm um die Schultern. »Liebe stinkt.«

»Wenn du nicht gleich aufhörst, setzen wir dich am Straßenrand aus«, drohte Emma.

»Wer hat dir denn eigentlich das Herz gebrochen?«, fragte Gabi Jana.

Jana starrte sie verwirrt an. »Niemand. Die Herzensbrecherin bin ich.«

Alle schauten sich an.

»Was denn?«, grollte Jana.

»Du versuchst nur, dein Herz zu beschützen«, sagte Meredith freundlich. »Das haben wir schon verstanden, wir haben es ja schließlich auch alle selbst erlebt. Es macht einem ganz schön Angst, so ein Risiko einzugehen. Lass dich doch mal fallen und finde heraus, dass der Abgrund gar keinen Boden hat.«

Die anderen Frauen nickten zustimmend. Katies Magen flatterte, sie hatte keine Ahnung, warum.

Jana schnaubte wieder und verschränkte ihre tätowierten Arme trotzig vor der Brust, aber zum ersten Mal sah sie etwas angegriffen aus.

Als die Limousine vor dem Restaurant hielt und sie in den Dezemberabend hinaustraten, standen die Männer da, die Hände in den Taschen, als wären sie schon eine ganze Weile wartend auf und ab gegangen.

Katie musste aufpassen, dass sie nicht zu einer kleinen Pfütze dahinschmolz, als sie Ryders geliebtes Gesicht sah.

Er kam auf sie zu, und sie vergaß, dass sie eigentlich für die Organisation des Abends verantwortlich war und einen kühlen Kopf bewahren musste. Als er sie in die Arme nahm und ihr einen Kuss auf den Scheitel drückte, tanzte ihr Magen mit ihrem Herzen einen besoffenen Walzer.

»Ich hab dich so vermisst«, murmelte er und drückte sie so fest an sich, dass sie spürte, *wie* sehr er sie vermisst hatte.

Normalerweise wäre Katie die Situation peinlich gewesen, aber nachdem alle Frauen außer Jana, die nur aufstöhnte und sich ein paar Schritte entfernte, ihren Männern in die Arme stürzten, machte es ihr nichts aus. Es war einfach schön, wie die sechs Paare da unter den funkelnden Weihnachtslichtern schmusten.

Ryder hob ihr Kinn an und küsste sie zärtlich. Im gleichen Moment hatte Katie die anderen vergessen. Sie dachte nur noch an eins. Ryder und seine explosiven Lippen ließen ihre Selbstkontrolle schwinden.

»Ich will dich«, flüsterte er an ihrem Ohr.

»Ja, das merke ich«, kicherte sie.

»Selber schuld«, sagte er. »Warum bist du auch so verdammt heiß.«

Sie wurde rot und senkte den Kopf, damit er ihr Strahlen nicht sah.

»Katie.« Er ließ ihren Namen über seine Zunge rollen, als wäre es der schönste Klang auf der Welt.

»Ja?«

»Ich muss dir was geben.«

»Lass mich raten.« Sie lachte.

»Na ja.« Er lachte auch. »Abgesehen davon.«

»Was denn?«

»Komm mit.« Er nahm sie an der Hand. »Ich hab für uns einen eigenen Tisch reservieren lassen.«

»Ryder, das geht nicht. Ich bin Gabis Brautjungfer!«

»Sie versteht das schon«, entgegnete er. »Es ist wichtig.«

Katies Herz tat einen Sprung und blieb dann einfach stehen. Würde er es sagen? Würde er ihr sagen, dass er sie liebte?

»Na gut, dann sage ich es Gabi.«

»Das macht Joe. Er weiß Bescheid. Obwohl ...« Er nickte zu den beiden Brautleuten hinüber, die einander immer noch wie hypnotisiert in die Augen blickten. »Wahrscheinlich merken sie gar nicht, dass wir weg sind.«

23

Der Kellner gab ihnen einen Ecktisch in der Nähe des großen Tisches, wo die anderen saßen, und brachte ihnen die Speisekarten. Aber Ryder hatte nur Augen für Katie.

Dies war eine besondere Nacht. Er wollte ihr seine Geschichte erzählen. Die ganze Geschichte vom Tod seiner Mutter. Und dann würde er sehen, ob sie ihn immer noch wollte. Denn wenn sie ihn dann noch wollte, dann würde er ihr die Kette mit dem Herz-Anhänger schenken, die einmal seiner Mutter gehört hatte.

Während sie aßen, begann er zu erzählen.

Sie hörte ganz genau zu, unterbrach ihn nicht, ließ seinen Blick nicht los.

Als er fertig war, sog sie durch die zusammengebissenen Zähne den Atem ein. »Oh, Ryder«, sagte sie. »Das tut mir ja so leid. Ich hatte keine Ahnung, was du alles durchgemacht hast. Ich meine, ich wusste, dass deine Mom gestorben war, aber die Einzelheiten kannte ich nicht. Es war nicht fair von deinem Vater, dir die Schuld an ihrem Tod zu geben.«

»Er hat so sehr um sie getrauert. Meine Mutter war seine große Liebe.«

Katie streckte die Hand aus und legte sie auf seine. »Und du glaubst, deshalb hast du dich auf niemanden mehr eingelassen? Weil in deinem Unterbewusstsein Ehe gleich Tod ist?«

Treffer.

Die Kehle wurde ihm eng. Doch er wollte dieser Frage nicht zu sehr nachgehen, deshalb erzählte er weiter. Von seinem Dad, der Twyla geheiratet hatte, die um ihr verlorenes Baby trauerte und eine gescheiterte Ehe hinter sich hatte. »Es war ein regelrecht vergifteter Eintopf.«

»Kein Wunder, dass du als Jugendlicher darauf reagiert hast. Das wäre wohl jedem so gegangen. Und Schande über all die Erwachsenen, die das nicht verstanden haben.«

»Die meisten hier in der Stadt haben es jedenfalls nicht verstanden. Für sie war ich einfach böse, und das habe ich mir gemerkt. Nur deine Eltern, die haben mich verstanden. Bill und Lois waren so gut zu mir, Katie. Und freundlich. Ich bereue es zutiefst, dass ich einfach weggelaufen und nie wiedergekommen bin. Deine Eltern hätten etwas Besseres verdient.«

»Meine Familie hat dich nie verurteilt, Ryder. Sie wollen alle nur, dass du glücklich wirst.«

»Im Gegensatz zu meinem Vater.«

»Jax ist doch selbst unglücklich. Er hat keine Ahnung, wie Glücklichsein aussieht.«

»Ich wünschte, ich könnte irgendwie an ihn rankommen, aber selbst nach den zwei Wochen, die ich jetzt bei ihm lebe, bin ich keinen Millimeter weiter durch seine harte Schale gedrungen.«

»Er verkriecht sich schon so lange darin. Bis sich da was ändert, das dauert.«

»Wenn überhaupt.« Ryder hoffte, dass er nicht zu bitter klang. Denn er war nicht verbittert, nur traurig. Und er hatte Angst, dass er irgendwann so enden würde wie Jax.

»Wenn wir jetzt nicht in einem Restaurant wären, würde ich dich in die Arme nehmen und ganz fest drücken«, sagte sie.

»Das kannst du später immer noch tun.« Er brachte ein Grinsen zustande, um die Stimmung aufzuhellen. »Aber nachdem das mit uns so …« Er atmete tief durch. »So … diese Sache …«

»Ja?« Sie rutschte auf die vordere Kante ihres Stuhls.

Er holte das schwarze Kästchen heraus, und als ihre Augen aufleuchteten, begriff er – eine Sekunde zu spät –, dass sie dachte, er würde ihr einen Heiratsantrag machen. Was sollte er tun? Schnell, um die Sache zu klären, öffnete er das Kästchen und hielt es ihr hin.

»Das ist die Kette, die ich meiner Mutter gekauft hatte. Ich … ich möchte, dass du sie bekommst.«

»Die hast du im Zimmer deines Vaters gefunden, als wir den ersten Tag auf der Ranch aufgeräumt haben.«

»Ja. Sie ist nicht teuer oder so, aber sie bedeutet mir sehr viel und … bitte, nimm sie.« Zum Teufel, er war dabei, die Sache zu verbaseln. Er hätte ihr eine richtige Kette kaufen sollen, nicht so ein billiges Ding aus dem Drugstore, das er seiner Mutter vor zwanzig Jahren vom Taschengeld gekauft hatte.

Ihre Hände zitterten. War das ein gutes oder schlechtes Zeichen? »Bist du sicher, Ryder? Sie hat doch deiner Mutter gehört.«

»Ich weiß. Deshalb möchte ich ja, dass du sie bekommst.«

Ihr Gesicht war voller Zärtlichkeit und Mitgefühl. »Ich fühle mich zutiefst geehrt.« Sie nahm die Kette und legte sie um ihren Hals. Sie passte perfekt in die Vertiefung an ihrer Kehle. Ganz leicht berührte sie den Anhänger mit ihren Fingern. »Ich werde sie immer in Ehren halten.«

»Katie …« Er wollte noch so viel sagen. Sein Herz war zum Bersten voll, aber er hatte keine Ahnung, wie er seine Gefühle für sie in Worte fassen sollte.

»Ja, Ryder?«

»Danke«, sagte er. »Du hast mich wieder lebendig gemacht.«

Sie lächelte leise.

Die anderen brachen auf, zahlten und gingen getrennte Wege. Die Männer kamen zu ihrem Tisch, zogen Ryder von seinem Stuhl hoch und sagten ihm, jetzt müsste der Junggesellenabschied aber langsam losgehen. Die Frauen machten dasselbe mit Katie.

Erst als sie in ihren Limousinen davonbrausten, fiel Ryder ein, dass er sie nicht nach ihrer Periode gefragt hatte.

Während die Limousine mit Ryder davonfuhr, merkte Katie, sie war so ergriffen gewesen, dass sie ganz vergessen hatte, ihm zu sagen, dass sie ihn liebte.

Sie berührte die Kette mit dem Herz-Anhänger an ihrer Kehle. Er hatte es auch nicht gesagt, aber er hatte ihr die Kette seiner Mutter geschenkt. Die Kette, um die er mit Zähnen und Klauen gekämpft hatte. Die Kette, die ihm alles bedeutete. Und er wollte, dass sie ihr gehörte.

Gerührt. Sie war über alle Maßen gerührt.

Aber sie wollte die drei Worte so gern hören. *Ich liebe dich.*

Sie zogen von der Weinbar zum Pub und schließlich in einen Club, wo getanzt wurde. Lächelnd sorgte Katie dafür, dass es für Gabi ein unvergesslicher Abend wurde. Sie trank keinen Alkohol, weil sie immer noch nicht wusste, ob sie schwanger war, und als es den anderen auffiel, sagte sie nur lachend: »Eine muss ja den Überblick behalten.«

Und sie behielt ihn bis nachts um zwei. Der Fahrer setzte die Frauen eine nach der anderen zu Hause ab. Katie war die letzte im Auto.

Harry kam ihr an der Tür entgegen, hungrig nach ein bisschen Liebe. Futter hatte sie ihm hingestellt, bevor sie gegangen war. Als sie ihre Handtasche auf den Tisch stellte, fiel sie um, sodass ein Teil des Inhalts auf den Boden rollte.

»Mist«, sagte sie und bückte sich, um die Sachen aufzuheben und zurück in die Tasche zu stecken. Der Schwangerschaftstest, den sie am Tag zuvor in Jubilee gekauft hatte, war auch dabei.

Eigentlich hatte sie den Test mit Ryder zusammen machen wollen, aber jetzt wollte sie nicht mehr warten. Sie musste es wissen. Jetzt. Heute Nacht.

Fünf Minuten später stand sie im Bad und hielt die Luft an, während sie auf das Ergebnis wartete. Ein Pluszeichen für positiv. Ein Minus für negativ. Logisch.

Bitte, flüsterte sie. *Bitte.*

Und während sie es sagte, wusste sie immer noch nicht, ob sie um ein Plus- oder Minuszeichen bat. In einer perfekten Welt hätte sie unbedingt ein Kind von Ryder gewollt. Aber sie waren nicht verheiratet. Und sie wusste immer noch nicht, ob er sie liebte. Sie liebte ihn, mehr als ihr Leben, aber konnte sie sich mit einer einseitigen Beziehung zufrieden geben?

Oder schlimmer noch: Was, wenn er beschloss, nach LA zurückzukehren?

Nein. Er hatte gesagt: *Ich bin für dich da.* Und das glaubte sie ihm, weil sie an ihn glaubte. Sie verließ sich auf dieses Versprechen, weil es alles war, was sie hatte.

Warten. Nichts überstürzen.

Es dauerte nur ein paar Sekunden, aber die Gefühle stürzten so heftig auf sie ein, dass es ihr vorkam wie Stunden. So viele Gefühle, die nach ihr griffen. Hoffnung und Furcht. Freude und Traurigkeit. Was, wenn es stimmte? Und was, wenn nicht? *Was um Himmels willen soll ich tun?*

Sie schaute auf ihr Handy, zählte die Sekunden. Drei, zwei, eins. Sie schloss die Augen. öffnete sie wieder. Starrte auf das Teststäbchen.

Und ging weinend in die Knie.

Am Samstagmorgen nach dem Junggesellenabschied versuchte Ryder, einen Teil des Mülls durchzusehen, den sie aus dem Haus geschafft und in der Scheune zwischengelagert hatten. Er hatte drei Anhänger mit den Sachen beladen. Müll, Behalten, Spenden. Katie war eine gute Lehrerin.

Als er ein Geräusch hinter sich hörte, drehte er sich um und sah Katie, die gerade die Scheune betrat. Glücklich, sie zu sehen, strahlte er sie an.

Wenn sie da war, fühlte er sich in einer Weise heil, wie er sich seit dem Tod seiner Mutter nicht mehr gefühlt hatte. Er wusste nicht, woher das kam, und er konnte es auch nicht erklären, aber es war einfach so. Aus irgendeinem Grund hielt sie ihn auf der Erde, und er wollte sie nur zu gern berühren.

»Ich habe bloß ...« Er sah sie an.

Ihre Augen hatten ihr Funkeln verloren, die Mundwinkel zeigten nach unten, und sie verschränkte die Arme fest vor ihrer Brust, die Schultern angespannt, die ganze Körpersprache aufgebracht.

Er lehnte die Schaufel an die Wand und ging zu ihr. »Hey, was ist los? Was ist passiert?«

Sie schüttelte den Kopf, leckte sich über die Lippen und sah ihn mit weit aufgerissenen Augen an. Von seinem Magen her breitete sich Angst aus. Was war passiert? Sie sah absolut verstört aus.

Seine Beine fühlten sich so schwer an wie Baumstümpfe, seine Knie waren wie aus Beton. Er stapfte auf sie zu wie ein Frankenstein-Monster, aber sie trat einen Schritt zurück.

Jetzt machte sie ihm wirklich Angst.

Er versuchte eine Handbewegung, aber seine Hände und Arme waren ebenfalls ganz schwer geworden, als würden Sandsäcke zu beiden Seiten seines Körpers hängen. »Bitte«, sagte er. »Sag es mir. Was ist passiert? Was habe ich angestellt?«

Sie schüttelte heftig den Kopf.

»Sprich mit mir, Katie. Schließ mich nicht aus. Was ist passiert?«

Zum Teufel, Southerland, bleib ruhig! Mach nicht so eine Welle. Vermutlich irgendeine Frauensache, die er nicht verstand und auch nicht wirklich verstehen wollte, wenn er nicht musste.

Sie hatte die Hände vor den Mund geschlagen und sah ihn über die Handkanten hinweg an, die Augen dunkelbraun vor Entsetzen.

»Katie?«

Dann atmete sie so tief ein, dass er fast den Luftzug spürte, hob den Kopf, sah ihm in die Augen, die Augen jetzt gefärbt wie eine Gasflamme. »Ich bin schwanger.«

Ihm fiel die Kinnlade herunter.

»Das gerissene Kondom«, fuhr sie kopfschüttelnd fort. »Ein einziges Mal. Du hast Wundersperma, Southerland.«

Er hatte gedacht, er sei auf diesen Moment vorbereitet. Aber so war es nicht.

In seinem Kopf drehte sich alles. Im Einsatz hatte er in Bruchteilen von Sekunden Entscheidungen getroffen, ebenso als Bodyguard, aber das hier ... Er war wie erstarrt.

Ein Baby. Er und Katie bekamen ein Kind.

Tatsächlich.

Ein Kind. Ein Baby, das er auf den Schultern tragen und auf seinen Knien hopsen lassen konnte. Ein Junge, dem er Reiten und Jagen beibringen konnte. Oder eine Tochter. Eine Tochter, die so aussah wie ihre wunderbare Mama. Gutenachtgeschichten und Zelttouren und Pfadfinderspiele und Feuerwerk am 4. Juli und Vergnügungsparks und Kindergeburtstage.

Unwillkürlich fing er an zu grinsen. Ein Baby. Genau. Gar nicht so übel.

»Eine Katastrophe«, sagte sie in diesem Moment. »Das ist eine absolute Katastrophe. Wie soll ich denn arbeiten, wenn ich ...« Sie deutete einen riesigen Bauch an. »Ich krieche ständig auf Dachböden und in Kellern rum, wie soll das denn gehen?«

»Äh ... denkst du daran, es zu behalten?« Er hörte die Hoffnung in seiner Stimme, fühlte, sie seine Gedanken Flügel bekamen.

Sie sah ihn an, als wäre er der größte Dummkopf, der auf Erden herumlief. »Du solltest mich doch allmählich kennen, Ryder Southerland.«

»Na ja, ich weiß, dass du ein Ordnungsfreak bist. Und Kinder sind nicht ordentlich, absolut nicht. Kinder sind unordentlich und schmutzig und machen Sachen kaputt.«

»Ja, genau wie Harry.« Sie legte eine schützende Hand auf ihren Bauch. »Und eins kann ich dir sagen. Ich behalte dieses Kind, ob es dir passt oder nicht.«

»Aber natürlich passt es mir, Frau! Du solltest *mich* doch allmählich kennen, Katie Cheek.«

»Ich weiß, dass du eine beschissene Kindheit hattest und dich mit deinem Vater nicht verstehst. Ich weiß, dass du wie ein einsamer Wolf in Los Angeles lebst. Ich weiß, dass es dir schwerfällt, deine Gefühle auszudrücken. Ich weiß, dass du nicht unbedingt der Idealvater bist. Es ist doch kein Zufall, dass du eine Harley fährst. Bloß nichts, wo jemand mitfahren kann. Auf einer Harley kann man kein Baby mitnehmen.«

»Das weiß ich«, murmelte er.

Aua. Sie hatte ihn genau dort getroffen, wo es wehtat. Aber sie hatte recht. Jedes Wort war wahr.

Sie verschränkte ihre Finger ineinander und verknotete sie vor lauter Sorge immer noch mehr.

»Wie geht es dir denn überhaupt?«, fragte er.

Sie schluckte und sah ihn ängstlich an. »Nicht so toll.«

»Ist dir morgens übel?«

»Kann man wohl sagen.«

Alles nicht seine Lieblingsthemen. »Wovor hast du solche Angst?«

»Vor allem. Wie soll ich das schaffen? Meine Firma ist noch ganz neu, und was, wenn ich eine schrecklich schlechte Mutter bin? Und du ... Was machst du? Wirst du ein Vater sein, der ganz weit weg ist? Oder kommst du zurück nach Twilight und bleibst? Was ist mit deinem Vater? Wie soll das alles gehen?«

Sie ließ sich auf einen Heuballen sinken und atmete aus wie ein Ballon, der seine Luft verliert. Sie sah so verloren aus. So verwirrt. Ihr Kinn zitterte, als würde sie gleich in Tränen ausbrechen.

Es war schrecklich. Er hatte ihr das angetan. Er hatte seiner wunderbar energiegeladenen Katie allen Mut genommen.

»Hey.« Er eilte zu ihr, aber sie hielt ihn mit ausgestreckten Händen auf. Ganz klares Stoppzeichen.

»Fass mich nicht an«, sagte sie. »Du hast schon genug angestellt.«

»Katie.«

»Sprich nicht so mit mir.«

Verwirrt kauerte sich Ryder vor sie hin. »Ich hab doch nur deinen Namen gesagt.«

»Es geht um deinen Ton.«

»Welchen Ton?«

»Diesen Machoton. Ich hab hier zu sagen, hör mir mal zu.«

Wie bitte? Na gut, sie schlug um sich. Sie war aufgebracht, und im Moment konnte er es ihr nicht recht machen, was er auch sagte oder tat. Er musste einfach abwarten, bis das Gewitter vorbeigezogen war. Hormone. Die Hormone spielten verrückt.

»Wie konnte das bloß passieren?«, stöhnte sie.

»Äh ... das Kondom ist gerissen.«

»Das war eine rhetorische Frage. Ich bin immer so vorsichtig gewesen. Mein ganzes Leben lang. Sichere Jobs, sichere Jungs, immer alles ordentlich und sauber. Bis zu der Nacht in LA. Bis du kamst. Und jetzt sitze ich in der Scheiße.«

Ryder wusste wirklich nicht, was er tun sollte. Es brach ihm das Herz, sie so zu sehen, so verstört. Und er war schuld. Aber so schwer es ihm auch fiel, über seine Gefühle zu reden oder überhaupt mit Gefühlen umzugehen, eins konnte er. Darin war er richtig gut.

Handeln.

Action.

Er ignorierte ihre Stoppzeichen, legte ihr den Arm um die Taille, zog sie hoch und drückte sie fest an sich.

Sie keuchte auf, schaute ihm wütend ins Gesicht, aber dahinter sah er ihre Erleichterung. So trotzig und unabhängig sie auch war, sie wollte, dass er jetzt die Regie übernahm. Dass er ihr sagte, alles würde gut. Dass er auf dem Fahrersitz saß und dafür sorgte, dass niemand ihr wehtat. Dass sie in seinen Armen für immer in Sicherheit war.

Ihr Blick stieg ihm so zu Kopf, dass er ohne weiter nachzudenken herausplatzte. »Wir heiraten.«

»Nein«, sagte Katie.

Er fuhr zurück und blinzelte, als hätte sie ihn geschlagen. »Wie bitte?«

»Ich werde dich nicht heiraten, bloß weil ich schwanger bin. Wir leben im einundzwanzigsten Jahrhundert, dieser altmodische Kram ist doch von gestern. Du musst mich nicht heiraten, bloß weil du mich geschwängert hast.«

»Ich weiß, dass ich dich nicht heiraten muss. Aber ich möchte es gern.«

»Ja, jetzt. Jetzt, wo du weißt, dass wir ein Baby bekommen.«

»Natürlich. Ich will nicht, dass mein Kind ohne Namen und ohne Vater aufwächst.«

»Du kannst ihm deinen Namen geben und in seiner Nähe sein. Wir können es gemeinsam aufziehen, aber heiraten tun wir nicht.«

»Sag mir einen guten Grund, warum nicht.«

»Weil ich will, dass du mich liebst. Um meinetwillen, nicht weil ich von dir ein Kind erwarte.«

»Katie, ich will dich.«

»Ja, aber liebst du mich auch, Ryder? Denn das ist es, was ich brauche. Jemand, der mich liebt.«

»Das tue ich.«

»Was tust du.«

»Du weißt schon.« Er trat unbehaglich von einem Fuß auf den anderen.

»Liebst du mich?«

»Ja.«

»Dann sag es.«

»Katie ...«

»Das kannst du nicht, hm? Was stimmt nicht mit dir, dass du diese drei Worte nicht rausbringst?«

Sie hatte recht. Er liebte sie mehr als seinen eigenen Atem, aber er konnte es nicht sagen. Die Worte blieben in seinem Mund stecken wie trockene Cracker. Er hatte noch nie zu einer Frau gesagt, dass er sie liebte. Abgesehen von seiner Mutter.

Als er noch ein Kind gewesen war, waren diese Dinge in seinem Kopf verloren gegangen. Er hatte seine Mutter so sehr geliebt und es ihr jeden Tag gesagt. Sogar an dem Tag, als er zur Schule gegangen war und das Spielzeugauto auf der Veranda gelassen hatte. Als sie gestürzt war und sich das Genick gebrochen hatte. *Ich habe sie geliebt, und sie ist gestorben.*

Irrationaler Quatsch, das wusste er. Doch irgendwo tief in ihm drin glaubte er, wenn er es sagte, dann würde das Universum oder das Schicksal oder Gott oder wer auch immer wissen, dass er glücklich war, und ihm das Glück wegnehmen.

Wie ihm seine Mutter genommen worden war.

»Ich liebe dich, Ryder Southerland, von ganzem Herzen und aus ganzer Seele. Aber solange du dich nicht vor mich hinstellst und es mir ins Gesicht sagst, können wir nicht zusammen sein. Denn das habe ich verdient. Einen Mann, der mich so sehr liebt, dass er es fertigbringt, es mir zu sagen. Drunter tue ich es nicht. Mit weniger gebe ich mich nicht zufrieden.«

24

Katie wusste, wie irrational sie sich verhielt. Aber in dem Moment, als sie das Plus-Zeichen gesehen hatte, war ein ungeheurer Schutzinstinkt über sie gekommen, und sie hatte beschlossen, alles für dieses Kind zu tun. Das bedeutete auch, ihre eigenen Bedürfnisse und Wünsche zur Seite zu schieben. Dieses Baby hatte Eltern verdient, die sich liebten. Und wenn sie sich nicht liebten, dann sollten sie nicht heiraten. Sie konnten trotzdem gute Eltern sein, konnten das Kind lieben, selbst wenn sie einander nicht liebten.

Aber konnte Ryder das Baby lieben? Konnte er überhaupt jemanden lieben?

Sie fühlte sich schrecklich, weil sie Ryder so sehr liebte. Weil sie ihn liebte, seit sie fünfzehn Jahre alt gewesen war, und immer noch nicht wusste, ob er sie liebte. Natürlich, er mochte sie. Zwischen ihnen funkte es gewaltig, und sie hatten großartigen Sex miteinander. Er respektierte sie, ging freundlich mit ihr um.

Warum konnte er ihr nicht sagen, dass er sie liebte? Daraus konnte sie doch nur schließen, dass er es nicht tat!

Sie drehte sich um und floh aus der Scheune. Bloß schnell zum Auto, bevor er sah, dass sie heulte.

»Katie!«, brüllte er und lief ihr nach.

Sie ging so schnell weiter, wie sie konnte. Auf keinen Fall wollte sie stolpern, fallen und dem Baby wehtun.

»Katie.« Ryder hatte sie eingeholt, hielt sie am Ellbogen fest und drehte sie zu sich herum. »Miss Priss«, sagte er verzweifelt, als würde er leichter zu ihr durchdringen, wenn er diesen Spitznamen benutzte.

Ihre Lippen zitterten, ihre Augen waren feucht.

»Katie Cheek, ich will dich, zum Teufel!«

»Nicht genug.«

»Ich kann es nicht sagen.«

»Warum nicht?«

»Weil du Joes Schwester bist. Weil ich deine Eltern nicht dermaßen hintergehen kann. Sie haben mich bei sich aufgenommen. Wie kann ich denn was mit ihrer Tochter anfangen? Deshalb habe ich meine Gefühle immer unterdrückt. Bis du mich geküsst hast und ich wusste, dass ich sie nicht länger unterdrücken konnte. Da bin ich abgehauen und zu Army gegangen. Weil ich nicht in Twilight bleiben konnte, in deiner Nähe und doch nicht mit dir zusammen.«

»Nur dass ich dich richtig verstehe. Du konntest prima mit mir schlafen, aber du kannst mich nicht lieben. Wegen meines Bruders und meiner Eltern.«

»Ich rede Blödsinn.«

»Allerdings.«

»Ich habe dich immer gemocht. Schon als du fünfzehn warst und mich geküsst hast«, sagte er.

»Ich war ein hässliches Entlein, und du warst der hübscheste Junge in der ganzen Schule. Warum mochtest du mich?«

»Weil ich sehen konnte, wie schön du sein würdest, sobald die Brille und die Zahnspange und die krausen Haare erledigt waren. Und die anderen Jungs, die das nicht sehen konnten, waren einfach nur Idioten. Aber es war noch mehr, Katie. Ich habe immer dein Herz bewundert. Du bist so freundlich, so großzügig und freigebig. Und ich habe deinen Ordnungssinn respektiert, die Art, wie du alles so sauber und ordentlich hältst. Das hielt in mir den Glauben an eine bessere Welt am Leben.«

»Oh, Ryder«, flüsterte sie. Es klang so schön, und sie wünschte sich so sehr es zu glauben. Aber wie konnte sie ihm glauben, wenn er bis jetzt nie einen Ton darüber gesagt hatte? Wollte er sie nur überreden ihn zu heiraten, nachdem er erfahren hatte, dass sie schwanger war?

Und außerdem tanzte er die ganze Zeit um den entscheidenden Punkt herum. Sie wollte die Worte hören. Sie musste die Worte hören.

Wie einfach wäre es, die Augen zu schließen, ihm die Zügel zu überlassen und zu glauben, dass er sie so liebte wie sie ihn, ohne dass er es sagen musste. Er konnte es ihr doch auch zeigen. Es wäre so leicht, sich davontragen zu lassen. Das hatte sie doch schon erlebt. Mit Matt. Und ihn hatte sie nicht halb so viel geliebt wie Ryder.

»Heirate mich, Katie. Lass uns heiraten.«

Sie legte ihm eine Hand auf die Brust und schaute ihm tief in die Augen. »Nein.«

»Scheiße.« Er raufte sich die Haare.

»Ganz ruhig. Tief durchatmen und Pause machen.«

»Okay.« Er beobachtete sie misstrauisch.

»Wir machen uns vielleicht verrückt, ohne dass es einen Grund dafür gibt. Schwangerschaftstests sind nicht hundert Prozent zuverlässig. Wir behalten einen kühlen Kopf. Die Hochzeit ist nächste Woche, Weihnachten auch. Und für die Woche danach mache ich einen Termin beim Arzt.

Wenn der Doktor mir bestätigt, dass ich schwanger bin, denken wir noch mal nach, aber im Moment sollten wir uns auf die vordringlichen Dinge konzentrieren. Nämlich darauf, Gabi und Joe zum Altar zu bringen.«

Er legte den Kopf schief und betrachtete sie einen Moment. Sie sah den Kampf in seinem Inneren, der sich in seinen Augen spiegelte, hatte aber keine Ahnung, worum es ging. »Na gut.«

Falsche Antwort. Sie hatte hören wollen, dass er sie auf jeden Fall heiraten wollte, Baby oder kein Baby.

Er hob ihr Kinn an und zog sie in seine Arme. Hielt ihren Kopf an seiner Schulter und schaukelte sie sanft hin und her. Und sie hörte auf sein rhythmisches Atmen, spürte die Wärme seines Körpers, die auf sie ausstrahlte, und konnte nicht anders, als zu fühlen, wie die Träume ihres Herzens, die gestern noch zum Greifen nahe gewesen waren, ganz leise davonschwebten.

Gut, dass es all die Vorbereitungen für die Hochzeit und die Feiertage gab. So blieb Katie nicht viel Zeit, über ihre Situation zu grübeln. Tagsüber konnte sie die Gedanken abschalten und einfach weitermachen. In den Nächten sah es schon anders aus.

Nachts träumte sie nämlich von Babys. Von molligen und mageren Babys, von kleinen Jungen und Mädchen. Von glücklichen und traurigen Babys. Gegen diese Träume war sie machtlos. Und ein paar Mal in dieser Woche wachte sie mitten in der Nacht auf und dachte, sie hätte ein Baby weinen gehört. Oder sie erwachte mit der Hand auf dem Bauch und einem Lächeln im Gesicht.

Von Ryder bekam sie nicht viel zu sehen. Er hatte erfahren, dass die Ranch praktisch pleite war, und verhandelte mit der Bank und Finanzberatern über eine Lösung. Sie verstand durchaus, dass die Ranch und Jax ihm jetzt besonders wichtig waren, und im Grunde genommen war sie auch erleichtert. Wäre Ryder viel in ihrer Nähe gewesen, dann hätten sie doch nur wieder über das Baby geredet, obwohl sie vereinbart hatten, sich bis nach der Hochzeit und nach dem Arzttermin zurückzuhalten.

Aber manchmal schickte er ihr Nachrichten. *Wenn es ein Junge ist, was hältst du von Luke?*

Luke ich bin dein Vater?, schrieb sie zurück.

Okay, war nichts. Harley?

Nein!

Spike?

Du spinnst ja.#

Na gut. Nächste Woche mehr.

Lachend schaltete sie das Telefon aus. Er war hartnäckig, das musste man ihm lassen.

Bei der Geschenkeparty trafen sie sich. Die Männer hatten sich in einem Zimmer versammelt, um im Fernsehen einen Boxkampf zu sehen, während die Frauen in der Küche standen, Wein tranken, Plätzchen aßen und Gabi beim Auspacken zusahen.

Zwischendurch kam er zu ihr und zog sie zur Seite. »Wie geht's?«

»Gut.«

»Keine Übelkeit mehr?«

»Dafür ist es noch viel zu früh.«

»Du solltest trotzdem die Finger vom Katzenklo lassen.

Katzenscheiße ist gefährlich für werdende Mütter. Ich komme und erledige das.«

»Das kann Jana auch machen.«

»Wie sieht es mit deiner Krankenversicherung aus. Deckt die die ganze Vorsorge und so weiter ab?«

»Ryder«, murmelte sie. »Bleib cool. Ein Drittel aller Schwangerschaften endet mit einer Fehlgeburt.«

Er sah sie schockiert an. »So viele?«

»So viele.«

»Oh.« Er nickte. »Nächste Woche. Nach der Hochzeit.«

»Nach der Hochzeit«, wiederholte sie, und sie gingen zurück – vor den Fernseher und in die Küche.

Ryder wusste nicht, was er tun sollte.

Er wollte bei Katie sein, sie berühren, im Arm halten, mit ihr reden, auch über das Baby. Aber sie hielt ihn auf Abstand, und er wollte das respektieren. Er wusste, sie musste erst mal selbst klarkommen, also hielt er seine Gefühle zurück, obwohl er am liebsten zu ihr nach Hause gefahren wäre und ihr erklärt hätte, er zöge jetzt bei ihr ein, ob es ihr passte oder nicht.

Aber er respektierte sie zu sehr, um ihre Wünsche einfach zu ignorieren.

Außerdem hatte er auf der Ranch alle Hände voll zu tun. Mit Jax ging es allmählich etwas besser. Zumindest sagte der Alte jetzt »Guten Morgen«, was ein großer Fortschritt war. Sie stritten sich ständig, aber das war ja nichts Ungewöhnliches.

Ryder hatte die Fälligkeit der zweiten Hypothek abgewendet, die sein Vater auf das Haus aufgenommen hatte.

Offenbar hatte Jax in den letzten Jahren versucht, Twylas Schulden zurückzuzahlen, aber sie hatte ständig neue gemacht.

Allmählich waren aber auch Ryders Mittel erschöpft, und außerdem hatte Jax einfach nicht genug Einkommen, um die Ranch zu halten. Die einzige Lösung schien ein Verkauf zu sein. Wovon Jax natürlich nichts hören wollte.

Er hatte seinem Vater einen zeitlichen Spielraum erkauft, nicht mehr und nicht weniger. Jetzt standen erst mal die Hochzeit und Weihnachten auf der Tagesordnung.

Am Freitag, dem 23. Dezember, nach der Probe in der Kirche, gingen sie in dem feinen Lokal am Brazos River essen, wo sie auch am Abend des Junggesellenabschieds gewesen waren.

Er hatte ein Geschenk für das Baby gekauft und mitgebracht. Vielleicht konnte er es Katie zustecken, wenn niemand zusah. Natürlich hatte er ihr versprochen, bis nächste Woche zu warten, aber er hatte das Geschenk in Jessie Calloways Motorradladen gesehen und nicht widerstehen können.

Als er ins Restaurant kam, das Geschenk in einer bunten Tüte unter dem Arm, bemerkte er Katie sofort im Wartebereich. Sie sah so schön aus mit ihren hochgesteckten Haaren, die Kette mit dem Herz seiner Mutter um den Hals und in einem schimmernden roten Kleid, das einfach atemberaubend an ihr aussah. Vor einem Jahr hatte sie auch ein rotes Kleid getragen. Sein Herz schlug in einem verrückten Rhythmus und tobte in seiner Brust.

»Hallo!«, begrüßte er sie. »Sind wir die ersten?«

»Nein«, erwiderte sie. »Die Eltern sind mit dem Brautpaar im Bankettsaal. Ich warte hier bloß auf den Rest. Aber ich wollte dich abpassen, bevor wir da reingehen.« Sie sah so ernst aus, dass er fast Angst bekam.

»Okay«, sagte er und sah sich um. »Wohin?«

»In den Innenhof.« Sie deutete auf die Terrasse am Fluss, wo sich sonst niemand aufhielt.

»Es ist kalt draußen.«

Sie schnappte sich ihren Mantel. »Dauert nicht lange.«

Er ging vor ihr her und hielt ihr die Tür auf. Ein kalter Luftzug kam ihm entgegen; sie musste eiskalte Beine bekommen. Er nahm ihre Hand und stellte sie so, dass er sie vor dem eisigen Wind schützen konnte.

»Ich hab was für dich. Ich wollte es dir unter vier Augen geben, aber da uns im Moment selten allein sehen ...« Er atmete tief durch. »Ich vermisse dich, Katie.«

Ihr Lächeln wirkte halbherzig, aber ihre Worte waren warm und klangen ehrlich. »Ich vermisse dich auch, Ryder.«

»Mach mal auf.« Er drückte ihr die Tüte in die Hand.

Als sie hineinschaute und wie winzige Harley-Lederjacke sah, presste sie die Lippen zusammen.

»Wie der Vater, so der Sohn.« Er wartete auf ihr Lächeln. Er war sicher, dass sie lächeln würde. »Ich weiß schon, ich übertreibe und habe es viel zu eilig, aber ich konnte einfach nicht widerstehen.«

Katies Gesicht erstarrte zu einer undurchdringlichen Maske. Sie war ganz blass geworden. Eine Sekunde später gab sie ihm die Tüte zurück. »Nimm.«

»Ach, Süße, ich weiß, dass ich mich nicht an unsere Abmachungen halte, aber ...«

»Ich hab meine Periode bekommen«, sagte sie kühl und sachlich.

Ryder stand da, die Baby-Motorradjacke in der Hand. Der Satz traf ihn wie Granatfeuer. Kein Baby. Die Jacke wurde nicht gebraucht.

Dann verkaufe ich sie auf eBay, dachte er. *Zu verkaufen: Babyjacke, unbenutzt.*

Auf einmal hatte er einen salzigen Geschmack im Mund. Die Tränen, die es nicht bis zu seinen Augen geschafft hatten.

»Die Blutung war ziemlich stark, also habe ich meine Ärztin angerufen, und sie hat mich heute früh noch drangenommen.« Katie sprach immer noch ganz sachlich und mit klarer Stimme.

Ihre Ruhe überraschte ihn. Für ihn fühlte es sich an, als wäre er von einer Kanonenkugel in den Bauch getroffen worden, und sie wirkte absolut kühl.

»Die Ärztin sagt, ich war tatsächlich schwanger, aber es war eine sehr frühe Fehlgeburt. Sie meinte, die meisten Frauen, die so einen Abgang haben, wissen nicht mal, dass sie schwanger waren. Hätte ich ja wahrscheinlich auch nicht, wenn da nicht die Sache mit dem gerissenen Kondom gewesen wäre.«

»Wie geht's dir?«, krächzte er. Er musste sich ganz bewusst auf die Fußballen und Fersen stellen, um nicht das Gleichgewicht zu verlieren. Seine Knie jedenfalls waren butterweich. Er hätte sie gern in den Arm genommen, fürchtete aber, er würde umfallen, wenn er sich bewegte. Also stand er einfach nur da und drückte das Stückchen Leder in seiner Faust.

»Gut.« Sie legte eine Hand auf ihren Bauch. »Die Blutung ist etwas stärker als normalerweise, aber ...«

»Ich meine emotional. Wie fühlst du dich?«

»Ein bisschen benommen. Taub.« Sie nickte. »Aber es geht schon. Ich meine, es waren ja bloß ein paar Wochen. Es war noch nicht ...« Sie schluckte. »Es ging ja nicht über Monate. Meine Ärztin sagte, ich soll mich nicht wundern, wenn der Schmerz später einsetzt. Im Moment fühlt es sich gar nicht real an.«

»Für mich war es real«, sagte er.

»Ich meine nicht, dass das Baby nicht real war. Ich meine die Vorstellung. Gerade hatte ich mich an den Gedanken gewöhnt, ein Kind zu bekommen, und auf einmal ist sie schon wieder weg.«

»Es war ein Mädchen?«

»Ryder«, sagte sie in freundlichem Ton. »Es war noch viel zu früh, um das feststellen zu können. Ich habe mir bloß immer ein Mädchen vorgestellt.«

»Ich hätte sie gern Lucy genannt. Nach meiner Mutter.«

»Ryder ... bitte. Hör auf ... bitte.«

Er schluckte das Gefühl hinunter, von einer Abrissbirne getroffen worden zu sein. Er war benommen, verwirrt ... »Ja ...«

»Alles wird gut.« Sie streichelte seinen Oberarm. »Sieh es doch mal so: Jetzt musst du mich nicht heiraten.«

Warum war sie so ruhig? Fast erleichtert? War sie froh, dass sie ihn nicht heiraten musste?

»Ja.« Er nickte, die Hand so fest um die Babyjacke geschlossen, dass er nicht wusste, wie er sie jemals wieder lösen sollte. »Klar.«

»Wie geht es *dir* denn?«, fragte sie.

»Mir ist schlecht, aber ich habe heute auch noch nichts gegessen. Hätte ich wohl besser mal tun sollen.«

»Ich meine nicht körperlich«, sagte sie. »Ich rede von deinen Gefühlen.«

»Beschissen«, sagte er. »Absolut beschissen. Ich hatte dieses Bild im Kopf, weißt du? Von dem Baby. Davon, Vater zu werden. Mit dem Kind in den Park zu gehen und ihm zu zeigen, wie man sich die Schuhe zubindet, Fahrrad fährt und einen Baseball wirft. Und dieses Bild gefiel mir. Sehr.«

»Mir auch«, sagte sie leise.

Sie sahen sich an. Katie war eine starke Frau, viel stärker, als er gedacht hatte, und im Grunde genommen gefiel ihm das gar nicht. Es wäre ihm lieber gewesen, wenn sie ihn gebraucht hätte. Er hätte sie gern getröstet, aber sie kam auch gut ohne ihn klar.

Es war alles so furchtbar traurig. Und jetzt kam auch noch Gabi und holte sie herein. Ryder hatte keine Ahnung, wie es weitergegangen wäre. Hätten sie sich umarmt? Geküsst? Wären sie zusammen weggelaufen?

Egal. Sie mussten sich um die Hochzeit kümmern. Da drinnen gab es jetzt gleich ein fantastisches Abendessen.

25

Ryder schlief kaum in dieser Nacht. Als er nach dem Dinner heimgekommen war, hatte Jax mit absolut mieser Laune im Sessel gesessen, und sie hatten sich gestritten. In der Zwischenzeit war ein Makler da gewesen und hatte seine Karte hinterlassen. Jax, der Stunden Zeit gehabt hatte, sich in seinen Zorn hineinzusteigern, beschuldigte Ryder, ihm die Ranch stehlen und unter seinem Hintern weg verkaufen zu wollen.

Nach diesem Abend und den schlechten Nachrichten von Katie war Ryder nicht in der Stimmung für diesen Blödsinn. »Wenn du die Ranch verlierst, bist du selber schuld«, sagte er. »Einmal hab ich dich rausgehauen, aber jetzt ist Schluss damit. Mach deinen Kram allein, ich gehe ins Bett. Morgen ist Heiligabend, und ich muss mich um die Hochzeit kümmern. Gute Nacht.«

Jax hatte laut geflucht und war davongestapft.

Ryder legte sich ins Bett, starrte an die Decke und fragte sich, warum er eigentlich hier war. Er gehörte nicht in diese Stadt. Hier gab es nichts, was ihn hielt. Sein Vater hasste ihn, ein Rancher war er nicht, und selbst Joe war so mit Gabi beschäftigt, dass sie kaum Zeit miteinander verbringen konnten. Verständlich, aber für ihn wenig befriedigend.

Ein einsamer Wolf.

Genau das war er. War er immer schon gewesen. Und er war ein Idiot gewesen, als er angefangen hatte, auf etwas anderes zu hoffen.

Um sechs Uhr am nächsten Morgen klingelte der Wecker. Als Trauzeuge hatte er Pflichten zu erfüllen. Er zog sich an, machte Eier mit Speck für Jax, der sich erstaunlicherweise dafür bedankte, und fuhr zu Joe. Gabi hatte die Nacht im »Liebesboten« verbracht, gemeinsam mit ihren Eltern, die aus LA angereist waren.

Joe war ein einziges Nervenbündel. Er tigerte die ganze Zeit durchs Zimmer und übte sein Ehegelübde. Ryder überprüfte noch einmal, ob alles vorbereitet war, worum er sich kümmern musste. Das Fluchtauto stand bereit, sodass sie Joes Brüdern eine lange Nase drehen konnten, wenn die und seine Freunde den Truck mit Schuhcreme einschmierten. Seine kurze Rede konnte er auch. Und Gabis Trauring hatte er in der Westentasche.

Um acht Uhr rief Gabi an. Sie war in totaler Panik. »Ryder, wo ist Katie?«

»Keine Ahnung.«

»Also nicht bei dir.«

»Nein.«

»Ist sie bei Joe?«

»Ich bin bei Joe«, sagte Ryder. »Und hier ist sie nicht.«

»Sie sollte doch hier sein! Wo ist sie? Ich habe sie angerufen, aber sie geht nicht dran. Ihre Eltern haben sie auch nicht gesehen. Ich habe Jenny und Sam und Mac und Ben und alle anderen angerufen, die mir eingefallen sind, aber niemand hat etwas von ihr gehört. Mein Dad ist bei ihr zu Hause vorbeigefahren, aber ihr Auto steht nicht vor der Tür. Und sie macht auch nicht auf. Ryder, ich drehe hier langsam durch! Du musst sie finden! Ohne Brautjungfer kann ich doch nicht heiraten!«

»Gabi«, sagte er ganz ruhig.

»Ja?«

»Atmen. Langsam und tief atmen. Joe ruft dich gleich an. Und ich mache mich auf den Weg, um Katie zu finden. Ich werde sie finden und bringe sie zu dir und alles wird gut. Die Hochzeit ist doch erst um elf. Alles wird gut.«

»Versprichst du mir das, Ryder? Versprichst du mir das?«

»Ja, ich verspreche es, Gabi. Und jetzt hänge ich auf.« Ryder beendete das Gespräch und wandte sich an Joe. »Ruf bitte deine Braut an und red ihr gut zu. Ich gehe deine Schwester suchen.«

»Hast du eine Ahnung, wo sie ist?«, fragte Joe.

»Nein, aber ich finde sie, verlass dich drauf.«

Er fuhr zu Katies Haus. Gabis Vater war dort gewesen, aber er hatte keine Fernbedienung für die Garage. Ryder schon, nachdem er so oft seine Harley dort geparkt hatte.

Er drückte auf den Knopf, die Tür ging auf, und da stand Katies Auto. Er betrat die Garage und schloss das Tor hinter sich. Die Nachbarn mussten nicht alles mitbekommen. Er klopfte an die Verbindungstür, aber niemand reagierte. Nur Harry miaute kläglich auf der anderen Seite.

Er schnappte sich sein Telefon und rief sie an. Mailbox. Zum Teufel.

»Katie?« Er rüttelte an der Klinke. Zu. Aber das Schloss war nicht besonders stark. Er nahm eine Kreditkarte aus seinem Geldbeutel und öffnete die Tür. Endlich zahlten sich seine Erfahrungen als jugendlicher Unruhestifter mal aus.

Als er das Haus betrat, strich Harry ihm um die Beine. »Ich hab jetzt keine Zeit zum Kraulen, alter Freund.«

Er hörte Wasser laufen. Im Bad. Lief den Flur entlang und rief ihren Namen, damit sie keinen Schrecken bekam, wenn sie gerade unter der Dusche stand. »Katie? Bist du da?«

Er klopfte an die Badezimmertür. »Katie?«

Nichts. Nur die Dusche, die immer noch lief.

Was, wenn sie unter der Dusche gestürzt und sich am Kopf verletzt hatte? Was, wenn sie bewusstlos da drin lag?

Angst stieg in ihm auf.

»Katie!« Ryder hämmerte an die Tür, während sein Herz mit jeder Sekunde schneller schlug. »Katie, bist du da drin? Wenn du da drin bist, antworte mir, zum Teufel!«

Sie antwortete nicht, aber jetzt hörte er etwas, abgesehen von dem laufenden Wasser.

Er drückte sein Ohr an die Tür. Sie weinte. Sie stand unter der Dusche und schluchzte so sehr, dass er dachte, ihr würde das Herz brechen.

»Katie Cheek«, brüllte er. »Wenn du jetzt nicht sofort die Tür aufmachst, schwöre ich, ich trete sie ein.«

»Geh weg!« Sie klang so undeutlich, dass er sie kaum verstand. »Ich bin am Ende.«

»Wir müssen zu der Hochzeit. Gabi braucht dich. Das hier ist ein ganz schlechter Augenblick, um am Ende zu sein.«

»Ich ... ich ...« Sie schluchzte so sehr, dass er ihre Worte kaum hörte.

»Katie, ich meine es todernst. Ich trete die Tür ein. Eins ...« Er betrachtete die Tür. Kein Problem, mit ihr fertig zu werden, es war nicht das erste Mal. Die Tür war dünn und er war groß und kräftig. Aber er wollte sie nicht eintreten. Es konnte ja sein, dass Katie direkt davor kauerte. »Zwei ...«

Er drehte seine Schulter zur Tür und senkte den Kopf. »Geh aus dem Weg, ich komme jetzt rein. Drei.«

Er zielte auf die Tür, die Zähne zusammengebissen, die Schulter bereit zum Schlag.

In diesem Moment ging die Tür auf. Er flog ins Bad, prallte gegen den Waschtisch und dann gegen die Wand. Dann saß er auf dem Boden und starrte Katie an, die auf dem geschlossenen Deckel der Toilette saß und ihn traurig anblinzelte, während ihr immer noch Tränen übers Gesicht liefen.

»Zum Teufel, Süße«, sagte er freundlich. »Du siehst ja vielleicht beschissen aus.«

»Ich weiß«, heulte sie wieder los und trocknete sich die Augen mit Toilettenpapier. Kleine weiße Papierkrümel blieben an ihren Wimpern hängen. »Wenn ich heule, bin ich immer hässlich. Das sagt sogar meine Mutter. Und dann muss es ja wohl stimmen.«

»Du bist überhaupt nicht hässlich«, sagte er. »Du siehst nur aus, als hätte man dich durch die Mangel gedreht. Was ist denn passiert?«

»Ich hab meine Periode gekriegt«, schluchzte sie. »Ich hab unser Kind verloren, Ryder, und dabei hattest du schon diese niedliche Jacke gekauft und wolltest sie Lucy nennen. Nach deiner Mutter!«

»Süße! Es tut mir so leid!« Er krabbelte zu ihr, zog sie vom Toilettendeckel und nahm sie in die Arme. Hielt sie fest und wiegte sie und sagte ihr leise Zärtlichkeiten ins Ohr. Und als sein Handy klingelte, zog er es blitzschnell aus der Tasche und brüllte hinein: »Ich hab sie, wir kommen gleich.«

Und beendete das Gespräch sofort wieder.

»Süße«, sagte er, während er ihr übers Haar strich. »Gabi braucht dich, und ich weiß, du würdest eine Freundin niemals hängen lassen. Meinst du, du schaffst das? Ich weiß, du möchtest alles tun, aber wenn du es nicht schaffst, dann ist es auch okay. Dann kümmere ich mich drum. Also. Willst du, dass ich dich zu Gabi bringe?«

Katie nickte. »Ja.«

»Gut. Dann helfe ich dir jetzt hoch. Geht das?«

»Ja.« Aber ihre Knie waren ziemlich weich.

Ryder fasste sie unter den Achseln, zog sie zum Stehen hoch und hielt sie dann im Arm. Sie war ganz schlaff und ohne Körperspannung.

»Ich wollte duschen, aber dann musste ich wieder an Lucy denken.«

»Pssst. Wir duschen jetzt. Zusammen.«

Er zog sie beide aus, und sie kletterten in die Duschkabine, aber nachdem die ganze Zeit das Wasser gelaufen war, war es jetzt kalt.

»Igitt!«, kreischte Katie, als das eisige Wasser auf ihre Haut traf.

Ryder hatte in seinem Leben schon so oft kalt geduscht, dass es ihm nicht viel ausmachte. Er biss die Zähne zusammen und hielt sie fest. »Ich weiß, das ist jetzt nicht besonders angenehm, aber manchmal müssen wir was Unangenehmes tun, um innerlich zu wachsen.«

»Schafscheiß!«

»Mag sein«, sagte er. »Aber es macht wach, und so kriegst du ein bisschen von deinem Elan zurück.«

Er seifte sie ein, während sie die ganze Zeit zitterte, aber ihre Haut wurde rosig und ihre Augen strahlten wieder. Dann half er ihr aus der Dusche, wickelte sie in ein großes Badetuch und brachte sie zum Bett. Dort packte er sie in alle verfügbaren Decken ein, ging dann zurück ins Bad, trocknete sich ab und zog sich an.

Als er ins Schlafzimmer kam, saß sie aufrecht zwischen den Kissen. Er holte den Föhn, stöpselte ihn ein und bürstete ihre Haare, während er sie trocknete.

»Geht's besser?«, fragte er, als er fertig war.

»Viel besser.«

»Alles wird gut.«

Ihr Lächeln war schief, aber immerhin als Lächeln erkennbar. »Ryder«, sagte sie. »Danke, dass du gekommen bist. Ich war total verzweifelt und konnte einfach nicht mehr. Ohne dich hätte ich das nie geschafft.«

Er beugte sich über sie und küsste sie auf die Stirn. »Doch. Doch, du hättest das geschafft. Du bist nämlich unglaublich zäh. Brauchst du Hilfe beim Anziehen?«

»Nein, danke«, sagte sie. »Den Rest schaffe ich tatsächlich allein.«

»Gut«, erwiderte er. »Aber ich bleibe hier und warte, falls du mich doch noch brauchst.«

»Joe braucht dich.«

»Du bist jetzt wichtiger.« Er drückte ihre Hand.

»Ich bin ein Wrack.«

»Nein, bist du nicht. Du bist eine tolle Frau.« Er beugte sich wieder über sie und küsste sie, diesmal auf den Mund, sanft und langsam.

Sie schlang ihre Arme um seinen Hals und wollte ihn aufs Bett ziehen.

»Jetzt nicht, so ungern ich das sage. Wir müssen zu dieser Hochzeit, halt den nächsten Kuss fest, bis wir das hinter uns haben.«

Die Hochzeit war zauberhaft, ein Fest für die Ewigkeit. Gabi war eine wunderschöne Braut, Joe ein fantastisch aussehender Bräutigam. Und als sie die Kapelle verließen und zum Empfang hinübergingen, hatte es ganz leicht angefangen zu schneien. Alle machten Oooh und Aaaah.

Beim Empfang lief Weihnachtsmusik, und es gab traditionellen Truthahn. Reden wurden gehalten, Trinksprüche ausgebracht, Walzer getanzt. Geschenke wurden übergeben, Hände geschüttelt.

Ryder legte seinen Arm um Katies Rückenlehne und beugte sich zu ihr. »Wie geht's?«

»Gut.« Das Strahlen war wieder da, doch die Traurigkeit war noch nicht verschwunden. Wie gern hätte er einen Zauberstab gehabt, mit dem er alles wieder gut machen könnte. Für einen kurzen Moment hatten sie an ein Baby in ihrem Leben geglaubt, doch schon dieser kurze Moment hatte seine Auswirkungen. Schon seltsam, wie weh das tat.

Ein Traum, der gestorben war.

»Tanzt du mit mir?« Katie stand auf und streckte ihm die Hand entgegen.

»Gern!« Er stand auf, legte ihr den Arm um die Taille und führte sie zur Tanzfläche.

Als er sie näher an sich heranzog, roch er ihr Haar, und für einen Moment fühlte es sich an, als würde alles gut.

»Ryder«, flüsterte Katie.

»Ja?«

»Ich weiß, dass du ein großer, starker Mann bist, entscheidungsfreudig und dominant. Und dass du fürchtest, zärtliche Gefühle würden dich schwach aussehen lassen. Aber manchmal braucht eine Frau kleine Nichtigkeiten, die ihr ihr Mann ins Ohr flüstert. Vielleicht ist das ein Fehler, aber es ist nun mal so.«

Er kratzte sich am Ohr. »Na ja, aber ich denke, das kriegen wir hin.«

»Und noch eine Frage.«

»Bin ganz Ohr.«

»Wie geht es weiter?«

»Wie weiter?«

»Mit unserer Beziehung. Die Hochzeit liegt jetzt bald hinter uns, dein Dad ist zu Hause und kommt ganz gut zurecht. Du hast die Ranch gerettet, jedenfalls vorläufig. Und du hast einen Job in LA. Wir bekommen kein Baby. Was bleibt uns also?«

Äh ... Er hatte das Gefühl, dass mehr hinter dieser scheinbar so unschuldigen Frage steckte. Etwas, worauf er keine Antwort wusste. »Keine Ahnung. Wir müssen doch erst mal damit fertig werden, dass wir kein Baby bekommen.«

»Wusstest du, dass Fehlgeburten ein häufiger Trennungsgrund sind?«

Vermintes Gelände. Warum stellten Frauen solche Fragen? Genossen sie es, wenn ihre Männer auf eine Mine traten? »Vielleicht gilt das eher für Beziehungen, die nicht so stark sind.«

»Vielleicht, vielleicht aber auch nicht.«

»Was willst du damit sagen, Katie?«

»Ich will damit sagen: Was wäre passiert, wenn wir geheiratet hätten und das Kind wäre nach der Geburt gestorben? Wären wir damit gemeinsam fertig geworden?«

»Das ist aber eine ziemlich hypothetische Frage. Und eine, die ich nicht ganz verstehe.«

»Dann stelle ich sie so, dass du sie verstehst. Willst du mich immer noch heiraten? Auch ohne Baby?« Sie war stehen geblieben.

»Na klar«, sagte er ehrlich. »Vielleicht nicht gleich. Eine längere Zeit des Wartens, bevor wir uns in die Freuden des Familienlebens stürzen, könnte ja durchaus Spaß machen.«

Im gleichen Moment wusste er, dass er die Tretmine erwischt hatte. Oder besser gesagt, sie ihn.

»Das ist es, was ich meine«, murmelte sie. »Unfähig zur Bindung.«

»Hey!« Er schob das Kinn vor. »Ich wollte dich heiraten. Ich war voll dabei.«

»Als wir dachten, wir kriegen ein Kind. Du warst voll dabei, was das Kind anging. Aber nicht für mich.«

»Das ist unfair.«

»Ja?«

»Außerdem hab ich mich schon mal gebunden. An die Army«, erklärte er.

»Na, hurra, ich bin sicher, Uncle Sam weiß das sehr zu schätzen. Aber beantworte mir mal die folgende Frage: Wenn du dich so sehr gebunden hast, warum hast du dann aufgehört? Warum bist du nicht dabei geblieben? Du hast deinen Dienst einmal verlängert. Die meisten Leute gehen entweder nach der ersten Runde, oder sie bleiben ein Leben lang.

Für mich sieht das so aus, als hättest du dich höchstens halb gebunden.«

»Du bist sauer auf mich.«

»Ach, meinst du?« Sie stemmte die Hände in die Hüften. »Wie kommst du denn da drauf?«

»Okay, okay.« Er machte eine beruhigende Handbewegung. »Du hast ziemlich viel mitgemacht, deine Hormone spielen verrückt ...«

Ganz schlecht. Er konnte förmlich sehen, wie er in Zeitlupe auf die nächste Mine trat. *Krawumm.*

»Das ist jetzt nicht wahr, oder?«

»Streich das. Ich nehme es zurück.« Er setzte sein schönstes Lächeln auf. »Ein Scherz.«

Tränen stiegen ihr in die Augen. »Eine Fehlgeburt ist kein Anlass zum Scherzen.«

Okay. Er würde sich jetzt bäuchlings in das Minenfeld werfen. Kamikaze. Ein Opfer. Eine Warnung für die gesamte männliche Hälfte der Erdbevölkerung. Wenn ihr mit einer wütenden Frau zu tun habt, setzt euch hin und haltet um Himmels willen die Klappe.

»Darüber habe ich ja auch nicht gescherzt.«

»Das will ich schwer hoffen.«

Okay, jetzt reichte es ihm allmählich. Der Empfang lief auch ohne ihn, Braut und Bräutigam waren schon weg, Katie würde mit irgendjemandem nach Hause fahren. Am besten war es wohl, wenn er jetzt ging. Sie machte gerade so einiges durch, und er machte alles nur noch schlimmer. Am besten ließ er sie einfach in Ruhe. Morgen würde er Anrufen, zu Kreuze kriechen, ihr Blumen schicken. Neustart. So frisch und sauber wie ihr Firmenlogo.

Er hob die Hände und ging.

»Du kannst mich doch nicht einfach hier stehen lassen, während ich mit dir rede!« Katie kam ihm nachgelaufen.

Ryder senkte den Kopf, als er spürte, dass die Leute ihn anstarrten. Er ging etwas schneller. »Hey, Ryder, ich rede mit dir! Du kannst nicht einfach weglaufen!«

Er beschleunigte seine Schritte noch mehr. Die Harley stand auf dem Parkplatz, er konnte sie schon sehen.

»Ryder Southerland!« Jetzt brüllte sie und rannte ihm hinterher. »Ich bin noch nicht fertig mit dir!«

Er drehte sich auf dem Absatz herum, lief rückwärts weiter und starrte sie wütend an. Sein Gesicht sah aus wie eine Gewitterwolke. Vielleicht konnte er sie mit etwas männlichem Auftreten endlich verscheuchen. »Ich laufe nicht weg.«

»Du bewegst dich im Trab von mir weg. Wie würdest du das nennen?«

»Ich trabe nicht«, sagte er. »Nie.«

»Natürlich tust du das.«

Er biss die Zähne zusammen und blieb stehen. »Okay. Hier bin ich. Ich stehe still. Worüber willst du mit mir diskutieren?«

»Du siehst so aus, als hättest du lieber eine Wurzelbehandlung beim Zahnarzt.«

»Na ja ...« Er zuckte mit den Schultern. »Kann schon sein.«

»Fällt es dir so schwer, über deine Gefühle zu reden?«

»Was willst du denn von mir? Ich hab keine Gefühle.«

»Natürlich hast du welche. Jeder hat Gefühle, die ganze Zeit. Selbst dickschädelige Machos, die sich so sehr davor fürchten, dass sie so tun, als hätten sie keine.«

Er stöhnte leise. »Warum machen Frauen so was?«

»Machen was?«

»Herumstochern und an allem kratzen und versuchen, Männer zu öffnen, und wenn wir es tun ...«

»Ja, was?«

»Dann gefällt euch nicht, was wir sagen.« Er senkte den Kopf, schloss die Augen halb, sprach mit tiefer Stimme. Grrr.

»Du machst mir keine Angst. Du bist vor mir weggelaufen, als du siebzehn warst und die Sache schwierig wurde, und jetzt tust du es wieder. Dreizehn Jahre später.«

»Wenn du es sagst ...«

»Leb wohl, einsamer Wolf. Ich hoffe, du findest irgendwo, wonach du suchst.«

»Ganz bestimmt. Irgendwann.«

»Und weißt du was?« Sie zeigte mit dem Finger auf ihn. »Das ist sowieso alles Schafscheiß.«

»Was denn?«

»Das mit den einsamen Wölfen. Wölfe leben im Rudel.«

Okay. Alles klar. Sie hatte recht, und er liebte sie, auch wenn er es nicht aussprechen konnte. Er würde ihr jetzt Zeit und Raum geben, damit sie wieder heil werden konnte.

Und deshalb tat er genau das, was sie von ihm erwartete. Er stieg auf seine Harley und fuhr davon.

26

Ryder hatte einen Plan. Er würde nach Kalifornien fahren, bis der Sturm sich gelegt hatte. Denn es war ja offensichtlich, dass er Katie ständig gegen sich aufbrachte. Also würde er sich zurückziehen und sehen, was passierte. Eigentlich war es ganz gut, mal wieder wegzukommen. Er hielt an der Ranch, doch zu seiner Überraschung war sein Vater nicht da. Er schrieb ihm einen Zettel, schnappte sich seine Sachen und fuhr Richtung Westen.

Er würde zurückkommen. Hoffentlich.

Wenn Katie jemals wieder mit ihm redete. Ja, er tat sich ein bisschen leid, aber das würde schon aufhören.

Ryder fuhr über den Brazos River und hatte die Stadt gerade eine halbe Stunde hinter sich gelassen, als die Sonne unterging. Heiligabend. In den Häusern an der Straße wurden die Weihnachtslichter eingeschaltet.

Sein Handy vibrierte in der Tasche seiner Lederjacke. Katie. Er fuhr an den Straßenrand und nahm voller Hoffnung das Telefon aus der Tasche.

Aber es war Clara. Vergeblich gehofft.

»Ryder?« Claras Stimme klang ganz schwach.

»Was fehlt dir denn?«

»Wie kommst du darauf, dass mir etwas fehlt?«, fragte sie.

»Es ist Heiligabend, da bist du doch immer bei deiner Tochter und ihrer Familie. Also, wenn du mich am Heiligabend anrufst, muss etwas nicht in Ordnung sein.«

»Du kennst mich halt gut.«

»Was ist los?« Seine Gedanken schossen in alle möglichen Richtungen, er rechnete mit dem Schlimmsten. Hatte sie sich die Hüfte gebrochen? War von einem Trickbetrüger ausgenommen worden? Hatte erfahren, dass sie Krebs hatte? Ein Knoten voller Verzweiflung ballte sich in seinem Magen zusammen. Normalerweise stand er nicht auf Worst-Case-Szenarios, aber bei Menschen, die er liebte ...

Liebte?

Ja! Er hatte sich das noch nie eingestanden, aber es war so: Er liebte Clara. Sie war die Großmutter, die er nie gehabt hatte, und in den letzten drei Jahren war sie so etwas wie Familie für ihn gewesen.

»Etwas ganz Schönes ist passiert«, flüsterte Clara.

Er brauchte eine Sekunde, um zu verstehen. Clara rief ihn an, weil etwas Gutes geschehen war, nichts Schlimmes.

»Du bist ja ganz atemlos!«

»Das wärst du auch, wenn der Mann, den du seit fast fünfzig Jahren liebst, dir einen Heiratsantrag machen würde.«

»Moment mal. Wie bitte?«

»Es war so schön!«, sagte Clara.

»Was ist das denn für ein Mann?«

»Roger Fellows.«

»Und wer ist das?«

»Ach herrje, mein Junge. Neunzehnhundertsiebenundsechzig. Der Sommer der Liebe. Ich trug Miniröcke und tatsächlich Blumen im Haar. Und die Musik! Diese wunderbare Musik! Im Laden neben der Druckerei meines Vaters lief ›Light My Fire‹, so laut, dass man es durch die Wände hören konnte. Und man roch die Joints, die sie dort rauchten.

Aber egal. Es war jedenfalls das erste Mal, dass ich diesen Song hörte, und da sah ich Roger. Er kam rein und wollte Flugblätter gegen den Vietnamkrieg drucken lassen. Da waren wir beide einundzwanzig.«

»Davon hast du mir nie was erzählt.«

»Na ja«, sagte sie. »Man hat ja auch noch ein Privatleben, vor allem, wenn es in der Geschichte um gebrochene Herzen geht.«

Davon verstand er was.

»Am Anfang war es nur so eine Schwärmerei auf Distanz.« Sie seufzte träumerisch. »Aber dann ging alles so schnell. Vielleicht war auch ziemlich viel Haschisch und Druckertinte im Spiel. Aber er sah so gut aus und war so charmant!«

»Jedenfalls habt ihr euch wieder getroffen«, sagte er in der Hoffnung, die Geschichte ein bisschen zu beschleunigen, damit er weiterfahren konnte. Er wollte fahren. Er brauchte das Gefühl. Den Wind in den Haaren und die lange, leere Straße vor ihm, die ihn daran erinnerte, dass er ein freier Mensch war. Ein Mensch ohne Verpflichtungen und Zwänge, die ihn festhielten.

»Ja, haben wir. Aber ich muss dir erst noch erzählen, warum wir getrennt wurden. Roger wurde nämlich eingezogen. Ich wollte mit ihm nach Kanada ausreißen, aber davon wollte er nichts hören. Er fand den Krieg eigentlich schlimm, aber ein Feigling war er nicht. Er wollte sich vor seiner Verantwortung nicht drücken.«

»Klingt nach einem guten Mann.«

»Ja, das war er. Der beste. Also, er wurde rübergeschickt und gefangen genommen. Wenig später wurde er für tot erklärt, und das war auch die Nachricht, die seine Eltern und ich bekamen. Wir trauerten und machten irgendwie mit unserem Leben weiter. Ich heiratete Mr Kincaid, und wir hatten ja auch ein schönes Leben zusammen, aber Roger habe ich nie vergessen. Wahrscheinlich ging es mir so ähnlich wie Katie, die dich ja auch nie vergessen hat, obwohl sie mit Matt verlobt war.«

»Woher weißt du denn so viel über Katie? Ihr habt doch nur einmal miteinander gesprochen, vielleicht zehn Minuten lang. Und das ist ein Jahr her.«

»Man erfährt viel über einen Menschen, wenn er einem den Weihnachtskaktus wieder einpflanzt und eine Glühbirne wechselt. Denk doch mal an die Beziehung zwischen uns. Die meisten Dinge, die ich über dich weiß, kamen raus, während du mir mit irgendwas geholfen hast.«

Da hatte sie allerdings recht. Wenn er etwas für Clara reparierte, redete er mit ihr. Weil sie ihn förmlich dazu zwang.

»Clara, ich könnte dir noch stundenlang zuhören, aber ich stehe mit meiner Harley am Straßenrand und friere mir gerade den Arsch ab. Es ist Heiligabend, und ständig fahren schwere Lastzüge an mir vorbei. Das ist gefährlich hier.«

»Oh«, sagte sie. »Deshalb ist es so laut bei dir.«

»Könnten wir die Sache abkürzen und du erzählst mir die Einzelheiten, wenn ich zu Hause bin? Montagmorgen sollte ich wohl da sein.«

»Du kommst nach Hause?« Clara atmete heftig ein. »Jetzt?«

»Ich bin schon unterwegs.«

»Aber es ist Weihnachten! Und was ist mit Katie?«

»Weihnachten kümmert mich nicht.«

»Verstehe.« Das gefiel ihr offenbar gar nicht.

»Was verstehst du?«

»Deine komische Haltung zu Weihnachten. Aber was ist mit Katie? Ich dachte, sie hätte dich ein bisschen geradegezogen und dir eine Dosis Weihnachtsgefühl verpasst.«

»Hat nicht geklappt.«

»Habt ihr Schluss gemacht?« Claras Stimme sprang eine Oktave höher.

»War besser so.«

»Was hast du ihr angetan?«

»Kommen wir zurück zu Roger«, sagte er. Über sich und Katie wollte er jetzt wirklich nicht reden. »Wie habt ihr euch wiedergetroffen?«

»Auf Facebook, stell dir das mal vor«, sagte sie. »Aber jetzt zurück zu dir und Katie.«

»Clara, ich will jetzt nicht darüber reden.«

»Tut's noch so weh?«

»Ja.«

»Umso wichtiger ist es, dass du darüber redest. Sag mir, was du ihr angetan hast. Vielleicht kann ich euch ja helfen.«

»Ich habe ihr nichts angetan, Clara.« *Abgesehen davon, dass ich sie geschwängert habe.* Aber das würde er seiner Nachbarin bestimmt nicht erzählen. »Ich gehöre nicht nach Twilight. Ich passe da nicht hin.«

»Du passt hier auch nicht hin, Ryder«, sagte sie traurig. »Ich bin deine einzige Freundin. Klar, du hast ein paar Jungs um dich, mit denen du mal ein Bier trinken gehst oder mit dem Motorrad herumfährst oder ein Baseballspiel anschaust, aber niemand kennt dich richtig. Niemand außer mir.«

»Ach ja?« Er klang ätzend.

»Ja.« Sie klang wie ein Preisboxer, der gleich zuschlagen wird. »Ich weiß, dass du Katie mit jeder Faser deines Herzens liebst. Das habe ich in deinen Augen gesehen, als ich von ihr gesprochen habe. Ich höre es in deiner Stimme. Sie gibt dir, was du am nötigsten brauchst.«

»Nämlich?«

»Ein Zuhause. Ob du es glaubst oder nicht, Ryder Southerland. Du gehörst nach Twilight. Du gehörst zu Katie.«

»Du hast leicht reden, du bist ja in LA. Mit Roger.«

»Aber genau deshalb sage ich es ja! Ich bin siebzig Jahre alt und habe meine große Liebe wiedergefunden. Und als es wieder losging mit mir und Roger, da habe ich mich daran erinnert. An den einzigen Grund, warum wir Menschen hier auf der Erde sind.«

»Und der wäre, Clara?« Er wollte es wirklich wissen.

»Um zu lieben, du Dummkopf. Wir sind hier, um zu lieben. Du hast da eine wunderbare Frau, die dich von ganzem Herzen und abgrundtief liebt. Und ich weiß, du liebst sie auch. Hör auf, dir von deinem dämlichen Stolz und deinem falschen Glauben, dass du ein böser Junge bist, das Leben versauen zu lassen. Du bist kein schlechter Mensch. Egal, was irgendwelche Leute dir eingeredet haben, Ryder, du bist ein guter Mensch, bis ins Mark. Aber du spielst schon so lange den harten Kerl, dass du das vergessen hast. Katie, die weiß das. Sie sieht das. Das Mädchen ist deine Rettung, und wenn du jetzt nicht sofort das Motorrad umdrehst und zu ihr zurückfährst und alles wieder in Ordnung bringst, dann nehme ich das nächste Flugzeug nach Texas, nur um dir mal so richtig in den Arsch zu treten.«

Das saß. Und Clara hatte ja recht, zu hundert Prozent. Wenn er mit Katie zusammen war, fühlte er sich, als hätte man ihm einen verlorenen Schatz zurückgegeben. Und sie war so sehr Teil der Gemeinschaft in ihrer Stadt, dass er ganz leicht in ihre Welt hineinfand.

Er wusste, dass die Leute in Twilight ihn nur Katies wegen akzeptierten. Trotzdem fühlte es sich gut an, akzeptiert zu werden. Um Katies willen waren die Leute in der Stadt bereit, dem bösen Buben eine zweite Chance zu geben.

Vielleicht hatte Katie ja recht. Vielleicht fiel es den Leuten in Twilight wirklich so leicht, zu vergeben und zu vergessen. Vielleicht fühlte er sich nur deshalb so isoliert und allein, weil ihn seine eigenen Schuld- und Schamgefühle plagten.

Und vielleicht musste er endlich aufhören, sich immer noch durch die alte Brille zu sehen. Obwohl ihm das natürlich schwerfiel, wenn er an jeder Ecke an seine eigenen Fehler erinnert wurde. Allmählich verstand er, warum er nie nach Twilight zurückgekehrt war. Das hatte ebenso viel mit den Schatten seiner eigenen Vergangenheit zu tun wie mit dem verkorksten Verhältnis zu seinem Vater.

Es wurde Zeit, dass er das alles mal gründlich aufräumte.

Bei den Cheeks war das Weihnachtsessen in vollem Gange. Alle Menschen, die Katie liebte, waren in diesem Haus versammelt. Alle außer Ryder, natürlich. Sie versuchte, nicht an ihn zu denken. Versuchte zu lächeln und sich mit Beschäftigung abzulenken.

Sie half ihrer Mutter in der Küche, löffelte das Essen in die Schüsseln und trug es zu dem großen Esstisch, an dem die Familie schon Platz genommen hatte. Joe und Gabi knutschten in der Ecke, mit Flitterwochen-Funkeln um sich herum, und hatten nur Augen für einander. Sie würden Weihnachten noch in Twilight verbringen und dann am Montag nach Hawaii fliegen.

Ryders Gesicht tauchte vor ihrem inneren Auge auf. Ein trauriger Seufzer kam ihr von den Lippen. Sie war so gemein zu ihm gewesen! Ja, sie war verletzt gewesen, aber er doch auch! Am liebsten hätte sie das Telefon genommen und ihn angerufen, um ihn um Verzeihung zu bitten. Ja, das sollte sie eigentlich tun.

Aber sie brachte es nicht übers Herz. Und selbst wenn sie es tat, änderte das ja nichts. Der Mann war einfach nicht in der Lage, ihr zu sagen, dass er sie liebte. Sie konnte nichts anderes tun als ihn vergessen und anfangen, wieder heil zu werden. So war es am besten für alle.

Ryder drehte seine Harley um und fuhr zurück zur Circle S. Die wichtigen Dinge zuerst. Er musste ein paar Sachen mit seinem Vater klären.

»Dad!«, rief er, als er ins Haus kam, in den Händen eine Pizza, die er noch gerade hatte ergattern können, bevor die Pizzeria zumachte.

Sein Vater saß am Küchentisch, das Abendessen stand fertig vor ihm, und zum Teufel, da stand sogar ein kleiner Weihnachtsbaum mitten auf dem Tisch.

»Hallo«, sagte Ryder.

»Ich dachte mir, ist ja Heiligabend«, sagte sein Dad.

»Sehr schön, Dad. Ich hab Pizza mitgebracht.«

»Von Pasta Pappa?«

»Natürlich.«

»Wahrscheinlich ist die besser als der Mist, den ich hier zusammengekocht habe. Alles bloß aus der Tiefkühltruhe.«

»Wir essen erst das eine, dann das andere«, bestimmte Ryder.

Sie setzten sich.

»Willst du ein Bier?«, fragte Jax.

»Sehr gern.«

Sie tranken Bier und aßen Pizza und Lasagne aus der Tiefkühltruhe. Geschenke gab es nicht, aber sie redeten miteinander. Freundlich. Das war das beste Weihnachtsgeschenk überhaupt.

»Ich will dir was sagen«, erklärte Ryder. »Du wirst die Ranch nicht verlieren. Du musst sie nicht verkaufen.«

Jax sah ihn misstrauisch an. Na gut, Rom war auch nicht an einem Tag erbaut worden. »Und warum nicht?«

»Weil ich dableibe«, sagte Ryder.

»In Twilight?«

»Genau.«

Sein Vater blinzelte, als hätte er chinesisch gesprochen, aber dann breitete sich ein Lächeln auf seinem Gesicht aus. »Aber ... aber du hasst die Ranch!«, sagte er.

»Ich hab die Ranch nie gehasst, Dad. Ich hab mich hier nur nicht mehr willkommen gefühlt.«

»Wegen Twyla.« Die Stimme seines Vaters klang brüchig und dünn, scharf und traurig. Traurig in vielen Farben. »Dabei habe ich sie geheiratet, damit du ein bisschen mehr Stabilität bekommst.«

»Wir sind doch allein prima zurechtgekommen.«

»Nein, sind wir nicht, und das weißt du auch.«

»Aber mit Twyla wurde es nicht besser.«

»Das weiß ich. Aber sie war meine Frau, Ryder, und trotz all ihrer Probleme habe ich sie geliebt. Nicht so, wie sie es verdient hätte, aber halt so gut ich konnte. Mein Herz war ja auch ziemlich kaputt nach dem Tod deiner Mutter. Lucy war meine große Liebe. Twyla wusste das, und ich frage mich, ob das der Grund für ihre Kaufsucht war. Warum sie immer mehr Sachen kaufte, bis wir fast darin ersoffen sind.«

»Ich war gemein zu ihr«, sagte Ryder. »Ich habe sie immer spüren lassen, dass sie nicht meine Mutter war.«

Jax nickte. »Sie wollte dich so gern lieben, aber das hast du nicht zugelassen.«

»Ich war noch ein Kind. Ein verletztes Kind. Ich hatte meine Mom verloren, und als du sie geheiratet hast, hatte ich das Gefühl, jetzt verliere ich dich auch noch.«

»Und ich war zu sehr mit meiner eigenen Trauer beschäftigt, um das zu merken.«

»Ich habe Twyla verurteilt, statt mir Mühe zu geben, sie zu verstehen. Ich war ein verwirrtes Kind, das seine Stacheln aufstellte«, sagte Ryder. »Aber in der vergangenen Woche habe ich was gelernt, was ich bis dahin überhaupt nicht verstanden hatte.«

»Nämlich?«

»Wenn man ein Kind verliert, kann man ganz verrückt vor Trauer werden und Dinge tun, die man nie für möglich gehalten hätte.«

»Zum Beispiel?«, fragte Jax.

Ryder sah seinem Vater in die Augen. »Man tut denen weh, die man am meisten liebt.«

Tränen liefen Jax übers Gesicht. »Es tut mir so leid, mein Junge. Ich wünschte, wir hätten dieses Gespräch schon vor dreizehn Jahren geführt.«

»Das wünschte ich auch, Dad. Weiß Gott.«

Katie war auf der Couch ihrer Eltern eingeschlafen, mit Harry auf ihrem Schoß. Sie hatte ihn mitgenommen, weil sie fand, er sollte Weihnachten nicht verpassen. Er hatte jede Menge Katzenspielzeuge bekommen und ein ganz besonderes Dosenfutter.

Ihre Geschwister waren mit den Kindern nach Hause gefahren. Jetzt waren nur noch sie und ihre Eltern da, und sie hatte es nicht eilig, in ihr leeres Haus zurückzukehren. Ihre Eltern saßen am Küchentisch, und sie sah, wie sich ihre Stirnen berührten, während sie leise über die Hochzeit sprachen.

Katie gähnte und streckte sich. Harry tat es ihr gleich. Sie warf einen Blick auf die Uhr. Fast zehn. Entweder fuhr sie jetzt nach Hause, oder sie entschloss sich, die Nacht bei ihren Eltern zu verbringen.

Vor dem Haus war ein lautes Klappern zu hören. Sie sprangen alle drei auf, als »Santa Claus Is Coming to Town« aus einem Lautsprecher plärrte. Es klang tatsächlich so, als stünde dieser Lautsprecher in ihrem Vorgarten.

»Was ist das denn?«, sagte ihr Vater.

Sie liefen zum Fenster und zogen den Vorhang zurück.

Mitten im Vorgarten stand ein nagelneuer Minivan. Und oben auf dem Wagen saß Ryder Southerland mit einem Lautsprecher in den Händen, den er hoch über seinen Kopf hielt.

»Katiiiieee!«, brüllte er.

»Romeo bringt dir ein Ständchen«, sagte Mom trocken. »Hol ihn aus dem Vorgarten, bevor die Nachbarn die Polizei rufen. Sonst verbringt der die Nacht noch in einer Zelle. Wir gehen jetzt ins Bett. Reißt euch trotzdem zusammen, ja?«

»Ja, Mom.« Sie gab ihren Eltern einen Gutenachtkuss.

»Katiiiieee!«, hörte sie ihn wieder rufen. Er klang fast wie Stanley, der in *Endstation Sehnsucht* nach Stella ruft.

Katie zog ihre Jacke an und ging hinaus. »Was ist das denn?« Sie zeigte auf den Minivan.

»Den hab ich gegen die Harley eingetauscht.«

»Nein.«

»Doch.«

»Das kannst du nicht machen! Die Harley ist dein ganzer Stolz und deine Herzensfreude!«

»Ist sie nicht. Das bist du. Und die Kinder.«

»Welche Kinder?«

»Lucy und Spike und all die anderen.«

Sie verschränkte die Arme vor der Brust. »Auf keinen Fall nennen wir ihn Spike.«

»Dann vielleicht Harley?« Ryder rutschte von dem Minivan herunter und kam durch den Vorgarten auf sie zu geschlendert. »Nachdem ich mein Motorrad für den kleinen Scheißer aufgeben musste?«

»Über Harley lässt sich reden«, sagte sie. »Aber nur, wenn du mir erklärst, wie du am Heiligabend an einen Minivan gekommen bist.«

»Nun, sagen wir, es gibt in dieser Stadt einen Autohändler, mit dem ich früher mal ganz gut befreundet war. Ich weiß genau, welche Leichen der im Keller hat. Und da habe ich ihm ein Angebot gemacht, das er nicht ablehnen konnte.«

»Nämlich?«

»Meine Harley gegen den Minivan. Ohne Zuzahlung.«

»Das geht aber doch nicht.«

»Doch, ich hab's getan.«

»Aber Ryder, warum?«

»Um dir zu beweisen, dass ich mich sehr wohl binden kann. Ich will mich an dich binden, Katie Cheek. Mit struppigen oder glatten Haaren. Mit hässlicher Heulvisage oder wunderschönem Kussgesicht.« Er stellte den Lautsprecher hin, beugte sich vor, legte ihr einen Arm um die Taille und zog sie an sich, um sie wild und heiß zu küssen.

»Wow«, sagte sie. »Wow.«

»Aber erst mal müssen wir hier ein paar Dinge klären.«

»Nämlich?«

»Ich kann gelegentlich ein ziemlicher Idiot sein.«

»Stimmt.«

»Ich bin kein Dichter und kann meine Gefühle nicht gut in Worte fassen. Viel lieber handle ich und zeige dir, was ich empfinde.« Er zwinkerte ihr zu. »Wenn du verstehst, was ich meine.«

»Sehr zart angedeutet, Southerland. Ich werde nie herausfinden, was du meinst.« Ihr Atem hing als frostiger Nebel in der Luft. Das Cheeks-Haus hinter ihnen leuchtete wie aus einem Weihnachtskatalog.

»Ich möchte, dass du glücklich bist.« Er hielt inne und grinste sie an. »Und nackt. Nackt ist immer gut.« Schon fing er an, sich über die ersten Knöpfe an ihrer Jacke herzumachen.

Sie gab ihm einen Klaps auf die Hand. »Das reicht mir noch nicht.«

»Na gut, zum Teufel.« Seine Stimme klang tief, und sie dachte träumerisch an blaues Mondlicht. An Samt. »Katie Cheek, der Geschmack deiner Lippen, der Duft deines Haares, das Gefühl deiner Haut unter meinen Händen ... das alles raubt mir den Schlaf«, sagte er. »Und wenn ich doch einschlafe, dann träume ich so von dir, dass ich nicht wieder wach werden will. Und wenn ich mit dir zusammen bin ...« Seine Stimme klang rauchig. »Dann fühle ich mich ... lebendig.«

»Und da sagst du, du wärst kein Dichter.«

»Ich habe das eine oder andere bei dir gelernt.«

»Na, Glückwunsch.«

Er schob das Kinn vor, und seine Augen wurden so eisig, dass sie sich über die Arme rieb, um die Kälte zu vertreiben.

»Was ist denn?«, fragte sie nervös.

Er strich ihr das Haar aus dem Gesicht und sah ihr in die Augen. »Verstehst du denn nicht? Ich will lieber mit dir in schlechten Zeiten leben als mit irgendjemandem sonst in guten.«

»Ehrlich?«

»Lieber Chaos mit dir als Frieden ohne dich.«

»Warum nicht Frieden mit mir?«

»Ich hatte gehofft, dass du das sagst. Ich liebe dich, Katie. Ich liebe dich schon, seit ich zehn Jahre alt war und du acht und ich dich bei dem Umzug weggeschubst habe, damit du nicht unter den Wagen kommst. Du bringst mich dazu, etwas zu tun. Deinetwegen stehe ich morgens auf. Du bist in all meinen Träumen. Und was auch immer geschieht, mit dir erlebe ich nur gute Tage. Ich gehöre zu dir, für immer und ewig.«

»Wow«, flüsterte sie. »Wow!«

Ihr Herz sprang in ihrer Brust vor lauter Freude. Liebe war eine unordentliche Sache, wohl wahr. Aber das war es wert. Und wie eine kluge Frau einmal gesagt hatte: Jeder Mensch braucht eine Resteschublade.

Ryder Southerland gehörte zu ihr.

»Heirate mich, Katie. Sag Ja, und du machst mich zum glücklichsten Mann auf Erden.«

»Hmmm«, machte sie.

»Was denn noch?«

»Sieh zu, dass du die Harley wiederbekommst. Du schuldest mir noch eine Fahrt. Aber behalt den Minivan auch. Vielleicht dauert es noch ein Weilchen, bis wir Kinder bekommen, aber es schadet ja nichts, wenn wir schon mal ein bisschen üben.«

»Eine Frau nach meinem Herzen«, sagte er, nahm sie in die Arme und trug sie zu dem Minivan. Sie tauften das Gefährt Sir Rocks-a-Lock. Und der Heiligabend wurde zum glücklichsten Abend in ihrem Leben.

Dank

Dieses Buch habe ich in einer Zeit großer persönlicher Veränderungen geschrieben. Innerhalb kurzer Zeit erkrankten vier Mitglieder meiner Familie schwer, und ich wollte gerade mit meiner Ausbildung als Yogalehrerin beginnen, die zweihundert Unterrichtsstunden umfasste. Im Rückblick habe ich keine Ahnung, wie ich es geschafft habe, dieses Buch zu schreiben, für meine Familie zu sorgen und meine Ausbildung abzuschließen. Nur mit der Hilfe Gottes, meiner wunderbaren Lehrer und Mitstudierenden war das möglich.

Den folgenden Menschen schulde ich unsagbaren Dank:

Meinen Lehrerinnen und Lehrern: Sandra Vanatko, die mir bei Indras Grace eine sichere Zuflucht gab. Sie ist ein leuchtendes Beispiel für tätige Liebe und immer auf dem Weg. John Stockberger, der meine falschen Vorstellungen mit einem Lächeln und einem Augenzwinkern korrigierte und mir mein kreatives Leben rettete. Jenny Reitz, die mich mit ihrer unerschütterlichen Hingabe beeindruckt. Nancy Denison für ihre Weisheit, Ruhe und ihren unglaublich heißen Yoga-Body. Karen Henckell für ihre Anmut und ihren Stil. Lisa Humpheys für ihren inneren Frieden und weil sie so verflixt gut riecht. Suzanne Rockrock, unser Cheerleader und Baseballfan. Danke euch allen!

Meinen Mitstudierenden: Tara Tankersley, die nicht nur eine wilde Yoga-Kriegerin ist, sondern auch ein großer Spaßvogel. Barbara Pursley für ihre Hingabe an Tiere und Menschen gleichermaßen. Caitlyn Rose, die viel weiser ist, als ihr Alter vermuten lässt – ich werde nie so abgeklärt sein wie sie. Jamie Cowan dafür, dass sie ihre ganz besondere Gabe mit uns geteilt hat. Patrick Glass, das lange Yang bei so viel Yin. Du hast unseren Kurs ins Gleichgewicht gebracht. Linda Crownover, Spenderin der besten Umarmungen. Jan Hicks für ihren Abenteuergeist und ihre Bereitschaft, wirklich alles auszuprobieren. Marty Hungate, eine pädagogische Naturbegabung mit einer faszinierenden Stimme. Roberta Kirkpatrick dafür, dass sie echt ist und aus dem Herzen heraus spricht, und für das Schnaufen während des Schlusskreises. Cheryl Lambert, die fürsorglichste, sanfteste Seele, die ich jemals kennengelernt habe. Marcy Akers Freeman für ihre Bereitschaft zu springen und ihr Vertrauen auf das Netz, das sie auffangen soll. Amy Magga für ihre selbstgenügsame Sinnlichkeit. Lori Powell für ihr schönes Lächeln und ihr aufbauendes Herz. Kathy Presbaugh für ihre lässige Haltung und ihr unglaubliches Aussehen in der Radstellung. Erika Swyryn, deren planerische und organisatorische Fähigkeiten unserer Gruppe so viel gegeben haben. Tai Tipton, die liebevoll mit uns teilt, was sie gelernt hat, und den großzügigen Geist einer echten Yogini verkörpert. Und Katherine Walker für ihre Eleganz und Klasse.

Und schließlich danke ich Vickie Nelms, die ganz einfach ein zähes, schlaues, unerschrockenes Mädchen und eine fantastische Kinderkrankenschwester ist. Danke, dass du in Costa Rica an meiner Seite warst.

Euch allen danke ich aus tiefstem Herzen und segne euch alle. Ich liebe euch.